Klappentext

Er kommt in der Nacht. Wie ein Albtraum schleicht er sich in das Leben von Frauen, immer dann, wenn sie schlafen. Seine Opfer sind verzweifelte Mütter. Wenn sie geweckt werden, stellt er ihnen eine einzige Frage: „Welches deiner Kinder ist dir das liebste?"

Johannes Hornoff und Kommissar Breuer haben nur sehr wenige Hinweise, um den Wahnsinnigen stoppen zu können. Er nennt sich selbst „Seelenretter". Bei seinen Übergriffen hinterlässt er keine Spuren - bis eines der Kinder erwacht.

DER SEELENRETTER

Psychothriller

Noah Fitz

Kapitel 1 (Der Seelenretter)

Der Schlüssel quält sich durch die schmale Ritze des Schlosses. Ich muss die Tür am Griff packen und fest an mich ziehen. Das leise Kratzen von Metall auf Metall kann mich verraten. Schweiß benetzt meine Haut wie ein warmer Dunstschleier. Ich höre, wie die winzigen Zylinder weggedrückt werden, als sich der Schließmechanismus behutsam Millimeter für Millimeter nach links dreht. Mein Handgelenk schmerzt vor Anspannung. Endlich schnappt das Schloss auf. Im Treppenhaus bleibt es still und dunkel. Keiner der Nachbarn hat mein Eindringen in ihren kleinen Kosmos bemerkt. Ich schließe die Tür hinter mir genauso leise wieder zu. Der Schlüssel verschwindet in meiner Hosentasche. Die Skimütze drückt fest gegen meine Haut. Im Nacken ist der Stoff durchnässt.

Ich bin kein Einbrecher, der auf der Suche nach Schmuck oder Geld ist, nein, ich bin derjenige, der heute Nacht für Gerechtigkeit Sorge tragen wird, wie schon einige Male zuvor. Aus einem der Zimmer flackert das schwache Gelb einer Nachtleuchte bis hin zu meinen Füßen. Ich muss mich auf die Geräusche in der Wohnung konzentrieren. Alles scheint zu schlafen. Niemand hier rechnet mit so einem späten Gast, der sich unangekündigt in ihr Leben schleicht. Die Ruhe der Schlafenden wirkt wie eine Droge auf mich.

Auf Zehenspitzen wage ich mich weiter in die Wohnung und bleibe vor einer offenen Tür stehen. Ich habe diese Frau seit langer Zeit beobachtet. Ja, Franka Binder beschäftigt mich seit mehreren Wochen. Sie ist heute allein mit ihren beiden Kindern. Ihr Mann ist bei einer anderen Frau, er feiert so seine Überstunden ab. Sie denkt aber, er muss länger im Büro bleiben, weil einer seiner Kollegen krank ist. Ich laufe weiter durch den schmalen Flur. Der charakteristische Geruch, den jede Familie hat, vergeht allmählich. Mein Atem wird ruhiger. Endlich kann ich die Geräusche von außen wahrnehmen. Das Rauschen in meinem Kopf ebbt zu einem gleichmäßigen Pochen ab. Einen Fuß vor den anderen setzend schleiche ich durch die unaufgeräumte Wohnung. Ein Domizil für Spielzeug, Kinderschreie, schmutzige Windeln, eine gestresste Frau und einen unbefriedigten Ehemann. Ich werde ihrem Leben eine andere Richtung geben. Meine Finger berühren das warme, verschrammte Holz der dunklen Tür und ich tippe sie leicht an. Sie schwingt wie von Geisterhand nach innen auf. Ich sehe ein kleines Kinderbett. Ein Mobile aus Bärchen und Wolken kreist über dem schlafenden Baby. Ich ziehe meine Skimütze aus. Endlich kann ich wieder vernünftig atmen. Ich trete näher an das Bett. Wie eine kleine Puppe liegt das Kind darin. Ein rosa Schnuller und eine Decke mit Feen bestätigt mir, dass das unschuldige Geschöpf ein Mädchen ist. Ich beuge mich weit über das Gitter und sauge den Duft der Unschuld in mich hinein. Alle Babys riechen gleich schön. Ein kleiner dicker Bär, der als Nachtlicht dient, steht auf einer Wickelkommode und lächelt mich freundlich an. Der Glühfaden darin zittert, bald wird die Birne durchbrennen. Das schwache Leuchten spendet aber immer noch genug Licht und Trost. Von dem betörenden Duft immer noch ein wenig benommen, verlasse ich das Babyzimmer. Die Tür lehne ich nur ein wenig an. Ein Schild mit der Aufschrift „Alles außer mir ist ein Arschloch" zieht meine Aufmerksamkeit auf sich. Hier ist das Reich von Patrick. Mein Puls erhöht sich ein wenig. Ich laufe an der Tür vorbei, lasse den jungen Mann noch ein wenig schlafen.

Ein hastiger Blick ins Schlafzimmer der Eltern beweist mir, dass mein Eindringen immer noch unbemerkt geblieben ist. Die Mutter beider Kinder schläft seelenruhig in ihrem Doppelbett. Die Luft ist stickig und riecht nach Baldrian. Franka ist gestresst. Ist mit dem Alltag überfordert. Sie ist jung, nicht älter als 35, und trotzdem sieht sie mittlerweile verbraucht und verlebt aus. All ihre Wut lässt sie an ihrem Sohn Patrick aus, er ist zwölf. Er ist zum Sündenbock all der Probleme dieser Familie geworden, die sich das Ehepaar selbst aufgebürdet hat, für die aber er allein sühnen muss. Der Vater geht fremd, die Mutter tobt vor Eifersucht.
Ich greife in die Hosentasche und hole ein Taschentuch heraus. Ich träufele etwas von der durchsichtigen und geruchlosen Flüssigkeit darauf und nähere mich der schlafenden Frau, bis ich direkt vor ihr stehe.

Ich hoffe, dass mein rechtes Knie nicht knackst.

Franka regt sich. Sie zieht die Decke bis an das Kinn hoch und murmelt unverständliche Worte. Ich drücke den Stoff nicht gegen ihre Nase oder ihren Mund, nein, ich möchte sie nur ein bisschen betäuben, ihren Schlaf vertiefen. Ich lege das Taschentuch einfach neben ihr Gesicht, dicht vor die Nase. Warte mehrere Minuten, bis das Mittel zu wirken beginnt, und nehme das Stück Leinen wieder an mich. Jetzt muss ich zu Patrick.

Ich stehe immer noch im Schlafzimmer von Franka, als ich Schritte vernehme. Mir bleibt der Atem stehen. Ich halte die Luft an und verstecke mich hinter der Tür. Ein leises Plätschern erreicht meine Ohren. Die Klospülung verscheucht die Stille für wenige Sekunden. Die Frau regt sich, wacht aber nicht auf. Das Mittel beginnt zu wirken, ihr Atem ist flach und gleichmäßiger – kaum wahrnehmbar. Ein Schatten huscht an mir vorbei. Das dumpfe Stampfen von nackten Füßen wird lauter. Patrick läuft zurück in sein Zimmer, ohne mich zu bemerken. Die Schritte verklingen allmählich. Ich höre, wie die Decke aufgeschlagen wird.

Der Junge sucht nach einer bequemen Schlafposition. Die Matratze und der Lattenrost keuchen unter seinem Gewicht.

Ich stehe jetzt im Flur und spähe in sein unaufgeräumtes Zimmer. Mein Augenmerk gilt besonders dem jungen Mann. Das Taschentuch in meiner Hand fühlt sich weich und warm an. Als sich in der Schwärze nichts mehr regt, denn ich kann die

Silhouette nur erahnen, laufe ich hinein. Mit einem Fuß stoße ich gegen Patricks Schulranzen, der von der Wucht umkippt. Bücher und Hefte rutschen raschelnd heraus. Das schwache Leuchten aus dem Zimmer des Babys erleichtert mir das Voranschreiten nicht wirklich, bei Patrick scheint alles Licht von einer kalten Atmosphäre verschluckt zu werden.

Meine Augen gewöhnen sich langsam an die Dunkelheit.

Patrick liegt mit dem Gesicht zur Wand. Ich presse ihm das Taschentuch fest gegen Mund und Nase. Seine Hände greifen nach meinen. Er strampelt. Die Bettdecke rutscht zu Boden. Ein leicht muffiger Geruch kriecht durch meine Nase. Der Junge hat sich seit längerer Zeit nicht mehr gewaschen. Er ist ein kleiner, pubertierender Rebell. Er widersetzt sich den erzieherischen Methoden seiner Mutter. Der kalte Schweiß riecht säuerlich. Auch das Bettzeug mieft nach Urin und ungewaschenen Socken. Ich halte den zappelnden Körper fest an die Matratze und das Kissen gepresst. Nach weniger als zehn Sekunden erschlafft der schmächtige Körper. Ich kann die Rippen unter seiner dünnen Haut erkennen. Sein flachsblondes Haar klebt ihm nass im Nacken. Das Fenster in seinem Zimmer steht offen. Der Vorhang aus dünnem Stoff bauscht sich zu einer Woge auf. Die warme Luft von draußen strömt hinein, ich kann die Fäule von Abfällen riechen. Unter Patricks Zimmer stehen von Unrat überquellende Mülltonnen. Das Scharren der Krallen von Ratten, vielleicht aber auch von Waschbären, ist deutlich zu hören. Ich tupfe mir den Schweiß von der Stirn mit der Maske ab. Das plötzliche Zuschlagen einer Autotür lässt mich zusammenzucken.

Ich warte einen Augenblick, harre aus, zähle langsam bis fünf, gehe erst dann zum Fenster und werfe einen hastigen Blick nach draußen. Ein betrunkenes Pärchen torkelt über die Straße. Das Auto steht quer in einer Parklücke. Ich kann sonst niemanden ausmachen. Langsam bekomme ich wieder Luft und der Puls trommelt nicht mehr gegen meine Schläfen.

Ich laufe zurück zu Patrick. Er wiegt kaum etwas, als ich ihn aus dem Bett hebe. Eine Träne verirrt sich in mein Auge. Ich kann sie nicht wegwischen. Sie kullert über mein Gesicht und landet auf seiner Schulter. Der Junge zuckt nicht einmal zusammen.
Ich presse den schlaffen Körper für eine Sekunde fest an mich, meine Lippen berühren seine Stirn, die feucht und von kleinen Perlen bedeckt ist. In eine dünne Decke gehüllt, schiebe ich Patrick unter sein Bett.

Den Schulranzen und andere Sachen stopfe ich unter die Bettdecke. Ich arrangiere alles so, als würde der Junge immer noch in seinem Bett liegen. Ich fahre mir mit der Zunge über die Lippen. Ich schmecke immer noch Patricks salzigen Schweiß. Auch der leichte Geruch nach Unschuld kriecht durch meine Nasenlöcher. Aber ihn möchte ich nicht verletzen.

Ich bin sein Beschützer, sein Seelenretter. Als der kleine Körper nicht mehr zu sehen ist, schleiche ich mich in die Küche. In einer der Schubladen finde ich das, wonach ich suche. Gelegenheitswaffe – so lautet die genaue Bezeichnung für eine Tatwaffe, die bei einem Überfall oder Angriff benutzt wird, wenn der Mörder bei seinem Übergriff nach dem erstbesten Gegenstand greift, der sich zum Töten eignet. Oft ist es ein Küchenmesser. Die Klinge ist nicht wirklich scharf und von billiger Verarbeitung. Der Stahl ist dünn und schartig an den Kanten. Der Griff ist aus billigem Plastik.

Das Baby quengelt im Schlaf, als ich wieder zurück zu der nichtsahnenden Frau laufe. Sie schnauft unruhig. Draußen in der Ferne ertönt eine Sirene. Ich klatsche Franka mit der flachen Hand gegen die rechte Wange, die sich warm und weich anfühlt. Sie versucht, den Schlaf wegzublinzeln. Ich verstecke mich wieder unter der Skimütze. Ihr Blick ist trüb. Franka braucht mehrere Augenblicke, um zu begreifen, dass sie geweckt wurde. Mit Daumen und Zeigefinger fährt sie sich mit einer fahrigen Bewegung über die Augen, der Schlaf will nicht weichen.

„Patrick, bist du das?", krächzt sie mit trockener Kehle. Sie verzieht ihr Gesicht zu einer zerknitterten Maske und gähnt. „Ist Jana wach?" Sie schaut zu mir auf, ohne mich zu sehen. Ihr Blick wandert zur Tür.

Ich bin ein schwarzer Schatten in der Finsternis. Eine böse Erscheinung wie aus einem Albtraum. Sie schmatzt mit dem Mund und fährt mit der Zunge über die rissigen Lippen. Langsam stemmt sie sich auf die Ellenbogen. Erst jetzt scheint sie zu realisieren, dass ich Wirklichkeit bin und kein Gespenst aus ihrem Albtraum. Ihr Schrei erstickt in einem Keuchen. Ich presse ihr meine Handfläche gegen Mund und Nase. Der Gummihandschuh quietscht auf ihren Zähnen, als sie versucht, mich in die Hand zu beißen.

„Sei still, sonst stirbt dein Baby", raune ich ihr ins Ohr. Sie versteift sich im Nu. Ihr Körper zittert. „So ist es brav", vibriert meine Stimme vor Aufregung. „Ich habe eine Waffe dabei. Mach bloß keine Dummheiten, für Faxen habe ich keine Zeit. Falls du gedenkst, mir Schwierigkeiten zu bereiten, werden deine Kinder sterben. Alle beide. Jetzt musst du alles tun, was ich dir sage, ALLES! Verstanden?" Obwohl ich flüstere, zuckt sie bei jedem meiner Worte zusammen. „Hast du mich verstanden?", wiederhole ich. Mit Daumen und Zeigefinger drücke ich ihren Hals dicht unter dem Unterkiefer zusammen. Franka nickt heftig. Sie schluchzt und wimmert.

„Ja, ich mache alles, was Sie wollen." Gleichzeitig zieht sie die Decke bis an die nackte Brust, die prall und voller Milch ist. Die Haut ist gespannt wie bei einer jungen Frau. Ich sehe Schwangerschaftsstreifen, die silbern glänzen.

„Ich will nur, dass du dich für eins deiner Kinder entscheidest", sage ich dann, als ich meinen Blick von ihrem Busen abwende.
„Was?" Ihre von Tränen nassen Augen starren mich unverständig an.
„Welches der beiden Kinder liebst du mehr?"
Ihr dunkel gefärbtes Haar ist kurz. Die honigbraunen Augen suchen nach einer Antwort, doch alles, was sie sieht, ist eine Maske mit zwei Schlitzen. „Ich liebe sie beide", stottert sie und unterdrückt gleichzeitig ein Würgen. Ihr Kinn zittert, als ob sie fröre, obwohl hier mit Sicherheit mehr als fünfundzwanzig Grad herrschen.
„Ich werde jetzt eins deiner Kinder töten. Welches soll ich am Leben lassen? Du musst dich für eines entscheiden. Jetzt!"
„Bitte nicht, bitte! Sie können mit mir alles tun, was Sie möchten." Sie stottert. Mit einer schnellen Bewegung wirft sie die Decke zur Seite. Nur mit Mühe kann ich sie hinten am Haaransatz festhalten. Franka winselt vor Schmerz und Machtlosigkeit. Sie trägt ein dünnes Hemd von ihrem Mann, das bis zum Bauch hin geöffnet ist.
Ich kann jetzt ihr weißes Höschen sehen.
„Du hast mir wohl nicht zugehört?" Meine Finger greifen fester in ihre Haare, ich ziehe ihren Kopf leicht nach hinten, sodass sie mir in die Augen schauen muss.

Ihr Blick ist anklagend. Sie blinzelt, als hätte sie jemand geblendet.
„Bitte, lassen Sie mich los. Ich weiß nicht, wer Sie sind und warum Sie da sind. Ich habe kein Geld, nur

etwas Schmuck ..." Franka verschluckt sich an ihren Tränen. Mein Griff lockert sich.

„Heute machen wir einen Test mit dir. Du entscheidest dich für eins deiner Kinder", sage ich mit Nachdruck.

„Neeein!" Eine durchsichtige Blase aus Speichel und Rotz bläht sich auf ihren Lippen und platzt lautlos. „Bitte, Sie können alles nehmen, aber nicht meine Kinder ... ich liebe sie beide ..." Sie weint.

„Lüg mich nicht an!", herrsche ich sie durch meine zusammengebissenen Zähne an. Ich zerre sie aus dem Bett. Sie versucht zu schreien, als sie auf dem Boden landet. Ein kurzer Fußtritt in die Magengrube bringt sie abrupt zur Räson, sie verstummt jäh. Nun liegt sie wie ein Embryo neben dem Bett. Das Hemd ist nach oben gerutscht, sodass ich ihre dunklen Brustwarzen sehen kann.

Ich schleife Franka über den Boden.

Das Baby ist aufgewacht und ruft nach der Mutter. Die Frau strampelt mit den Füßen, bekommt den Türrahmen mit beiden Händen zu fassen, hält sich mit aller Kraft daran fest und tritt mir mehr aus Verzweiflung als aus rationalem Handeln gegen das linke Bein. In Ausnahmesituationen wie dieser werden Frauen zu richtigen Kampfbestien. Nur die wenigsten ergeben sich ihrem Schicksal und tun das, was ich von ihnen verlange. Franka tritt erneut nach mir. Sie trifft mich nun mehrere Male am rechten Schienbein. Mein Knöchel schmerzt wie Hölle.

„Du dämliche Hure", entfährt es mir. Ich verpasse ihr einen weiteren Fußtritt und treffe sie diesmal in die Rippen. Ich beuge mich tief über sie. Meine

Finger umklammern ihren Nacken, mein Knie drückt ihr auf den Bauch. „Jana oder Patrick?", brülle ich ihr ins Ohr. Gleichzeitig wird mir bewusst, dass das ganze Unterfangen langsam zu einem heftigen Streit ausartet und die Nachbarn den Lärm hören könnten. „Entscheide dich endlich, du Schlampe."

„Töte mich!", fleht sie mich mit überschlagender Stimme an.

Ich knalle ihren Kopf gegen den Türrahmen. Sie verliert für einen Augenblick das Bewusstsein. Ihre Augen sind wie von einem Nebelschleier umhüllt. Schwer atmend ziehe ich sie in das Zimmer, in dem mich der gelbe Bär immer noch anlächelt. Frankas Tochter greint und zieht sich an den Gitterstäben auf die kleinen Füßchen. Wegen des Schlafsacks gelingt es Jana nicht, sich aufzurichten. Ihre Beinchen knicken ein. Das lockige Haar ist nass, die Augen rot, der zahnlose Mund weit aufgerissenen.
„Das Baby oder dein Sohn?!"
„Ich möchte Jana behalten, sie ist noch so unschuldig."
„Gut", sage ich. Mir war es schon von vornherein klar, wen sie am Leben lassen würde. Das Ergebnis und das Prozedere sind immer dieselben. Wenn die Mütter vor der nackten Tatsache standen, mit dem Rücken zur Wand, wurde stets das jüngste Kind begnadigt.
„Alles klar. Wenn du dich nicht dagegen wehrst, ist die Sache in fünf Minuten vorbei und du siehst mich nie wieder. Komm mit."

Ihre Arme und Beine entspannen sich. Hoffnung keimt in ihr auf. Sie streift sich mit der linken Hand über die Nase und die Augen. „Kann ich Jana in den Arm nehmen? Sie hat Hunger."
„Später, noch sind wir nicht fertig." Für Franka liegt die ganze Welt im Argen, doch was jetzt folgt, wird sie bis an den Rand ihrer psychischen Belastung bringen. Die verzweifelte Mutter schwelgt in der Hoffnung, dass sie alles richtig gemacht hat. Doch nach jeder Aktion folgt eine Reaktion oder jede Tat hat ihre Folgen, das sagte mein Vater immer.
„Wo ist das Zimmer von deinem Sohn?", bluffe ich. Spiele den Unwissenden. Das baut mehr Spannung auf.
Ihre Augenbrauen fahren in die Höhe. Sie sitzt auf dem Boden, ganz nah an dem Bett ihrer Tochter. Wagt keinen Blick zu ihr. Franka möchte meine Aufmerksamkeit nicht auf ihr Kind lenken und dass mein möglicher Wutausbruch sich auf sie und nicht auf Jana, das unschuldige Wesen, fokussiert. Endlich steht sie auf und geht hinaus zum Flur. Dann bleibt sie abrupt stehen. Zittrig streckt Franka den rechten Arm aus und deutet in eine bestimmte Richtung. Sie kniet nieder. Ihr ganzer Körper bebt. Die Tür mit dem lustigen Schild ist es nicht. Sie versucht, mich reinzulegen.
„Steh auf!" Mit flacher Hand verpasse ich ihr eine Ohrfeige, als sie zu mir aufschaut. „Wehe, du lügst mich noch einmal an", presse ich die Worte wie eine Todesdrohung aus mir heraus.
„Tut mir leid", winselt sie und packt mich am Bein, als ich einen Schritt auf das Zimmer ihrer Tochter zu mache.

„Wo ist das Zimmer von Patrick? Deine letzte Chance."
„Okay." Sie stemmt sich auf die Beine. Ihr Gesicht ist schmerzverzerrt. Sie humpelt leicht.

„Hier." Ich drücke ihr das Küchenmesser in die Hand, als wir vor ihrem schlafenden Sohn stehen. Mein rechtes Knie berührt die Kopfseite von Patricks Bett.
„Du musst auf ihn einstechen – drei Mal." Meine Stimme ist gefühllos.
„Das kann ich nicht", stottert sie und lässt das Messer beinahe aus der Hand gleiten. Ich entreiße ihr das Messer und schlage mit dem Griff gegen ihre rechte Schläfe, sie sackt mit einem leisen Keuchen in sich zusammen. Ich stampfe aus dem Zimmer.
Als ich wieder zurück bin, packe ich sie grob am Arm und zerre die immer noch leicht benommene Frau auf die Beine.

Franka versucht zu schreien, ihre Stimme bricht, sie versucht es erneut und verstummt jäh. Als sie mich mit Jana auf den Armen sieht, wird sie leichenblass.
„Tu es, sonst verlierst du beide Kinder." Sie nimmt das Messer mit zittrigen Fingern aus meiner Hand.
"Und ja keine dummen Gedanken", zische ich sie an.
Franka dreht sich wie in Zeitlupe herum.
Jana brüllt aus vollem Hals.
"Mach es!", brülle ich Franka ins Ohr.
Ein-, zwei-, dreimal fährt das Messer durch die Bettdecke, danach entreiße ich ihr die Waffe und

werfe sie auf den Boden. Franka bricht zusammen, ihre Beine knicken ein.
„Was habe ich getan, was habe ich getan?", stammelt sie. Sie wiegt ihren Körper vor und zurück. Zaghaft zerrt sie an der Decke. Ihre Kraft reicht nicht aus, um die Bettdecke von ihrem Sohn wegzuziehen. Die Hand liegt flach an der Bettkante. Jana schreit immer noch, doch ihre Mutter hört sie nicht mehr. Ganz behutsam tastet Franka die Stelle ab, an der die Decke von den Einstichen zerfetzt ist. Ich stehe nur da. Emotional taub. Wiege Jana auf meinen Armen. Endlich hat diese Frau begriffen, welche Folgen ihre Entscheidung nach sich gezogen hat, nur weiß sie immer noch nicht, dass ihr Sohn lebt.

Sie traut sich nicht. Ich nehme ihr diesen schwierigen Schritt ab und ziehe fest an dem Stoff.
Sie erstickt fast an einem Aufschrei. Wie eine Blinde tastet sie das Bett ungläubig ab, so als suchte sie nach ihrem Kind, das vor Kurzem noch hier in diesem Bett lag. Dann, mit einer schnellen Bewegung, wendet sie sich zu mir. Wie aus der Ferne dringt meine Stimme bis zu ihr durch.
„Dein Sohn hat mehr Liebe verdient", wiederhole ich den Satz, jetzt schon zum dritten Mal. Endlich hat sie mich gehört. Das schreiende Bündel, das nach vollgeschissener Windel riecht, drücke ich ihr gegen die Brust. Sie starrt mich immer noch ungläubig an. Ich zerre an ihrem Hemd, entblöße ihre Brust, dabei fliegen mehrere Knöpfe auf den Boden. Ungeduldig drücke ich den gierigen Mund von Jana gegen die dunkle Brustwarze ihrer Mutter.

Das hungrige Kind verstummt. Ich lasse mich auf die Knie sinken und taste unter dem Bett nach der Decke. Ich bekomme eine Ecke zu fassen und ziehe daran. Patrick schläft. Wie ein Kokon ist er in die braune Decke eingewickelt und hat von dem Ganzen hier nichts mitbekommen.

„Du darfst dich nie wieder für eins der Kinder entscheiden. Hast du mich verstanden? Er ist genauso ein liebebedürftiges Kind wie Jana. Wenn du das nicht begreifst, wird seine Seele verdursten und austrocknen, sieh mich an. Sieh. Mich. An!" Jedes Wort klingt wie ein Hammerschlag. „Willst du, dass er zu derselben Bestie heranwächst, wie ich eine geworden bin?"

Sie starrt mich immer noch argwöhnisch an. Apathisch, als stünde sie unter Drogen, wandern ihre Augen zu Patrick. Ihr Blick gleitet an ihm entlang, von den Füßen bis an das reglose Gesicht.

„Er lebt, er schläft nur", versichere ich ihr mit sanfter Bestimmtheit. Ich streiche ihr mit der flachen Hand über die Wange. Franka zuckt am ganzen Körper. Ihre Finger flattern und berühren zuerst die Lippen, dann die Stirn ihres Sohnes. Wie zur Bestätigung schürzt Patrick seine Lippen und schmatzt ein wenig. Der Damm bricht, Franka drückt ihr Baby fester an die Brust. Mit der freien Hand zieht sie ihren Sohn näher an sich.

„Ich werde immer ein Auge auf euch haben", sage ich und verschwinde in der Nacht.

Sechs Wochen später

Kapitel 2 (Johannes)

Ich bin heute etwas spät dran. Nadine, meine Sekretärin, sieht mich fragend an.
„Die warten da schon seit zehn Minuten auf Sie", bekomme ich statt einer Begrüßung zu hören. Nadines Haar ist wie immer streng nach hinten gekämmt. Seit einigen Wochen ist ihr Haar mehr grau als blond. Ich schenke ihr ein zerknautschtes Lächeln. Jedwede Sorge aus ihrem Gesicht ist wie wegradiert. „Ich habe schon gedacht ..."
„Nein, ich habe nicht verschlafen", beichte ich ihr.
Ihre sonst so glatte Stirn wird von feinen Fältchen durchzogen. Einer ihrer Mundwinkel zieht sich einen Millimeter nach oben, sie schüttelt kaum merklich den Kopf. „Ich erkenne Sie kaum wieder", flüstert sie, sodass nur ich sie hören kann.
„Ich bin bereit, Ihnen einen Versuch zu gewähren. Raten Sie, warum ich mich verspätet habe?", frage ich in derselben Lautstärke.
Die Furchen auf ihrer Stirn gewinnen mehr an Konturen, werden schärfer und tiefer. Mein Grinsen wird breiter und hämischer.
„Nein, ich will es gar nicht wissen", kontert sie und wedelt mit der Hand vor ihrer spitzen Nase herum.

„Ich habe recherchiert", lautet meine knappe Antwort. Nadine grinst und schüttelt den Kopf.
Ohne ein weiteres Wort zu verlieren, betrete ich das Sprechzimmer. Auf mich wartet ein Ehepaar. Die Frau mit dem blonden Haar hat ein kleines Kind in den Armen, der Mann wirkt wie ein lästiges Anhängsel und gehört nicht wirklich zu den beiden. Er wirkt blass, übernächtigt und überarbeitet. Sein dunkles Haar ist schulterlang und glänzt vor zu viel Gel. Ich grüße die Frau mit einem Kopfnicken, sie lächelt mich kokett an und wendet sich erneut ihrem Kind zu. Obwohl ich das Stillen sehr befürworte, ist mir dieser Zustand trotzdem ein wenig peinlich, wenn es in meiner Anwesenheit stattfindet. Nicht auf negative Weise. Ich werde nur ständig von den nackten Brüsten abgelenkt und kann mich dann nicht mehr auf das Wesentliche konzentrieren. „Franzi hat Hunger", entschuldigt sich Frau Gerolsheim und navigiert den gierigen Mund des Kindes an ihre rosa glänzende Brustwarze. Ich lächle und nicke, dabei komme ich mir selbst wie ein Idiot vor. Dann wende ich meinen Blick von den beiden ab und versuche, mit dem Mann Konversation zu betreiben. Unangenehm fällt mir ein – ich habe ihn gar nicht begrüßt. Schnell strecke ich meinen rechten Arm aus. Er macht keine Anstalten, sich zu erheben, als ich ihm meine Hand hinhalte. Seine ist weich, warm und feucht.
Unbemerkt wische ich mir die Handfläche am Hosenbein trocken.
„Martin, kannst du mir bitte die Tasche geben, ich brauche ein Taschentuch", meldet sich seine Frau mit weinerlicher Stimme. Sie behauptet, die

Hormone sorgen für ihre Gefühlsschwankungen. Ich vermute jedoch, die Rolle der überforderten Mutter wird von ihr grandios gespielt und die Gutmütigkeit ihres Ehemannes bis zum Letzten ausgenutzt. Die Hormone dienen nur als Vorwand.
Martin Gerolsheim schnaubt und greift nach hinten. Die gut gefüllte, bunt geblümte Wickeltasche wiegt schwer in seiner Hand.
„Tut mir wirklich leid wegen meiner Verspätung", schiebe ich als eine Art Überleitung auf das wesentliche Thema dazwischen.
„Das macht nichts", übernimmt die Frau das Wort und lächelt mich an.
„Ist es unbillig zu fragen, wo Ihr Ältester ist? Er war sonst bei jeder Sitzung dabei."
Frau Gerolsheim lächelt mich erneut an. Dieses falsche, aufgesetzte Lächeln verleitet mich dazu, noch mehr Abstand zu nehmen.
„Er ist krank", sagt sie dann und greift nach dem gewünschten Tuch aus Baumwolle.
„Ist er nicht", mischt sich der Mann ein. „Er hat einfach keinen Bock mehr auf den ganzen Scheiß hier. So, wie ich die Schnauze langsam gestrichen voll habe. Jedes Mal komme ich mir wie ein Idiot vor. Alle lachen über uns. Nur weil wir ein Baby haben, müssen wir jetzt einen Psychiater aufsuchen ..."
„Psychologen", unterbricht ihn seine Ehefrau. Das Wort klingt scharf. Der Mann verstummt, ich sehe, wie er sich zu beherrschen versucht.
„Ich dachte, Sie kommen zu mir, weil ..."
„Ja, weil ich das Gefühl nicht loswerde, von jemandem verfolgt zu werden. Aber ich leide nicht

unter Schizophrenie", empört sich die Frau und schaut mich herausfordernd an. Ihren Rücken in die Länge gezogen, das Kinn ein wenig nach vorne geschoben, die Augen verengt, wartet sie mit stoischem Gesichtsausdruck auf das, was ich jetzt sagen werde.
„Sie meinen Paranoia." Ich versuche, der Frau ein wenig den Wind aus den Segeln zu nehmen.
„Ich kenne mich mit der genauen Thematik all der Krankheiten nicht aus." Ihre Miene verfinstert sich.
„Das heißt Terminologie, nimm nicht alles in den Mund, was hineinpasst, verdammte Scheiße", erzürnt sich Herr Gerolsheim, steht auf und verlässt den Raum. „Ich rauche draußen eine, mich braucht ihr hier drinnen eh nicht." Die Tür fällt dumpf ins Schloss. Ich höre Nadines Stimme. Sie bietet dem aufgebrachten Herrn einen Kaffee an, den er entschieden ablehnt, indem er den Vorschlag macht, dass sie sich den Kaffee sonst wohin stecken könnte. Jetzt hat er sein wahres Ich gezeigt.
Ich greife nach einem Kugelschreiber und rolle ihn zwischen Daumen und Zeigefinger, vor und zurück. Der Stummel meines linken Zeigefingers meldet sich, wie so oft, mit einem brennenden Phantomschmerz. Ich konzentriere mich auf die Kanten des Kugelschreibers, die sachte meine Fingerkuppen massieren.
„Okay, Sie erzählen mir bitte, was, besser gesagt, wer Sie verfolgt, wann und warum?"
Das Baby ist satt und schläft jetzt in ihren Armen.
„Ich kann nicht mit Sicherheit sagen, dass ich von jemand Bestimmtem verfolgt werde. Nein, das kann ich nicht, aber ..." Sie hebt den rechten Zeigefinger

kurz an, dabei fällt der aufgebrachten Frau auf, dass ihr Busen immer noch nackt ist. Ihre Gesichtsfarbe bekommt einen rötlichen Touch. Schnell verschwindet die Brust wieder im Still-BH und wird von einem weißen Top zugedeckt.
„Aber?", helfe ich ihr auf die Sprünge.
„Ich möchte mich damit nicht lächerlich machen."
„Sie sehen mich doch wohl nicht lachen." Ich versuche sie zu ermutigen, aus sich herauszukommen.
„Nein. Aber irgendwie, wenn mein Mann nicht zu Hause ist, dann habe ich so ein komisches Gefühl, dass jemand unten im Garten steht und auf etwas wartet. Ich schließe jetzt jede Nacht die Fenster zu, auch wenn es sehr heiß ist, aber ich habe einfach Angst. Deswegen bin ich auch in letzter Zeit so aufbrausend. Und der wirkliche Grund für das Nichterscheinen meines älteren Kindes ist ein ganz anderer."
„Und der wäre?" Ich lege den Kugelschreiber parallel zu dem Bleistift und dem Briefbeschwerer.
Frau Gerolsheim taxiert zuerst mich und dann meine Hand.
„Sie sind auch so ein Fanatiker für Ordnung und so", sagt sie und lächelt mich schief an.
Ich zucke nur die Schultern. „Ist eine meiner Marotten."
„Jeder hat so seine Schrullen." Ihr Lächeln wird zu einem aufrichtigen Lachen. Sie legt sich die rechte Hand an die Lippen, so als wäre ihr der Satz peinlich. Krähenfüße umspielen ihre blauen Augen. Das blonde Haar unterstreicht die feinen Züge ihres

eher schmal wirkenden Antlitzes und lässt sie jünger erscheinen.

„Jetzt zu Ihrem Sohn."

Ihre Augen werden wieder ernster, auch das Jugendliche entflieht erneut ihren Gesichtszügen, um sich hinter der Maske einer sich sorgenden Mutter zu verstecken.

Sie hüstelt. Dann, mit geklärter Stimme, beginnt sie zu erzählen. „Wir haben uns des Öfteren gestritten. Manchmal wegen Nichtigkeiten, so läppischen Dingen wie Zimmer aufräumen. Tobias ist dreizehn und steckt mitten in der Pubertät, wo alles blöd und doof ist. Mein Mann arbeitet zu viel. Ich glaube aber, er übernimmt absichtlich Aufgaben seiner Kollegen, nur um nicht nach Hause kommen zu müssen, wenn wir noch nicht im Bett sind. Er will mir auch nicht dabei helfen, den Haushalt zu führen und den Kindern ..." Auf einmal bricht sie in Tränen aus. Die scheinbar stabile Fassade einer starken Frau bröckelt, bekommt tiefe Risse und bricht schließlich auseinander. Vor mir sitzt eine Mutter, die mit ihrem Alltag überfordert ist. Ihr Mann, der eigentlich eine, nein, DIE Stütze ihres Lebens sein müsste, ist nie da, wenn sie ihn braucht. „Ich glaube, er geht fremd", nuschelt sie mit gesenktem Kopf. Ihr Gesicht ist von ihrem Haar bedeckt. Mit spitzen Fingern streicht sie ihrem schlafenden Kind über die zartrosa Wange. Das Baby stülpt die Unterlippe raus und schmatzt dann genüsslich. Ein flüchtiges Lächeln huscht über Klaras Mund. Sie schaut mich mit vor Tränen glänzenden Augen an. Nicht auffordernd, eher flehentlich, weil sie mit ihrer jetzigen Situation überfordert ist.

„Sie haben aber keine Beweise, die ihre Vermutungen erhärten könnten?" Ich formuliere die Frage absichtlich so verschwommen wie nur möglich, ich möchte nicht Partei ergreifen und die Frau zu etwas ermutigen, was sie später vielleicht bereuen könnte.
Sie schüttelt nur den Kopf.
„Haben Sie mit Ihrem Mann schon mal darüber gesprochen? Oder das Thema auch nur ansatzweise angeschnitten?"
Erneutes resigniertes Kopfschütteln.
„Und Ihr Sohn? Wie geht er mit all dem um?"
„Er verschließt sich immer mehr. Hockt die ganz Zeit vor dem Fernseher oder glotzt in sein Handy. Facebook, Twitter und der ganze Kram. Ich komme nicht mehr an ihn heran. Ich komme mir vor, als wären wir nur eine Gemeinschaft und keine Familie mehr."
„Und dieser ominöse Verfolger? Seit wann haben Sie dieses Gefühl?"
„Seitdem ich schwanger bin. Es ist so, als sähe ich ständig einen Schatten. Überall, auch dann, wenn ich bloß einkaufen gehe. Wissen Sie, so als stände immer jemand auf der anderen Seite des Regals und würde mich durch einen Schlitz zwischen den Verpackungen beobachten, wie in diesen Horrorfilmen. Ich gehe seit Kurzem nur in Begleitung meines Sohnes einkaufen. Tobias ist erst dreizehn, aber er ist groß und spendet mir ein wenig Trost, seine Anwesenheit vermittelt mir eine Art Sicherheit, in seiner Gegenwart fühle ich mich nicht so allein gelassen."

„Und Ihr Mann, wieso begleitet er Sie nicht bei den Einkäufen?"
„Das habe ich doch schon gesagt, weil er immer spät nach Hause kommt. Und das jeden Tag, außer sonntags. Dann, wenn die Kinder schon schlafen. Und, ach ..."
Sie tupft sich mit einem Taschentuch einige Tränen weg, die sich als dünne, schwarze Mascaralinien über ihr Gesicht schlängeln.
„Keimt in Ihnen vielleicht ein diffuses Panikgefühl auf, wenn Sie allein sind? Ich meine, fürchten Sie sich davor, allein zu sein?"
Sie nickt.
Die Tür geht mit einem Mal auf. „Die Zeit ist abgelaufen", sagt Herr Gerolsheim und setzt sich neben seine Frau. Er hat sich wieder beruhigt. Eigentlich ist er die dominante Person, doch in meiner Anwesenheit versucht er sich zu beherrschen und spielt den Softie.
Frau Gerolsheim packt ihre Tasche. Das Baby zuckt zusammen, wacht aus seinem Traum auf und beginnt zu plärren. Der Schnuller kann die kleine Franziska auch nicht mehr beruhigen.
„Wann haben wir den nächsten Termin?", versuche ich das Geschrei des Kindes zu übertönen.
„Wir werden Ihre Hilfe nicht mehr benötigen", entgegnet der Mann, entreißt der Frau die Tasche und stampft nach draußen. Seine Frau folgt ihm.

Kapitel 3 (Der Seelenretter)

Ich fülle meine Lunge mit dem angenehmen Duft des Sommers. Die Augen geschlossen, stehe ich mit dem Rücken an einen Baum gelehnt einfach nur da, genieße den Augenblick. Fast zärtlich ist die Berührung, als meine Finger über die raue Rinde streichen.

Als ich die schüchterne Brise nach Flieder erschnuppere, halte ich inne, vergesse zu atmen. Mir ist es wohl bewusst: Diese Blume hat ihre Zeit der Blüte dieses Jahr schon längst hinter sich gebracht, denn draußen tobt der heiße Monat Juni. Miriam Beck ist meine Blume, die diesen töricht süßen Duft aufgetragen hat, bevor sie sich für den kleinen Ausflug zum Laden um die Ecke gemacht hat. Nun ist sie wieder da, meine Miriam. Ich öffne die Lider, schaue auf den schmalen Rücken, ihren knackigen Po und den nackten Hals. Ihr kurzes Haar schimmert rot in der Sonne, ein dunkles Rot wie Blut. Obwohl mein ganzer Körper von Schweißperlen bedeckt ist, friere ich vor Wonne und Wollust. Die Gier, sie zu besitzen, weckt in mir archaische Instinkte. Auf eine subtile Art übermannt mich ein Gefühl der Schwerelosigkeit. Ich beiße fester auf meine Unterlippe, um den Verstand zu klären. Die feinen Härchen auf meinen Unterarmen stellen sich auf und glänzen im abendlichen Licht. Ich nehme ein Taschentuch, das leicht muffig riecht und tupfe mir die Stirn trocken. Auch Miriams Körper glänzt. Ihr enges T-Shirt ist feucht zwischen den Schulterblättern, die von der Last der Einkaufstaschen durch den weißen Baumwollstoff hervortreten. Sie trägt zwei Plastiktüten. Eine Ration an Essen und anderem banalen Zeug, das, was eine alleinstehende Frau zum Leben braucht, um den Alltag zu bewältigen. Ich beobachte sie aus meinem Versteck heraus. Sie stellt eine der Tüten ab, um die Tür aufzuschließen. Einem ängstlichen Tier gleich schaut sie sich kurz um, erst dann dreht sie den goldenen Knauf der weißen Tür herum und zieht an dem bunten Schlüsselbund. Schnell schnappt ihre Hand nach der Tüte – etwas klirrt dumpf. Sie stößt die Tür mit der nackten Schulter nach innen auf.

Bevor sie in ihrer Höhle verschwindet, lässt sie den Blick über die grüne Hecke schweifen. Ich stehe etwas abseits in einer Ecke, umsäumt vom Grün bin ich für sie unsichtbar. Als sie sich sicher fühlt, macht Miriam zwei Schritte rückwärts und verschwindet im Dunkeln. Die Tür fällt ins Schloss. Das Licht in der Küche wird eingeschaltet. Sie kippt ein Fenster. Ich kann sie beim Einräumen der Sachen beobachten. Sie wirkt hektisch, verbittert und verzweifelt. Auch in der Wohnung muss es erdrückend heiß sein. Miriam macht jetzt überall das Licht an. Sie ist wie ein Kind, das sich vor der Dunkelheit fürchtet. Sie hat panische Angst, nur einen einzigen Schritt in die Finsternis der Nacht hinaus zu tun. Vielleicht bin ich der Grund all ihrer schlaflosen Nächte? Wer weiß, aber ein kribbeliges Gefühl direkt unter meinem Herzen beflügelt meine Fantasie. Ich bin zum Albtraum ihres Lebens geworden, dieser Gedanke erfüllt mich mit Stolz und spornt mich an, weiterzumachen. Ich habe mich in diese Frau verliebt, besser gesagt, in ihre Furcht. Nein, ich habe mich nicht in sie verliebt, sondern in ihre unbändige Angst, genau. Sie lebt in ständiger Sorge. Sie hat keine Kraft mehr, alles, was ihr geblieben ist, ist die vage Hoffnung auf einen neuen Tag.

Heute Abend geht sie nirgendwo mehr hin. Nein, sie wird sich - wie schon viele andere Nächte zuvor - in ihrer kleinen Wohnung verkriechen, die am Rande der Stadt liegt. Seit ihrer Trennung hat sie sich mit keiner Menschenseele getroffen, sie möchte für sich allein sein.

Ihre Kinder, die schlafen heute bei ihrem Noch-Ehemann. Miriam ist heute zum ersten Mal ganz allein, sie wollte eine Beziehungspause einlegen. Eine moderne Art, sich aus der Affäre zu ziehen. Anstatt den Problemen direkt ins Auge zu schauen, wählen die Menschen den Weg des geringsten Widerstandes. In dieser Zeit, in der das Ehepaar sein eigenes Revier, einen Ort für den Rückzug hat, da darf der Mann seinen tierischen Instinkten nachgeben, aber auch die Frau. Wenn irgendwann endlich beide genug von dem ganzen Rumhuren haben und allmählich begreifen, dass der Sex nicht das ist, was eine Beziehung ausmacht, ist der Zug der Ehe schon längst abgefahren. Niemand ist dagegen gefeit. Miriam liebt ihren Mann noch immer, nur gilt es für sie, herauszubekommen, dass sie ohne ihn nicht zurechtkommt.

Leider lässt sie ihre emotionalen Überschwemmungen an ihrem ältesten Sohn aus. Sie weiß nicht, ob die Liebe ihres Ehemannes zu ihr stärker ist als der sexuelle Trieb, den er im Moment in vollen Zügen auslebt.

Meine Hände zittern. Vor dem bevorstehenden Akt bekommt sogar mein Herz eine Gänsehaut. Ich habe Miriam schon seit einem längeren Zeitraum im Auge. Diesen Ort auszuwählen war nicht ihre persönliche Entscheidung gewesen, nein, das Schicksal hat sie hierher geführt, damit sich unsere Wege kreuzen konnten. Ihre Maisonette-Wohnung liegt auf der linken Seite des Mehrfamilienhauses. Vier Wohneinheiten insgesamt, nur zwei davon sind bewohnt. Jeder hat einen eigenen Eingang. Miriam geht nach oben, dorthin, wo sich ihr Schlafzimmer befindet. Hier fühlt sie sich besonders sicher. Sie lässt das Fenster offen. Traut sich sogar, hinauszuschauen. Mein Atem stockt, als ich erkenne, dass sie ihr T-Shirt ausgezogen hat. Ich kann ihren festen Bauch sehen und ihre kleinen Brüste, die von einem BH gehalten werden. Sie reckt ihren Hals und beobachtet den rötlichen Himmel. Ich beiße mir vor Wonne in das weiche Fleisch meiner Unterlippe, bis ich den metallenen Geschmack von Blut auf meiner Zunge schmecke. Meine Hand streichelt über die scharfe Klinge, obwohl ich weiß, dass ich noch warten muss. Heute ist nicht die Nacht, in der ich meine Lust befriedigen werde. Ich freue mich darauf, ihr in die Augen zu schauen, wenn sie sich entscheiden muss. Als habe sie die Gefahr gewittert, schließt Miriam das Fenster mit einem dumpfen

Knall und lässt überall die Rollläden herunter. Sie möchte sich von der Welt abschirmen. Wie Glühwürmchen dringt das Licht durch die kleinen Öffnungen nach draußen.
Ich bin geduldig. Vielleicht morgen oder die Nacht darauf wird sie die Hitze nicht mehr aushalten und eines der Fenster offen lassen. Oder ich werde eine Möglichkeit bekommen, ihren Schlüssel in den Händen halten zu dürfen. Auch brauche ich ihre Kinder, um meinen Plan zu verwirklichen. Ich kann warten, ich bin geduldig.
Die silberne Klinge gleitet wieder zurück in die Scheide.
Meine Absichten haben einen viel tiefgründigeren Hintergrund. Ich möchte sie nicht besteigen, sie mit meinen Ergüssen besudeln, oh nein, ich möchte sie und ihren Mann töten. Nicht, indem ich sie beide ersteche, nein, auf eine viel filigranere Art. Ich möchte ihre schwarzen Seelen töten und gleichzeitig die ihres Sohnes retten, dabei wird Miriam die Hauptrolle spielen.
Schlaf schön, Miriam.

Zwei Tage später

Kapitel 4 (Johannes)

„Hierin liegt auch der starke Unterschied. Sie leidet meiner Meinung nach unter einer krankhaften Geltungssucht." Sonja lackiert sich die Fingernägel, während sie ihre Gedanken laut äußert. Eigentlich halte ich das Private und mein Berufsleben in einem sicheren Abstand voneinander und vermische diese zwei wichtigen Teile meines Lebens nicht. Nur dieses Mal betrifft das Problem von Frau Gerolsheim in gewissem Maß auch unsere Familie. Deswegen wollte ich meine Frau um Rat fragen.
Sonja schaut konzentriert auf ihre leicht rosa glänzenden Fingernägel und wägt ab, ob sie die Auswahl ihres Nagellacks anspricht. Schließlich tupft sie einen Wattebausch in eine Lackentfernerlösung und reibt sich damit über die Nägel. Schließlich greift sie nach einem anderen Flakon und beginnt aufs Neue mit ihrer Maniküre.
„Du bist also der Meinung, die Frau braucht mehr Aufmerksamkeit?" Meine Lippen berühren den Rand der Tasse, die ich mit beiden Händen umschlossen halte.
Sonja pustet auf ihre Fingerspitzen. Wir beide sitzen in der Küche und trinken Tee. Unser Sohn ist allem Anschein nach taub geworden, denn die Musik aus

seinem Zimmer ist alles andere als leise. Sonja legt ihren Kopf in den Nacken, ihr blondes, leicht gewelltes Haar hängt in der Luft. Mit leichten Halbkreisbewegungen lässt sie ihre Halswirbel knacken.

„Ja, die Frau braucht mehr Zuwendung."
Sonja hebt den Kopf und schaut mich ernst an. „ Aufmerksamkeitsdefizit ist eine krankhafte Störung, nicht wahr?" Ihr Blick ist forsch. Jedes Mal, wenn sie mich so anschaut, werde ich das Gefühl nicht los, sie kann mir direkt in den Kopf schauen und weiß dabei, was ich denke. „Nach dem Höhenflug der Liebe kann schnell eine Ernüchterung folgen, die sehr schmerzhaft ist, und es ist falsch, diese Tatsache durch ein zweites Kind noch einmal aufleben zu lassen", zitiert mich meine Frau mit einem frechen Lächeln, das ich mehr als anziehend finde. Ihr nackter Fuß krabbelt an meinem Bein entlang.
„Du hast recht. Die Frau tut mir richtig leid. Aber des Öfteren stoße ich selbst an meine Grenzen. Was, wenn sie es nicht vorspielt?"
„Hast du dich erneut von weiblichen Schauspielfähigkeiten täuschen oder von ihrer Verletzlichkeit um den Finger wickeln lassen?"
Die Nüchternheit, mit der Sonja alles auf den Tisch knallt, imponiert mir immer wieder aufs Neue.
„Vielleicht ist sie in ihrer Persönlichkeit einfach partnerschaftsunfähig?" Im Augenwinkel sehe ich mein blasses Spiegelbild. Ein verlebtes, mir fast fremdes Gesicht mit dunklem, an den Seiten leicht meliertem Haar wird von der Scheibe eines der

Fenster reflektiert. Unzählige Falten umsäumen seine dunklen Augen, die mich fragend anschauen. Bist du das wirklich, Johannes?, scheint mich die Erscheinung zu fragen. Die Arbeit zehrt an meinen Kraftreserven und laugt mich aus. Als Sonja zu sprechen beginnt, wende ich den Blick ab.

Meine Augen verfolgen die sanfte Bewegung des kleinen Pinsels, der eine rote Spur auf Sonjas Fingernagel hinterlässt. Mit gesenktem Kopf sagt sie: „Oder sie hat recht und ihr Ehemann geht fremd. Woraus auch die Wut auf ihren Partner resultiert. Die Disharmonie und die Unfertigkeit ihrer Partnerschaft, was die Verteilung der Aufgaben und der Rollen ihres Alltags betrifft, kann auch einer der Gründe sein für das Scheitern einer intakten Ehe." Sonja benutzt schon wieder meine Worte. Der Tee schmeckt nicht mehr. Ich habe den Geruch nach Lack und Aceton in meiner Nase, der so penetrant ist wie ein billiges Parfüm. Ich schiebe die Tasse von mir weg. Sonja wirft einen prüfenden Blick auf ihre Finger. Scheinbar zufrieden mit dem Ergebnis beginnt sie, ihre Utensilien einzusammeln und in einer Box zu verstauen.

Ich hole tief Luft und atme noch mehr von dem beißenden Geruch ein.

„Ich muss an die frische Luft", sage ich, dann klingelt mein Handy. Aus reiner Gewohnheit werfe ich einen kurzen Blick auf meinen Chronografen. 21:27 Uhr. Als ich auf das Display schaue, werde ich stutzig. Eine Nummer, die mir nicht bekannt ist. Noch bevor ich das Handy ans Ohr drücke, vernehme ich eine Frauenstimme.

„Doktor Hornoff?", fragt die Unbekannte hastig. Panik bringt ihre Stimme zum Vibrieren.
„Ja?"
„Bitte kommen Sie, er ist da. Der Schatten, er ist da. Ich glaube, der möchte in unsere Wohnung", stottert sie flüsternd. Ihre Stimme überschlägt sich.
„Tut mir leid, mit wem spreche ich?" Erst jetzt merke ich, dass auch ich flüstere. Sonja wird gewahr, dass meine Stimme sich verändert hat, und gesellt sich zu mir. Sie drückt ihr Ohr an das Handy und lauscht. Die Arme weit zur Seite gespreizt, lehnt sie sich dicht an mich.
„Klara, Klara Gerolsheim, ich war vor wenigen Tagen bei ... oh Gott, bitte, bitte kommen Sie schnell", kreischt sie jetzt. Sonja zuckt zusammen.
„Sie müssen die Polizei rufen", versuche ich sie zu beruhigen.
„Nein, das kann ich nicht."
„Warum nicht?"
„Weil ich Angst habe aufzulegen. Ich habe Ihre Karte dabei gehabt und gleich an Sie gedacht, bitte helfen Sie mir."
„Wie lautet Ihre Adresse und wo ist Ihr Mann?"
„Er ist auf der Arbeit ..."
Sie stottert mir ihre Adresse herunter. "Ich werde jetzt auflegen, ich komme so schnell ich kann", versichere ich der aufgebrachten Frau und unterbreche die Verbindung. Sofort prüfe ich auf Google Earth, ob ich einen Fahrer brauche. Zum Glück befindet sich das kleine Örtchen außerhalb von Berlin.
„Nein, du kannst da nicht hin, und wenn sie einen an der Waffel hat und dich mit einem Messer

attackiert?", empört sich Sonja. Ihre Hand liegt auf meinem Unterarm.
„Ich werde Karl darum bitten, mir zu helfen."
„Er ist doch im Urlaub", protestiert sie. Tim kommt herunter. Er hat Kopfhörer auf und trotzdem läuft die Musik in seinem Zimmer immer noch. Mein Sohn ist fast so groß wie ich, nur bei der Entwicklung seiner Intelligenz scheint es etliche Schwierigkeiten zu geben. Vielleicht war ich früher auch so, und mein Sohn wird in einem halben Jahr, nachdem er seine Volljährigkeit erreicht hat, sich doch noch zu einem gescheiten Jungen entwickeln.
„Ich werde Lars anrufen", entgegne ich und streife ihre Hand so, als wäre sie eine giftige Spinne, vorsichtig von mir weg. Sonja will erneut auffahren, begreift aber, dass es bei meiner Entscheidung bleibt und ich zu der Frau fahren werde.

Kapitel 5 (Der Seelenretter)

Verdammt. Wie habe ich mich eigentlich verraten? Diese Frau macht mich wahnsinnig. Ich muss mein Vorhaben abbrechen. Sie hat jemanden angerufen. Ich war mir aber sicher ... Verdammt. Ich war so nah. Mir bleibt nichts anderes übrig, als abzutauchen.

Seufzend steige ich in mein Auto und fahre einfach weg. Ich überlege, ob ich heute noch bei Miriam vorbeifahren soll. Ihr Haus liegt auf dem Weg. Außerdem habe ich heute nichts mehr vor. Mit etwas besserer Laune tippe ich die Adresse in meinen Navigator und zünde mir eine Zigarette an. Der Tabak knistert, der Rauch wabert durch das offene Fenster.

Ich schaue in den Rückspiegel. Die Straße ist leer, keiner verfolgt mich. Ich streiche mir das Haar zurecht. Eine Geste, die angesichts der Umstände wie der pure Hohn erscheint. Aber mein Aussehen war mir schon immer wichtig. Als ich einige Strähnen zu weit nach rechts schiebe, kommt die verbrannte Haut zum Vorschein. Meine Hand zittert. Schnell versuche ich, die Narbe mit den Haaren zu verdecken. Ich schaue dabei nicht auf die Straße und touchiere einen Wagen, der mehr auf der Fahrbahn als auf dem Gehsteig geparkt steht. Ich fahre zwei Autolängen zurück und möchte wenden, doch dann sehe ich eine Person auf mich zuwatscheln. Ein androgynes Mischwesen, halb Mann, halb Frau, stakst auf hohen Absätzen auf den dunkelblauen Opel zu. Sein rechtes Bein knickt ein, und das Wesen, das aus einer Fantasywelt entflohen zu sein scheint, landet überhaupt nicht feenhaft auf dem Bauch. Das neongelbe Haar wirkt jetzt wie eine Warnleuchte. Mir bleibt nichts anderes übrig als auszusteigen.

„Das ist desaströs, was haben Sie bloß angerichtet?", krakeelt eine tiefe Stimme. Ich tippe darauf, dass es sich hier doch um eine Person handeln muss, die überwiegend männlicher Natur ist, denn einen Busen scheint diese Erscheinung nicht vorweisen zu können. Arsch fehlt ebenfalls. Und die knochigen Wangen haben wegen der dunklen Bartstoppeln einen bläulichen Teint. Das pinke Oberteil ist bis zum Bauchnabel offen. Seine Hühnerbrust ist ebenfalls behaart.

„Und du hast wohl das Laufen verlernt oder bist du auf Koks?", frage ich so, als wäre er an allem schuld. „Dein Pudernäschen hat wohl zu viel Schnee geschnuppert, oder stehst du mehr auf Input?", spreche ich im Plauderton weiter.
Der Kerl rappelt sich hoch auf seine viel zu dünnen Beine und wankt in der schwachen Brise. Er sucht nach dem Gleichgewicht und balanciert die ganze Zeit mit den Armen. „Du hast meinen Wagen gerammt, nicht ich", fährt er mich an.
„Wir können gern die Bullen rufen. Warum parkst du mitten auf der Straße? Du Idiot. Und diese

Zickzacklinie, der du gerade eben gefolgt bist, spricht wohl nicht gerade für dich, mein Lieber." Ich deute in die Dunkelheit hinter ihm und fahre mit dem Finger eine imaginäre Linie ab. Ich schaue in die Richtung, aus der er geschlendert kam. Der völlig zugedröhnte Typ folgt meiner Handbewegung wie eine Katze einem Laserpointer.
Er schnieft und streicht seinen Rock glatt.
„Was bist du für ein ..." Mir fällt nichts mehr ein.
„Ich bin, wie ich bin", lautet seine Antwort.
„Egal. Du steigst jetzt in deine Karre und siehst zu, dass du Land gewinnst, ansonsten ..."
Er zuckt zusammen, greift in die Hosentasche und holt ein Handy heraus, das von Strasssteinen nur so funkelt. Die Straßenbeleuchtung ist schwach, aber die Xenonlichter von meinem Pontiac tauchen alles hier in grelles Weiß. Auch mein flüchtiger Freund muss die Augen zusammenkneifen, trotzdem wird er mich später nicht beschreiben können, weil ich von dem Licht geflutet werde. Ich spüre, wie sich mein Mund zu einem Grinsen verzieht.
„Was jetzt, willst du doch die Bullen rufen?"
„Nein, der Wagen gehört gar nicht mir, ich habe ihn nur ausgeliehen, jetzt muss ich Alexio alles beichten."
„Der wird es doch gar nicht merken. Dein Astra ist doch bestimmt schon ..."
„Sie ..."
„Was?" Ich fühle mich ein wenig verarscht.
„Alexio ist eine Sie. Seit zwei Jahren schon."
„Das ist mir furzegal." Langsam neigt sich meine Geduld dem Ende zu. „Er oder sie ist mir schnuppe. Willst du jetzt die Bullen rufen oder nicht?"

„Nein", sagt der Typ mit der Hühnerbrust und steckt sich eine Tüte an. „Ich warte, bis Alexio mich abholt. So down, wie ich jetzt bin, werde ich nicht fahren können", säuselt er und wedelt mit der flachen Hand vor seinem Gesicht herum. Picassos Werk ist ein Scheißdreck dagegen, denke ich, als ich mir das Antlitz des Fremden genauer ansehe. Aber das ist mir egal. Jeder soll mit sich selbst zufrieden sein. Wenn sich jemand mein Gesicht anschaut, denkt der bestimmt auch, ich wäre ein Monster. Allein das vernarbte Gewebe, das die Hälfte meines Körpers ausmacht, würde jedem einen eisigen Schauer über den Rücken jagen. Nur mein Gesicht ist fast unbeschadet geblieben, zum Glück.
„Einen schönen Abend, hübsche Frau", rutscht es mir wie von allein über meine Lippen.
„Danke schön, dir auch, Liebchen", sagt meine unverhoffte Begegnung und winkt mir zum Abschied zu. Ich bekomme sogar eine Kusshand.

Kapitel 6 (Johannes)

Ich stehe vor der Tür. Mein Finger drückt ununterbrochen auf den Klingelknopf.
„Hätten wir vielleicht doch vorher die Kollegen informiert", höre ich die schläfrige Stimme von Lars. Er gähnt und wippt auf den Schuhsohlen, die Hände in den Hosentaschen versteckt. Ich sehe sein Spiegelbild in der verglasten Tür.
„Nein. Ich glaube, die Frau hat sich da was eingebildet, und Sie, Lars, sind doch auch von der Polizei."
„Aber ich bin von der Mordkommission." Der Stolz, der in seiner Stimme mitschwingt, ist nicht zu überhören.
Endlich ertönt der Summer. Ich drücke die schwere Haustür auf. Lars folgt mir und schaut sich noch einmal um. Eine Gewohnheit jedes Polizisten, ob Streife oder Mordkommission, jeder muss auf der Hut sein. Wir nehmen die Treppe. Frau Gerolsheim wohnt im zweiten Stock. Wir bleiben vor einer braunen Tür stehen und ich muss erneut klingeln. Als sich hinter der Tür nichts regt, klopfe ich dreimal gegen das Holz. Eine der Nachbarn, eine ältere Dame, schaut uns durch einen Türspalt missbilligend an. „Was wollen Sie hier mitten in der Nacht?", will sie mit rauchiger Stimme von uns wissen, „ist was passiert?"
„Noch nicht", spricht Lars die Dame an und deutet auf die Tür. „Wohnt hier die Familie Gerolsheim?"

„Ja, aber Herr Gerolsheim ist nicht daheim ..."
„Danke für die Information, und wenn wir Einbrecher wären?", ertönt Lars' Stimme hinter meinem Rücken. Die neugierige Frau schimpft ihn einen Trottel und knallt die Tür zu.
Ich höre das Klappern einer Kette, die beim Öffnen der Tür gegen das Holz schlägt. Die Tür vor mir geht langsam auf. Ich kann in der Dunkelheit ein Gesicht erkennen.

„Gott sei Dank", jammert Frau Gerolsheim. Sie schließt die Tür, um die Kette abzumachen. „Tut mir leid", stottert sie dann und lässt uns mit einer einladenden Bewegung hinein. Ihr Gesicht ist in ein mattes Licht getaucht. Verwundert sieht sie zuerst mich, dann Lars an. Der junge Kommissar kommt sich vor, als wäre er hier fehl am Platz. Nervös streicht er sich das blonde Haar hinter die Ohren.
„Ich habe schon mit dem Schlimmsten gerechnet."
Frau Gerolsheim zwängt sich zwischen uns beiden durch und hängt die Kette wieder ein.
„Schlafen Ihre Kinder?", will ich wissen.
Sie nickt.

„Und die Türklingel, hat sie die Kleinen etwa nicht geweckt?"

„Nein, ich habe den Ton runtergedreht." Sie zieht den Morgenmantel enger um ihre Schulter. Der braune Stoff ist an den Ellenbogen abgewetzt. Der gehört wohl ihrem Ehemann, konstatiere ich, als ich bemerke, dass der Saum bis zum Boden reicht. „So habe ich wenigstens den Duft von meinem Mann bei mir", sagt Frau Gerolsheim und deutet auf ein Zimmer, in dem eine Lampe brennt. Wir gehen durch den schmalen Flur. Die Küche ist unaufgeräumt. In der Spüle stapeln sich Geschirr, Töpfe, Pfannen und anderes Zeug. Ein schmutziger Waschlappen hängt über dem Wasserhahn. Ich kann darauf Essensreste erkennen. Die Luft hier ist säuerlich und riecht bitter nach Erbrochenem. „Darf ich das Fenster öffnen?", frage ich und drehe an dem Griff. Der warme Windhauch von draußen täuscht eine Abkühlung nur vor. Lars kräuselt die Nase und meidet den Blick zur Spüle.

„Erzählen Sie uns bitte, was heute Nacht vorgefallen ist. Was hat Sie zu der Annahme bewegt, zu glauben, es wäre jemand hier?", beginne ich mit der Befragung, die eigentlich zu einer Konversation werden soll. Ich möchte mehr über sie erfahren.
„Wollen Sie vielleicht ein Glas Wasser?"
Ich muss mich beherrschen, um nicht aufzulachen, als ich sehe, wie Lars zusammenzuckt und entschieden mit dem Kopf zu wackeln beginnt.
„Für mich nicht, und du, Lars?" Meine Stimme klingt dabei ein wenig höher.
„Für mich auch nichts", sagt er schnell und setzt sich neben mich auf einen Stuhl. Ich stehe immer noch an dem offenen Fenster an die Wand gelehnt.
Frau Gerolsheim sitzt an einem Esstisch, der unaufgeräumt ist. Unsere Blicke treffen sich. Ich kann sehen, was sie zu Abend gegessen haben. Angebrannten Toast mit Nutella. Zwei Gläser Milch und eine halbvolle Teetasse. Der Teebeutel befindet sich immer noch in dem Becher. Frau Gerolsheim

taxiert mich und dann meine Hand. Ich tippe schon wieder mit der Rechten gegen meine Brust. Dann wird die eingeschüchterte Frau von Sekunde zu Sekunde kleiner. Die Kraft weicht aus ihren Gliedern, was ihr bleibt, ist nur ein Funken Hoffnung, dass ich sie retten und ihre Familie zusammenbringen werde. Lebe deinen Tag, so lockt uns die Werbung mit bunten Bildern, ohne recht zu begreifen, was die eigentliche Aussage im Kontext bedeutet. Oft ist der Kern härter als die Hülle, auch das Herz von Frau Gerolsheim ist nichts als ein harter Klumpen, mutmaße ich. Alles Liebe und Leben ist aus ihr gewichen, sie ist mit der Situation, in der sie steckt, unzufrieden. Wenn sich in absehbarer Zeit in ihrer Ehe nichts zum Positiven ändert, wird sie daran zerbrechen. Die arme Frau heischt nicht nach Aufmerksamkeit, nein, alles, was sie braucht, ist Hilfe.

„Ich bin ganz Ohr." Meine Worte lösen uns alle aus der Starre. So, als hätte ich einen Zauberspruch ausgesprochen, regt sich Frau Gerolsheim, auch Lars räuspert sich.

„Ich bin fast eingeschlafen. Als ich dann Schritte gehört habe, war ich auf einmal hellwach. Ich weiß ganz genau, dass ich die Tür abgeschlossen habe. Nur das Fenster in der Toilette war offen. Aber es ist so schwül und wir sind ja im zweiten Stock." Sie greift nach der Tasse und hält sich daran fest.

„Haben Sie jemanden gesehen?"

Sie streift sich eine Haarsträhne hinter das linke Ohr. Ihre blauen Augen starren mich an, trotzdem sieht mich Klara Gerolsheim nicht, sie schaut durch mich hindurch, sie überlegt. Dann schüttelt sie

entschieden mit dem Kopf und die blonde Strähne löst sich wieder.
„Warum haben Sie nicht Ihren Mann angerufen?"
„Er darf das Handy nicht benutzen", flüstert sie.
„Welchen Beruf übt er aus?"
„Unterschiedlich. Martin kann alles ..."
„Will heißen?" Ich höre, dass draußen ein Auto vorbeifährt. Eine Tür wird zugeschlagen. Zwei Stimmen, die sich streiten.

„Er hat mehrere Jobs. Und er wechselt sie ständig."
Draußen schreit eine Frau. Dann ertönt ein saftiges Klatschen. Ich werfe durch das Fenster hinter mir einen Blick auf die Straße. Unter einer der Laternen steht ein Mann und hält sich die Wange. „Blöde Fotze", höre ich sein gedämpftes Fluchen. Die Frau verpasst ihm noch eine und verschwindet im Schatten. Der Mann verfolgt sie nicht. Steigt in sein Auto und fährt mit quietschenden Reifen davon.
Ich drehe mich erneut um. „Also wissen Sie gar nicht, ob nicht vielleicht Ihr Mann hier war, weil er etwas vergessen hatte und Sie nicht wecken wollte?"
„Das glaube ich nicht. Er vergisst nie etwas. Außerdem hänge ich immer die Türkette ein."
Sie verstummt und dreht ihren Kopf über die Schulter. Auch ich werde gewahr, wie nackte Füße auf den Boden klatschen. Ein verschlafener Junge kommt in die Küche und reibt sich die Augen. Sein Gesicht ist zerknittert. Die linke Gesichtshälfte ist von Schlaffalten übersät.
„Was ist hier los, Mama?", fragt er mit kratziger Stimme.

„Wir reden nur, geh schlafen, sonst kommst du morgen nicht aus den Federn." Frau Gerolsheim macht sich nicht die Mühe, ihren dreizehnjährigen Sohn zurück in sein Zimmer zu begleiten, um ihm ein paar beruhigende Worte zu sagen. Sie ist gefühllos und gleichgültig. „Geh jetzt", sagt sie in barschem Ton. Tobias zuckt zusammen, murmelt eine Entschuldigung und stampft davon.
„Das nächste Mal rufen Sie bitte die Kollegen von der Polizei an", mischt sich Lars ein. Er möchte nach Hause. Ich übrigens auch.
„Darf ich noch, kurz bevor wir gehen, das Badezimmer anschauen?", sage ich und unterdrücke ein Gähnen. Meine Augen tränen.
„Ja, nur ..." Sie kaut auf der Unterlippe und starrt auf die Tasse. Dreht sie zweimal in den Händen. Kuschelt sich in den Bademantel ein, steht auf und schaut mich prüfend an. Der Blick haftet nicht lange auf mir, sie dreht sich unsicher von uns ab und sagt: „Dort liegt noch schmutzige Wäsche, ich komme einfach nicht mehr dazu wie früher ..." Der Satz verklingt in einem Seufzer.
Wir folgen ihr. Sie bleibt vor der Badezimmertür stehen. Wartet, bis wir an ihr vorbeikommen, erst dann knipst sie das Licht an. Haushalt war nie ihr Steckenpferd und nicht jeder ist dazu prädestiniert, eine gute Mutter und Hausfrau zu sein, aber das, das verschlägt auch mir die Sprache. Selbst ein Spürhund würde hier krepieren vor so vielen Gerüchen, die einem den Atem verschlagen.
„Warum fragen Sie nicht ...", wende ich mich an Frau Gerolsheim. Sie unterbricht mich jäh.

„Ich möchte keine Hilfe. Es ist nur eine Phase, die eine Frau und Mutter durchmachen muss, und das jede auf ihre eigene Weise. Ich war nicht immer so. Nur mit dem zweiten Kind ist mir die Welt ein wenig zu komplex geworden, aber ich schaffe das schon."

Ich wage einen Schritt nach vorne. Mein Schuh bleibt am Boden kleben. Ich bin auf ein Heftpflaster getreten oder eine Frauenbinde. Ich schaue nicht nach unten, laufe auf das Fenster zu. „Ich werde die Kollegen informieren müssen. Vielleicht gibt es Fingerabdrücke."
Sie mustert mich mit einem unwilligen Kopfschütteln. „Mein Mann wird damit nicht einverstanden sein."

Ich untersuche das Fenster, kann jedoch nichts Außergewöhnliches erkennen.
„Ich habe mich einfach getäuscht. Kann nur eine Katze oder ein Vogel gewesen sein."
„Haben Sie deswegen mich und nicht die Polizei angerufen?" Ich messe ihr jetzt einen anderen Wert zu, sie ist viel verzweifelter, als ich gedacht habe. Mir schwant dabei nichts Gutes. Was ist ihr Mann für ein Individuum?

„Frau Gerolsheim, ich möchte von Ihnen eine klare Ansage. Soll ich die Polizei rufen oder nicht?" Ich atme jetzt durch den Mund. Ein leises Klicken ertönt und ich zucke ein wenig zusammen. Die Waschmaschine beginnt zu brummen. „Sie waschen in der Nacht?"

„Ich habe die Zeit falsch einprogrammiert", murmelt sie. Der Wäschekorb mit Schmutzwäsche klappert, weil die Trommel sich zu drehen beginnt. Der Korb steht auf dem Trockner, der wiederum auf der Waschmaschine thront. Der Spiegelschrank ist matt und blind, das graue Waschbecken von Zahnpastaflecken gescheckt. Zahnbürsten stecken in einem schmutzigen Glas, und die Borsten sind ausgefranst, die Tube ist fast leer, der Deckel liegt daneben. Der Wasserhahn stumpf von Kalk und anderen Verschmutzungen.

„Haben Sie Angst vor der Polizei oder davor, Ihrem Mann das Eintreffen der Beamten später erklären zu müssen?" Ich zwänge mich durch den Türrahmen.
„Beides. Mein Mann schlägt mich nicht, er ist auch nicht aggressiv, nein, ich möchte nur nicht, dass er mich für schizophren hält. Ich möchte auch nicht, dass er deswegen seinen Job verliert, nur weil ich vielleicht schlecht geträumt habe." Sie begleitet uns zur Tür. Die Kette klappert erneut. „Tut mir leid für die Unannehmlichkeiten und dass ich Sie so spät herbeordert habe. Ich dachte nur ..." Sie beendet den Satz nicht.

Am liebsten hätte ich die Dame gemaßregelt, schlucke jedoch meinen Zorn wie eine bittere Pille herunter und wünsche ihr stattdessen eine gute Nacht. Lars brummt auch etwas in der gleichen Richtung. Die Tür geht mit einem leisen Klicken zu, die Kette klappert und dann ist es still.

Kapitel 7 (Der Seelenretter)

Ich bin kein Psychopath. Ich bin einfach nur ein Mann, der vom Schicksal geschädigt ist, das ist ein sehr großer Unterschied. Ich bin ein klar denkender Mensch. Ich kann das Gute und Böse sehr präzise differenzieren und sehr wohl voneinander unterscheiden.

Mein Blick ruht schwer auf einem offenen Fenster. Mein Atem wird intensiver. Ich merke, wie mein Unterleib Lustgefühle zu meinem Gehirn aussendet. Jede einzelne Zelle meines Körpers wird mit Adrenalin angereichert. Der Körper wird von diesem Stoff überflutet. Ein wohliges Gefühl lässt meine Haut kribbeln.

Mein Verstand ist klar, mein Blick forsch, die Entscheidung ist gefallen. Die Leiter liegt schon seit Tagen für meinen Einsatz bereit. Miriam ist heute immer noch allein mit ihren Kindern. Sie hat noch vor einer Stunde mit ihren Freundinnen auf Facebook gechattet. Sie alle sind bei mir in der Freundesliste. Ihre letzte Nachricht lautete: „Irgendwie komisch, allein einzuschlafen. Gute Nacht, Welt."

Ich habe ihre Nachricht geliked.
Der Pontiac steht zwei Straßen weiter im Schatten eines alten Hauses geparkt. Mein T-Shirt ist nass

und klebt am Rücken. Ich werde heute den Jungen retten.

Der kurze Rasen unter meinen Füßen gleicht einem weichen Teppich. Ich greife nach der Leiter, die einfach so neben einem Geräteschuppen liegt, und schleiche mich zum Haus. Das leichte Aluminium ist immer noch warm von der Sonne. Das schmalere Ende lehne ich an die Hauswand, dicht unter das offene Fenster. Ich kenne mich in der Wohnung von Miriam mehr oder minder aus. Ihr Tablet hat eine Frontkamera. Und ich habe ein Programm, mit dem ich sie einschalten kann. Das Fenster führt direkt in das Schlafzimmer ihres Sohnes Marian. Eine Sprosse nach der anderen erklimme ich bis in den zweiten Stock. Dabei versuche ich, nicht nach unten zu schauen. Die Leiter neigt sich ein wenig nach links, schon sehe ich mich fallen. Ein harter Klumpen in meinem Hals drückt mir die Luft ab. In letzter Sekunde und nach zwei weiteren Sprossen bekomme ich den Fenstersims zu fassen, nur mit der rechten Hand und mit drei Fingern. Die Leiter kratzt an der Fassade und fällt auf einen Lorbeerstrauch. Mit der linken Hand greife ich nach und ziehe mich hinein. Die Skimaske versucht mir die Luft abzuschnüren. Ich brauche eine Weile, um klar denken zu können. Als meine Augen sich an die Dunkelheit gewöhnt haben und ich die schemenhaften Schatten als Konturen von Möbeln erkennen kann, setze ich den linken Fuß auf den Boden. Der Junge schläft in seinem Bett. Auch sonst kann ich keine Geräusche außer des leisen Tickens einer Uhr ausmachen. Die Welt ist für diese Familie noch in Ordnung. Ich schleiche mich ins

Schlafzimmer der Frau. Das kleine Mädchen schläft neben seiner Mama. Liane. Das Kind hält ein Kuscheltier mit beiden Händen fest umklammert. Der Bär, dessen Ohr ein wenig abgekaut und ausgefranst ist, schläft nicht, seine schwarzen Glupschaugen starren zur Decke. Ein gelber Mond steht auf dem Beistelltisch und spendet etwas Licht. Ich laufe zurück zu dem Jungen, träufele etwas von dem Schlaf-Elixier auf das Tuch und breite es unter seiner Nase aus. Marian liegt auf der Seite. Sein rechter Arm baumelt über der Bettkante, mit den Fingerspitzen berührt er den Boden. Als sein Atem noch langsamer wird, lege ich ihm das Tuch direkt aufs Gesicht. Als er tief schlummert und bis zum Sonnenaufgang von der Welt abgeschaltet ist, trage ich ihn ins Wohnzimmer, weil unter seinem Bett ein Einschubkasten steht. Das Sofa ist nicht groß, Marian hat aber nichts dagegen, dass seine Füße von mir eingeknickt werden. Die Kissen vom Sofa landen zuerst auf dem Boden. Ich schiebe den schlaffen Körper weiter zur Rückenlehne. So kann er nicht runterfallen.

Die Kissen verstecke ich unter der Decke in Marians Zimmer. Ich klopfe die Form mit der Handkante zurecht. Begutachte mein Arrangement, schlage eine weitere Falte in die Decke und wiege abschätzend den Kopf. Zufrieden wende ich mich um und laufe in Miriams Zimmer.

„Psst, aufwachen, hallo." Ich tätschele ihr die Wange. Sie säuselt unverständlich. Die Laute ähneln

Worten wie ‚Liane, lass mich noch ein wenig schlafen.'
„Hallo, Zeit zum Aufstehen." Ich drücke ihr die Messerspitze gegen den Hals. Ihre Augenlider flattern. Dier Angst raubt ihr die Luft und versetzt sie in eine Schockstarre. „Das habe ich in deiner Küche gefunden, in der Schublade bei den Gabeln und Löffeln. Auch Buttermesser liegen drin, aber ich habe mich für dieses hier entschieden." Das Metall drückt noch tiefer in ihr Fleisch, ohne sie dabei zu verletzen. „Wenn du schreist, bist du tot." Meine Stimme klingt eisig, selbst mir wird dabei kalt. Meine Hand drückt ihre Nase und den Mund zu. Der Gummihandschuh ist nass und klebrig. Ich kann ihre Zähne auf meinem Handteller spüren. Sie ringt nach Atem und winselt wie ein verletztes Tier. Ihre Lippen zucken. „Ich nehme meine Hand weg und du benimmst dich, okay?" Sie nickt. Ich kann ihren Körpergeruch in mich einsaugen. Der Duft betört meine Sinne. Zaghaft lockere ich den Griff nur ein wenig. Die Frau protestiert nicht, sie weiß, was auf dem Spiel steht. Ihr ist bewusst – ich bin zu keinem Kompromiss bereit, ich bin der Spielmacher.
„Was wollen Sie von mir?" Ein rascher Blick zu ihrer Tochter gibt ihr ein wenig Hoffnung. Tränen rinnen über ihre Wange. Die Messerspitze wandert von ihrem Hals bis an ihre Brust herab. Sie wimmert. „Bitte nicht."
„Ich entscheide hier, wie der Hase läuft. Noch ein Mucks von dir und deine Tochter ist tot." Ich beuge mich ganz weit nach unten. Unsere Augen sind nur eine Handbreit voneinander entfernt.

„Alles, was du machen musst, ist mir zu gehorchen. Du beantwortest einfach eine simple Frage, danach bin ich weg."

Ihre Augen weiten sich.

„Ich mache alles, was Sie sagen", nuschelt sie.
Sie zieht die Decke herunter und entblößt ihren Körper. Sie knöpft ihr Nachthemd mit zittrigen Fingern langsam auf. Ihrer grotesken Unverschämtheit zum Trotz verliere ich nicht die Beherrschung. Warum glauben die Frauen, dass ich nur auf das Eine fixiert bin? Ich suche in meinen Gedanken nach etwas, das mir auf diese Vorgehensweise eine logische Antwort gibt. Enttäuschung macht sich in mir breit, ich finde keine Erklärung dafür. Ich schnaube tief ein und aus.
„Welches deiner Kinder liebst du mehr?" Meine Stimme klingt abgeklärt. Das Messer ist nur wenige Zentimeter von ihrem rechten Auge entfernt. Die Spitze zittert.
„Welches der Kinder bist du bereit aufzugeben?", formuliere ich die Frage um.
Ihr Lächeln ist schwer zu definieren. Mir fallen Wörter wie: harmlos, unsicher, schüchtern, schmerzhaft und verzweifelt ein. Alles passt zu ihrem Gesichtsausdruck, doch eine andere Bezeichnung passt am besten: Furcht.
„Ich liebe beide, ich verstehe Ihre Frage nicht."
Mit Zeige- und Mittelfinger schiebe ich ihren Kopf nach oben, indem ich ihr Kinn berühre. Sie wehrt sich nicht, folgt meiner Geste. Der Anblick erinnert mich an ein Aktbild. Eine sommerliche Intervention,

eine nackte Frau im Bett, so oder so ähnlich könnte der Titel des Bildes ausfallen. Die Inspiration jedes Künstlers basiert auf einer implizierten Zusammengehörigkeit zwischen Fantasie und Wirklichkeit. Ich bin auch ein Künstler. Ich bringe das zusammen, was zusammen gehört. Vielleicht auf eine subtile und nicht ganz elegante Weise, dennoch, ich setze alles so in Szene, dass jeder Schritt, egal, wie klein dieser auch sein mag, bis ins kleinste Detail aufeinander abgestimmt ist. Mir fällt die Leiter wieder ein. Na ja, mit wenigen Ausnahmen.
„Wenn du die Wahl hättest, über das Leben eins deiner Kinder zu bestimmen, für welches der beiden würdest du dich entscheiden?"
Ihre Augen glänzen in dem schummrigen Licht der Nachtleuchte. Ihre Tochter reckt sich und schlägt für eine Sekunde die Augen auf. „Mami, mit wem redest du?"
„Schlaf, mein Schatz, du hast nur geträumt." Miriams Stimme klingt feucht vor Tränen und von Sorge belegt.
Das Mädchen kuschelt sich ein und dreht sich auf die Seite.
„Lassen Sie uns einfach in Ruhe. Ich habe Geld, viel Geld. Zweitausend Euro. Ich habe auch Schmuck ..."
„Halt deine verdammte Fresse", presse ich die Worte durch die Zähne. Im Augenwinkel erkenne ich erneut eine Regung. Das Kind dreht aufs Neue den Kopf zu uns. Ich hole das Taschentuch heraus. Mehrere Tropfen landen auf dem feinen Stoff, hinterlassen kaum sichtbare Flecken. „Halte ihr das Tuch vor die Nase", befehle ich Miriam. Zuerst weigert sie sich, doch dann nimmt sie es und zu

meiner Verwunderung presst sie sich das Ding selbst gegen Mund und Nase. „Wenn du einschläfst, werde ich mich an deinen Kindern vergehen und sie anschließend töten – beide."
Sie zittert. „Bitte nicht."
„Deiner Tochter wird nichts passieren, wenn du dich für sie entscheidest." Ich drücke ihr die Halsschlagader mit Daumen und Zeigefinger ab. „Mach schon!" Sie beugt sich über ihre Tochter, ich sehe, dass Miriam am ganzen Körper zittert. Sie murmelt beruhigende Worte und legt das Tuch über das kleine Gesicht.
Endlich schläft das Kind und wird mich nicht mehr stören.
„Folge mir jetzt."
„Bitte nicht, bitte. Was habe ich Ihnen getan?!" Ihre Lippen zucken. Die Augen sind rot. Die Stirn glänzt. Das Haar ist zerzaust und feucht. Die vom Schweiß nassen Strähnen kleben an ihren Schläfen. Ich kann eine Ader auf der rechten Seite pulsieren sehen. Miriam fürchtet sich vor mir, das ist gut, sehr gut. Genau diesen Zustand genieße ich in vollen Zügen. Wenn pure Angst die Sinne beherrscht.
Ihre nackten Füße berühren lautlos den Boden. Sie hält sich den Bauch mit beiden Armen fest umklammert, als hätte sie Bauchschmerzen. „Was haben Sie mit mir vor?"
„Wir gehen einfach in das Zimmer deines Sohnes. Er heißt Marian, nicht wahr?"
Ich höre sie winseln.
„Dort wartet eine Überraschung auf dich." Ich schubse sie leicht gegen die Schulter. Sie stolpert über einen Gegenstand, den ich mir nicht genauer

anschaue. Meine Konzentration gilt nur ihr. Ich möchte nicht, dass sie etwas Dummes anstellt, das ich später bereuen könnte. „Ach komm, Miriam, spiel hier nicht die Unwissende." Sie möchte stehen bleiben. Ein etwas heftigerer Faustschlag zwischen die Schulterblätter ist Mahnung genug, denke ich, und verpasse ihr noch einen hinterher. Für alle Fälle. In der Rolle des Spielmachers fühle ich mich wirklich wohl. Ein leichtes Kribbeln zwischen den Lenden jagt mir ein angenehmes Gefühl durch den Körper bis an die Kopfhaut. Miriam traut sich nicht mehr, mir zu widersprechen.

Endlich stehen wir vor dem Bett des Jungen. Eines der Kissen liegt auf dem Boden. Hoffentlich bemerkt sie es nicht. Ich hatte zu viele mitgenommen, sodass eines nicht ganz unter die Decke gepasst hat. Ich habe das Kissen dann auf den Boden gelegt. Verdammt, fluche ich in mich hinein, diese Nacht könnte mir noch zum Verhängnis werden.

Von draußen scheint auch noch der scheiß Mond ausgerechnet durch das offene Fenster. Ein graues Viereck liegt genau über der Bettdecke des Jungen. Ich kann auf dem hellen Laken den Schatten von einem Baum erkennen, er bewegt sich im Wind. Ich stehe dicht vor der Frau. Kann ihren Körpergeruch, der von Panik durchtränkt ist, in mich einsaugen. Dieser Cocktail aus Deo, Schweiß, Angst und Waschmittel machen mich töricht. Ich senke meinen Kopf gegen die Brust, kaum merklich, schiebe dann die Mütze etwas nach oben bis über die Nase, berühre sachte mit den Lippen ihre rechte Schulter, dann ganz vorsichtig ihren nackten Hals. Ich zittere. Mit der Zungenspitze schmecke ich den Schweiß, auch die feinen Härchen auf ihrer Haut dicht hinter dem Ohr. Oh Gott, sie riecht so gut. Am liebsten würde ich über sie herfallen wie ein wildes Tier, aber ich habe eine wichtige Aufgabe zu erfüllen. Ich merke, wie sie ihren Kopf zur Seite neigt, sie hat das Spiel angenommen. Sie möchte mich mit den Fängen der Wollust einwickeln wie die Spinne eine dumme Fliege, um sie dann zu verspeisen. Ich habe in der Schule aufgepasst, die Schwarze Witwe ist für mich ein Begriff. Ein Synonym für das Weltliche, das entspricht unserer menschlichen Natur, auch wir sind Jäger.

Ich beiße mir auf die Lippen. Schüttle die Gier nach Sex von mir ab und ziehe die Maske langsam herunter. Miriam will aber noch nicht aufgeben. Ihre rechte Hand wandert an meinem Bein entlang bis ... NEIN, NEIN, NEIN! Ich schreie mich in Gedanken an, brülle aus vollem Halse. Ich darf den niederen Instinkten, den Trieben nicht nachgeben. Ich packe sie mit meiner linken Hand am Handgelenk und verdrehe ihren Arm, ohne ihr dabei wehzutun. Die Messerschneide liegt auf ihrer Kehle. Ich kann den leichten Widerstand ihrer Haut spüren. „Tu das nie wieder, sonst werdet ihr alle, und das meine ich wirklich ernst, ihr werdet heute Nacht alle sterben. Jetzt kommen wir zu dir." Meine Stimme klingt rau und furchteinflößend. „Du nimmst dieses Messer hier und stichst dreimal auf deinen Sohn ein ..."

„Nein, nein, nein, ich werde das nicht tun, nein, ich mache das nicht, nicht meinen Marian, niemals." Sie spricht leise, schnell und ohne Pause. Der Satz klingt wie ein einziges Wort. Ihr Flüstern ähnelt dem Gebet einer Verzweifelten vor dem Altar, so als möchte sie sich von all ihren Sünden freisprechen.
Die Maske um Mund und Nase ist vor Atemluft und Geifer feucht, auch im Nacken ist der Stoff klatschnass. Das schwarze T-Shirt und auch die Hose kleben an meiner Haut. „Er oder deine Tochter ..."
„Töte lieber mich, du elendes Arschloch, du Feigling, du arrogantes ..." Weiter kommt sie nicht. Das Messer gleitet langsam durch ihre Haut. Ihre Oberlippe blutet. Sie leckt sich darüber. Ich habe sie an den Haaren gepackt und den Kopf so verdreht, dass ich ihr direkt in die Augen schauen kann.
„Ich spiele keine Spielchen. Entweder er oder dein kleines Engelchen. Entweder das pubertierende Furunkel, so nennst du ihn, nicht wahr, oder Mamas Baby? Also entweder Marian oder dein Liebchen, Lianchen, Linchen und bla, bla, bla ..."
„Woher weißt du das alles?" Sie siezt mich nicht mehr.
„Das ist unwichtig." Ich möchte ihr das Messer in die Hand drücken. Sie wehrt sich immer noch. Diese dumme Kuh ballt die Faust stärker zusammen. Ich ritze ihr über die Fingerknöchel. Der Strich ist zuerst hell, bis die Wunden sich mit Blut füllen. „Wenn du schreist, sterbt ihr alle, wenn du das Messer gegen mich hebst, ereilt euch dasselbe Schicksal. Zuerst werden deine Kinder sterben, mit der Tochter werde ich mir ein wenig mehr Zeit lassen, als dir lieb sein

wird." Bei diesen Worten verkrampft sich mein Magen und ich hasse mich dafür, diese Drohung ausgesprochen zu haben, aber Miriam ist stur. „Und erst dann, erst nachdem ich mich ausgetobt habe, werde ich mich dir zuwenden. Überlege deinen nächsten Schritt gut, denn es könnte dein letzter sein."
Sie zögert. Aber ich habe sie fast so weit.
„Vielleicht wird dein Sohn den Angriff überleben. Aber du darfst nicht schummeln, verstanden?" In meiner Stimme schwingt jetzt ein Hauch von Güte mit. Ihre Augen sind wie zwei kleine Seen. Als sie nickt, laufen die Tränen zwei kleinen Flüssen gleich über ihre Wangen. „Dreimal, nur dreimal, dann bin ich weg, für immer, es sei denn ..."
Miriam schluckt und blinzelt.
„Nein, das bleibt mein kleines Geheimnis. Los jetzt, lass uns die Sache hinter uns bringen", wechsle ich die Tonlage, die Worte klingen wieder barsch und fordernd.

Endlich schnappt ihre Hand nach dem Griff. Sie kämpft zuerst, wägt die Möglichkeit ab, entscheidet sich jedoch gegen den Versuch, mich anzugreifen. Ihre Schritte sind wankend, so als wäre sie dabei, das Laufen neu zu erlernen. Endlich stehen wir vor dem Bett ihres Sohnes. Ihre Knie drücken gegen die Matratze. Sie ist wirklich schlau, sie möchte, dass Marian aufwacht. Doch ihr Sohn rührt sich nicht.
Mir reicht's. Ich packe sie am Unterarm, dicht am Handgelenk. Das Messer blitzt im traurigen Schein des Mondes auf und saust nach unten. Ein, zwei, drei Stiche, dann öffnet sie ihre Finger. Ihr Mund ist

zu einem Schrei verzerrt. Sie zieht an der Decke, schafft es jedoch nicht, den Stoff wegzuziehen, so als hätte sie all ihre Kraft aufgebraucht. Bei allen ist es das Gleiche.

In meiner Magengegend zuckt eine kleine Flamme und wird mit jeder Sekunde heller. Ich warte ungeduldig, bis sie die Kissen erblickt. Das sollte ihr eine Lehre fürs Leben sein. Doch dann passiert etwas, das die Flamme zu einem Inferno aufglühen lässt. Miriam ballt ihre Finger zu einer Faust zusammen und drückt sie in den Mund. Sie presst ihre Zähne in die weiße Haut hinein.

Das Laken färbt sich rot. Der Fleck wird immer größer. Wie ein Tintenklecks auf Löschpapier.

Wie in Trance schnappe ich nach der Decke und ziehe daran. Ich sehe keine Kissen, nein, ein Junge liegt unter der Decke. Ich kann nur seinen Rücken sehen. Sein Unterhemd ist rot. Tiefe, klaffende Wunden verunstalten seinen Nacken. Ein dunkles Loch spuckt immer noch schwarzes Blut. Wir haben ihn am Hals erwischt.

Wie konnte das nur passieren?

Miriam beugt sich über ihren Sohn und dreht ihn um. Er scheint immer noch zu schlafen. Mit den Händen hält er eines der Kissen vom Sofa festumschlungen. Seine Augen sind zu. „Du tust ihm weh", höre ich meine Stimme. „Lass ihn los, du tust ihm weh."

Sie presst ihr Kind fest an sich und wiegt ihren Körper hin und her. Draußen im Treppenhaus höre ich, wie eine Tür zugeschlagen wird. Dieses dumpfe Geräusch reißt mich aus der Lethargie heraus. Erst jetzt klärt sich mein Verstand. Ich laufe zur Tür hinaus. Ich muss hier weg, muss fliehen. Die Wohnungstür ist abgeschlossen. Zum Glück steckt der Schlüssel noch im Schloss. Ich bin von Panik ergriffen und drehe ihn in die falsche Richtung, zerre an der Türklinke. Das verdammte Ding geht nicht auf. Nach einem weiteren Versuch schaltet mein Verstand um. Ich bewege den Schlüssel in die richtige Richtung. Zweimal im Uhrzeigersinn. Endlich schnappt das Schloss auf. Ich vernehme Schritte hinter mir. Als ich die Tür aufreiße, jagt ein sengender Schmerz durch meinen Körper, von der Schulter bis ins Mark. Ich fahre herum und stehe einer verzerrten Grimasse gegenüber. Ich starre in die weit aufgerissenen Augen einer zu allem entschlossenen Frau. Sie schwingt das Messer ein zweites Mal. Instinktiv hebe ich den linken Arm hoch. Das Messer huscht knapp an meinem Gesicht vorbei und bleibt im Holz stecken. Ich verpasse der Frau einen Fausthieb in den Bauch. Miriam schnappt nach Luft. Mit beiden Händen schubse ich sie von mir weg und eile nach draußen. Ich nehme zwei Stufen auf einmal. Rutsche mehrmals aus, komme jedoch schnell auf die Füße und renne davon.

Ich hoffe, sie hat mich nicht lebensgefährlich verletzt, jäher Zorn steigt in mir auf. Ich habe an alles gedacht, aber nicht daran, dass ein Kind gegen das Schlafmittel eine Resistenz haben kann. Endlich auf der Straße taste ich die Stelle ab, wo die Frau mich mit dem Messer verletzt hat. Verblüfft starre ich auf meine Finger. Ich sehe kein Blut. Erneut streife ich mit der Hand über die Stelle, diesmal ohne den Gummihandschuh. Tatsächlich, meine Finger sind nicht blutig. Sie hatte nicht genug

Schwung gehabt und mich nicht richtig getroffen, wahrscheinlich ist sie am Griff ausgerutscht, weil ihre Hände mit dem Blut ihres Kindes besudelt waren. Ich streife schnell auch den anderen Handschuh ab und zerre an der Maske. Die noch vor wenigen Minuten warme Luft fühlt sich auf einmal kühl an. Alles wandert in eine schwarze Mülltüte, die ich aus meiner Hosentasche zerre. Eine Sirene treibt mich zu einem leichten Trab an. Ich verschwinde in einer Seitengasse.

Kapitel 8 (Johannes)

Sonja ist nicht der Typ Frau, die alles in sich hineinfrisst. Sie legt ihre Gedanken offen dar und spricht mich darauf mit einer klaren Botschaft an.
„So langsam fangen mich deine nächtlichen Ausflüge an zu nerven", sagt sie zu mir, als ich halb nackt mit vom Duschen nassem Haar und vor Müdigkeit verknittertem Gesicht im Schlafzimmer erscheine.
„Ich dachte, du schläfst schon längst", entgegne ich, ohne mein Erstaunen irgendwie vorzuspielen.
Sie schlägt die Decke hoch. Mir stockt für eine Sekunde der Atem. Nun weiß ich, was ich verpasst habe, und kann ihren Groll jetzt noch mehr nachvollziehen. Sonja ist nackt, fast, wenn man von dem dünnen, durchsichtigen Stoff absieht.
„Du bist ein pedantisches Arschloch!"
„Woher kommt jetzt diese unerwartete Ehre?" Ich breite hilflos die Hände aus.
„Du taugst nicht viel als Ehemann. Du bist ein Stümper als Vater und als ... ach, vergiss es." Sie steht auf, geht zum Schrank und bringt ihn zum Wackeln, indem sie die Schiebetür energisch zur Seite schiebt. Sonja schleudert mir einen bösen Blick zu und schmeißt mir eins ihrer ausgeleierten T-Shirts ins Gesicht.
Das T-Shirt gehört mir, riecht aber nach Sonja. Sie benutzt es als Schlafanzug. Heute jedoch nicht. Sie schlüpft in ein Baumwollhöschen, was ich nicht

weniger erotisch finde, zieht das durchsichtige Negligé aus, wirft es in den Schrank und streift sich ein Oberteil über, das ich noch nicht kenne; ein weißes Hemd aus Leinen.
Ich begleite sie stumm mit den Augen. Sie setzt sich im Bett aufrecht hin, mit dem Rücken gegen ein Kissen gelehnt. Ihr Blick ist fordernd. Ich erwäge, ihre unausgesprochene Forderung mit einer Lüge abzutun, entscheide mich jedoch für die Wahrheit. Sie ist schließlich kein dummes Mädchen. Schwerfällig lasse ich meinen kraftlosen und völlig ausgelaugten Körper aufs Bett fallen. Der Stoff unter mir fühlt sich angenehm weich an. Das Kissen passt sich meinem Kopf an und zieht mich in den Schlaf. Ich muss gegen die aufkommende Müdigkeit ankämpfen.
„Ich war bei Frau Gerolsheim." Meine Zunge ist schwer. Die Worte kaum verständlich, selbst für mich.
„Das habe ich mitgekriegt, aber was hatte sie denn, was sich nicht auf morgen verschieben ließ?" Ihre Stimme ist schneidend.
Sie ist eifersüchtig. Mein rechter Mundwinkel zuckt, den linken spüre ich nicht.
„Bei ihr wurde eingebrochen ..."
„Hat sie die Nummer von der Polizei nicht in ihrem Telefon eingespeichert? Oder hat sie aus Versehen auf die Wiederholungstaste gedrückt?" Sonja klingt eisig.
Nun muss ich aber doch den verlockenden Schlaf zur Seite schieben. Sonja avanciert jetzt zu einer schnippischen und eifersüchtigen Frau, was ich zu unterbinden gedenke, solange unser Gespräch nicht

zu einem heftigen Streit ausartet. Ich packe sie an den Schultern und ziehe sie fest an mich. Auf so eine Wendung war Sonja nicht vorbereitet. Gegen dieses recht untypische Ansinnen wehrt sie sich mit Händen und Füßen. Der Widerstand dauerte nur wenige Augenblicke an. Dann treffen sich unsere Lippen und der Groll ist vorübergehend vergessen.

Kapitel 9 (Der Seelenretter)

Mein Sohn schläft längst. Die Fahrt dauerte nur wenige Augenblicke, so scheint es mir zumindest. Die Erinnerungen an den Übergriff und die Flucht haben sich verklärt, ich kann mich nur an Bruchstücke erinnern, ich sehe nur Bilderfetzen, so als hätte jemand mir im Kopf etwas herausgeschnitten.

Ein unangenehmes Stechen auf der rechten Seite des Schulterblatts lässt mein Gesicht zusammenzucken. Ich gehe auf Zehenspitzen ins Badezimmer. Das schwarze T-Shirt hat weiße Ränder und riecht penetrant nach Schweiß und Erbrochenem. Aber ich habe mich doch gar nicht übergeben. Als ich es in die Waschmaschine werfen möchte, rutscht mein Finger durch ein kleines Loch. Ich breite das T-Shirt mit ausgestreckten Armen vor mir aus und betrachte die Stelle eingehend. Dann drehe ich mich mit dem Rücken zum Spiegelschrank. Alles, was ich sehe, ist verbrannte und schlecht verheilte Haut, die nur aus Falten und Narben besteht. Das Feuer hat die Hälfte meines Körpers verunstaltet. Erst jetzt kann ich einen kleinen Einschnitt erkennen. Ein roter Blutstropfen quillt durch die wulstige Haut hindurch. Als wäre ich stigmatisiert. Wie eine Träne hängt die rote Perle an meinem Körper und zerfließt dann zu einer Linie. Ich zucke zusammen, als die Tür aufgeht. Mein Sohn erscheint mit zu schmalen Schlitzen verengten Augen.

„Papa, was machst du hier? Wo warst du?"
Ein zaghaftes Lächeln huscht über meine Lippen. Er ist schon so groß. Vor fünf Tagen ist er fünfzehn geworden. Bald bekommt er eine kleine Schwester. Meine Frau liegt im Krankenhaus. Nach zwei Fehlgeburten hoffen wir jetzt auf ein Happy End. Es gab auch dieses Mal Komplikationen, sehr viele sogar. Darum hat sich der Arzt dazu entschieden, Stefanie in ein Krankenhaus einzuweisen. Ich hatte nichts dagegen. Dort ist sie unter Fachleuten.
„Musst du morgen nicht zur Arbeit?", krächzt mein Sohn mit schläfriger Stimme, hebt den Klodeckel und stellt sich mit dem Rücken zu mir hin. Ich höre ein Plätschern. Seitdem meine Frau im Krankenhaus liegt, benutzen wir das Klo wie Männer; wir pinkeln im Stehen. Das bleibt aber unser Geheimnis, das haben wir lachend untereinander so ausgemacht, als wir uns vor dem Fernseher auf dem Sofa eine Pizza mit Cola einverleibt haben. Die Krümel ließen wir von Schotti, unserem Wellensittich, aufpicken. Wir spuckten uns in die Hand und besiegelten so unseren Pakt.
„Kannst du bitte nachschauen? Ich glaube, ich bin irgendwo hängen geblieben. Da scheint sich ein Splitter zu verstecken. Du weißt ja, dort, wo die Haut am dicksten ist, habe ich kein Gefühl und komme auch nicht ran."
Sebastian schnaubt, macht einen tiefen Atemzug und stiert auf meinen Rücken. Sein Blick ruht dicht vor meiner linken Hand, auf dem rechten Schulterblatt. Ich kann die Stelle fast mit den Fingerspitzen berühren. Sebastian tupft vorsichtig mit dem rechten Zeigefinger darauf und kratzt über eine der Falten.

Ich schreie auf. So, als hätte jemand eine Nadel durch meine Haut gejagt, dringt der Schmerz bis in mein Gehirn und die Zehenspitzen.
Sebastian zuckt mit der Hand weg. „Da steckt was drin", meint er erschrocken.
„Dann hol es raus", sage ich in barschem Ton. Was ich eigentlich nicht besichtigt habe.
„Wie denn?"
„Warte." Ich öffne den Spiegelschrank, krame in den Utensilien von Stefanie herum, schließlich halte ich eine Pinzette in der Hand, die ich meinem Sohn in die Hand drücke. „Hast du dir die Hände gewaschen?" Sebastian senkt den Kopf. „Nein", brummt er.

Wir waschen uns gründlich die Hände und nehmen etwas von dem Desinfektionsmittel. Der beißende Geruch reizt meine Schleimhäute. Ich halte die Pinzette über ein Feuerzeug, das ich immer bei mir habe. Die Spitzen werden schwarz, dann rot. Als das Metall abgekühlt ist, reibe ich die Pinzette mit in Spiritus durchtränktem Klopapier noch einmal gründlich ab.

„Jetzt", sage ich matt und drehe mich mit dem Rücken zur Lampe hin.
Sebastian stochert herum wie ein Metzger. Ich beiße die Zähne zusammen, spüre, wie er immer wieder abrutscht, höre meinen Sohn schwer schnaufen. Schweiß bildet sich auf meiner Haut und kühlt mein aufgeheiztes Gemüt ein wenig ab. Meine Finger verkrampfen, als ich das Waschbecken zu zermalmen versuche.

„Ich bekomme das Scheißding nicht raus. Jetzt blutest du auch noch. Du musst ins Krankenhaus."
„Ach, rede nicht so einen Mist daher." Ich versuche, überzeugend zu klingen. Höre jedoch, wie meine Stimme zittert. „Du kannst viel tiefer in die Haut." Ich schaue Sebastian im Spiegel an. Sein dunkles Haar ist zerzaust, die grauen Augen angeschwollen. „Ich spüre ja fast kaum was", ermutige ich ihn und zwinkere ihm mit beiden Augen zu. Er scheint nicht so begeistert zu sein, aufs Neue in meinem Fleisch herumstochern zu müssen.
Ich wische mir die Schweißperlen von der Stirn. „Echt heiß heute."
Sebastian sagt nichts. Seine linke Hand liegt auf meinem Rücken. Mit Daumen und Zeigefinger versucht er die Schnittstelle auseinanderzuschieben.
Er gibt einen unartikulierten Laut von sich und verstummt abrupt. Die Schnäbel der Pinzette kratzen an meinem Knochen. Ich balle jetzt die Hände zu Fäusten. Ein heißer Stich durchzuckt mich wie ein Blitz. Ich atme tief ein und wieder aus, konzentriere mich auf einen dunklen Fleck auf dem Boden. Ich höre ein metallisches Kratzen und spüre, wie die Pinzette an dem Splitter abrutscht.

„Ach, verdammte Scheiße", flucht Sebastian. Dann ertönt ein freudiger Aufschrei. Ich kralle mich wieder für eine Sekunde am Waschbecken fest, um nicht auf die Knie zu fallen. Die glatte Oberfläche ist kühl. Ich taste nach dem Wasserhahn, gönne mir zwei Schlucke Wasser, atme noch einmal tief durch, setze ein entspanntes Lächeln auf und drehe mich zu meinem Sohn um.

Triumphierend, als hielte er eine Minifackel in seiner Rechten, präsentiert er mir das unsichtbare Etwas, indem er mir die blutige Spitze vor die Nase hält. Mit zittrigen Fingern greife ich nach der Pinzette. Erst als ich ein Stück vom Klopapier in meiner linken Hand halte, lasse ich die Pinzette aufschnappen.
Ein etwa fünf mal sieben Millimeter großes Metallstück, vermischt mit Blut, landet auf dem weißen Papier.
„Was ist das?", höre ich die Stimme meines Sohnemanns, der neben mir steht. Ich überhöre ihn.
„Papa, wo warst du? Ist das ein Splitter?" Sebastian wird aufdringlicher. Er zupft mich an der Hose, fast hätte ich dabei das Stück Klopapier fallen lassen.
„Pass doch auf, Mensch", fahre ich ihn an. „Nein, bin an dem blöden Stacheldraht hängen geblieben."
„Hä?"
„Ich war auf dem Fußballplatz", ist alles, was mir auf die Schnelle einfällt.
„Warum fährst du mitten in der Nacht auf den Fußballplatz?"
„Ich wollte nach der Arbeit nach dem Rechten sehen. Ich war mir nicht sicher, ob ich alles abgeschlossen habe. Ich bin ja jetzt Trainer, auch wenn es vorübergehend ist, so will ich später keinen Ärger haben. Außerdem ist das jetzt auch egal. Geh ins Bett, morgen musst du zur Schule."
Mein Kind und ich starren uns eine gefühlte Ewigkeit lang an, beide wissen wir, dass ich nicht die Wahrheit sage. Keiner geht jedoch näher darauf ein. Sebastian schaut erneut auf das blutige Papiertuch. Der rote Fleck zieht all seine

Aufmerksamkeit auf sich. Die abgebrochene Messerspitze glänzt matt in dem schwachen Licht der Sparlampe. Nach mehreren Atemzügen hebt mein Sohn langsam den Kopf. Seine stahlgrauen Augen sind jetzt auf mich gerichtet.
Ich stecke in Schwierigkeiten, will ich ihm verraten. Meine Hand beginnt zu zittern. „So, nun ab ins Bett, ich werde morgen mit dem Hausmeister ein Hühnchen zu rupfen haben. Jetzt brauchen wir beide eine Mütze voll Schlaf", sage ich stattdessen.
„Dein Rücken blutet jetzt", entgegnet Sebastian mit belegter Stimme.
„Halb so wild. Dieser Kratzer ist nichts im Vergleich zu dem, was ich als Kind erlebt habe."
Sebastian dreht sich um und geht endlich zurück in sein Zimmer.
Ich steige in die Dusche und lasse eiskaltes Wasser über meinen Körper laufen. Ich versuche, den heutigen Tag von mir abzuwaschen. Unter meinen Füßen bildet sich zuerst eine rote Pfütze, die zu einem kleinen Rinnsal im Abfluss verschwindet und mit jeder Sekunde blasser wird. Taubheit legt sich über mich wie ein Nebelschleier. Mit einer harten Bürste schrubbe ich über meine Arme, Beine, Brust, trotzdem haftet der Tod an mir wie heißer Teer. Der tote Junge taucht immer wieder vor meinem inneren Auge auf. Die Finger zu Fäusten geballt, graben sich die Nägel tief in das Fleisch meiner Hände.
Wie? Wie konnte er nur zurückkommen? Wie kann ich die Tat ungeschehen machen? Das sind Fragen, die mir niemand beantworten kann und die gleichzeitig völlig sinnlos sind. Sie wollte ich bestrafen – nicht den Jungen. Marian sollte leben,

ich hatte mit meiner Tat etwas Gutes vollbringen wollen. Ich war sein Retter.

Die Kälte bringt nicht die gewünschte Linderung. Mit gesenkten Lidern und lautem Pochen in der Brust drehe ich das heiße Wasser auf. Ich bereue die Tat, doch gleichzeitig mischt sich etwas anderes ein, ein latentes, nie da gewesenes Empfinden von Erfüllung nistet sich in meinem Kopf ein. Mein Herz schlägt schneller, meine Seele beginnt zu flattern. Ich drehe den Wasserhahn auf ganz heiß, selbst die vernarbte, verbrannte, hart wie Leder gewordene Haut glüht jetzt. Dampf steigt auf und beschlägt die Kabine. Ich weine bittere Tränen. Die Lider lassen sich nur schwer öffnen. Durchsichtige Buchstaben materialisieren sich wie von Zauberhand auf der Scheibe der Duschkabine. Leicht verschwommen und mit verlaufenden Konturen, dennoch gut sichtbar.

Ich muss blinzeln. Schnell drehe ich das Wasser ab. Mit dem Zeigefinger fahre ich die Striche nach und spreche laut vor mich hin. Ich erkenne meine Stimme kaum. „Sarah." Nur diese fünf Buchstaben. War das Sebastian? Wahrscheinlich.

Wir haben alle einen Vornamen, der mit einem S anfängt. Meine Frau heißt Stefanie, mein Sohn Sebastian, für unsere Tochter haben wir noch keinen passenden Namen gefunden, aber es sollte einer mit einem S sein.

Sarah. Ich schmecke das Wort nach, lasse den Namen auf mich einwirken. Sarah. Diese fünf Buchstaben haben in meiner dunklen Seele eine kleine Kerze der Hoffnung entzündet. Das Licht flackert zaghaft in meiner Brust, dicht unter dem Herzen, und spendet mir Trost. Ja, Sarah klingt schön. Ich steige aus der Dusche, reiße das Fenster auf und mache einen tiefen Atemzug. Die nächtliche Luft strömt wie eine kühle Brise in meine Lunge hinein. Nur mit den Lippen forme ich das eine Wort: Sarah.

Kapitel 10 (Johannes)

Die Nacht war sehr kurz, weil ich nach dem sehr ausgiebigen Liebespiel nicht mehr einschlafen konnte. Irgendetwas beunruhigte mich und nagte an meinem Seelenheil. Ich dachte die ganze Zeit darüber nach, ob ich nicht vielleicht doch mit Karl darüber reden sollte. Die sonst weißen Wände in unserem Zimmer sind grau, die Konturen verwaschen. Die Morgenröte färbt den Himmel. Ich fühle mich wie gerädert und quäle mich aus dem Bett. Ich kreise mit den Schultern, die Wirbel knacken wie trockene Zweige. Das Fenster ist offen, trotzdem scheint die Luft zu stehen. Ich stütze mich mit den Handflächen am Fenstersims ab und wage einen Blick nach unten. Der Rasen ist gelb, hier und da sehe ich vertrocknete Erdkreise, die sich wie Schuppenflechte auf der kleinen Wiese täglich mehren. Tim hat keinen Bock, den Rasen zu gießen, ich keine Zeit, und Sonja meint, sie könnte auch nicht alles an einem Tag machen. Da hat sie recht. Ich entscheide mich, meinen Pflichten nachzugehen. So leise wie nur möglich schleiche ich nach unten. Ich habe nur eine Leinenhose und ein leichtes Hemd aus Baumwolle übergestreift. Barfüßig gehe ich zum Geräteschuppen. Ein Rasenmäher, eine Schlauchrolle, ein Rechen für das welke Laub und eine Schneeschippe werden hier beherbergt. Das Schloss an der Tür lässt sich mit einem leichten Ziehen auseinanderdrücken.

Der Wasserhahn protestiert quietschend, als ich ihn aufdrehe. Der Schlauch bäumt sich auf, die Schlaufen lösen sich, endlich ergießt sich ein Schauer über die staubtrockene Erde. Die Halme scheinen sich nach den Tropfen zu strecken. Das Geräusch von Wasser wirkt wie Balsam für mich. Meine Füße werden auch nass. Ich spüre die feuchte Erde unter den Fußsohlen. Die Müdigkeit weicht von mir. Ich schaue zum Himmel. Das Firmament wirkt wie ein Aquarell, das mit seinen weichen Pastellfarben einen schönen Tag verspricht.

Mein Handy klingelt und reißt die entstandene Idylle um mich herum wieder ein. Bei jedem Schritt höre ich das nasse Schmatzen meiner nackten Füße im Schlamm. Um mich herum hat sich eine Pfütze gebildet. Bevor ich das Gespräch annehme, laufe ich zum Wasserhahn und drehe ihn zu. Der Schlauch erschlafft und entspannt sich wieder zu großen Schlaufen auf der nassen Erde.

Kleine Wassertropfen perlen auf der glatten Oberfläche, als ich mit dem Finger über das Display wische. „Hallo, Karl", sage ich nur.

„Hallo, Johannes", erwidert er meine Worte genauso wie ich, matt und ohne jegliche Farbe in der Stimme. Auch er hat diese Nacht nicht geschlafen, mutmaße ich und liege damit höchstwahrscheinlich richtig.

„Sagt dir der Name Miriam Beck etwas?", kommt Kommissar Breuer ohne Umschweife gleich zur Sache. Auch das ist typisch für Karl, diese ehrliche Ader macht ihn für mich sympathisch.

Ich sehe ein durchscheinendes Spiegelbild von mir in einem der Fenster, das in die Küche führt. Meine Lippen sind schmal zusammengekniffen. Das

dunkelbraune Haar klebt nass an meinem Kopf. Auch mein Hemd und die Hose sind nass. Ich habe mir eine Dusche gegönnt, direkt aus dem Wasserschlauch, jetzt friere ich ein wenig. Aber nicht wegen der nassen Klamotten, nein, die Nuancen in Karls Stimme und die Kälte, mit der er den Satz ausgesprochen hat, jagen kleine Eiskristalle unter meine Haut.
„Warum fragst du?"

Karl brummt ein Lachen, ich weiß aber, dass ihm alles andere als nach Spaß zumute ist. „Dreimal darfst du raten", entgegnet er ostentativ. Diese herausfordernde Art ist nicht unbedingt typisch für ihn. Meine Mundwinkel wandern nach unten. „Ist sie tot?"
„Seelisch, ja."
Ich möchte auffahren, ihn ein bisschen zurechtweisen, gleichzeitig weiß ich, diese Taktik wird Breuer noch mehr erzürnen und uns beiden nichts nützen. Eine Ahnung von frischer Luft streicht mir über die rechte Wange. Die linke bleibt taub, wie seit meiner Geburt schon. Der linke Stummel zuckt und simuliert einen stechenden Schmerz der fehlenden Fingerkuppe.
„Ist was mit ihren Kindern passiert oder ihrem Ehemann?"
„Ihr Sohn, er ist tot."
Ein enttäuschendes Gefühl strömt wie heißes Wachs durch meine Adern. Mir bleibt nicht mehr viel übrig, als nach oben zu gehen, mich umzuziehen und ...
„Wo ist sie jetzt?", unterbreche ich meine Gedanken.

„Ich schicke Lars zu dir, er holt dich ..." Ich höre, wie er das Telefon mit der Hand zudeckt. Rauschen und gedämpfte Stimmen dringen bis an mein Ohr, ohne dass ich den Sinn des Gesagten verstehen kann.
„Kann er dich in einer Stunde abholen?"
Ich werfe einen kurzen Blick auf mein Handgelenk.
„Wir haben jetzt halb neun", meldet sich Karl erneut zu Wort.
Acht Uhr achtundzwanzig, verbessere ich ihn in Gedanken.
„Sagen wir um zehn?"
„Von mir aus", brummt Karl. Er forciert die Dringlichkeit nicht weiter, Karl ist ein guter Bulle und kennt sich mit der menschlichen Psyche nicht weniger aus als ich, auch wenn er kein Psychologe ist. Vielleicht ist er mehr als das, er überredet mich nicht, früher zu kommen, er legt einfach auf.

Kapitel 11 (Der Seelenretter)

Ich starre immer noch zur Decke. Die Stelle, an der sich das Messer in mein Fleisch gebohrt hat, pocht wie ein zweites Herz. Das Pflaster hat sich mit Blut vollgesogen.

Ich bin klatschnass. Ich schwitze und friere gleichermaßen.
Ich überlege, ob ich mich selbst anzeigen soll. Ich schließe die Augen, die Netzhaut brennt unter den Lidern, erst jetzt spüre ich eine Regung unter den Rippen, dicht neben meinem Herzen. Ich taste blind nach diesem Gefühl und versuche es einzuordnen. Ich verspüre ein nie dagewesenes Verlangen. Wie ein Durstender trachte ich nach mehr ... Blut? Die Bilder der letzten Nacht tauchen in meinem Kopf auf und werden zu realen Szenen. Ich rieche die abgestandene Luft, spüre den aufgewirbelten Staub in meiner Nase, schmecke den unverwechselbaren Geschmack von Kupfer und rieche die Angst. Ich fahre mit der Zunge über meine aufgeplatzten Lippen, die salzig schmecken, danach berühre ich jeden Zahn, taste über das Relief, am Eckzahn verharrt meine Zungenspitze für einen winzigen Augenblick, dort, wo mir ein Stückchen fehlt. Ich muss sofort an den Splitter denken.
Die Müdigkeit ist wie verflogen. Ich weiß nicht, wo ich das Metallstück hingetan habe. Sebastian ist schon in der Schule. Er war nicht unbedingt leise, als er um sieben Uhr aufgestanden ist. Ein Blick auf den

Wecker. Es ist fast acht Uhr. Meine Schicht beginnt in einer Stunde, ich muss in die Gänge kommen, die Kundschaft wartet nur ungern, und der neue Chef ist alles andere als human.

Kapitel 12 (Johannes)

Frau Beck sitzt auf einem Stuhl. Ihre Tochter liegt mit dem Kopf auf ihrem Schoß und presst ein Kuscheltier an ihre Brust. Sie trägt einen Pyjama mit kleinen Bärchen drauf. Das Mädchen heißt Liane und ist drei oder vier. Ihr Haar ist zerzaust, der Blick stumpf. Erst als sie mich bemerkt, wandern ihre Augen zu mir hoch. Frau Beck wiegt ihren Oberkörper wie eine Betende vor und zurück. Das Weiß ihrer Augen hat sich rot verfärbt. Sie sitzt in der Untersuchungshaft, wird wegen Mordes an ihrem eigenen Kind verdächtigt. Ihre Tochter musste mit, weil der Mann nicht auffindbar ist. Eine Tragödie hat Einzug in ihr Leben gehalten.

Mit dem enttäuschenden Gefühl, dass das Vorhaben, das Gleichgewicht in ihrem Leben wiederherzustellen, sich nur als ein Wunschtraum entpuppen wird, stehe ich vor ihr. Sie hat ihr Kind nicht umgebracht. Miriam ist keine Patientin von mir. Ich kenne sie aus der Schule. Sie war eine Lehrerin von meinem Sohn, bis sie mit Liane schwanger wurde. Danach gab es Komplikationen. Liane war des Öfteren krank, also hat sich die Mutter für das Wohl des Kindes und gegen ihre eigene Karriere entschieden.
Jetzt sitzt sie da. Als ein junger Polizist die Tür hinter mir schließt, erwacht Frau Beck aus der

Trance, in ihrem Blick flackert Entsetzen auf, ihr Gesicht ist fahl und ausdruckslos.
Ich ziehe einen zweiten Stuhl heran und setze mich der Frau gegenüber. Das Trübe in ihren Augen klärt sich mit zäher Langsamkeit. Ich warte, bis sie so weit ist.

Ihre Unterlippe bebt. Sie streicht sich mit der Hand über den Mund. Ihre Finger sind um das Nagelbett herum dunkel von verkrustetem Blut.
„Wollen Sie mit mir reden, Frau Beck?" Sie zuckt nur mit den Schultern. Sie hat eine blaue Jeans und ein graues T-Shirt an. Das rote Haar bildet einen krassen Kontrast zu ihrem weißen Gesicht. „Können Sie sich an die Nacht erinnern?"

Miriam kaut auf der Innenseite ihrer Wange. „Er war einfach da", flüstert sie. Ihre Kiefermuskeln zucken konvulsiv. Ich höre, wie ihre Zähne klappern. Sie hat Beruhigungsmittel bekommen, trotzdem zittert sie wie Espenlaub. Liane hebt ihren Kopf. Ich greife in die Tasche meiner Hose und ziehe einen Lutscher heraus. Das Papier raschelt unter meinen Fingern. Endlich habe ich die rosa Kugel aus Zucker ausgepackt und reiche dem Mädchen den Lolli. Das Bonbon verschwindet in ihrem Mund. Nur der Stiel ragt nach draußen.
Miriams Augen füllen sich mit Tränen. Sie wischt sich grob über die Augen und putzt sich die Nase mit einem Papiertaschentuch, das völlig durchnässt ist. Ich habe kein frisches dabei, welches ich ihr geben könnte.

„Haben Sie ein Taschentuch?", wende ich mich an den Polizisten. Er wirkt unschlüssig, tastet seine Taschen ab und reicht mir eine angefangene Packung. Ich nehme sie alle. Frau Beck greift danach, nickt dankend mit dem Kopf.
„Erzählen Sie mir bitte das, was in Ihrer Erinnerung hängen geblieben ist, auch wenn Sie glauben, nicht alles entspricht der Realität. Wir werden es dann später gemeinsam entwirren." Ich versuche es mit einem Lächeln. Sie erwidert meine Geste jedoch nicht.

„Kann ich was zu trinken haben?" Das ist gut. Sie möchte mit mir sprechen. Ich gehe zu einem kleinen Tisch. Die Plastikflasche ist warm. So wie die Luft hier auch. Die kahlen Wände wirken trist und einschüchternd zugleich. Nicht unbedingt ein passender Ort für ein vertrauliches Gespräch, auch die Atmosphäre wirkt erdrückend. Aber Frau Beck steht unter Verdacht, und die Männer hinter der Scheibe möchten mit meiner Hilfe herausfinden, ob sie auch die Täterin ist.
Sie will keinen Anwalt an ihrer Seite haben, das habe ich von Lars erfahren.
Nachdem sie ein ganzes Glas geleert und ihre Tochter zwei große Schlucke getan hat, hüstelt Frau Beck ihre Stimme frei und sagt dann: „Ich habe schon geschlafen. Plötzlich habe ich einen Schatten gespürt, habe dem Ganzen aber keine Aufmerksamkeit geschenkt. Seit Tagen quengelt Liane und Marian macht Ärger in der Schule." Ihre Erzählung besteht aus Bruchstücken. Wie Splitter einer zerbrochenen Vase werden die Kollegen von

der Polizei und ich sie später zu einem Ganzen zusammensetzen müssen. Mir ist mehr als bewusst, dass uns einige Fragmente fehlen werden, die wir dann erarbeiten müssen. Diese filigrane Art kann man mit der eines Restaurators vergleichen, eine falsche Bewegung und das Kunstwerk ist unwiderruflich zerstört.
Frau Beck hat nicht die Kraft, mir alles zu erzählen. Ich lasse sie in Ruhe. Sie ist zu erschöpft.
Als ich das Zimmer verlasse, öffnet sich im schmalen Flur eine Tür. Karl und Lars kommen. Der Kommissar ist groß wie ein Schrank. Seine mächtigen Schultern werden von einem braunen Hemd umspannt. Die breite Brust zerrt an dem dünnen Stoff. Lars Böhm, sein neuer Kollege, sieht in Karls Gegenwart wie ein Kind aus. Wenn der junge Kommissar aufgeregt ist, streift er sich ständig das strohblonde Haar hinter die abstehenden Ohren, so wie jetzt.

Karl umfasst sein markantes Kinn mit Daumen und Zeigefinger und schaut mich auffordernd an. Wir begegnen uns stets auf Augenhöhe.
„Und - was sagst du, Doc?", erklingt Karls raue Stimme.
„Wenn ich ehrlich bin ..." Ich fahre mir mit der Hand über das Haar. Karl ahmt meine Bewegung nach und lässt seine Pranke über die stoppeligen Haare gleiten, die genauso kurz sind wie sein Dreitagebart. „Sie sagt die Wahrheit. Nur gilt es herauszufinden, ob das, was sie uns erzählt hat, die ganze Wahrheit ist", fasse ich alles zusammen.

Karl kratzt sich am Nacken. Sein Hemd hat jetzt schon dunkle Flecken unter den Achselhöhlen. Lars steht daneben und hört interessiert zu.
„Warum warst du so umsichtig mit ihr, Johannes?"
„Weil sie eine zerbrochene Seele ist."
„Sie hat aber die Hiebe ausgeführt. Wir haben ihre Fingerabdrücke, auch die Verletzung auf ihrer Hand weist eindeutig Schnitte auf, die darauf hindeuten ..."
Um nicht weiter auf diesen Gedankenweg abzuschweifen, hebe ich meine Hand. Karl verstummt, sichtlich irritiert zieht er seine breite Stirn kraus. Lars blickt im stetigen Wechsel zwischen Karl und mir hin und her.
„Einige meiner Fragen hätten eine andere Wirkung bei ihr erzielt, wäre sie die Täterin gewesen. Auch wenn sie im Zustand des Rausches oder einer anderen Ebene des Bewusstseins gehandelt hätte, so würde sie sich bei der Vernehmung durch Gestik und Mimik verraten. Auf einen unvorbereiteten Geist wirken diese prägnanten Fragen erschreckend und zerstörerisch, darum ist sie bei der Befragung zusammengebrochen. Ihr Anfall war nicht gespielt. Ich habe sehr darauf geachtet, dass ihre Tochter nichts davon mitbekommt."
„Deswegen der Lutscher?", wirft Lars die Frage dazwischen.
Ich nicke zustimmend. „Ein unbedenkliches Sedativum, bestens für Kinder geeignet."
„Sie haben dem Kind ein Beruhigungsmittel verabreicht?"
„Was hätte ich tun sollen? Das Mädchen war völlig erschöpft. Und die Mutter hatte nichts dagegen."

„Willst du dir den Tatort anschauen?", will Karl von mir wissen.
„Wenn die Männer von der Spurensicherung fertig sind, dann ja."
„Soviel ich weiß, ist die Arbeit soweit abgeschlossen."
„Gibt es jetzt schon irgendwelche Hinweise auf einen weiteren Täter?", frage ich, ohne mich dabei an jemand Bestimmtes zu wenden.
„Laut Frau Becks Aussage hat sie den Einbrecher mit dem Messer verletzt. Die Männer von der Spurensicherung im Labor konnten jedoch keine anderen Blutgruppen als die ihres Sohnes und etwas von dem ihren extrahieren. Die chemische Analyse läuft auf Hochtouren. Mit der DNA kann es noch ein wenig dauern", ergreift Lars das Wort. Er spricht schnell, dennoch sehr deutlich. „Was wir feststellen konnten, ist ..." Er sucht in seiner Tasche und holt eine Mappe mit Fotos heraus. „Schauen Sie, die Tatwaffe ist ein handelsübliches Messer aus billigem und sehr sprödem Stahl. Auf jeden Fall deckt sich die Aussage der Frau nur teilweise mit den Indizien. Wir haben auch festgestellt, dass die Spitze des Messers bei ihrem Angriff abbrach. Nur haben wir dieses Stück Metall nicht in der Tür gefunden. Die Kollegen von der Spusi haben jede Ritze an der Tür und dem Türrahmen ausgekratzt."
„Sie behauptet auch, sie traf ihn am Rücken, erst danach rutschte sie an seinem Unterarm ab. Kann der vermeintliche Angreifer einen Schutzanzug, ich meine diese Teile aus Karbon, getragen haben?" Ich warte auf eine Antwort.

„Du meinst die Kluft von den Motorradtypen?" Karl kratzt sich geräuschvoll über die Bartstoppeln. Unsere Schritte im Gang werden von einem grünen Teppichboden verschluckt. Erst auf der Treppe werden die Tritte lauter. Wir gehen nach draußen. Wir alle wissen, dass das sichergestellte Material noch nicht ausreicht, um Frau Beck der Täterschaft zu überführen. Ein weiterer Gedanke nistet sich in meinem Kopf ein; ich werde auch dieses Mal bei der Polizeiarbeit dabei sein. Meine Frau und mein Sohn werden erneut zur Seite geschoben werden. Ich hoffe nur, die Suche wird sich nicht allzu sehr in die Länge ziehen.

Kapitel 13 (Der Seelenretter)

Noch bevor ich in meinen Pontiac einsteige, schweift mein Blick über den vorderen Kotflügel und bleibt an einem langen Kratzer und einer beträchtlichen Delle hängen. Verdammt, fluche ich in mich hinein. Gestern ist mir der Schaden gar nicht aufgefallen. Musste diese Tunte auch so blöd parken? Wer kommt jetzt für den Schaden auf? Meine Laune ist im Keller. Der Lack ist beschädigt, bis ans Blech. Fuck! Was soll's, da muss ich mir noch einen Nebenjob suchen, das Auto ist mir wichtiger als die Freizeit.
Erst jetzt wird mir bewusst, wie ähnlich ich doch meinem Erzeuger werde. Jedes Jahr mutiere ich mehr und mehr zu meinem Vater. Er hatte auch nie Zeit für mich, war nie zu Hause. Auch als unser Haus Feuer fing und bis auf die Grundmauern niederbrannte, war er nicht da, er war auf der Arbeit. Danach verschwand er für immer aus meinem Leben. Mit der Erinnerung kommen auch die Schmerzen zurück. Ich höre Stimmen, die Schreie meiner kleinen Schwester, sie war damals noch ein Baby, ich ging in die fünfte Klasse. Mein Zimmer, frisch renoviert und neu eingerichtet, glänzte vor Sauberkeit. Ich war so stolz darauf, oben auf dem Dach ein eigenes Reich ganz für mich allein zu haben. Ich fühlte mich wie auf Wolke sieben. Alles war neu, bis auf die Stromleitungen.

"Schau mal, du hast vier große Fenster", höre ich die Stimme meine Mutter aus weiter Ferne.
Die Gedanken realisieren sich zu Bildern. *Ich stehe wieder auf dem Dachboden. Die Dielen unter meinen Füßen knarzen. Ich hüpfe vor Freude und klammere mich an meine Mama. Sie hält Sandra in den Armen. Meine kleine Schwester giggelt und streckt ihre Ärmchen aus. Ich küsse sie auf die rote Pausbacke. Sie greift mir mit den kleinen Fingerchen ins Haar und zieht daran. Mir macht es nichts aus. Ich befreie mich aus ihrer Umklammerung und schaue mich erneut um. Hier oben riecht alles nach frischer Farbe und Tapetenkleister.*
Ich hüpfe zu einem der Fenster und lasse meinen Blick über den Hof schweifen. Ich kann bis zum Ende der Straße schauen, das Auto meines Vaters sieht wie ein Spielzeug aus. Wohlige Wärme erfüllt mich, die gelben Sonnenstrahlen streicheln sanft über meine Wangen. Wir leben abseits von allem, ich werde von Papa jeden Tag zur Schule gefahren. Wie ein König, scherzt er manchmal.
"Darf ich heute Nacht hier oben schlafen?" Ich schließe die Augen und sage schnell: "Bitte, bitte, bitte." Danach schaue ich ihr in die Augen.
Meine Mama zieht ihre Augenbrauen hoch. Eigentlich will ich immer in ihrem Bett schlafen. Jetzt aber nicht mehr.
"Wenn du es willst, aber das Bett muss noch zusammengeschraubt werden. Das wollte Papa morgen früh noch machen, dann ist dein Zimmer fertig", sagt sie und zerzaust mir das Haar.

„*Aber ich kann doch heute Nacht auf dem Boden schlafen?*"
„*Wenn du es unbedingt möchtest.*" Mama lächelt immer noch.
Ich habe eine Ewigkeit warten müssen, bis draußen die Sonne hinter den Bäumen verschwunden ist.
Ich liege auf einer dünnen Matratze. Die Luft ist heiß. Der Mond hängt direkt über mir, ich kann ihn durch die Fensterscheibe beobachten. Ein Vogel, es ist eine Taube, setzt sich aufs Dach und gurrt. Mein Papa züchtet sie. Er will die Wildtauben mit einer bestimmten Rasse kreuzen. Ich stehe auf und ziehe das Fenster noch weiter auf. Die Taube erschrickt und fliegt davon. Dabei schlägt sie laut mit den Flügeln. Auf Zehenspitzen luge ich durch den Spalt. Ich rieche etwas. Die Luft stinkt nach Rauch. Ich denke mir nichts dabei. Vielleicht macht jemand Feuer im Wald. Die Hände hinter dem Kopf verschränkt liege ich einfach da und schaue den Fusseln dabei zu, wie sie durch die Luft schweben. Die nackte Lampe an der Decke wirft lustige Schatten an die Wände. Ich kann vor Aufregung einfach nicht einschlafen und lasse daher das Licht an. Ich schlage mit den Händen auf die Matratze, noch mehr Fusseln stieben zur Decke, sie sehen irgendwie lebendig aus, so als wären sie kleine Insekten. Auf einmal werden es immer mehr. Sie kommen jetzt durch das Fenster hinein. Einige davon sind wie riesige Schneeflocken. Aber draußen ist Sommer. Ich muss grinsen. Vielleicht bin ich schon längst eingeschlafen, denke ich noch, bevor ich einen Schrei höre.

Meine Mama ruft meinen Namen, so laut, dass ich mich erschrecke und zusammenzucke. Warum schreit sie mich an, mit ihrem Geschrei kann sie Sandra aufwecken, jagt mir der Gedanke durch meinen Kopf. Ich verstecke mich im Schrank. Ich habe Angst, etwas angestellt zu haben. Vor zwei Tagen habe ich ihre Vase umgeschmissen. Die Scherben habe ich im Garten vergraben. Im Schrank kann ich überhaupt nicht atmen. Die Klamotten hängen zu dicht aneinander. Ich muss mich hineinquetschen. Nach einer Weile halte ich die Enge nicht mehr aus und krieche wieder nach draußen. Die Stimme meiner Mutter klingt noch lauter, auch die Luft in meinem Zimmer stinkt. Ich muss husten.

Meine Augen tränen. Von überall her kommt der Rauch, auch durch die Luke im Boden. Ich reibe mir ständig über die Augen, aber das hilft nicht. Ich steige die schmale Treppe herunter und suche nach meiner Mama. Sie ist nicht da. Auch Sandra ist weg. „Mama, Mama, WO BIST DU!?", schreie ich laut. Als ich die Tür zum Flur aufreiße, schlägt mir eine gelbe Flamme ins Gesicht. Damit habe ich überhaupt nicht gerechnet und torkele rückwärts, bis ich mit dem Rücken zur Wand stehe. Ich taste mit der rechten Hand nach einem Türgriff.
Das Feuer kommt immer näher. Der Rauch ist schwarz. Ich schnappe nach der Türklinke und verstecke mich im Badezimmer.
Eines Nachts habe ich heimlich einen Film für Erwachsene angeschaut. Das war ein Krimi, dort hat auch jemand Feuer gelegt. Aber die Frau war so

schlau und hat sich in die Dusche gestellt, das Wasser aufgedreht und als Einzige überlebt.
Ich steige in die Duschkabine und drehe den Wasserhahn auf. Das Wasser ist ganz kalt, aber auch ich will überleben. Ich zittere am ganzen Körper und halte mich an der Stange fest. Meine Augen schauen die ganze Zeit auf die Tür. Der Rauch quillt durch die Ritzen und wabert über der Decke. Alles um mich herum ist schwarz. Das helle Holz der Tür wird dunkel. Die Schwärze breitet sich immer weiter aus. Kleine Flammenzungen fressen sich durch das Holz. Funken sprühen und fliegen umher. Wie hypnotisiert starre ich darauf.
Mein Atem wird kürzer und schneller. Ich muss husten, verschlucke mich am Wasser. Meine Beine werden weich wie Butter und knicken immer wieder unter mir ein. Meine nackten Füße rutschen in der Duschwanne aus. Ich schreie die ganze Zeit: „MAMA, ICH BIN HIER!" Aber sie hört mich nicht. Sie und Sandra sind nach draußen gerannt und haben mich einfach im Stich gelassen.
„Ist Ihnen nicht gut?" Eine weibliche Stimme reißt mich grob aus meinem Tagtraum. Ich blinzle die Bilder weg. Der Gestank nach Rauch und die Schmerzen verziehen sich und hinterlassen dabei einen bitteren Nachgeschmack in meinem Mund. Ich reibe mir über die Augen und schaue zu der Frau auf.

„Ich war nur in Gedanken versunken", stammele ich. Ich sitze mit dem Rücken an das Vorderrad gelehnt.

Die ältere Dame schaut mich immer noch mit besorgter Miene an. Ihr Gesicht ist von unzähligen Falten übersät.

„Danke der Nachfrage", sage ich und stemme mich hoch auf die Beine.

„Ich hoffe, Sie sind nicht betrunken", ertönt ihre kratzige Stimme. Mit einem Kopfnicken zeigt sie auf mein Auto.

„Oh, nein, mir geht es gut, ich habe nur den Reifendruck überprüft. Scheint alles in Ordnung zu sein." Wie zur Bestätigung trete ich mehrmals mit der Schuhspitze gegen das Rad. Sie wiegt den Kopf hin und her, schließlich löst sie die Bremse von ihrem roten Flitzer und schiebt den Rollator vor sich her. Ich steige in meinen Pontiac und stelle fest, dass ich mich beeilen muss.

Kapitel 14 (Johannes)

Die Wohnung der Familie Beck ist ordentlich, wenn man von dem Chaos absieht, welches die Männer von der Spurensicherung angerichtet haben. Hier und da kleben Zettel mit Zahlen. In einem der Zimmer erhellt ein Blitz den Raum.
„Wo willst du anfangen?", höre ich Karls Stimme. Ich nehme zwei Kopfschmerztabletten ein, bevor ich mit meiner Arbeit beginne. Ich lasse sie auf meiner Zunge zergehen. Der bittere Geschmack verstärkt die gewünschte Wirkung. Das Pochen an der rechten Schläfe klingt ein wenig ab. „Ich schaue mir zuerst die Tür an. Wo steckte das Messer denn genau?"
„Es lag auf dem Boden", ergreift Lars das Wort. Kommissar Breuer geht in ein anderes Zimmer, spricht mit einem der Männer, der noch dageblieben ist.

„Ich nehme an, die Wucht oder besser gesagt, die Kraft der Frau hat nicht ausgereicht, das Messer tief genug in das harte Holz hinein zu rammen?"
Lars nickt. „Wir sind uns aber ziemlich sicher, das Messer steckte in dieser Ritze." Er deutet auf eine bestimmte Stelle. Der blaue Handschuh auf seiner Hand ist faltig.
Auch ich ziehe mir die OP-Handschuhe über. An meiner linken Hand füllt der bis zum ersten Gelenk abgetrennte Zeigefinger den Fingerling nicht ganz aus.

„Ist die Spitze vielleicht beim Aufprall abgebrochen? Ich meine, als das Messer auf den Boden geflogen ist?" Ich knipse eine Taschenlampe an und taste mit dem Lichtschatten über das zerkratzte Parkett.

„Wir können diese Möglichkeit nicht ganz ausschließen. Laut Bericht flog die Tatwaffe mit dem Griff voraus."
Der Lichtkegel zuckt über eine Markierung am Boden. Ich schaue Lars an, er nickt zur Bestätigung.
„Wie ist er in die Wohnung eingedrungen?"
„Allem Anschein nach durch ein offenes Fenster. Wir haben draußen Schleifspuren an der Hausfassade gefunden. Und eine Leiter."
„Fingerabdrücke?"
„Wir tun unser Bestes, aber es kann dauern. Wir wissen nicht, nach welchen Fingerabdrücken wir suchen müssen. Die Datenabgleiche laufen schon."
„War das hier das einzige Fenster, das in der gestrigen Nacht offen stand?"
Lars verzieht das Gesicht, seine Augenbrauen rutschen ein wenig nach unten. „Ich glaube ..."
„Sie glauben?"
Er hüstelt. „Ich weiß es nicht."
„Lassen wir das. Scheint der Mörder nach einem bestimmten Schema vorgegangen zu sein?"
Auch diese Frage scheint den jungen Kommissar zu überfordern. Seine Finger huschen über die vielen Blätter in seiner Mappe. Seine geistige Schlichtheit macht mir ein wenig Sorgen. Der junge Mann wirkt überarbeitet und übernächtigt. Anfängerfehler. Er will mit seinen Kumpels feiern und ein guter Bulle

sein. Oder er steckt mitten in einer Beziehungskrise. Allem Anschein nach hat es mit meiner Nichte Michaela doch nicht so geklappt, wie sich die beiden ihr Zusammensein vorgestellt haben. Bevor ich mit den Gedanken zu weit abschweife, schiebe ich sie beiseite. Während Lars in seinen Unterlagen blättert, inspiziere ich die Tür und die Kerben eingehend. Ehe ich die Tür schließen kann, um mir die Kratzer aus einem anderen Blickwinkel betrachten zu können, möchte sich eine junge Polizistin im weißen Overall an mir vorbeidrängen.
„Haben Sie vielleicht eine Sekunde Zeit?"
Sie dreht sich um und schaut mich dabei fragend an.
„Sie meinen mich?" Ihre Stimme klingt angenehm jung. Sie ist nicht älter als dreißig. Ihr dunkel gefärbtes Haar ist streng nach hinten gekämmt und wird von einem unsichtbaren Gummiband in Form gehalten.

„Wenn Sie so nett wären?"
Ihre Lippen verziehen sich zu einem Lächeln und entblößen zwei Reihen weißer Zähne. Auf dem oberen linken Eckzahn funkelt ein Edelstein.
„Wenn Sie mich so nett fragen. Diesen Umgang bin ich eigentlich nicht gewohnt, aber einem Gentleman sage ich nicht Nein."
Ich fühle mich ein wenig geschmeichelt.
„Was soll ich für Sie tun?"
„Mich mit dieser Taschenlampe da angreifen." Ich reiche ihr meine. Die junge Dame wiegt sie prüfend in der schlanken Hand. Auch sie schwitzt unter dem Handschuh, und der Schutzanzug muss wie eine Wolldecke wirken.

„Soll ich Sie damit erschlagen?" Ihre breiten Augenbrauen ziehen sich hoch zu zwei gleichförmigen Bögen.
„Um Gottes willen, nein. Sie sollen versuchen, mich damit zu erstechen."

Ein perlendes Lachen hallt durch die Wohnung und haucht der erdrückenden Atmosphäre etwas Leben ein. Der Ausrutscher ist ihr peinlich. Ihr Gesicht bekommt einen rötlichen Touch. Ihre Wangen glühen ein wenig.

Ich kann mir ein Grinsen auch nicht verkneifen. Blätter rascheln. Lars geht in ein anderes Zimmer. Ich stelle mich mit dem Rücken an die Tür.
Die Polizistin wechselt die Taschenlampe in die linke Hand. Das ist gut. Die Frau denkt mit. „So eher nicht, nicht wahr?", fragt sie mit gekräuselter Stirn, als sie meinen Blick richtig deutet. „Kein Platz und falscher Winkel." Dies war keine Frage, sondern eine Schlussfolgerung von Bewegungsabläufen, die nötig sind, um einen Messerstich ausführen zu können. Das flackernde Licht und die dunklen Wände, allesamt braun gestrichen, wirken ermüdend auf mich und erschweren die Sicht.

„Ich drehe mich gleich mit dem Rücken zu Ihnen", sage ich schlicht. Sie ist konzentriert und hört mir genau zu. „Der erste Schlag muss mich irgendwo am Rücken treffen, am besten von oben herab. Danach werde ich mich umdrehen und versuchen, den weiteren Hieb mit meiner linken Hand abzuwehren."

Die Polizistin nickt. Feine Wassertropfen glänzen auf ihrer Stirn.
Der erste Versuch misslingt uns. Sie rutscht mit der Taschenlampe ab und trifft mich genau zwischen den Schulterblättern. Ein Schmerz durchzuckt meinen Körper.
„Habe ich Ihnen wehgetan, Doktor Hornoff?"
„Sie kennen meinen Namen?"
„Na ja, ich besuche Ihre Seminare."
„Das freut mich. Jetzt versuchen Sie, mich bitte weiter rechts zu treffen."
Sie attackiert mich aufs Neue. Der Aufschlag ist kaum spürbar. Ich drehe mich um. Die Polizistin holt erneut zu einem Hieb aus. Ich blocke den Angriff mit dem linken Unterarm ab. Ihre Hand mit der Taschenlampe rauscht an meinem Arm vorbei und trifft mich in die Brust.
„Entschuldigung, aber ich bin ein wenig zu klein, vermute ich", flüstert sie und schürzt die Lippen.
„Ich bin zu groß, genau das wollte ich mit diesem Versuch bestätigt bekommen. Der Täter war deutlich kleiner als einsfünfundachtzig."
Ihr Blick wandert zu meiner Hosentasche. Darin zuckt meine Hand. Ihre Augen werden schmal. Sie beißt sich auf die Unterlippe und kommt sich ein wenig deplatziert vor.
Mir fällt der Fauxpas nicht sofort auf, als ich es begreife, wird auch mir die Situation unangenehm.
Ich räuspere mich und ziehe das Gerät aus meiner Tasche heraus. „Ein Smartphone, darauf tippe ich alle gesammelten Informationen, um sie später dann mit meinem ..."

„Mit Ihrem Zwillingsbruder. Und Sie benutzen immer noch den Morse-Code", fällt sie mir mit sichtbarer Erleichterung ins Wort.
„Genau. Wir werden dann gemeinsam der Sache auf den Grund gehen. So ist es einfacher."
„Verstehe", pflichtet sie mir bei. „Brauchen Sie mich noch?"

Das Gerät verschwindet wieder in der Tasche.

„Können Sie? Wie heißen Sie eigentlich?"
„Melanie Walz. Melanie reicht auch. Ohne Walz."
„Schön, Melanie reicht auch ohne Walz. Ein sehr langer Name", versuche ich einen Witz zu machen. Er scheint die gewünschte Wirkung zu zeigen, denn ihre vollen Lippen bewegen sich auseinander. Sie lächelt. Das entspannt die Lage noch mehr.
„Können Sie mir das Kinderzimmer zeigen, Melanie?"
„Ja klar, folgen Sie mir nur. Vorsicht, nicht in die roten Pfützen treten", warnt sie mich und deutet auf einen braunen Fleck. Die Gummibänder an den Schuhüberzügen drücken mir unangenehm gegen die Knöchel. Meine Füße schwitzen. Der fehlende linke große Zeh juckt, die beiden kleineren pochen, die Phantomschmerzen werden manchmal zu einer richtigen Plage. Ich konzentriere mich auf das Wesentliche, versuche, die Räume und das Leben darin zu verinnerlichen. Ich möchte den Ablauf der letzten Nacht erneut zum Leben erwecken. Meine Augen scannen alles ab. Die Informationen überfluten mich wie eine brodelnde Gischt.

„Huch, falsch abgebogen, hier ist das Bad", entschuldigt sich Melanie und läuft fast in mich hinein, als sie sich hastig umdreht.
Meine Augen erhaschen einen überfüllten Wäschekorb. Der Deckel liegt schief auf der schmutzigen Wäsche. Der Korb ist an einer Seite eingedrückt. Das verchromte Blech ist an einigen Stellen rostig. Zwei Schlüpfer hängen wie blutige Hautfetzen aus dem Korb heraus. Ein muffiger Geruch mit einer Duftnote von Waschmittel erfüllt den kleinen, weiß gefliesten Raum. Der Klodeckel samt der Klobrille ist aufgeklappt. Die Duschkabine ist verkalkt. Ich folge Melanie, dabei taucht mein Gesicht in einem Schrankspiegel über dem Waschbecken auf. Aber nicht mein Antlitz bringt mich zum Stolpern, sondern etwas anderes. Ein latenter Geruch nach ... Als Melanie stehen bleibt und auf mich wartet, entwischt mir der Gedanke.

Verdammt!

Die Luft wird dicker, je weiter wir uns dem Kinderzimmer nähern. Der Tatort ist durch viele Menschen verunreinigt - die Luft verbraucht. Ich atme durch den Mund. Das Bett sieht aus wie eine zerklüftete Landschaft. Braune Flecken von getrocknetem Blut haben das Weiß der Bettdecke besudelt. Ich höre nichts mehr um mich herum. Die Stimmen der Menschen verstummen. Ich bewege mich wie durch Watte. Melanie sagt etwas. Ich ignoriere auch sie.

Mein Augenmerk gilt zuerst dem Bett. Der rechte Zeigefinger klopft gegen meine Brust. Etwas passt hier nicht ganz. Die groben quadratischen Kissen aus dunklem, grobem Stoff gehören nicht hierher. Die sind aus dem Wohnzimmer. Ich habe beim Vorbeigehen das Sofa gesehen. Überall kleben gelbe Markierungen, ich gebe mir Mühe, sie auszublenden. Ein kurzer Blick aus dem Fenster. Ein schmutziger Fleck an der Fassade erweckt meine Aufmerksamkeit. Ich weiß, Karl steht direkt hinter mir. Er beobachtet mich – wie immer. „Karl, was ist das hier?"
„Ein Schuhabrieb, dir entgeht aber auch gar nichts, Doc", brummt er.
„Wie viel Kraft benötigt man, um eine Bettdecke zu durchstechen?", höre ich mich sagen.
„Eine gewöhnliche Bettdecke mit Füllung ..." Karl denkt nach.
„Nein, das Kind hatte nur einen Überzug. Draußen herrschen bei Nacht gute zwanzig Grad", konstatiere ich. „Also können wir auch davon ausgehen, dass eine zierliche Person wie die Mutter des getöteten Jungen wohl imstande gewesen wäre, ihm diese Verletzung zuzufügen."
„Genau."
„Der Getötete wurde am Hals getroffen?" Derweil werfe ich erneut einen Blick durch das offen stehende Fenster.
„Zweimal. Bei dem zweiten Hieb wurde die Schlagader durchtrennt."
„Haben wir neue Erkenntnisse? Wurde der Junge betäubt?"

„Doktor Braunschweig beeilt sich mit der Untersuchung, er lässt dir einen Gruß ausrichten."
Ich inspiziere den Fensterrahmen. Das Holz ist seit vielen Jahren unbehandelt. Die dunkle Lasur ist spröde, das Holz rissig. Unzählige Flecken von Puder sind stumme Zeugen der forensischen Arbeit, die Beamten haben nach Fingerabdrücken gesucht.
Mit einem Bleistift, den ich mir von Karl leihe, drücke ich die Gummidichtung ein wenig auseinander. Ich wiederhole den Vorgang mehrere Male. Die Dichtung ist hart und lässt sich nur mit Mühe wegdrücken, ein paar weiße Krümel haften daran. Endlich habe ich ein Stück davon gelöst. Mit spitzen Fingern ziehe ich daran, bis sich am unteren Teil des Rahmens die Dichtung abgelöst hat und wie ein toter Wurm in meiner Hand baumelt. Hier könnten Hautschuppen dran kleben. „Lars, kannst du das bitte eintüten." Der junge Kommissar nickt. Er folgt seinem Vorgesetzten wie ein Schatten.

„Was schwirrt in deinem Kopf rum, Doc, sprich deine Vermutungen ruhig laut aus." Karl steht mit verschränkten Armen vor mir.
„Ich glaube, der Gesuchte kannte sich in der Wohnung mehr oder weniger aus. Er benutzte die Leiter, weil ihn von dieser Seite des Hauses niemand sehen konnte. Er fand sich in der Wohnung zurecht, ohne das Licht einzuschalten. Er wusste, wo das Wohnzimmer ist, wie auch die Küche, wo er sich des Messers bediente."
„Die Kissen sind aus dem Wohnzimmer, das ist uns allen klar." Karl spricht bedächtig mit einer sehr ruhigen Stimme.

„Aber warum?" Ich schaue Karl an.
„Könnte der Junge sich nicht eine Art Höhle gebaut haben?", wendet Lars ein.
„Dafür sind es zu wenige, und der Junge ist dafür eigentlich schon zu alt", stellt Karl fest.
„Vielleicht für seine Schwester?", lässt Lars nicht locker.
„Nein. Eines der Kissen liegt immer noch auf dem Bett. Hier wurde ein Versteckspiel gespielt. Die Kissen sollten als Tarnung herhalten. Die Kissen unter der Decke sollten der Mutter suggerieren, da liegt jemand. Vielleicht büxte der kleine Marian immer wieder mal aus", vermute ich.
„Vielleicht benutzte auch er die Leiter. Als Marian dann zurückkam, überraschte er den Eindringling bei seinem Raubzug." Lars gibt sein Bestes. Wir lassen ihn gewähren. Er ist wie ein junger Jagdhund, voller Tatendrang, jedoch mit wenig Erfahrung.

Karl schüttelt den Kopf. „Nein. Dafür ist der Abstand zwischen der letzten Sprosse und dem Fenster zu groß. Das war ein Erwachsener. Er muss mindestens über einssiebzig sein."
„Aber nicht größer als ich", füge ich matt hinzu.
Karl schreibt sich diese Information auf. Mit gesenktem Kopf fährt er fort: „Was ich mir noch vorstellen kann ...", er kratzt sich erneut über die Bartstoppeln, „was, wenn die Frau nicht ganz keusch war? Könnte doch möglich sein, ihr Sohn hat die beiden in flagranti erwischt. Der Lover wollte sich dann des Zeugen entledigen und tötete den Jungen. Die Frau war mit seiner Entscheidung nicht

einverstanden und griff ihn beim Verlassen der Wohnung mit einem Messer an."

„Wenn er die beiden Erwachsenen beim Sex erwischt haben sollte, warum lag die Kleine dann bei ihrer Mutter?" Die beiden Männer schauen mich ernst an. Wiegen den Gedanken ab.

„Man muss es ja nicht unbedingt im Schlafzimmer treiben, eine Waschmaschine tut's auch." Karl zuckt seine mächtigen Schultern. Da muss ich ihm recht geben.

„Aber das Mädchen ist krank und die Frau hat ihre Tage. Ich habe einen blutigen Slip im Wäschekorb gesehen", kontere ich.

„Das wissen wir auch. Aber auch das ist kein Argument", fällt Karl mir ins Wort.

„Nicht für ein Ehepaar. Für einen One-Night-Stand schon." Meine Stimme wird ein wenig lauter. „Die Abriebspuren an der Fassade deuten auf große Schuhsohlen hin. In einer der Pfützen im Flur habe ich einen Schuhabdruck gesehen. Außerdem würde sich der Junge nicht einfach so wieder ins Bett legen. Seine Fußsohlen waren nicht schmutzig. Auch wenn ich die Bilder nur überflogen habe, so konnte ich dennoch deutlich erkennen, dass die Stiche durch die Decke durchgedrungen sind. Wenn Marian wach gewesen wäre, hätte er sich auch gewehrt. Das Blutbild an der Wand wäre ein anderes. Wir sehen hier lang gezogene Striemen. Manche Tropfen reichen bis an die Decke."

„Also kommt die Mutter als Täterin für dich nicht infrage?" Karl wirkt ungeduldig.

„Ich brauche mehr Zeit. Lasst uns eine Pause machen."

Wie zur Bestätigung ertönt eine Melodie. Karl drückt sich das Handy ans Ohr.

Derweil schaue ich mich noch ein wenig um. Meine Nase erspürt erneut diesen Geruch, der sich hinter all den anderen Ausdünstungen zu verkriechen versucht.

Ich folge meinem Geruchssinn. Ich nehme eines der Kissen und beschnuppere es. „Lars?"

„Ja?"

„Rauchen Sie ab und zu mal?"

„Ich bin Nichtraucher."

„Das ist gut. Was riechen Sie?"

Ich halte ihm das Kissen vor die Nase. Seine Nasenflügel beben ein wenig, als er den Stoff beschnuppert. Unschlüssig schaut er mich abwartend an. „Das Sofa muss noch ziemlich neu sein, ich kann noch die Farbe riechen und ich sehe auf dem Kissen hier keine Flecken, auch keine typischen Abnutzungen." Seine Stimme wird zum Schluss brüchiger. Er ist unsicher.

„Sie sollen daran riechen."

Er macht erneut einen tiefen Zug. „Hasch?"

„Genau. Unser Mann gönnt sich ab und zu mal eine Tüte Gras."

„Er hat die Kissen hierher gebracht. Nicht der Junge." Lars nickt zufrieden.

Ich lege ihm meine Hand auf die Schulter.

„Herr Beck ist aufgetaucht, vielleicht wird er ein wenig Licht ins Dunkel bringen. Er sitzt auf dem Revier", brummt Karl. Lars macht einen Schritt nach hinten und schreibt etwas in sein Notizbuch.

„Was ist los? Warum schaut mich der angehende Oberkommissar so spitzbübisch an?" Karl wirft einen Blick zu Lars. Unterwegs erzählt der junge Polizist von unserer Entdeckung. Wir fahren aufs Revier.

Kapitel 15 (Der Seelenretter)

Die Kunden sind nörgelig. Der Arbeitstag zieht sich wie Kaugummi. Ich habe meinen Job einfach satt. Ständig kommen sie mit irgendwelchen dummen Fragen auf mich zu.
Sind die Gurken frisch?
Sind die Tomaten Bio?
Sind die Eier von glücklichen Hühnern?
Wurde das Schwein betäubt getötet, sodass das arme Tier nichts gespürt hat?
Immer dieselben Fragen aus fast identischen Gesichtern. Heute muss ich die Produkte spiegeln. Jede Dose wird nach vorne gerückt, das Päckchen aufgerichtet, das Verfallsdatum überprüft. Der Abteilungsleiter bringt eine volle Palette mit neuer, frischer Ware. Wir sind alle Konsumjunkies. Wir sind nur auf das eine fixiert. Alles kaufen, auch Sachen, die keiner braucht. Sobald wir einen roten Aufkleber mit einem durchgestrichenen Preis entdecken, schaltet unser Gehirn ab, das rationale Denken wird ausgeknipst. Reduziert wirkt auf viele wie eine Droge. Manche ramschen ihre Wohnung voll – Hauptsache, es war im Angebot!

Mir steigt die Galle hoch. Ich zücke mein Teppichmesser und fahre mit der scharfen Klinge durch die Verpackung. Die Folie knackt von den Messerhieben. Unzählige Tetrapacks mit Säften muss ich bis zum Feierabend einräumen. Beim

nächsten Hieb bricht die Klinge ab und durchsticht eine Packung mit Tomatensaft. Rötliche Brühe quillt heraus wie geronnenes Blut.
Erneut tauchen die Bilder vor meinen Augen auf. Der tote Junge. Auch das unbeschreibliche Gefühl steigt in mir hoch. Zuerst konnte ich mir diese Regung nicht erklären. Jetzt weiß ich aber, was zu diesem Umschwung geführt hat. Ein lang vergessenes Erlebnis, das von einem Psychiater tief in mir vergraben wurde. Langsam kommt es wieder an die Oberfläche. Wie ein verängstigtes Kind hatte sich die Erkenntnis tief in meinem Inneren versteckt. Ich habe die Nacht mithilfe von Ärzten und vielen Medikamenten aus meinem Gedächtnis gelöscht. Die Nacht, in der ein Kurzschluss in der Leitung unser Haus zerstört hat. Es war eine Kettenreaktion. Eine Aneinanderreihung von unglücklichen Zufällen. So hat mir das meine Mutter erklärt.
Zuerst gab ich ihr die Schuld, weil sie mich im Stich gelassen und dem Feuer überlassen hatte. Dem war aber nicht so. Die Palette verschwindet vor meinen Augen.
Die Erde unter mir tut sich auf. Ich falle zurück in die Vergangenheit. *Ich sehe mich in der Dusche stehen. Spüre, wie das Wasser immer heißer wird. So heiß, dass die Türen von der Duschkabine zu schmelzen beginnen. Ich höre, wie eine der Türen Risse bekommt. Meine Haut brennt wie Feuer. Ich drehe den Wasserhahn auf ganz kalt, aber es tut sich nichts. Die Haut bekommt Blasen. Der Gestank nach verbranntem Kunststoff und meinem eigenen Fleisch vermischt sich mit dem gellenden Schrei, der aus meiner Kehle dringt, zu einem Albtraum. Diese*

Nacht hat sich tief in mein Gedächtnis eingemeißelt. Keine Tablette und keine Therapie würde dieses Erlebnis restlos aus meinem Kopf verbannen.
„Hey, was hast du gemacht, du Trottel! Wisch das sofort weg!" Die junge Stimme von meinem neuen Chef lässt mich zusammenzucken. Ich drehe mich abrupt um. Unsere Blicke treffen sich. Er weicht einen Schritt zurück. Das abgebrochene Messer zittert, ich halte die Hand auf Brusthöhe. Die Fingerknöchel schimmern weiß durch die Haut. Der Kunststoff knackst unter dem festen Druck. Erneut werde ich an die Nacht erinnert.

Nicht meine Mama war schuld, sondern mein Vater. Den hätte ich für mein Leiden bestrafen müssen, nicht sie. Ihn hätte ich in der Nacht mit einem Kissen ersticken sollen und nicht meine Mutter. Er hat uns im Stich gelassen. ER, nur er allein.
„Was sagen Sie da? Geht es Ihnen etwa nicht gut?", stottert der schlaksige Kerl, nestelt an seinem Hemd herum wie ein Erstklässler und schaut sich hilfesuchend um.
„Alles bestens", knurre ich durch meine zusammengebissenen Zähne. „Ich brauche nur ein wenig frische Luft."
„Natürlich, natürlich", stammelt er weiter. Mit Daumen und Zeigefinger rückt er seine Nerdbrille zurecht und ruft nach einer Kollegin. „Klaudia! Kommen Sie bitte schnell her. Machen Sie schon! So, wischen Sie bitte den Boden sauber ..."
„Ich heiße ..."
„Nicht so wichtig", unterbricht er sie schnippisch.

Die beleibte Frau wirft mir einen mürrischen Blick zu.

„Ich brauche nur fünf Minuten, dann bin ich wieder da." Mit gesenktem Blick ziehe ich mich aus der Affäre. Der Tomatensaft zerfließt auf den schmutzigen Fliesen zu einer breiigen Pfütze. Matilda, so heißt die Kollegin, schimpft in ihrer Muttersprache und wischt den Boden mit einem feuchten Tuch sauber.
„Ich ziehe Ihnen diese fünf Minuten von der Mittagspause ab", sagt der nervige Typ hastig und verschwindet hinter den Regalen.

Ich stehe in der Raucherecke, die einem Sicherheitstrakt sehr ähnelt. Um mich herum sind Gitterstäbe in den Boden gerammt worden. Eine mächtige Tür mit der Aufschrift ‚Notausgang' warnt mich davor, den Türgriff zu betätigen. Ich drehe mir einen Joint. Das dünne Papier raschelt zwischen meinen Fingern.
Eine gelbe Qualmwolke steigt aus meiner Nase. Nach mehreren tiefen Zügen wird mein Puls gleichmäßiger. Das Herz rast nicht mehr. Eine angenehme Schwere bemächtigt sich meiner. Ich lehne mich mit dem Rücken gegen die warme Fassade des riesigen Gebäudes, in dem wir als Sklaven gehalten werden. Tagein, tagaus muss ich für einen Mindestlohn meinen Rücken krumm machen. Mit gesenkten Lidern denke ich wieder darüber nach, wie ich weiterleben soll. Bald habe ich noch ein Kind zu versorgen. Der Pontiac muss weg. Die monatlichen Leasinggebühren sprengen mein

mickriges Budget. Auch der Kratzer muss bezahlt werden, die Reparaturkosten wird die Versicherung nicht übernehmen. Ach, was soll's. Ich werde ihn Swetoslaw Manowski anbieten. Er will ihn für mich in seiner Heimat zu einem guten Preis verkaufen. Die Sache ist nicht legal, aber er macht das professionell und ich werde fünfzig Prozent vom Gewinn bekommen.

Ich schaue auf meine Hand, die rot ist vom Tomatensaft. Ich schließe die Augen und presse den Hinterkopf gegen die warme Wand. Erneut tauchen die Bilder von dem toten Kind auf. Habe ich die Tat genossen?, schwebt die Frage über mir. Hat es mir gefallen, den Jungen tot zu sehen? Ich schmecke sein Blut auf meiner Zunge. Als sie auf ihn eingestochen hat, fühlte ich mich einen Augenblick lang frei. Die Blutspritzer trafen mich im Gesicht. Dieses Gefühl war unbeschreiblich. Ein einziger Schatten wirft einen dunklen Fleck auf meine Erinnerung. Ich habe den Falschen getötet.
Ich werde es wieder gutmachen. Ich werde seinen Vater finden und ihn dafür bestrafen, dass er seinen Sohn im Stich gelassen hat. So wie mein Vater mich im Stich gelassen und mir das Leben zur Hölle gemacht hat.

Ein letzter Zug an der Zigarette. Ich muss mich wieder auf die Arbeit konzentrieren. Ich bin nicht mehr erregt. Meine Hand greift nach dem Türgriff.
Scheiße, ohne es bemerkt zu haben, war ich eine ganze Viertelstunde weg. Egal, dann soll er mir

diese fünfzehn Minuten von meiner Mittagspause abziehen, dieses Arschloch mit Brille.

Kapitel 16 (Johannes)

„Eine Frage noch, Herr Doktor." Lars' Ton ist flüsternd, fast schon ehrfürchtig.
„Was haben Sie denn auf dem Herzen?" Unsere Schritte hallen im langen Flur wider, der von mehreren Türen umsäumt wird. Dahinter herrscht emsiges Treiben. Ich höre mechanische Geräusche von Nadeldruckern und das Schaben von Stuhlfüßen über den Boden.
„Haben Sie dem Mädchen wirklich ein Schlafmittel verabreicht? Ist es denn ..."
Ich muss kurz auflachen. Karl schüttelt den Kopf.
„Sie meinen den Lolli?"
„Na ja", druckst Lars herum.
„Nein, natürlich nicht. Jedes Kind nuckelt gern. Ich habe nur gesehen, dass dieses Mädchen seinem Kuscheltier ein halbes Ohr abgekaut hat. Lianes rechter Daumen ist ein wenig schmaler als der linke. Ihre oberen Vorderzähne stehen ein wenig ab."
„Ich hab's verstanden. Oft liegt die Wahrheit im Detail", zitiert er mich und streift sich das Haar hinter die Ohren.
Herr Beck sitzt vor dem Vernehmungsraum. Seine Hand liegt im Schoß einer mir unsympathischen Dame. Obgleich sie mindestens fünf Jahre jünger ist als er, wirkt ihr Gesicht wesentlich verbrauchter als das ihres Kavaliers.
Als Herr Beck unser Kommen bemerkt, dreht er seinen Kopf ruckartig zu uns um und stiert uns abwartend an.

„Herr Beck?", donnert Karls Stimme. Der Mann hebt indigniert die Augenbrauen. Karl schaut sein Gegenüber mit pikiertem Blick abwartend an.
Die Frau zupft ihren kurzen Rock in die Länge und schiebt die schwere Hand ihres Freundes zur Seite. Sie lächelt uns unsicher an. Ihre schmalen Lippen leuchten lila. Die Konturen sind von einem billigen Lippenstift übermalt. Ihr fettiges Haar ist blondiert und hat einen dunklen Ansatz.

Der Mann zieht die Nase hoch, sein Blick ist glasig. Er ist nicht groß, hat einen Bierbauch und eine Glatze. „Ich war die ganze Nacht bei ihr", stammelt er mit brüchiger Stimme. Die Frau nickt heftig und zeigt uns ihre gelben Zähne.
‚Wenn du nicht lernst, alles gleichermaßen mit Vernunft und Geschicklichkeit anzugehen, wirst du nie eine Sache zu Ende bringen können und jedes Mal scheitern, egal, was du dir auch vornimmst, wenn du nicht lernst, dich am Riemen zu reißen.' Das waren die lehrreichen Worte meines Vaters, die ich mir stets zu Herzen nehme. Beim Anblick dieses Pärchens wird mir bewusst, dass sie nichts in ihrem Leben zu Ende gebracht haben. Sie sind das Sinnbild dessen, wovor mich mein Vater immer gewarnt hat.

„Dann folgen Sie uns doch bitte. Wir haben einige Fragen an Sie. Ihre Freundin ..." Karl lässt den Rest unausgesprochen, wartet auf die Reaktion der beiden, sie nicken synchron. „Wenn das so ist, dann darf die hübsche Dame uns natürlich begleiten." Beiden schwant, worauf das Gespräch hinausgehen wird. Sie haben sich alles zurechtgelegt, den Text auswendig gelernt, die Zeiten eingeprägt wie ein Mantra. Herr Beck sucht mit seiner Hand die der Dame. Karl macht die Tür auf und geht in das kleine, spärlich möblierte Zimmer. Die beiden folgen ihm wortlos. Ihre Hände verbeißen sich regelrecht ineinander. Der Mann hinkt. Er knickt das rechte Knie beim Gehen nicht ganz ein, hält sein Bein steif.

Ich warte, bis Kommissar Breuer die Vorhänge auseinanderschiebt. Karl weiß von meiner Klaustrophobie, darum zieht er den schweren Stoff zur Seite und ermöglicht mir einen Blick nach draußen. Der Raum wirkt auf einmal größer. Lars verabschiedet sich von uns. Er muss sich um den Papierkram kümmern, so lautete Karls Anweisung. Auch wenn beide als Partner fungieren, so ist die Aufgabenverteilung sehr hierarchisch. Karl übernimmt die Tätigkeiten, die nichts mit dem Büro zu tun haben, Lars erledigt hingegen alle undankbaren Büroaufgaben wortlos. Vielleicht fühlt sich der junge Mann in Karls Gegenwart immer noch unsicher und unerfahren, darum flüchtet er auf sicheres Terrain.

Als sich das Pärchen und Karl gesetzt haben, schnappe auch ich mir einen Stuhl und nehme Platz. Ich möchte zuerst nur zuschauen und zuhören.
Herr Beck verschränkt seine Hände ineinander und legt sie auf die Tischkante. Er zittert am ganzen Körper, obwohl hier angenehme neunzehn Grad herrschen müssen, falls das Thermometer neben der Tür nicht kaputt ist.

„Geht es Ihnen nicht gut?", fragt Karl mit besorgt gespielter Miene. Leider bemerkt er zu spät, dass die Formulierung seiner Frage falsch ist.
Der noch so schüchtern wirkende Mann springt auf. Die Emotionen gehen mit ihm durch, denn vor wenigen Stunden hat dieser unscheinbare Mensch seinen Sohn verloren, und seine Frau steht unter dem Verdacht, das gemeinsame Kind auf brutale Art getötet zu haben. „Was glauben Sie denn, wie es mir geht? Ich wurde von der Polizei wie ein Schwerverbrecher abgeführt. Mit Handschellen, vor all den Leuten, die ich kenne. Alle Nachbarn haben zugeschaut, wie ich in den Wagen geschoben wurde. Man hat mir den Kopf gegen den Wagen gedrückt, um mich nach gefährlichen Gegenständen abzusuchen."

Karl steht auf und hebt beschwichtigend seine Pranken in die Luft. „Es tut mir leid, ich hätte mich anders ausdrücken sollen. Aber wir alle sind momentan ein wenig überfordert. Ich möchte Ihnen an dieser Stelle mein tiefstes Beileid ..."
„Das können Sie sich sonst wohin stecken", blafft Herr Beck, wird sich jedoch seines Ausrutschers bewusst, beißt sich auf die Zunge und setzt sich wieder.
„Ich drücke jetzt mal ein Auge zu. Wir vergessen Ihre Beleidigung, wenn Sie ab jetzt mit uns kooperieren und uns alles der Reihe nach erzählen. Bevor wir mit unserem Gespräch anfangen, möchte ich Sie darauf hinweisen, dass Sie das Recht auf einen Anwalt haben ..."

„Ich habe nichts zu verbergen, ich brauche keinen Krawattenheini."

„Wie Sie wünschen. Darf ich dieses Gespräch aufnehmen?" Karl greift in die Schublade und holt ein kleines Gerät heraus.

„Iss mir egal", nuschelt Herr Beck und nimmt wieder Platz. Ein hartes, abfälliges Mundzucken zieht kleine Fältchen um seine Lippen. Unsicherheit spiegelt sich in seinen dunklen Augen.

„Okay." Karl drückt auf den Aufnahmeknopf. „Wo waren Sie gestern Nacht?"

Kapitel 17 (Der Seelenretter)

Endlich ist meine Schicht zu Ende. Ich stinke nach Schweiß, Kloreiniger und rohem Fleisch. Für meinen Ausrutscher durfte ich das abgelaufene Fleisch umpacken und neu etikettieren. Aus Bio wurde Sonderangebot.

Ich streife das Hemd ab und sprühe mich von unten bis oben mit einem Deo ein. Eine Dunstwolke bemächtigt sich der Umkleidekabine.
„Hör auf mit dem Scheiß", höre ich einen der Kollegen schimpfen. Ein anderer greift nach dem kleinen Fläschchen und wiederholt das Ganze noch einmal. Der erste Typ hustet und stürmt nach draußen. Ich kenne nicht alle beim Namen. Ich bin neu hier. Der zweite grinst mich breit an. „Riecht gut, wo gekauft, hier?", fragt er mich mit stark osteuropäischem Akzent. Ich nicke und gehe zur Tür.
Der Kerl mit dem Fläschchen starrt mich ein wenig verdattert an, als ich mich umdrehe und die Hand zum Abschied hebe.
„Dein Parfüm?", schreit er noch hinterher.
Die metallene Tür fällt polternd ins Schloss.
„Hey, Kollega, Parfüm", ertönt erneut die laute Stimme des Mannes. Er rennt raus, merkt, dass er halb nackt ist, läuft zurück und versteckt sich hinter der großen Tür. „Du vergessen!"

Ich kann nur seinen blonden Schopf erkennen. „Geschenk!", schreie ich zurück, ohne mich weiter um ihn zu kümmern.
Als ich auf den Parkplatz hinausmarschiere, sehe ich verschwitzte Gesichter. Manche schieben überfüllte Einkaufswagen vor sich her, die anderen sind gerade dabei, das gute Fleisch, das heute im Sonderangebot ist, einzuheimsen. Die Plastikboxen mit den grauen Fleischstücken landen später in den Tiefkühltruhen neben Pizza, Hühnchen und anderen Boxen mit abgelaufenen Lebensmitteln. Schön voll sollen die Geräte sein.

Der Pontiac quakt zweimal, als ich auf die Fernbedienung drücke. Die Luft hier draußen gleicht einer Wand aus heißem Dunst. Die Hitze ist schier unerträglich. Im Auto auf dem Armaturenbrett kann ich ein Spiegelei mit Speck braten. Ich mache die Tür auf und warte, bis die Hitze aus dem Inneren entwichen ist. Die Ledersitze sollen sich erst abkühlen. Mit dem Rücken an den Wagen gelehnt, drehe ich mir eine weitere Zigarette. Der Geruch nach frischem Hasch steigt in meine Nase und reinigt meine Sinne. Ich schließe die Augen und genieße den Moment.
Doch dann, als ich die Augen öffne und im Begriff bin, in meinen Wagen einzusteigen, taucht vor meinen Augen eine Erscheinung auf. Die Schwerelosigkeit ist wie weggeblasen. Die Konturen werden schärfer, die Zahnräder in meinem Kopf greifen erneut ineinander, ich höre den Mechanismus anlaufen. Meine Hände zittern, meine Zähne klappern aufeinander. Die Hitze wird von

imaginärer Kälte verdrängt, die mir realer erscheint als die Existenz meines Selbst. Ich verfolge sie wie durch einen Tunnel. Mein Verstand blendet alles andere aus, ich sehe nur sie, der Rest ist eine verschwommene Anomalie aus Farben und Stimmen. Das Herz pocht wie eine Dampflokomotive. Immer und immer schneller werdend jagt der Muskel Unmengen an Blut durch meinen Körper. Die Nebennieren produzieren so viel Adrenalin, dass ich von dem Überschuss high werde. Die Tür vom Pontiac geht hinter mir zu. Ich drücke auf die Fernbedienung, die Alarmanlage meldet sich mit einem kurzen Klicken. Ich folge der Familie, die mich just in diesem Augenblick mehr interessiert als alles andere.

Kapitel 18 (Johannes)

Herrn Becks Stimme wird zu einem genervten Krächzen. „Kann ich einen Schluck Wasser haben?", unterbricht er seine Erzählung.
„Wenn wir fertig sind, gerne", entgegnet Karl. Auch ihm scheint die Zunge am Gaumen zu kleben. Diese Taktik gehört zu seiner Methode. Nicht sehr human, aber wirkungsvoll. Herr Beck ist müde, zermürbt und hat die Nase von dem Ganzen hier gestrichen voll. Das alles kann ihn dazu veranlassen, unscheinbar wirkende Details, die ihm zum gegebenen Zeitpunkt unwichtig erscheinen, auszuplaudern, die für uns allerdings von unschätzbarem Wert sein könnten.

Ich lege unbemerkt eine dritte Pastille auf meine Zunge. Ich kann wieder schlucken. Mein rechter Zeigefinger tippt unaufhörlich auf die glatte Oberfläche meines Smartphones. Die Fingerkuppe ist taub, das Gelenk schmerzt, die Sehne brennt, trotzdem muss ich alle Informationen abspeichern. Der Morsecode codiert die Wörter in elektronische Signale um, die auf dem Rechner von meinem Zwillingsbruder landen. Auch wenn er vom Hals gelähmt ab ist, so ist sein Verstand viel schärfer als bei den meisten Menschen. Benjamin ist ein wissbegieriger Informationsjunkie. Er verschlingt alles, was für einen Fall von Relevanz ist und ordnet den ganzen Input in seinem Kopf chronologisch ein.

Die Reihenfolge der Abläufe wird neu sortiert und an mich weitergeleitet.
Ich werde ihn heute besuchen und mit ihm einige Details und Erkenntnisse teilen. Wir werden uns so einiges zu erzählen haben.
Ein schüchternes Klopfen an der Tür lässt uns alle herumfahren. Selbst die gelangweilt dreinblickende Dame mit Schmalzfrisur schaut mit verschlafener Miene in diese Richtung.
Die Tür bewegt sich ein wenig. Lars lugt hindurch.
„Haben wir irgendwelche Beweise gegen Herrn Beck?", brummt Karl.
Herr Beck ist wie vom Donner gerührt. „Ich sage die Wahrheit", fährt er auf. Weißer Schaum klebt an seinen Mundwinkeln, den er sich mit dem Handrücken grob wegzuwischen bemüht. Seine Absicht bleibt bei einem Versuch. Er verharrt mitten in der Bewegung, als Lars vollends hereinkommt. In seiner Hand hält er einige Auszüge mit Fotos. Der junge Kommissar hüstelt in die Hand und breitet die Blätter wie viel zu große Tarotkarten vor uns auf der kleinen Tischplatte aus. Füße von drei Stühlen erzeugen ein ohrenbetäubendes Crescendo, als wir näher rücken. Die Frau bleibt da, wo sie ist.

Die Bilder sind verpixelt. Es sind Abzüge von einer, nein, von drei Überwachungskameras. Die Perspektiven wechseln von frontal zu seitlich. Insgesamt fünf Bilder. Bei den zwei Personen handelt es sich unverkennbar um diese zwei Gestalten, die Karl seit einer gefühlten Ewigkeit durch die Mangel dreht. Die Zahlen in der unteren Ecke bestätigen die Aussage von Herr Beck. Jetzt erwacht auch seine Begleitung aus dem Wachkoma. Karls Miene verfinstert sich, auch ich spüre, wie meine Stirn sich in Falten legt. Lars macht einen Schritt zur Seite. Die Frau steht auf und greift hektisch in die Gesäßtasche ihres schmuddeligen Minirocks.

„Ach Gott, wo habe ich bloß meinen Kopf?", flüstert sie. Mit einem dumpfen Klatschen landet ihre Hand auf der hellen Tischplatte. Als sie ihre schwielige Hand anhebt, hinterlässt sie einen Abdruck und zwei Kinokarten auf dem mattgewordenen Klarlack, der von unzähligen Haarrissen übersät ist. Mit einem selbstzufriedenen Lächeln, das schiefe Zähne offenbart, lässt sie sich feiern, ohne dass jemand Beifall klatscht oder ihr zu diesem grandiosen Zug gratuliert.

Karls Blick ist kühl, seine Augen sind fest auf die Stelle gerichtet. Dort, wo der Abdruck von der Hand der Frau sich langsam in nichts auflöst, bleiben die Eintrittskarten unberührt. Eine feine Brise huscht durch das offene Fenster und jagt die Bilder über den Tisch. Lars sammelt die Blätter hastig zusammen, auch die Eintrittskarten landen in seiner Mappe.
„Sie waren also im Kino?", brummt Karl und schnalzt mit der Zunge.
„Sage ich doch", fährt Herr Beck erneut auf. Der Sieg bringt seine Stimme zum Vibrieren. „Und danach gingen wir zu einer Bar. Dort haben wir Billard gespielt", fügt er hastig hinzu.

„Wenn das so ist." Karl kratzt sich an der Schläfe. „Sie sind vorläufig von allen Anschuldigungen freigesprochen", lautet Breuers Urteil, er klingt wie ein Richter, nur der Hammer fehlt noch, den er laut auf den Tisch knallen kann. Er bedient sich seiner Faust. „Sie können gehen", sagt er, den Blick auf die beiden gerichtet. Ein unsicheres, abfälliges Mundzucken auf Herrn Becks Gesicht zieht kleine Fältchen um seine Lippen. „Wo ist meine Tochter, darf ich sie mitnehmen?"
„Haben Sie das Sorgerecht für Ihr Kind?"
„Aber natürlich, wir sind noch nicht richtig geschieden. Miriam und ich, wir haben nur eine Beziehungspause eingelegt."
Jetzt ist der Zeitpunkt für mich gekommen, in dem ich mich in das Gespräch einzuklinken gedenke.
„Hat Ihre Frau auch einen Sexualpartner?"

Herr Beck setzt sich wieder hin. Alle Blicke sind auf mich gerichtet. Lars lehnt sich an die Wand mir gegenüber und holt sein Notizbuch hervor. Der Kugelschreiber klackt leise in seiner Rechten.

„Das weiß ich nicht", entgegnet der eingeschüchterte Mann. Mit wachsender Aufmerksamkeit erkennt er die Ausweglosigkeit seiner derzeitigen Lage, sich diesem Thema auch noch zu stellen.
In der glühenden Hitze bekomme ich kaum noch Luft, lasse aber keine Schwäche erkennen. Herr Beck zieht an dem Kragen seines T-Shirts. Ich sehe seinen Adamsapfel unter der narbigen Haut hoch und runter hüpfen.
„Warum haben Sie sich getrennt?"

„Sie wollte ...", er hüstelt und fährt mit geklärter Stimme fort, „... Miriam war nie zufrieden mit dem, was ich tat."
„Bitte erklären Sie das etwas präziser."
Er schüttelt abwegig mit dem kahlen Schädel. Als er sich darüber kratzt, hinterlässt er rote Striemen auf der gespannten Haut seines runden Kopfes. „Ich war im Haushalt und auch bei der Erziehung keine große Stütze."
„Und im Bett?"
Schamesröte steigt halsaufwärts über sein Gesicht. Die Schmalzlocke kichert. Herr Beck wirft ihr einen mahnenden Blick zu, seine linke Hand zuckt und erstarrt dann jäh, als ich die Bewegung mit einem festen Blick taxiere.

„Sie haben Ihre Frau geschlagen."
„Nein!", entgegnet er entschieden.
„Das war keine Frage." Meine Stimme verrät nichts über meine emotionale Verfassung. Ich habe einen Nerv getroffen, jetzt lasse ich nicht mehr los.
„Können Sie etwa Gedanken lesen?" Herr Beck taxiert mich mit finsterem Blick.
Im Augenwinkel sehe ich, wie Karl sich nach hinten lehnt und grinst.

„Sie trinken gern und viel. Sie arbeiten nicht. Das T-Shirt haben Sie nicht bezahlt, das Loch unten am Bund ist ein sicherer Beweis dafür, dass Sie die Farbkartusche herausgerissen haben. Die Hose gehört Ihrer Freundin, der Abrieb von einem Smartphone an der Gesäßtasche ist identisch mit ihrem Rock."

„Ach ja, vielleicht trägt sie meinen", blafft er mich an. Erst jetzt wird ihm klar, was er da gerade eben von sich gegeben hat. Sein Gesicht ist puterrot.
„Wenn Sie auf Schmetterlinge stehen", streue ich ein wenig Salz in die offene Wunde.

Herr Beck krümmt seinen schmalen Rücken, seine Freundin schiebt ihr Oberteil über den verblassten Aufdruck auf ihrem Oberschenkel und drückt das Gerät vorsichtig weiter in die Tasche hinein.
„Sie spielen gern Gitarre. Nach einem Unfall mussten Sie Ihr Hobby aufgeben. Und Sie haben Wettschulden."
„Das mit den Wettschulden, woher wollen Sie das wissen?"
„Sie haben in der Bar gezockt. Billard interessiert Sie nicht." Trotz aller Anschuldigungen macht der eingeschüchterte Mann einen an sich rechtschaffenen Eindruck auf mich. Er hatte nur Pech in der Liebe und bei der Standhaftigkeit seiner Männlichkeit.
„Okay, sind wir jetzt fertig? Denn alles, was Sie da gesagt haben, mag auf mich zutreffen, aber mit dem Tod meines Sohnes hat das Ganze nicht im Geringsten etwas zu tun. Ich habe, nein, ich liebe meine Frau und meine beiden Kinder immer noch."
Die letzten Worte enden in einem Flüstern. Tränen schimmern in seinen Augen.
„Du bist doch ein Arschloch", meldet sich die Frau zu Wort.
„Ach, halt's Maul", unterbricht er sie schneidend.
„Ich meine, ich habe mich bemüht, aber ...", er schluckt, „... Miriam hatte nie das Thema Trennung

angesprochen, bis ich eines Tages vor vollendete Tatsachen gestellt wurde. Als ich nach Hause kam, stand ich vor einer verschlossenen Tür. Sie hatte die Schlösser ausgetauscht und den Koffer gepackt."
„Deswegen sind Sie durchs Fenster rein?" Karl wittert eine Möglichkeit, den Mann in die Enge zu treiben.

„Welches Fenster?"
„Vergessen Sie es einfach", entgegnet Karl. „Sie können gehen. Hat Ihre kleine Tochter Großeltern, die sich um sie kümmern können? Ihre Frau ist vorübergehend festgenommen, und Sie erwecken nicht unbedingt den Eindruck, dass Sie sich um Ihre Tochter kümmern können. Sie braucht jetzt Ruhe und Geborgenheit."

Hoffnung keimt in ihm auf. Herr Beck blinzelt die Tränen weg und nickt.
„Dann sorgen Sie dafür, dass das Kind bei ihnen unterkommt. Sie müssen immer erreichbar sein, falls wir noch Fragen haben." Karl knipst mit dem Kugelschreiber. „Haben Sie eine Telefonnummer, unter der wir Sie jederzeit ..."
„Ja, natürlich." Er diktiert seine Handynummer.
Das Pärchen wird von einem Polizisten hinausgeführt und zu dem Mädchen begleitet.
„Wir machen für heute Schluss." Karls Augen sind gerötet. Die Transplantation der Hornhaut seiner beiden Augen war erfolgreich. Trotzdem kam er nicht umhin, die empfindliche Haut des Öfteren zu benetzen. Er blinzelt mehrmals, bis sein Blick sich

klärt. „Willst du ein Taxi nehmen? Geht aufs Haus, Lars und ich müssen noch wohin."
„Ich nehme das Taxi."
Wir gehen nach draußen.

„Was sagst du zu dem vorläufigen Täterprofil?", will der bullige Breuer wissen, als wir auf das Taxi warten. Das metallische Klimpern eines Feuerzeugs ertönt, gefolgt von dem leisen Knistern seines Glimmstängels.
„Er ist kein Anfänger. Ich gehe stark davon aus, dass er schon seit Jahren alleinstehenden Müttern nachstellt."
„Warum ist er uns bisher nicht aufgefallen? Eine Kindstötung kann man doch nicht verheimlichen." Karl lässt eine Rauchwolke durch seine Lippen entweichen.
„Es war ein Unfall."
„Was?" Mit barscher Geste schnippt er den Zigarettenstummel in hohem Bogen von sich weg, pustet den Rest der verbrauchten Luft durch die Nase und schaut mich herausfordernd an. „Sprich Klartext, Doc, und Sie warten gefälligst!", herrscht er den verdutzten Taxifahrer an, als dieser sich nach seinem Fahrgast, also mir, durch eine heruntergelassene Scheibe umschaut. Die Scheibe fährt surrend nach oben. Der Mann am Steuer nickt und schaut mit starrem Blick gerade durch die von toten Insekten verschmutzte Windschutzscheibe ins Nirgendwo. „Was hast du gesagt? Ein Unfall?" In Breuers Stimme kristallisiert sich eine gewisse Missbilligung heraus, nicht mir gegenüber als

Person, sondern meiner Art, die Sachen anzugehen und Vieles vorerst für mich zu behalten.
„Ich möchte keine falschen Schlüsse ziehen, Karl. Das weißt du so gut wie ich. Ein falsch gewählter Weg führt immer in die verkehrte Richtung."
„Hör du mir auf mit deinen Sprüchen. Warum gehst du von einem Unfall aus?"
„Ich werde morgen noch einmal zur Wohnung fahren müssen. Ich möchte dort ganz allein sein."
Karl schnaubt und steckt sich eine dritte Zigarette an.
„Aber danach, spätestens, da will ich von dir eine Antwort."
Ich strecke zum Abschied meine rechte Hand aus. Karl greift danach und drückt zu. Ich verziehe keine Miene. Meine Hand ist vielleicht keine Bärentatze wie die von Kommissar Breuer, aber auch ich halte mich in Form. Das Kräftemessen dauert nur einen Augenblick lang an. Ich klopfe Karl mit der Linken auf die Schulter und verspreche ihm, morgen mit mehr Informationen dienen zu können.
„Doktor Hornoff!" Wir drehen uns beide um. Ich stehe schon am Taxi. Lars wedelt mit einer roten Mappe über seinem blonden Kopf. „Hier sind die Kopien. Und hier ...", er greift in seine Hosentasche und fördert einen USB-Stick zutage, „... habe ich das versprochene Programm", sagt er außer Atem, dennoch mit einer zufriedenen Miene.
„Danke, Kommissar Böhm", entgegne ich.
Seine Brust schwillt vor Stolz an. Ich klopfe auch Lars auf die Schulter und steige ins Auto.

Im Taxi riecht es nach Zitrone, Zigarettenrauch, verschwitzten Klamotten und einem spezifischen Duft, den ich in keine Schublade einordnen kann.
„Habe Döner gegessen mit Schafskäse. Rieche bisschen nach Zwiebel, aber habe Fisherman's Friends im Mund. Wollen Sie auch eins?", fragt mich der Mann mit einem breiten Grinsen und blendend weißen Zähnen. Ich lehne dankend ab.
„Ich habe auch Kirschgeschmack", sagt er noch und fährt dann auf die Straße, als ich mit einem kurzen Lächeln mit dem Kopf schüttle.
„Musik?"
Ich zucke mit den Schultern. Eine stark behaarte Hand dreht an dem Lautstärkeregler.
Ich lausche den für meine Ohren fremd klingenden Klängen und senke die Lider.
„Ich komme aus Kambodscha."
Ist gut, denke ich mir nur.

Kapitel 19 (Der Seelenretter)

„Kannst du bitte hier stehen bleiben und auf den Wagen aufpassen?", fährt die Mutter ihren Sohn barsch und von oben herab an.
Tobias schaut seine Mutter mit finsterer Miene an. Er ist aufmüpfig, weil die Hormone in seinem Körper Krieg spielen, dabei wird alles in seinem Inneren durcheinandergebracht. Das will aber seine Mutter nicht verstehen. Sie fasst seine pubertierenden Ausbrüche nicht als eine hormonelle Umstellung auf. Sie möchte nicht verstehen, dass ihr Sohn zu einem Mann heranwächst und für ihn wie auch seine Eltern andere Zeiten anbrechen. Sie behandelt den Jungen wie ein Stück Dreck. Hass betäubt die Liebe, Gegenhass zerstört das Leben - für immer.

„Ich hab dir gesagt, dass du beim Wagen bleiben sollst und aufpasst. Kann ich mich auf dich verlassen?", fragt sie mit einer nun genervten und lauteren Stimme. „Bekomme ich endlich eine Antwort oder bist du zu doof dazu?", schreit sie nun fast, obwohl Patrick nicht mal Luft holen kann, geschweige denn antworten.
Ich halte mich zwischen zwei Regalen versteckt. Der Vater von Patrick ist nirgends auszumachen.
Ein kleines Mädchen stolpert und wird von Klara sofort in den Arm genommen.

Diese Frau braucht unbedingt eine Lektion. Sie kann ihren Sohn nicht so behandeln. Meine Zähne reiben aufeinander wie die Mahlsteine einer alten Mühle. Ich höre, wie sie knirschen. Die Kiefermuskeln bewegen sich unter meiner Haut wie gespannte Drähte.

Das Kleinkind beginnt zu plärren. „Ja, Kleines, Mama muss nur diesem Sturkopf etwas erklären. Du weißt ja, wie dein Bruder ist."
„Dein Bruder ist ein Esel und du eine Prinzessin", sagt sie, „eine schlaue Prinzessin." Klara drückt ihrer Tochter einen dicken Kuss auf die Wange.
Franziska reibt sich schnell über die Stelle, verzieht leicht angewidert ihr kindliches Gesicht und gibt ein „Bäh" von sich.
„Wir sind gleich da, ich muss schnell was besorgen. Du bleibst da und passt auf den Wagen auf."
„Aber kann denn nicht Papa auf den Scheißwagen aufpassen?"
Wut steigt wie brennende Galle durch meine Kehle nach oben.

„Er hat Wichtigeres zu tun", lautet die knappe Antwort seiner Mutter, die im Begriff ist zu gehen.
„Ich lasse die Tasche bei dir, pass gut darauf auf. Ich habe hier schon etwas, das ich tragen muss." Das Gesicht von Klara Gerolsheim erstrahlt. Ein Lächeln breitet sich auf ihren Lippen aus. Das perlende Lachen eines Kindes strömt durch den Gang. Klara kitzelt ihre Tochter. Franziska windet sich und lacht noch lauter. Sie lassen den Jungen allein.
Tobias steht mit gesenktem Kopf einfach nur da.

Wut und Empörung jagen wie Blitze durch meinen Kopf.
Ich muss den Jungen von dem Einkaufswagen weglocken. Ich brauche die Schlüssel.

Als mein Blick eine Gitterbox streift, die mit billigen Geldbeuteln gefüllt ist, die zu einem Haufen aufeinanderliegen, fällt mir etwas Geniales ein.
Das billige Leder muffelt nach giftigen Chemikalien.
Ich schnappe mir den erstbesten, stopfe ihn mit einer Ecke in die Gesäßtasche, den Preiszettel habe ich abgerissen und weggeschmissen. Um die Inszenierung zu perfektionieren, lege ich in die Geldscheintasche einen Fünf-Euro-Schein hinein.

Als Tobias sich mit gesenktem Kopf mit den Ellenbogen an dem Wagen abstützt, husche ich an ihm vorbei und remple eines der Räder leicht mit dem linken Fuß an. Ich hoffe nur, der Junge ist nicht einer der Streber, die ihre Fundsachen stets zurückgeben. Oder einem gleich „Sie haben da was verloren" hinterherschreit.

Ich ziehe meine Hose zurecht, klopfe mir über die linke Arschhälfte und schlage so den Geldbeutel heraus. Mit einem leisen Klatschen landet das Ding auf dem schmutzigen Boden, der von dunklen Spuren der Plastikräder durchzogen ist.

Entweder hat Tobias es nicht bemerkt oder er wartet einfach, bis ich verschwinde. Ich biege in den nächsten Gang ab. Mit schnellen Schritten laufe, nein, renne ich zur nächsten Abbiegung. Leicht

außer Atem spähe ich durch Gewürzgurken und eingelegte Maiskolben hindurch. Ein Schatten von dem Jungen bewegt sich zu der Stelle, wo ich den Geldbeutel fallen gelassen habe. Er schaut sich hastig um. Ich kann jetzt sein Gesicht sehen. Sein Blick ist gehetzt. Er beugt sich nach unten. Als er im Begriff ist, zurück zu seinem Wagen zu gehen, nehme ich eins der Gläser mit den Maiskolben. Ich laufe ein paar Schritte näher zu dem Einkaufswagen. Meine Hand macht eine für Boccia typische Bewegung. Das Glas zerschellt laut und klirrend. Tatsächlich läuft Tobias jetzt in eine andere Richtung. Ich habe ihn erschreckt. Jetzt muss ich mich beeilen. Der Wagen bleibt unbeobachtet.
Ich ziehe schnell an dem Reißverschluss. Die Tasche einer Frau gleicht einem Sammelsurium. Hier kannst du alles finden, von einem Eyeliner bis zu einem Sack Kartoffeln. Meine Finger huschen hinein und tasten herum.

Schritte hallen durch den Parallelgang. Ich stecke jetzt auch die zweite Hand in den Schlund hinein und wühle darin herum. Endlich halte ich den Bund mit den Schlüsseln in meiner linken Hand.
Schnell verschwindet das schwere Bündel in meiner Hosentasche. Mit leicht erhobenem Kopf schlendere ich durch den Gang. Ein Mann zwängt sich an mir vorbei. Er achtet darauf, nicht auf die herumliegenden Scherben und leichenblassen Maiskolben zu treten, die wie kleine, tote Körper auf dem Boden verstreut herumliegen.

Unter seinem Arm hält er ein Magazin für Angler eingeklemmt. Er angelt also gern. Na denn.
„Tobias?!", ruft er laut. Er klingt verärgert, nicht besorgt. Martin Gerolsheim ist fast so groß wie ich, hat dunkles Haar und riecht stark nach einem teuren Parfüm. Damit war er also beschäftigt. An den Fläschchen schnuppern und in Magazinen blättern gehört zu seinen Aufgaben, wenn sie einkaufen gehen. Er ist eitel und faul.
Ich bleibe unweit vor einem Regal stehen. Tobias erscheint nach fünf Sekunden. „Was?"
„Wo warst du, verdammt?"
Der Junge bekommt einen saftigen Klaps auf den Hinterkopf.
„Ich habe nach euch gesucht", entgegnet er bissig.
„Erzähl mir nix. Was hat dir deine Mutter gesagt?"
Tobias bleibt stumm.
„Sieh mich an, wenn ich mit dir rede!"
Ich drehe den Kopf zur Seite, beobachte, wie der Junge den Blick hebt. Seine Augen sind rot gerändert. Er unterdrückt die Wut, schluckt eine böse Bemerkung herunter.
„Du hast hier zu warten. Verstanden?"
Tobias nickt.
Martin Gerolsheim greift nach seinem Magazin, schlägt damit seinem Sohn auf den Kopf, wirft die Zeitschrift zu den anderen Einkäufen und geht dann.
„Ich hole deine Mutter, du wartest hier."
Tobias zuckt instinktiv zusammen, als sein Vater sich mit der Hand über sein Haar fährt.
Ich folge dem Mann. Er weiß nicht, dass er sich unmittelbar in tödlicher Gefahr befindet.

Kapitel 20 (Johannes)

Ich bezahle den Taxifahrer und runde die Summe auf. Ich mag Kleingeld nicht, weil die Münzen das Leder von meinem Geldbeutel zerbeulen und die Plastikkarten beschädigen. Der Mann freut sich über das üppige Trinkgeld und winkt mir freundlich zum Abschied.
„Fragen Sie beim nächsten Mal nach Aki. Ist mein Name", ruft er durch einen Spalt an seiner Seite, als er seinen Wagen wendet.
„Mache ich", sage ich nur und werfe einen kurzen Blick auf meine Uhr.
Als ich die drei Stufen zur Tür hinauflaufe, vibriert mein Handy.
„Hallo, mein lieber Bruder. Kannst du bitte bei uns vorbeifahren?" Peter klingt heiter. Das bedeutet, er braucht was von mir. Mein jüngerer Bruder ruft mich selten an, es sei denn, er benötigt eine Gefälligkeit von mir. Aber ich bin ihm trotzdem sehr dankbar, dass er Benjamin bei sich aufgenommen hat und sich um ihn kümmert. Mein Zwillingsbruder muss rund um die Uhr versorgt werden. Nach dem letzten Aufenthalt in einer Spezialklinik ist er fast gestorben. Nun lebt er bei unserem jüngeren Bruder, alle sind mit dieser Entscheidung zufrieden und sehr glücklich. Vor allem ich, weil er mir sehr viel bedeutet.
„Soll ich was mitbringen?", frage ich mit müder Stimme.

„Nein, wir haben alles. Sonja ist übrigens auch bei uns, also brauchst du erst gar nicht reingehen. Ich sehe dich durch die Kamera. Wink mal."
„Ach Peter, lass den Quatsch." Unbewusst macht meine linke Hand eine winkende Bewegung. Ich höre, wie Peter lacht. Erst vor Kurzem habe ich drei Kameras installiert. Jeder kann darauf übers Internet zugreifen, der die drei Passwörter und andere Zugangsdaten kennt. Peter und Benjamin gehören dazu. Benjamin hat sich dazu bereit erklärt, nach dem Rechten zu schauen, wenn wir nicht zu Hause sind. Er habe ja sonst nicht viel zu tun, als auf der faulen Haut zu liegen, sagte er lachend. Benjamin beherrscht den Sarkasmus besser als alle anderen.

„Was habt ihr vor?", will ich wissen.
„Die Mädels wollen shoppen und wir brauchen jemand, der auf Cristina aufpassen kann."
Im Hintergrund höre ich die niedliche Stimme meiner Nichte. Seit vier Monaten ist es offiziell. Mein Bruder Peter und seine Frau Anna sind stolze Eltern von Cristina Hornoff, geborene Wodan. Sie wurde von den beiden adoptiert. „Kommst du spielen? Papa sagt, du bringst Lutscher mit", nuschelt sie in den Hörer.

„Hey, das habe ich gar nicht", mischt sich Peter dazwischen. Ich höre, wie Cristina kichert. „Gib mir sofort das Telefon her", ertönt Peters Stimme. Cristina kreischt, sodass ich auf einem Ohr halb taub werde. „Kommst du, Onkel Johannes?" Ich höre, wie sie schwer atmet. Sie flüstert jetzt.

„Ja, ich komme", auch meine Stimme klingt leise und geheimnisvoll, „hast du dich vor deinem Vater versteckt?"
„Ja", wispert sie.
„Da bist du also", brummt Peter.
Cristina schreit erschrocken auf. Ich höre, wie Peter ihr das Telefon aus der Hand nimmt.
„Na, wann kommst du?"
„Gleich. Wo hat sie sich denn versteckt? Wieder hinter dem Vorhang?"
Peter lacht. „Ja, ihr Lieblingsversteck."
„Gut, dann weiß ich, wo ich nach ihr suchen muss."
Auch ich gebe ein gequältes Lächeln von mir. Ich kann die Zeit nutzen, um mit Benjamin einige Details zu klären und zu analysieren.
„Okay, die Mädels stehen schon draußen. Heute ist Night-Shopping. Hast du das gehört? Night-Shopping", wiederholt er lachend. „Wer sich das wohl ausgedacht hat?"
„Bis gleich", sage ich und gehe zur Garage.

Kapitel 21 (Der Seelenretter)

Herr Gerolsheim bleibt vor einem riesigen Korb mit Büchern stehen. Er liest keine Romane, aber eine seiner Freundinnen. Er dreht eines der Bücher in der Hand, als wöge er ab, ob das Werk für den Preis auch schwer genug ist. Gelangweilt fährt er mit dem Daumen über die Seiten. Scheinbar völlig enttäuscht wirft er das Buch zurück auf den Haufen.
„Petri Heil", rutscht mir der Gruß der Angler über die Lippen.
„Petri Dank", entgegnet er automatisch und dreht den Kopf in meine Richtung. Martin Gerolsheim steckt die Hände in die Taschen seiner ausgewaschenen Hose. Sein T-Shirt hat einen billigen, sexistischen Aufdruck.
Wenn du was von meiner Freundin willst, stell dich gefälligst hinten an, lautet der Spruch. Ein bitterer Geschmack legt sich über meine Zunge.
„Kennen wir uns?", will er von mir wissen. Sein Blick ist desinteressiert. Mit den Augen ist er woanders. Er sucht nach seiner Frau.

„Ich habe Sie nur bei den Zeitschriften gesehen. Eigentlich bin ich auf dem Weg nach oben. Heute gibt es Hundefutter zum Sonderpreis."
Mein Gegenüber runzelt die Stirn und schaut mich ein wenig perplex an. Er hält mich für einen Idioten.
„Ich nehme das Zeug zum Anfüttern. Ist viel billiger als Fischfutter", sage ich freundlich.

Auf einmal hellt sich sein Gesicht auf. Billig ist immer gut, scheint mir sein Gesichtsausdruck zu sagen. Jetzt nur noch die Richtung weisen, drängt er mich mit seinen dunklen Augen.
„Die verkaufen heute diese Zwanzig-Kilo-Säcke zum halben Preis. Habe erst letzte Woche zwei Karpfen gefangen, je zwanzig Pfund", lüge ich und nenne irgendeine Zahl.
Das Leuchten in seinem Blick flackert heller.

„Oben, zweiter Gang. Sie werden es nicht übersehen. Ich muss noch etwas für meine Frau kaufen, damit ich am Wochenende wieder an die Spree kann", lüge ich erneut.
Ein selbstgefälliges Grinsen entblößt seine Zähne. Ein Pantoffelheld, so oder so ähnlich wird er über mich denken. Das ist gut. Er wittert keine Gefahr. Er wird mich im Nu vergessen haben. Sobald ich ihm den Rücken kehre, bin ich aus seinem Gedächtnis gelöscht. Aus den Augen, aus dem Sinn.

Ich täusche einen Anruf vor. Greife in die Hosentasche und halte mir das Telefon ans Ohr. „Ja, mein Schatz, ich bin gleich da. Natürlich weiß ich, wo die Gurken stehen", stottere ich. „Ja, nein, kein Fischfutter, ehrlich. Ich weiß nur nicht, wo das Talkumpuder steht. Aber ich frage gleich den Verkäufer. Ja, mache ich, ich liebe dich. Ja, tut mir leid", stammele ich und schenke dem Typen ein dämliches Lächeln. Er schüttelt angewidert den Kopf und eilt nach oben.

Ich mache mit meiner Show weiter, bis der Kerl außer Hörweite ist. So unauffällig wie nur möglich bewege ich mich in den ersten Stock. Durch das riesige Regal kann ich mein Zielobjekt hin und her huschen sehen. Er sucht nach den roten Preisschildern. Ich muss jetzt schnell handeln. Der elektrische Stapler steht an seinem Platz. Ich hoffe nur, dass Nikolai, einer meiner Kollegen aus der Gegenschicht, den Schlüssel nicht mitgenommen hat. Tatsächlich steht der Stapler in der dunklen Nische und hängt am Strom.

Ich drehe den Schlüssel herum, die kleinen LED-Leuchten blinken rot. Aber für mein Manöver wird die Batterie noch ausreichen müssen.

Das elektrische Surren des Motors und das leise Knacken der Kunststoffräder sind kaum zu hören. Außerdem läuft das Radio heute wie immer zu laut. Ich erkenne die pinken Lettern auf schwarzem Hintergrund. Das T-Shirt von dem Typen nehme ich als Zielscheibe. Der Kerl steht mit erhobenem Haupt mir direkt gegenüber, nur auf der anderen Seite vom Regal. Dieser Bereich wird nicht videoüberwacht. Warum auch, wer würde schon unbemerkt einen schweren Sack mit Hundefutter mitgehen lassen? Ich lasse die Gabel nach oben fahren. Auf der Höhe kurz über der Palette halte ich an. Ich warte, bis der Arsch endlich stehen bleibt. Dann habe ich eine zündende Eingebung. Ich drücke mit der Hand gegen die kleineren Kartons. Auf der anderen Seite höre ich, wie mehrere Schachteln auf den Boden fallen. Herr Gerolsheim schaut zur Seite. Ich höre ihn fluchen, dann beugt er sich nach unten und beginnt, die kleinen Dosen mit Futter aufzusammeln. Der Hubwagen macht einen Ruck, dann noch einen.

Ich schließe meine Augen. Das leise Schaben von Säcken, gefolgt von einem dumpfen Krachen, lässt für wenige Augenblicke mein Blut zu Eiswasser gefrieren. Eine ganze Palette, also eine halbe Tonne Granulat landet auf dem Rücken des Mannes, der nichtsahnend die zerbeulten Dosen aufklaubt. Gott sei ihm gnädig. Er ist jetzt im Katzenhimmel. Der sarkastische Gedanke gefällt mir, meine Mundwinkel zucken dabei leicht.

Ich erwische mich erneut dabei, wie ich eine wohltuende Wärme zwischen meinen Lenden verspüre. Das Gefühl einer alles erfüllenden Ekstase legt sich über mich.
Mein Atem geht schwer wie nach gutem Sex. Meine Finger zittern, als ich den Stapler wieder in der Ecke abstelle. Nur mit Mühe gelingt es mir, den Stecker in die Steckdose hineinzurammen.
Ich warte zwei Augenlidschläge lang. Höre nach Stimmen oder anderen Geräuschen.
Als sich nichts regt, wage ich mich aus der Dunkelheit, ich will zurück zur Rolltreppe. Ein kurzer Blick durch die Regale, ungeschickt bleibe ich mit dem Fuß an dem Putzwagen hängen, so aufgeregt bin ich, dass ich nichts um mich herum richtig wahrnehme. Alles fühlt sich unwahr an.
Fingerabdrücke! Wie ein Brandstempel zischt das Wort in meinen Ohren und versetzt mir einen

stechenden Schmerz mitten in die Brust. Ich greife nach einer Sprühflasche, zerre zwei Gummihandschuhe aus einer Packung und greife mir einen schmutzigen Putzlappen. Ich renne zurück. Zum Glück kaufen heute nicht viele Leute ein. Hier oben ist niemand, nur der Tote und ich.
Mit hastigen Bewegungen fahre ich über die Griffe am Hubwagen. Der Rest der beißenden Flüssigkeit landet auf dem Boden. Ich verteile die Pfütze mit dem schmutzigen Lappen, indem ich ihn mit meinem rechten Fuß hinter mir herziehe.

Endlich stehe ich wieder an dem Wagen mit den Putzutensilien. Silke, unsere Dame fürs Reine, macht entweder eine Pause oder sie raucht heimlich. Heute danke ich Gott dafür, dass sie ihrer Arbeit nicht nachgeht. Als ich mich nach unten beuge, wird für eine Sekunde alles schwarz um mich. Irgendwie erwische ich den pitschnassen Lappen mit der behandschuhten Hand und stopfe ihn in den Müllbehälter. Auch die leere Flasche landet in dem schwarzen Plastiksack. Die blauen Gummihandschuhe nehme ich mit. Nass vor Schweiß schnalzen sie verräterisch, als ich sie von meinen Händen pelle. Schnellen Schrittes bewege ich mich über die Rolltreppe nach unten.
Erst als ich vor meinem Auto stehe, kann ich wieder atmen. Mein Kopf gleicht einem Druckkessel, der zu platzen droht.
Ich steige in den Pontiac und fahre davon.

Kapitel 22 (Johannes)

Unser Städtchen ist nicht groß, auch herrscht hier nicht viel Verkehr. Darum fahre ich selbst. In einer Großstadt wie Berlin verliere ich oft den Überblick und kann mich dann nicht auf das Wesentliche wie das Fahren und die Verkehrsschilder konzentrieren. Ich übersehe oft die Ampeln oder kann nicht mehr die Spur rechtzeitig wechseln, wenn eines der Fahrzeuge mir die Sicht nimmt oder von der Seite drängelt.

Ich halte neben dem weißen Infiniti. Sonja hat sich das Haar aufgefrischt. Die helle Farbe steht ihr gut und unterstreicht ihre Augenfarbe. Auch die Züge ihres beinahe perfekt symmetrischen Gesichts lässt das blonde, schulterlange Haar noch feiner erscheinen. Sie und ihre neue Freundin Anna stehen schon draußen.

Annas Haar dagegen ist wie immer leuchtend rot. Peter nennt sie in ihrer Abwesenheit Pumuckl. Ich muss dann immer grinsen. Jetzt stehen meine Frau und Peters Pumuckl an dem weißen Wagen und tratschen, wild mit den Händen gestikulierend. Sonja lacht auf und tupft sich die Augen mit einem Taschentuch ab.

„Wer ist es dieses Mal, über den ihr hier lästert?", frage ich statt einer Begrüßung. Die beiden Frauen fahren herum, ohne mit dem Lachen aufzuhören.

„Ach, das sind nur alte Geschichten", winkt Sonja mit einer Geste ab. Läuft auf mich zu, umarmt mich und drückt mir einen warmen Kuss auf die Lippen. Ein wenig verdutzt spüre ich, wie eine ihrer schmalen Hände von meinem Rücken herab bis zu meinem Hintern hinuntergleitet.

„Hallo, Schatz", sagt sie und dreht meinen Geldbeutel vor meiner Nase herum. Sie zieht eine Schnute und kramt die goldene Karte heraus. „No limit, no cry. Bob Marley weiß, was wir Frauen brauchen", sagt sie noch und steckt mein Portemonnaie zurück in die Gesäßtasche meiner Leinenhose. Ein Hauch von Alkohol schwirrt um meine Nase herum.

„Du bist gut", lacht Anna und klatscht in die Hände, dann streckt sie beide Daumen nach oben. Sonja wackelt mit dem Po, wedelt mit der kleinen Karte, als wäre es ein Fächer und vollführt einen verführerischen Catwalk. Ihr Sommerkleid flattert um ihre Beine, bis das rechte umknickt. Sonja stolpert und fällt fast der Länge nach hin.
„Was gibt es heute zu feiern?", will ich wissen und bin froh, dass mein jüngerer Bruder sich für die beiden aufgeopfert hat.
„Einjähriges Jubiläum", grinst Anna und zeigt mir ihren Ehering.

„Da bist du ja!", begrüßt mich Peter. Er kommt aus dem Haus, mit einem kleinen Mädchen auf dem Arm. Cristina freut sich, mich zu sehen. Sie streckt ihre Ärmchen nach mir aus und drückt mich fest an

sich. Ihr rabenschwarzes, lockiges Haar schimmert in der Sonne und duftet nach Erdbeeren.
„Spielen wir heute Verstecken?", flüstert sie mir ins Ohr.

„Klar", sage ich genauso leise. Sie fasst mein Gesicht mit ihren kleinen Händen. Ich kann den warmen Druck nur mit der rechten Seite spüren. Gleichwohl wird es mir warm ums Herz. Ihre Augen leuchten, sie lächelt mich an und sagt: „Mit Onkel Benjamin kann ich kein Verstecken spielen, er ist zu faul, um aus dem Bett zu steigen, hat er gesagt." Ihre kleinen Lippen werden zu einem kindlichen Schmollmund. Ich kann mir ein Grinsen nicht verkneifen. „Aber vorher darf ich Minions schauen. Die lieben Bananen und sind frech, so wie ich."
Wir gehen zum Haus.

Peter hupt dreimal, die Frauen winken uns zum Abschied, Cristina schenkt allen eine Kusshand. Dann gehen wir rein.
Der DVD-Player steht auf Pause. Ich sehe ein gelbes Gesicht mit einer Taucherbrille. „Papa Peter hat alles vorbereitet", setzt mich Cristina mit ernstem Gesichtsausdruck in Kenntnis. Auf dem Sofa liegen eine Banane und eine leere Holzschüssel für die Schale. „Ich esse immer eine Banane", sagt sie dann und drückt sich von mir weg. Ich stelle sie auf den Boden. Mit schnellen Schritten lässt sie sich auf das Sofa fallen, zieht eine Decke über ihre Beine, schnappt sich die Fernbedienung und starrt auf den Flachbildschirm. Die Lautstärke ist ohrenbetäubend.

Ich schüttle lächelnd den Kopf und gehe zu meinem Bruder Benjamin.
„Wenn ich fertig geschaut habe, spielen wir Verstecken", schreit Cristina, als wären wir beide taub.

Im Augenwinkel sehe ich dann, wie sie nach der Banane greift. Ihr Mund ist zu einem Lächeln verzerrt, die Augen glasig und starr. Der kleine Wuschelkopf ist jetzt in einer anderen Welt, samt Kopf und Seele. „Nein, der ist nicht böse!", schimpft sie und beißt in die Banane. „Banana!", schreit sie dann wie zum Gruß. Die kleinen gelben Kerlchen kreischen zu Dutzenden wie aus einem Mund: „Banana!"

Ich greife nach dem Türgriff und entziehe mich dem tosenden Lärm.
Im Zimmer meines Zwillingsbruders riecht es nach Kräutern und ätherischen Ölen.
„Schaut die Kleine wieder ihre Bananamännchen?", begrüßt mich mein Ebenbild.
Ich nicke.

Benjamin schaut mich prüfend an. So, als erwarte er eine Antwort, ohne eine Frage gestellt zu haben.
Höre mit den Augen, fällt mir der Satz ein, den Benjamin vor Jahren ausgesprochen hat.
Einen flüchtigen Augenblick lang glaube ich, etwas vernommen zu haben, kein Geräusch, eher eine Regung wie die eines Schattens in der Dunkelheit. Ich höre das mechanische Geschrei aus den Lautsprechern und das Quietschen der Federn unter

Cristinas Füßchen, sie hüpft wieder auf dem Sofa. Warum schreien die Männchen nicht mehr?
Benjamin starrt mich an. „Sie hat den Film wieder auf Pause gestellt, das macht sie oft, damit sie den Zeichentrickfilm länger anschauen kann", flüstert er grinsend.

Sein Blick schweift jetzt über meinen Kopf. Er starrt in eine Ecke, möchte sich durch nichts verraten.
Meine Augen tasten jeden Winkel des Zimmers ab. Ich sehe ein silbernes Tablett, in einer klaren Flüssigkeit liegen Nadeln, die fingerlang, sehr spitz und steril sind. Benjamin blinzelt. Bingo, ein Schiff ist versenkt. Ich suche weiter nach Beweisen, keine Indizien. Ich muss Nägel mit Köpfen machen. Ein Hauch von unerklärlicher Hoffnung schwillt in mir an. Wie ein Heißluftballon breitet sich die Wärme unter meinen Rippen aus und lässt mich schneller atmen.

„Du bist nah dran", lautet die Botschaft. Benjamin spricht den Satz nicht laut aus. Er tippt die Worte. Meine ganze Aufmerksamkeit gilt seinem Finger. Doch was ich sehe, lässt mich erstarren. Das Einzige, was mein Bruder unter Kontrolle hatte, war die Auf- und Abbewegung seines rechten Zeigefingers.

Doch sein Finger tippt nicht; seine Fingerkuppe vollführt kleine Drehbewegungen. Sehr unbeholfen und ungeübt – dennoch. Meine Kehle ist trocken wie die Sahara. „Bingo", spricht der Computer zu mir. Tränen benebeln alles um mich herum. Ich starre auf

seine Hand, so als schaute ich meinem Sohn bei seinen ersten tapsigen Schritten zu. Benjamins Handrücken ist von kleinen roten Punkten übersät.
„Akupunktur?", höre ich mich krächzen. Ich mache einen Schritt nach links und fülle ein Glas mit Wasser aus einer Karaffe. Auch das macht mich stutzig. Benjamin bemerkt dies.
„Das Wasser muss atmen. In verschlossenen Gefäßen kann es die Energie nicht entfalten, die es für unser Wohlbefinden benötigt", sagt er ruhig.
„Seit wann glaubst du an diesen spirituellen Humbug?" Ich möchte Benjamin provozieren. Er lässt sich auf so eine billige Anmache nicht ein. Meine Hand zittert ein wenig.
„Das ist aber nicht alles." Etwas von dem Wasser schwappt aus dem Glas und landet auf meinem Hemd, als ich mich zu heftig umdrehe. Ich höre ein mechanisches Surren. Der Elektromotor bringt das moderne Bett von Benjamin in eine fast senkrechte Position. Das ist für mich nichts Neues. Benjamin ist vom Hals abwärts gelähmt und seine Wirbelsäule ist an zwei Stellen miteinander verschraubt. Er grinst. Dann macht er eine kleine Bewegung mit dem rechten Zeigefinger. Das Bett klappt in der Mitte minimal zusammen. Es bekommt einen Knick, knapp über der Gürtellinie.
„Ich werde noch lange nicht in einem Rollstuhl sitzen dürfen, aber für mich ist es ein weiterer Schritt in die Unabhängigkeit."
„Wieso erfahre ich erst jetzt davon?"
„Du bist der Erste. Ich wollte euch nicht etwas versprechen, das nur einer meiner Wünsche war. Ich

habe lange an mir gearbeitet und wollte euch erst dann davon berichten, wenn ich so weit bin."
„Aber, aber ..." Ich stottere vor Glück.
„Michaela hat diese Frau im Internet gefunden. Unsere Nichte ist ein Engel. Sie wollte eigentlich schon da sein. Aber ..."
Ich schaue kurz auf meinen Chronografen. 17:47 Uhr.
„Vielleicht hat sie beim Knutschen einfach die Zeit vergessen", sagt Benjamin und bringt sein Bett wieder in die Waagerechte.
„Hat sie etwa einen neuen Freund?"
„Nein. Sie ist immer noch mit Lars zusammen. Sie ist jetzt volljährig und muss sich nicht mehr verstecken."
„Ich weiß nicht, ob ihr dieser junge Kerl guttut."
„So, was hast du heute alles dabei?", wechselt Benjamin das Thema. Drei Monitore fahren von der Decke herunter. Die Bildschirme flackern. Die Betriebssysteme werden hochgefahren. Die Lüfter von zwei unabhängig voneinander angeschlossenen Rechnern rauschen hinter uns. Im Wohnzimmer läuft wieder der Zeichentrickfilm. Ich schaue kurz nach dem Rechten. Cristina sitzt wie gebannt da und fiebert mit ihren kleinen Helden mit. Die Bananenschale liegt auf dem weißen Teppich. Die Holzschale wurde zweckentfremdet, Cristina hat sie sich wie einen Kriegshelm auf den Kopf gestülpt. Ich ziehe die Tür leise hinter mir zu.
„Es kann losgehen", drängt Benjamin mich. Ich schnappe meine Aktentasche und gehe an den Scanner.

„Wo ist der Stick?", frage ich mich selbst und klopfe mir über die Taschen meiner Hose. Für einen kurzen Augenblick fürchte ich, ich habe ihn verloren. Das wäre ein herber Verlust, denke ich, als meine Finger den kleinen Informationsträger in den USB-Slot stecken.
Das Installationsprogramm läuft automatisch an.
Ich scanne derweil alle Blätter ein.
„Erzähl mir bitte mehr von dieser Frau, die dich in den Rollstuhl bringen möchte." Die Ironie ist mit einem Hoffnungsschimmer besetzt. Wie ein Hologramm tauchen die Bilder von meinem Bruder vor meinem inneren Auge auf. Ich sehe ihn über die Straße rollen. So glücklich, als wäre er neu geboren. Wer weiß, vielleicht geht unser gemeinsamer Traum irgendwann in Erfüllung.
Benjamin hüstelt und beginnt zu erzählen.

Kapitel 23 (Der Seelenretter)

Mein Sohn ist zu Hause und schaut fern.
„Wollen wir zusammen was essen, bevor ich zum Fußballtraining fahre?", möchte ich von ihm wissen, als ich aus der Dusche komme. Die Wunde an meinem Rücken brennt wie Hölle. Ein Heftpflaster und zwei Schmerztabletten halten die Symptome in Schach.
„Nö, hab schon Pizza."
Dieser jugendliche Slang macht mich oft wahnsinnig.
„Lust auf einen Burger?", formuliere ich meine Frage neu.
„Kein Bock."
„Worauf hast du denn Lust?" Meine Stimme klingt mehr gereizt als interessiert.
Sebastian zuckt mit den Schultern. Er entgleitet mir immer mehr. Wir verbringen weniger Zeit miteinander, sehen uns seltener. „Warum spielst du nicht Fußball?", starte ich einen weiteren Versuch.
„Weil es bescheuert ist?", meint er schnippisch.
„Nur, weil du früher gespielt hast, muss ich es nicht mögen. Sport ist Mord, außerdem, was ist das für ein dämliches Spiel? Ein Haufen Kerle laufen wie dumme Hunde einem Ball hinterher." Er lacht abgehackt auf. Das, was er sagt, klingt wie dreister Spott. Sebastian geht zum Kühlschrank und nimmt sich eine Dose Bier heraus. Der Deckel klackt, als er

den Ring nach oben drückt. Schaum bildet sich auf der Dose. Mein Sohn schlürft laut daran.
„Du darfst nicht so viel trinken." Ich bin nicht zornig, eher verzweifelt.
„Und du nicht so viel kiffen", blafft er mich an und stapft an mir vorbei.
Was habe ich bloß falsch gemacht? Bin ich zu lasch im Umgang mit ihm? Soll ich ihn fester anpacken? Ihm eine Tracht Prügel mit dem Gürtel verpassen, so wie es mein Vater bei mir gemacht hat? Damit er endlich kapiert, wer hier das Sagen hat?
Nein, ich werde es nicht können. Ich werde ihm einfach beweisen, wie gern ich ihn habe. Bald kommt die Zeit der Reue und der Erkenntnis, dafür werde ich schon sorgen.
Ich ziehe eines der Kühlfächer im Kühlschrank heraus, nehme eine eiskalte Pizza und schiebe sie in den Backofen. Danach gehe ich auf den Balkon und drehe mir einen Joint. Die Schmerzen in meinem Kopf sind unerträglich.

Kapitel 24 (Johannes)

„Was ist das für ein Programm?", meldet sich Benjamin.
„Wir können damit die Tat simulieren. Lars Böhm hat gesagt, die Techniker haben die Wohnung komplett eingescannt, sodass wir alles in 3-D und maßstabsgetreu nachstellen können. Somit können wir alle Möglichkeiten und alle Abläufe des Tathergangs durchspielen, ohne uns direkt vor Ort befinden zu müssen."
„Echt?"
„Zumindest können wir diesen Versuch starten und eventuell sachdienliche Hinweise abgleichen."
Benjamin lässt den Cursor über den Bildschirm gleiten. Er klickt auf ein Fenster. Mit verkniffenem Gesicht vergrößert er das Bild.
„Was ist los?", frage ich mit besorgter Miene.
„Ich habe Muskelkater", lautet seine Antwort.
Meine Mundwinkel zucken. Dann klingelt mein Handy, und im selben Moment geht auch die Tür auf. Ich greife nach dem Telefon und warte, bis derjenige reinkommt. Cristina schaut mich mit geröteten Augen an und sagt: „Wollen wir jetzt Verstecken spielen? Du bist ...", sagt sie schnell und läuft davon.
„Doktor Hornoff?", ertönt eine männliche Stimme auf der anderen Seite der Leitung.
„Ja?"
„Können Sie bitte Ihren Sohn vom Fußballplatz abholen ..."

„Ist was passiert?", falle ich dem Mann ins Wort. Er schweigt. „Hallo?"
„Tut mir leid, ich dachte, die Leitung wäre unterbrochen. Nein, nichts Schlimmes, er hat sich nur den Knöchel verstaucht." Sein Lachen klingt künstlich.
„Kann ich ihn sprechen?"
„Leider nicht. Mein Telefon hat ein Kabel, und so lang ist es dann auch wieder nicht. Machen Sie sich bloß keine Gedanken. Ich möchte einfach, dass ein Arzt ein Auge darauf wirft, auch wenn Tim tapfer die Zähne zusammenbeißt und seine Mannschaft anfeuert, so möchte ich doch, dass sein Knöchel untersucht wird. Wir brauchen ihn beim nächsten Spiel wieder."
„Schon klar. Ich komme sofort."
„Bis gleich und fahren Sie vorsichtig", höre ich den Mann noch, dann ist die Verbindung tot.
„Ist was passiert?", will Benjamin wissen.
„Tim ist beim Spielen umgeknickt."
„Wie willst du ihn abholen? Du kannst doch jetzt nicht in die Stadt fahren?", fragt mein Bruder, als ich nach der Türklinke greife.
„Man muss sich seinen Ängsten stellen. Außerdem spielen sie nicht am Alexanderplatz." Trotzdem merke ich, wie mein Herz in die Gänge kommt.
Benjamin legt seine Stirn in Falten. Seine Aufmerksamkeit gilt jetzt nicht mir. Ich sehe, wie seine Augen über den Monitor huschen. Etwas flackert in mir auf. Schwach, dennoch gut wahrnehmbar versteckt sich etwas in meinem Hinterkopf und lässt meinen Herzschlag noch

schneller werden. Cristina. Verdammt, fast hätte ich das kleine Mädchen allein gelassen.
„Du meldest dich, wenn du etwas gefunden hast", sage ich schnell und renne ins Wohnzimmer. Ich schiebe den Vorhang zur Seite. Verflucht. Ich gehe zum anderen Fenster, auch hier ist sie nicht. Ich höre, wie eine Tür zugeschlagen wird.
Ich drehe mich auf einem Bein herum. Die Haustür steht offen. Das laute Geräusch ist von oben gekommen, dort fiel eine der Türen wegen des Luftzuges zu. Ist Cristina nach draußen gerannt? Ich renne hinaus und bleibe am Straßenrand stehen. Keine Menschenseele. Nicht einmal eine alte Dame mit Hund oder Rollator ist zu sehen.

„Cristina!", rufe ich. Ja, klar, sie ist ja nicht doof, sie sitzt irgendwo und kichert.
Ich gehe zurück ins Haus. Mir behagt der Gedanke gar nicht, dass Cristina abgehauen sein könnte. Entführt, drängt sich das Wort in den Vordergrund. Schweiß rinnt über meinen Nacken.
Ich grübele einige Augenblicke lang stirnrunzelnd nach. Die Falten auf meinem Gesicht beginnen sich tief ins Fleisch zu graben. Dann blitzt eine Eingebung in mir auf, ein alter Trick aus der Kindheit. „Gefunden", stottere ich mit brüchiger Stimme.

„Gar nicht wahr!", kichert eine kindliche Stimme durch eine Decke. Gedämpftes Lachen erfüllt mich mit strahlender Freude. Der Klumpen auf dem Sofa bewegt sich. Dann springt sie auf die Füße und schreit wie ein Monster. Ich packe sie knurrend, werfe sie in die Luft und kitzle sie unter den Armen. „Hör auf, sonst pinkle ich mir in mein schönes Kleid." Sie boxt mich in die Brust. „Du hast geschummelt."

„Nein. Großes Banana-Ehrenwort." Ich hebe meine rechte Hand. Cristina sitzt in meiner linken Armbeuge und stiert mich prüfend an.

„Du hast geblinzelt, also lügst du." Sie schürzt die Lippen.

„Willst du ein Eis?"

„Oh ja!", schreit sie, reißt jubelnd die Arme in die Luft und schleckt sich mit der Zunge über die Lippen. Ihre Augen glänzen. Sie drückt mir einen Kuss auf die Wange.

„Sag mal, Cristinchen, war jemand im Haus?"

Ihr Blick ist ernst, als sie mich anschaut, nachdem ich sie in den Kindersitz gesetzt und angeschnallt habe.

„Als wir Verstecken gespielt haben, stand die Tür offen?"

Ihre Mundwinkel zucken. Sie lutscht an einem Lolli und tut so, als hörte sie mich jetzt überhaupt nicht.

„Cristinchen?" Ich drehe mit dem Zeigefinger ihr Gesicht zu mir.

„Ich wollte dich reinlegen. Ich habe geschummelt. Ich wollte, dass du denkst, dass ich weggelaufen bin wie Michaela, damit du mich lange suchen musst."

„Wer hat dir das erzählt?"

„Michi. Sie hat gesagt, du und Onkel Benjamin habt sie gefunden. Aber sie war lange weg."

Alle Freude weicht von mir. Ich schnalle mich an und starte den Motor. Der Mercedes fährt auf die Straße. Ich konzentriere mich auf den Verkehr.

Versuche alles andere auszublenden. Was mir fehlt, sind Scheuklappen. Ich hoffe, ich bekomme keinen Herzinfarkt, bis ich am Fußballplatz bin.
Cristina plappert wie ein Wasserfall. Sie ist eine Alleinunterhalterin, sie braucht mich für ihre Konversation nicht.

Wie in Trance huschen Bäume an mir vorbei. Der Straßenbelag glänzt wegen der Hitze, als wäre er an manchen Stellen nass.
Der Verkehr wird dichter, je näher ich mich der Hauptstadt nähere. Ich suche bewusst nach Nebenstraßen und navigiere den Wagen vorsichtig zum gewünschten Ziel. Endlich kann ich die riesigen Stadionleuchten und später auch den hohen Zaun ausmachen. Ich parke zwischen einem Audi und einem Pontiac.

Cristina schaut durch die Windschutzscheibe und sagt dann mit gekreuzten Ärmchen vor der Brust: „Hier gibt es kein Eis. Du hast mich angeschmiert." Ihre dunklen Augenbrauen ziehen sich zusammen. Sie sieht wie ein Sommergewitter aus, überhaupt nicht furchterregend.

„Du hast dich selbst angeschmiert." Ich klappe die Sonnenblende herunter und klopfe auf den Spiegel. Cristina betrachtet ihr Spiegelbild und schleckt sich mit der Zunge über die klebrigen Lippen. Sie klebt überall. „Warte, fass ja nichts an, ich mache dir die Tür auf. Du bist heute eine Prinzessin", sage ich. Als ich die Tür aufmache, schlägt mir die Hitze mit voller Wucht ins Gesicht. Der Schotter unter meinen

Schuhen knirscht laut. Ich sehe einen Mann unter den Bäumen stehen. Er schaut den Jungs zu, wie sie hinter dem Ball herrennen. Ich höre laute Rufe.
Eine dichte Staubwolke wird aufgewirbelt, als ein Golf an mir vorbeirast. Ich muss husten, warte, bis sich die Wolke legt und gehe um den Wagen herum. Cristina ist wie immer ungeduldig und reißt am Griff. Ich kann noch meine Hand ausstrecken und dämpfe den Aufprall mit meinen Fingern ab.
„Du solltest doch auf mich warten", presse ich den Satz durch die Zähne. Und massiere mir die Finger. Das hätte beinahe einen Kratzer gegeben. Der Pontiac steht aber auch zu dicht an der weißen Linie, stelle ich mit leichter Verbitterung und stechendem Kribbeln in der rechten Hand fest.

„Ich muss Pipi", flüstert der Wuschelkopf und zieht mich mit ihren klebrigen Fingern an der Hand.
„Kannst du es noch ein bisschen aushalten?"
„Nein, du hast mir zu viel Limonade gegeben."
Immer bin ich schuld. Sie kommt weit in ihrem Leben, denke ich mit einem Grinsen und wir gehen zu den Bäumen. Der Mann beachtet uns nicht, als Cristina sich hinter einem Baum versteckt.
Sie singt noch dabei und lässt sich wie bei allem sehr viel Zeit. Endlich taucht sie wieder hinter dem rauen Baumstamm auf. Sie zupft summend das Kleid zurecht und schaut mich mit ihren großen Rehaugen fragend an.

„Ist es schlimm, wenn man auf ein Haus pinkelt?", fragt sie mich und streckt mir ihre kleine Hand hin.

An ihren dünnen Fingern kleben Hundehaare und vertrocknete Grashalme.
„Welches Haus?", sage ich und drehe an dem Plastikverschluss einer Mineralwasserflasche, die ich im Kofferraum gefunden habe. Das Wasser sprudelt wie eine wilde Fontäne aus dem Flaschenhals und macht uns beide nass. Cristina kichert. „Ich habe auf das Haus von Ameisen gepinkelt, ich dachte, sie haben Durst. Ich habe extra darauf geachtet, daneben zu pieseln, ich wollte ihnen einen See machen, damit sie baden können." Ich höre ihr nur mit einem Ohr zu und lasse das Wasser, das so warm wie Urin ist, über ihre Hände laufen.
„Das hast du dir gut überlegt", lobe ich sie und wische ihr die Händchen mit einem Papiertaschentuch trocken.

Der Mann, der dem Spiel zugeschaut hat, schaut jetzt zu uns. „Sind Mädchen immer so anstrengend?", wendet er sich an mich. „Ich habe nur einen Sohn, wollte schon immer wissen, wie Mädchen so sind, aber wenn ich Ihrer Tochter so zuhöre ..."
„Ich bin nicht anstrengend", wehrt sich Cristina und zieht mich aus dem Schatten. In der Sonne komme ich mir vor wie eine Ameise unter der Lupe, die von einer Kinderhand über mich gehalten wird, damit ich unter den gebündelten Sonnenstrahlen verbrenne.
Schnellen Schrittes laufen wir durch ein Schiebetor zum Feld. Cristina plappert immer noch. Jetzt erzählt sie mir was über zwei Zeichentrickhelden, die sich mithilfe einer Scheibe in Tiere verwandeln können. Und genauso eine Scheibe wünscht sie sich

zum Geburtstag, damit sie die Ameisen fragen kann, ob sie beleidigt waren, weil sie auf ihr Haus gepinkelt hat.
Tim sitzt am Rand vom Fußballfeld. Auf seinem rechten Bein liegen mehrere Kühlbeutel. „Sie müssen Doktor Hornoff sein", grüßt mich ein völlig verschwitzter Mann. Er trainiert meinen Sohn und die anderen Jungs.
„Hallo, Herr Schmitz. Ziemlich warm heute, nicht wahr?" Er lacht und zieht an seinem Kragen. Sein vom Schweiß durchnässtes T-Shirt glänzt nass in der Sonne.

„Schwarz ist nicht unbedingt die ideale Farbe für diese Zeit, aber da müssen wir alle durch." Er lächelt immer noch und bläst etwas Luft durch den Kragen.
„Wie macht sich mein Sohn?", will ich wissen. Tim spielt wieder, jedoch erst seit ein paar Tagen. Er war mir gegenüber in der letzten Zeit nicht sehr freundlich gesinnt. Seine Freundin hat ihn verlassen, und ich dachte, etwas Abwechslung würde ihm nicht schaden.

„Er ist schnell", weicht Herr Schmitz meiner Frage aus. Und hat zwei linke Beine, so wie ich, vervollständige ich den Satz in meinem Kopf, ohne ihn laut auszusprechen.
„Warum tragen alle langärmelige T-Shirts?"
„Ist gut für die Ausdauer und die körperliche Verfassung. Ich härte sie ab."
„Was sie nicht umbringt ..."
„Genau." Herrn Schmitz' Blick ist wieder aufs Feld gerichtet. Seine Schützlinge streiten lauthals. Einige

von ihnen tragen neongelbe Leibchen. Die Rufe werden derber. Der Ball liegt unbeachtet mitten auf dem Feld. Eine Hand schnellt nach vorne. Jemand fällt zu Boden. Die Sprüche werden dreckiger, noch mehr Hände und Fäuste kommen zum Einsatz.
„Hey!", brüllt der Mann neben mir. Dann ertönt das ohrenbetäubende Trällern einer Pfeife. Cristina hält sich mit beiden Händen die Ohren zu. Ich bin drauf und dran, das Gleiche zu tun.

Der Berg aus jungen Körpern erstarrt. Wie ein Wesen, das nur aus Beinen, Köpfen und Armen zu bestehen scheint, starrt uns der Haufen aus Dutzenden Augenpaaren beschämt an. Sie haben alle Respekt vor ihrem Trainer. Langsam entwirrt sich der Haufen zu einzelnen menschlichen Geschöpfen, die nur aus Testosteron zu bestehen scheinen.
Ich gehe derweil zu meinem Sohn. Er verfolgt das ganze Szenario mit einem selbstgefälligen Lächeln.
„Na, was hast du denn angestellt?"
Tim dreht sich zu mir um. „Bin in ein Erdloch getreten."
„Kannst du laufen?"
„Wohin?"
„Zu meinem Wagen natürlich."
„Zu deinem?" Er sieht mich ungläubig an. Sein Blick sagt mehr als tausend Worte. Tim ist irritiert und fühlt sich auf den Arm genommen, mehr noch, er glaubt, ich verarsche ihn. „Du bist doch nicht etwa selbst hierhergefahren?"
„Doch, ist er", mischt sich Cristina ein und nickt heftig mit dem Kopf. Wir sind Verbündete, ich darf bloß nicht das Eis vergessen. Der kleine

Wuschelkopf kreuzt die Arme vor der Brust und stellt sich direkt vor mich. „Wir waren so schnell wie der Roadrunner. Welches Eis möchtest du, Timmi?" Ihre Stimme bekommt einen anderen Klang, als sie den Beutel auf seinem Bein entdeckt. Sie geht vorsichtig auf ihn zu und geht in die Hocke. Sie begutachtet Tims Knöchel, als er die Gelkissen wegschiebt. Die Haut ist rot und geschwollen. „Tut's weh?" Cristina verzieht ihr Gesicht so, als wäre sie diejenige, die ins Krankenhaus muss.

„Nein", sagt Tim entschieden und stemmt sich auf die Beine. „Kannst du meinen Schuh tragen, Löckchen?" Cristina grinst, schnappt sich den dreckigen Schuh an den langen Schnürsenkeln und schleift ihn hinter sich her. Das Fußballspiel geht weiter.

Ich winke dem Trainer zum Abschied.
„Wir sehen uns nächste Woche, Tim. Lass dein Bein richten. Wir brauchen dich. Gute Besserung."
„Danke", schreit Tim zurück. Sein Rücken wird wieder gerade. Er strahlt und sieht stolz aus. Er humpelt kaum. Ich stütze ihn ein wenig und genieße die Nähe zu meinem Sohn. Er sträubt sich nicht dagegen. Legt sogar einen Arm um meine Schulter.
„Was ist passiert?", meldet sich eine tiefe Stimme am Tor.
„Bin umgeknickt", sagt Tim.
„Er ist in ein Loch gefallen", ertönt eine stolze Mädchenstimme hinter uns.
„Aha", quittiert der Typ stirnrunzelnd. „Wie lange dauert das Training noch, Tim?"
„Die sind gleich fertig", entgegnet mein Sohn ruhig.

„Soll ich euch zum Auto helfen?"
„Nein danke", sage ich und bedanke mich mit einem Mundzucken. Der Mann verfolgt uns stumm. Ich schaue über die Schulter. Er raucht. Als er den Schuh hinter Cristina bemerkt, der über die holprige Erde hüpft, verzieht er seinen Mund zu einem Grinsen und schüttelt den Kopf.
Wir müssen ins Krankenhaus. Ich schwitze jetzt schon. Aber ich werde mich meinen Ängsten stellen, ich bin kein Waschlappen. Tim glaubt es mir immer noch nicht, dass ich das heute schaffen werde, ohne dabei gegen einen Baum zu fahren oder an einem Herzinfarkt zu sterben. Cristina will wissen, was ein Herzflikflak ist. Tim sagt: „Ein Herzflikflak ist, wenn das Herz einen Salto macht."
Mein Herz hat jetzt schon einen doppelten geschafft.

Kapitel 25 (Der Seelenretter)

Ich sehe zu, wie die drei Gestalten das Gelände verlassen. Sie verschwinden hinter dem Tor. Der Vater kümmert sich um seinen Sohn. Seine Tochter scheint ihn auch zu mögen. Mein Handy klingelt. Das Spiel ist vorbei. Ich greife in die Tasche. Die Nummer ist mir bekannt.
„Ja?"
Eine Frauenstimme möchte, dass ich ins Krankenhaus komme. Meine Frau hat Wehen. Die Schlinge um meine Brust zieht sich zusammen.
Ich renne zum Auto. Der Pontiac schleudert Steine, als ich das Gaspedal durchdrücke. Mit Adrenalin vollgepumpt rase ich durch die Stadt. Alles um mich herum vermischt sich zu einer grauen Masse. Bald, sehr bald werde ich meine Frau vor eine Entscheidung stellen müssen, nur dann werde ich möglicherweise den herbeigesehnten Seelenfrieden finden. Stefanie muss sich bloß richtig verhalten. Sie darf sich nicht für eins der Kinder entscheiden. Sie darf Sebastian nicht im Stich lassen, auch dann nicht, wenn unser neugeborenes Baby in Gefahr schwebt.

Erneut tauchen Bilder aus meiner Vergangenheit auf. Wie Geister schweben sie vor mir und versperren mir die Sicht nach draußen. Die Windschutzscheibe dient als Leinwand, auf der sich der Film meiner Kindheit abspielt. Ich blinzle, möchte die Trugbilder verjagen.

Eine Lichthupe blendet mich, weil ich auf die falsche Straßenseite gefahren bin.

„Hast du wieder deine Anfälle?", ertönt die verängstigte Stimme meines Sohnes von hinten. Ich habe ihn vom Skaterplatz abgeholt.

„Alles gut, war bloß eine Katze", lüge ich. Unsere Blicke treffen sich im Rückspiegel. Ich zwinkere ihm aufmunternd zu, er glaubt mir meine Lüge nicht. Ich kann ihm das nicht verübeln.

Das Ziehen am Rücken wird stärker. Ich rieche wieder den Rauch und höre, wie das Holz splittert. Die Tür fliegt auf. Jemand stürzt in das kleine Badezimmer. Er hat eine Waffe, eine Axt oder einen riesigen Hammer. Durch den Rauch und Schmerz kann ich nicht viel erkennen. Der Fremde trägt eine Maske und eine Sauerstoffflasche auf seinem Rücken. Der weiße Helm hat schwarze Flecken. Hände reißen an der Duschkabine. Der Mann stolpert. Ich höre seine gedämpfte Stimme, kann ihn jedoch überhaupt nicht verstehen. Seine Hand greift nach mir. Die verbrannte Haut bleibt an seinem Handschuh kleben. Er packt mich erneut. Noch mehr Haut löst sich von meinem Fleisch. Ich kreische, schlage um mich, möchte mich losreißen. Er will mich ins Feuer zerren. Er will, dass ich verbrenne. Er ist kein Feuerwehrmann, er ist ein Teufel. Luzifer hat viele Gesichter und kann jede Gestalt annehmen, die ihm beliebt, hat meine zahnlose, verschrumpelte Oma immer erzählt. Er kann uns jederzeit holen. Ihr Gesicht sah wie eine ausgetrocknete Aprikose aus. Ich hatte immer Angst vor ihr und vor diesen Früchten. Auch jetzt sehe ich ihren zahnlosen Mund,

die blaue Zunge und die eingefallene Augenhöhle vor mir.
Ich höre, wie Sebastian mich ruft.
Der Teufel greift mit beiden Händen nach mir und packt mich in eine schwarze Decke ein. Er will mich umbringen, er will mich töten, er will, dass ich ersticke. Meine Finger verkrampfen sich um die Stange, an der der Brausekopf montiert ist.
Mein Sohn schreit mich mittlerweile an und schlägt mit seiner Faust gegen meine Schulter. Sebastian schreit und zerrt an mir. Endlich klärt sich mein Blick. Ich sehe wieder die Straße. Ich höre, wie mein Sohn mich einen Deppen schimpft, ich rüge ihn deswegen nicht.

Kapitel 26 (Johannes)

Der Wecker hat noch nicht geklingelt. Ich fühle mich trotzdem erholt und gehe in die Küche. Auf dem Weg nach unten schaue ich kurz bei Tim rein. Er schläft. Es war nichts Schlimmes, nur eine Prellung, versicherte uns gestern eine junge Ärztin.
Zur Feier des Tages gingen wir dann in ein Café, wo Cristina sich ein Bananensplit bestellt hat, Tim einen Milchshake und ich einen Espresso.
Auch jetzt schreit mein Körper nach Koffein. Eine meiner Sünden, die ich nie ablegen werde. Da wird auch kein Entzug helfen.

Ich stehe in der Küche, reibe mir den Schlaf aus den Augen und drücke auf den Knopf unserer neuen Kaffeemaschine, auf dem eine Tasse abgebildet ist. Das Mahlwerk klingt wie Musik in meinen Ohren. Das Aroma erfüllt den Raum und meinen Körper mit Leben und haucht mir positive Energie für den bevorstehenden Tag ein.

Der Sonnenaufgang mit dem rötlich schimmernden Firmament am Horizont verspricht sonniges Wetter und einen wolkenlosen Himmel.
Der honigbraune Schaum füllt die Tasse zur Hälfte, dann klingelt auch schon mein Handy. Der Blick durch das Fenster bekommt graue Schattierungen. Der Himmel duckt sich, die Sonne lässt sich Zeit, der Kaffee duftet nicht mehr so frisch.

Warum kann ich das verdammte Ding nie ganz ausschalten? Ich laufe aus der Küche und starre auf das Display, als wäre das Telefon ganz allein an diesem frühen Anruf schuld.
„Na, Doc? Ausgeschlafen?"
„Auch dir einen guten Morgen, Karl", knurre ich nicht sehr freundlich.
„Folgendes, wenn du dir die Wohnung noch einmal anschauen willst, müsstest du dich ein wenig beeilen."
„Warum?"
„Weil du ohne mich keinen Zutritt bekommst und die Wohnung heute und bis auf Weiteres versiegelt bleibt. Unser Pathologe erwartet mich heute bei der Obduktion des Jungen. Einer von uns muss immer dabei sein. Und ich als leitender Ermittler bin für alles zuständig, auch wenn ich dafür nicht bezahlt werde."
„Wer holt mich ab?"
„Was meinst du mit abholen? Ich dachte, neuerdings hat unser Professor keinen Bammel mehr vor der Großstadt? Hast du deine Ängste etwa nicht selbst therapiert?"
Lars hat ihm davon erzählt, da bin ich mir sicher. Er hat es von Michaela erfahren und sie von Cristina. Sie hat bestimmt damit geprahlt, wie ich durch die Stadt gedüst bin. Uns haben mancherorts sogar Omas mit ihren elektrischen Autos überholt, aber das ist jetzt nebensächlich, alles, was momentan zählt, ist, meinen Tagesablauf neu zu organisieren und Nadine anzurufen.

„Jetzt sei nicht gleich eingeschnappt", versucht Karl die Wogen zu glätten. „Lars kommt dich abholen. Etwa in einer halben Stunde, wenn's recht ist."
„Gut", sage ich nur und lege auf.

Ich gehe zurück in die Küche. Als ich an meinem Kaffee nippe, muss ich feststellen, dass dieser bitter schmeckt. Ich schütte die braune Brühe ins Waschbecken. Einen neuen machen möchte ich nicht. Stattdessen gehe ich in den Garten. Barfüßig. Der Rasen hat sich ein wenig erholt. Ich schnappe mir den Schlauch und ertränke die Wiese erneut. Meine nackten Füße schmatzen laut in den Pfützen. Die Luft riecht nach Erde, Hoffnung und Tod. Etwas nagt unter meinem Herzen. Geistesabwesend drehe ich den Wasserhahn zu, trockne mir die Füße mit einem Badetuch ab und wähle eine Nummer.
„Doktor Hornoff?" Nadine klingt überrascht. Meine Sekretärin sitzt mit einer Zigarette, einer Tasse Kaffee und Wimperntusche auf ihrem kleinen Balkon, dabei versucht sie, ihre Augen und die Welt zu verschönern. Ich kenne ihr morgendliches Ritual. Früher war sie selbst eine meiner Patientinnen. Ich habe sie kuriert. Einen Makel hat sie immer noch, sie kann das Haus nicht verlassen, wenn sie ungeschminkt ist, selbst dann nicht, wenn es brennen sollte.

Warum versuchen die meisten Frauen, ihre Schönheit unter einer dicken Schicht Puder und Creme zu verbergen?, will ich sie fragen. „Guten Morgen, Nadine", sage ich stattdessen.

„Ist etwas passiert?" Sie klingt besorgt. Ich höre, wie sie an der Zigarette zieht und den Atem anhält.
„Nein, mir ist nur etwas dazwischengekommen." Meine Stimme klingt ruhig. „Ich bin für heute Vormittag verhindert. Du kannst dir also etwas Zeit lassen. Ich werde Frau Gerolsheim persönlich anrufen, den Termin für die Sprechstunde absagen und mich für die Unannehmlichkeit entschuldigen. Ich werde ihr einen Hausbesuch abstatten."
„Geht es um den Jungen, der in seiner Wohnung ..." Sie lässt den Satz in der Luft verklingen, als ihr bewusst wird, dass sie etwas Vertrauliches ausgeplaudert haben könnte.

Ich sitze am Küchentisch, mein Blick ist auf den jungfräulichen Himmel gerichtet. Ich sehe, wie ein Vogel durch die Luft schwebt. Plötzlich trudelt die dunkle Silhouette wie ein welkes Blatt zu Boden.
Nadine und ich schweigen eine Weile. Ich höre ihrem Atem zu, hänge meinen Gedanken nach.
„Wissen Sie, was ein Ambigramm ist?", fragt sie mich dann, um die entstandene Pause zu vertreiben.
„Ich sitze an einem Kreuzworträtsel. Das mache ich jeden Morgen, um mich geistig fit zu halten."
„Ein Wort, welches um einhundertundachtzig Grad umgedreht genauso gelesen werden kann wie in seiner ursprünglichen Form. Das bekannteste ist WM."
„Danke." Ich kann ein wenig Euphorie und das leise Knistern ihrer Zigarette heraushören.
„Ist das Kreuzworträtsel komplett?"
„Woher wissen Sie das?"
„Ich kann Gedanken lesen."

Sie lacht auf. „Wann kommen Sie in die Praxis?"
„Um elf Uhr." Ich höre Schritte von nackten Füßen auf kalten Fliesen.
„Okay. Ich werde um zehn Uhr da sein." Sie wartet, bis ich auflege, ich tue ihr den Gefallen.

„Guten Morgen", nuschelt Sonja müde. Sie trägt mein Hemd. Als sie sich streckt und die Arme zur Decke hebt, kann ich ihren Slip sehen.
„Hallo Schatz. Gut geschlafen? Du siehst wunderschön aus."
Sie verzieht ihr Gesicht zu einem Lächeln und tippelt zur Kaffeemaschine. „Willst du auch einen?"
„Nein, danke, ich hatte schon welchen."
Sie wirft einen hastigen Blick in die Spüle. Manchmal habe ich den Eindruck, meine Frau kennt mich besser, als ich selbst es tue.
Ganz auf den nächsten notwendigen Anruf konzentriert, wähle ich die Nummer von Frau Gerolsheim. Das Tuten im Hörer scheint mich zu verhöhnen. Ich bin geduldig, warte, bis jemand rangeht.
„Ja", ertönt endlich eine weibliche Stimme, die belegt und vom vielen Weinen angeschwollen klingt.
„Hier ist Doktor Hornoff, ich rufe bezüglich ..."
Sie bricht erneut in Tränen aus.
„Ist etwas passiert?", will ich wissen.
„Mein Mann ... er liegt im Koma. Er wurde ..."
Anstatt mich darüber ärgern zu können, dass ich mich mit Frau Gerolsheim über banale und alltägliche Belanglosigkeiten austauschen muss, bevor ich das Gespräch beenden kann, werde ich mit

ernsten Problemen ihrerseits konfrontiert, auf die ich so schnell keine Antwort weiß, weil sie nicht in der Lage ist, sie auszusprechen – und das so früh am Morgen.

„Das tut mir leid. Brauchen Sie Hilfe?"
„Nein, ich komme schon zurecht. Ich habe Beruhigungsmittel verabreicht bekommen. Die Ärzte sagen, er könnte die Nacht nicht überleben, und jetzt ..." Sie schluchzt und verschluckt sich an ihren Tränen und der Angst, die ihr die Kehle abschnürt. Sie hustet. Mich schaudert, die frische morgendliche Luft ist von der traurigen Nachricht verpestet. Gänsehaut krabbelt über meine Arme bis in den Nacken. Ich warte, bis Frau Gerolsheim wieder atmen kann. Als sie endlich fortfährt, klingt ihr Flüstern kratzig und unecht. „Wir waren einkaufen, und dann habe ich Menschen rennen sehen. Ich habe gedacht, es ist ein Feueralarm ausgelöst worden. Aber ich habe nichts gehört, keine Sirene oder Ähnliches. Sie liefen auch in die falsche Richtung. Ich habe dann nach meinem Mann und meinem Sohn gesucht. Tobias war unten. Wir haben eine Ewigkeit auf Martin gewartet, aber er kam nicht. Bis die Sanitäter eine Bahre durch den Gang geschoben haben. Da habe ich ihn gesehen. Er lag wie ein Toter darauf. Ich konnte nicht mit, weil ich meine Kinder nicht allein lassen wollte."
Ich weiß immer noch nicht, was mit ihrem Mann passiert ist. Das Verhältnis dieser Familie ist mehr als zerrüttet, dennoch hatte ich die Hoffnung, sie wieder zusammenzubringen, nie aufgegeben.

„Kann ich bei Ihnen vorbeikommen?", flattert meine Stimme durch die Leitung.
„Nein, ich werde heute den ganzen Tag im Krankenhaus verbringen. Ich möchte bei meinem Mann sein. Könnten Sie ins Krankenhaus kommen?"
„Ich würde gern nochmal Ihre Wohnung anschauen", sage ich.
„Meinen Sie etwa, es könnte mit dem Vorfall von gestern Nacht einen Zusammenhang geben?"
„Ich kann das nicht ausschließen. Darf ich einen Polizisten in die Sache einweihen? Oder werden Sie alles leugnen?"
„Ich werde der Polizei alles erzählen."
„Okay, dann werde ich Sie im Krankenhaus aufsuchen. Bis später. Ich wünsche Ihrer Familie alles Gute."

Kapitel 27 (Der Seelenretter)

Mein Verstand schwebt träge irgendwo im Nichts. Mein Kopf ist wie mit Watte gefüllt. Als ich die Augen öffne, habe ich das Gefühl, jemand hat mir Glassplitter auf die Netzhaut gestreut. Ich drücke mit beiden Händen gegen die pochenden Schläfen, habe Angst, mein Schädel könnte wie eine Melone platzen. Ich versuche, mich an die Zeit zu erinnern, bevor ich eingeschlafen bin. Nichts, absolute Leere. Meine Augen tasten die Umgebung um mich herum vorsichtig ab. Alles kommt mir bekannt und dennoch völlig fremd vor. Wie aus ferner Vergangenheit sammeln sich die Erinnerungen zu einem Ganzen.

Das Hämmern in meinem Gehirn verklingt allmählich. Der Druck bringt meinen Kopf nicht mehr zum Bersten. Meine Brust hebt und senkt sich, ohne mir jedes Mal ein Messer in die Lunge zu rammen. Schwerfällig rolle ich mich auf die Seite. Die Federn unter mir kreischen. Ich liege auf einem alten Bett. Jetzt erinnere ich mich wieder. Der Geruch nach verbranntem Holz, Tapeten und kindlicher Seele lässt mich schaudern. Wie eine alte Glühbirne flackert die Erinnerung in mir auf. Die verkohlten Dachbalken über mir gleichen dem verbrannten Gerippe eines riesigen Ungeheuers. Ich habe mich wieder hier versteckt. Ich liege dort, wo alles seinen Anfang genommen hat.

Das grüne Dach der Baumkronen schützt mich vor dem Unheil. Die Blätter rascheln träge im flauen Wind.

Eigentlich müsste ich mich darüber freuen, dass wir ein zweites gesundes Kind geschenkt bekommen haben. Wäre da nicht die Angst, die mich zu dem gemacht hat, was ich bin. Wenn meine Stefanie die Prüfung besteht, werde ich die Vergangenheit hier begraben, genau dort, wo ich meine Mutter und meinen Stiefvater vergraben habe. Unter der dicken Eiche. Ich habe mehrere Male einen Schubkarren voll Erde auf die toten, verwesten Körper ausleeren müssen, damit sich die Stelle nicht durch eine Vertiefung verriet. Ich will keinen Ärger deswegen. Meine Eltern waren so unwichtig für die Außenwelt, dass sich bisher niemand dafür zu interessieren schien, wo die beiden all die Jahre geblieben sein könnten. Sie verschwanden vor etlichen Jahren. Der Stiefvater zuerst, er war ein Arschloch. Nach fünf Jahren begrub ich auch die Mutter, sie war eine Alkoholikerin. Ich habe dabei nicht geweint, als ihr Herz zu schlagen aufgehört hat. Ich war nur froh, nicht mehr ihren faulen, vom Alkohol geschwängerten Atem auf meinem Gesicht spüren zu müssen. Jedes Mal, wenn ich sie besuchen kam, war sie sturzbetrunken. Immer wollte sie mich zur Begrüßung auf den Mund küssen. In einer Hand die Flasche, in der anderen eine qualmende Zigarette, so ist sie in meiner Erinnerung verewigt worden. Traurig, runzlig und zu schnell gealtert, so würde ich sie beschreiben, falls mich einer nach ihr fragen würde, aber niemand scherte sich darum. Ich begrub sie, als wären ihre Körper Kadaver von verseuchten

Tieren. Ich habe zuerst gedacht, dass nicht einmal Maden an ihren Körpern nagen wollten, bis ich die verwesten Überreste erblickt habe, als ich die Leiche vom Stiefvater wieder ausgegraben habe, weil ich den toten Körper meiner Mutter an derselben Stelle verstecken wollte. Eigentlich war es nicht meine Absicht - oder doch, vielleicht tief in meinem Unterbewusstsein wollte ich ihn noch einmal sehen. Wollte mich davon überzeugen, dass er noch da war. Ich war auch neugierig zu erfahren, was die Zeit aus einem macht, wenn man so lange unter der Oberfläche verweilt. Ich habe Blut geschwitzt. Zuerst war ich vorsichtig. Auch schaute ich immer wieder nach, ob meine Mutter wirklich tot ist. Ich habe sie in einen alten Teppich eingewickelt. Das Loch war eigentlich schon tief genug, ich setzte einen weiteren Spatenstich, der auch der letzte sein sollte, da rutschte das Spatenblatt an seinem Schädel ab. Zuerst habe ich gedacht, ich wäre auf einen Stein gestoßen, so hart fühlte sich der Knochen an. Und er sagte immer, ich wäre ein Dickschädel und ein geistiger Krüppel noch dazu, er hielt mich immer für einen Dummkopf.

Aber ich habe meinen Stiefvater vom Gegenteil überzeugen können. Ich habe ihn an einem Sonntag hierhergelockt. Er stand damals direkt vor der Grube. Er hatte tatsächlich daran geglaubt, dass ich eine Kiste mit Opas Gold gefunden habe, das er vor der SS versteckt hatte. So ein Idiot. Das Metall der Schaufel klang wie eine alte Glocke mit einem Riss, dumpf und klanglos, als sie von seinem Hinterkopf abprallte. Mein Stiefvater stand mit dem Rücken zu mir. Seine Glatze glänzte in der Abenddämmerung. Ich holte mit der Schaufel aus und schlug ihn nieder, mit voller Wucht, die von Hass und Abscheu genährt wurde und mir zusätzliche Kraft verlieh. Mein Stiefvater vollführte eine ganze Drehung, als er in die Grube fiel. Er lag mit dem Rücken nach unten. Sein Blick war traurig. Er starrte mich an. Die Lider weit aufgerissenen. Sein linker Arm zuckte. Er schabte auch mit den Füßen und zitterte so, als ob er fröre. Darum deckte ich ihn schnell mit lockerer Erde zu.

Erst jetzt kommt mir der Gedanke, ob er damals vielleicht nicht ganz tot war. Möglicherweise ist er irgendwann aufgewacht und musste feststellen, dass er lebendig begraben worden war.
Ich träume immer wieder davon, wie ich lebendig in einem Sarg begraben werde.

Die Matratze keucht erneut unter mir, als ich mich auf die Beine stemme. Die verkohlten Balken unter mir ächzen. Meine Schlafstätte habe ich mit einigen Brettern ausgebessert, sodass ich darauf schlafen und laufen kann. Ich schlafe nicht auf dem Dachboden, denn das Haus war damals komplett ausgebrannt. Was geblieben ist, sind die Wände und ein Teil vom Dachstuhl. Aus unerklärlichen Gründen zieht es mich immer dann hierher, wenn es mir am dreckigsten geht und ich direkt am Abgrund stehe. Ich schaue hinunter und sehe nichts als schwarze Leere. Ich habe Angst, da hineinzufallen. So stelle ich mir den Tod vor. Man fällt und fällt und fällt. Darum hasse ich auch die Achterbahn.

Ich werde von einem hellen Klirren aus den Gedanken gerissen und bin sehr dankbar dafür. Eine leere Wodka-Flasche rollt von mir weg und landet in einer Spalte. Gräser und Pflanzen wuchern zwischen den Holzbrettern hindurch. Ich beuge mich nach vorne, ein Schwindelgefühl ergreift meinen Kopf und lässt die Erde um mich herum kreisen. Ich schnappe nach der Flasche und richte mich auf. Ich habe Durst. Meine Kehle ist rau wie Sandpapier. In der Flasche schwappt noch ein wenig Flüssigkeit, als ich sie in meiner Hand schwenke. Mit einem Mal lasse ich den warmen Wodka meinen Hals herunterfließen. Die Kehle brennt wie Feuer. Die Kopfschmerzen sind unerträglich. Ich umfasse meinen Kopf mit beiden Händen, spüre das laute Pochen an meinen Schläfen, ich erhöhe den Druck. Nach einer gefühlten Ewigkeit zeigt der Alkohol seine erwünschte Wirkung. Mein Herz pocht immer noch schnell, hat aber nicht mehr vor, aus meiner Brust herausspringen zu wollen, auch das dröhnende Pochen klingt allmählich ab. Ich löse den Griff, lockere meine Arme und öffne die Lider. Die Welt nimmt erneut klare Konturen an. Ich starre auf eine verkohlte Wand. Sehe ein gerahmtes Bild mit fröhlichen Gesichtern. Ein Überbleibsel aus meiner Vergangenheit. Mama, Papa, Sohn und die kleine Tochter. Die Farben sind ausgeblichen, genauso wie das Leben selbst nur eine Erinnerung geblieben ist. Ich taumle durch die Ruinen meiner Kindheit und des Hauses nach draußen. Die Blase drückt. Die alte Eiche wiegt sich im sommerlichen Wind. Ich werde jetzt auf Mutter und ihren Stecher pissen. Ich werde auf euer Grab pissen, wenn ihr beide verreckt seid.

Das habe ich immer aus mir herausgeschrien, wenn mich mein Stiefvater grün und blau schlug. Zu erzieherischen Zwecken, sagte er immer. Ich taumle auf die Stelle zu, wo die Erde zu einem kleinen Hügel aufgeschüttet ist. Mit jedem Schritt werde ich langsamer. Mein zermartertes Hirn begreift nicht sofort, was ich da vor mir sehe. Ich reibe grob über die geschwollenen Lider, doch das Bild verändert sich nicht. Der Hügel ist flacher geworden, eigentlich ist er ganz verschwunden. Der Spaten lehnt mit dem blutigen Griff an der rauen Rinde. Die Erdklumpen sind ein wenig dunkler und feucht. Meine Füße schleifen und bleiben jedes Mal an dem Gestrüpp hängen. Was ist gestern passiert? Wo war ich die letzte Nacht? Die Erinnerung flieht vor mir wie ein feiger Dieb. Ich schnappe danach, doch jedes Mal entreißt sie sich meinem Griff und lacht mich höhnisch aus. Sie nimmt ein menschliches Antlitz an, dreht sich um und streckt mir ihren knochigen Stinkefinger aus. Ich schließe die Augen, falle auf die Knie und versuche, die Nacht vor mein inneres Auge zu zerren.

Ich war im Krankenhaus bei meiner Frau. Sebastian war auch da. Etwa gegen neun habe ich meinen Sohn nach Hause gebracht, weil es sich doch länger hinzog als erwartet. Stefanie rief mich um zweiundzwanzig Uhr an, sie sagte: „Es ist soweit." Ich wollte unbedingt dabei sein. Ich hielt meine Tochter gegen drei Uhr in der Nacht in meinen Armen. Eine Stunde später fuhr ich nach Hause. An einer Tankstelle hielt ich an, um mir eine Flasche Wodka zu kaufen. Halber Preis, das rote Schild mit

den gelben Zahlen und Buchstaben drängt sich in den Vordergrund, ich habe also die beiden letzten Flaschen mitgenommen.
Was geschah danach? Filmriss. Monotone Schwärze flimmert vor meinen Augen. Ich öffne die Lider. Die gereizte Hornhaut juckt. Ich knie immer noch vor dem Grab. Wer ist der Dritte? Wen habe ich hier noch vergraben?

Ein kalter Schauer kriecht vom Boden über meinen Rücken. Meine Kehle ist wieder staubtrocken. Meine Finger graben sich tief in die aufgelockerte Erde. Ich scharre wie ein Tier. Kleine und große Brocken fliegen zur Seite. Ich benutze nicht den Spaten. Vielleicht lebt diese Person noch und schläft einfach ihren Rausch aus. Nicht Sebastian, nicht mein Sohn. Bitte Gott, ich habe meinen Sohn nicht umgebracht, nicht ihn, er ist alles, was ich habe und liebe. Tränen laufen über mein Gesicht und verbrennen mir die Haut. Ich muss mich immer weiter nach unten strecken, endlich ertasten meine Finger etwas Weiches. Ich schiebe das Erdreich zur Seite, ganz behutsam, wie ein Archäologe. Ein Stück Haut lugt hervor, staubig, grau und kalt. Meine Finger flattern. Ich puste den Dreck weg. Anstatt zweier Augen sehe ich zwei feuchte Erdklumpen, die mich anstarren. Ich möchte schlucken, kann aber nicht. Dieses Gesicht kenne ich. Warum liegt dieser tote Mensch hier und warum atmet er nicht mehr?

Kapitel 28 (Johannes)

Die Wohnung ist leer. Die Männer von der Spurensicherung durchforsten draußen das Grundstück nach Spuren, hier sehe ich nur ihre Hinterlassenschaften, gelbe und rote Markierungen.
„Ich möchte dich denken hören", ermahnt mich Karl. Er taxiert mich mit einem ernsten Blick. Mit der linken Hand fährt er sich über die Schläfe, die ein Brandmal hat und wo die Haut nur ein dünner Film ist. Er blinzelt. Seine Augen glänzen wässrig wie ein trüber Bach, seine Regenbogenhaut glänzt wie graue, glatt geschliffene Kieselsteine.

„Er stieg durch das Fenster", beginne ich. Ich habe auch auf meinem Rechner das Programm installiert. Über Kopfhörer und ein Mikrofon war ich mehrere Stunden mit Benjamin verbunden. Gemeinsam tauchten wir in die virtuelle Welt und die blutige Nacht hinein. Wir waren stumme Zeugen eines Mordes. Nur haben wir beide mit verbunden Augen zugeschaut, wie jemand ein Kind im Schlaf erstochen hat. Wir kennen nur den möglichen Ablauf, jedoch nicht das Motiv und auch nicht den wahren Täter. „Die Leiter rutschte nach links weg und kippte zur Seite, weil der linke Fuß der Leiter auf einen Stein gestellt worden war, der von einem Maulwurf untergraben wurde. In letzter Sekunde hat sich der Mörder am Fensterrahmen festklammern können. Habt ihr Hautschuppen oder Ähnliches an der Abdichtung finden können?", frage ich Karl, ohne mich dabei umzudrehen. Meine Hand befindet sich in der rechten Hosentasche, der Finger tippt weitere Informationen, die das Programm uns nicht hat übermitteln können: die Atmosphäre. All die Gerüche und Gefühle kann kein Programm wiedergeben. Ich beginne mit dem Schlafzimmer der Mutter. Ein Doppelbett, zerwühlt, darauf zwei Kissen und zwei Decken. Das kleinere Bettzeug mit den Tierchen gehört der Tochter. Teddybären mit rosa Mützen auf gelbem Hintergrund. Die große Decke ist schlicht, wie auch das Kissen, Cappuccino mit milchig-weißen Punkten. Zwei Pantoffeln stehen auf der linken Seite. „Die Frau wurde aus dem Schlaf gerissen", sage ich laut und zeige auf das erste Indiz. „Die Schuhe sind ausgetreten, der flauschige Stoff an den Fersen ist nicht mehr da." Karl notiert sich alles in sein Heft. „Sie hatte starke Kopfschmerzen, eine Migräneattacke", konstatiere ich weiter und lege mir selbst eine Formigrantablette auf die Zunge. Karl folgt meinem Blick. Auf dem Nachttisch steht ein halb volles Glas und daneben liegt eine Schachtel mit Schmerztabletten. „Er muss sich hier niedergekniet haben. Ich vermute, er hat ihr das Messer an den Hals gedrückt." Diese Vermutung muss bestätigt werden, darum laufe ich direkt in die Küche. Eine der Schubladen steht offen. Das Besteck ist ordentlich sortiert. Selbst die Kuchengabeln und Teelöffel haben ihre extra Fächer. „Der Mörder bediente sich einer Gelegenheitswaffe. Hier. Dieses Messer hatte er zuerst in der Hand." Karl wirft einen Blick darauf.

Ein Brotmesser liegt bei dem Salatbesteck – links daneben.
„Wie kommst du darauf?"
„In der Wohnung war es dunkel. Die Beleuchtung von draußen erhellte den Raum nur dürftig." Wir beide schauen aus dem Fenster. In der rechten Ecke sehen wir ein Stück von der Straßenlaterne, die von einer Birke verdeckt ist. Karl nickt.

„Ein Brotmesser ist keine gute Waffe, ein Messer mit einer glatten Klinge eignet sich zum Stechen jedoch viel besser. Die Frau hat am Abend Brot geschnitten, darum lag dieses oben." Mein behandschuhter Finger deutet auf die wellige Klinge.
„Warum hatte er keine Waffe bei sich?"
„Er hat sie beobachtet." Meine Stimme klingt monoton. Ich gehe durch jedes Zimmer und schaue durch die Fenster. Das Haus ist von mehrstöckigen Gebäuden umringt. Potentielle Verdächtige hätten sich hinter jedem dieser unzähligen Rechtecke aus Glas verstecken können. Aber nichts würde ihnen nützen, kein Fernglas, keine Wärmebildkamera.

„Er ist entweder schon mal hier gewesen oder er hatte eine Kamera installiert." Mein Blick wandert nach oben. Wir stehen im Flur. Ein gläsernes Auge leuchtet immer wieder rot auf. Ich schaue zu Karl. Er schüttelt den Kopf. „Wir haben sämtliche Rauchmelder überprüfen lassen, die haben keine Kameras installiert."
Schweigend betrete ich das letzte Zimmer. Rote Blutspritzer und feine Linien durchbrechen das monotone Weiß der Wand neben dem Bett.

„Er hat mindestens dreimal zugestochen", brummt Karl hinter mir. „Edgar, unser junger Forensiker, schwört darauf, dass anhand der Blutspritzer an der Wand und Decke die Hiebe ein ungewöhnliches Bewegungsmuster aufweisen. Er meint, entweder war der Täter verletzt oder er wurde dabei gehindert."
„Oder er wurde dazu gezwungen", flüstere ich. Diesen Satz tippe ich mit großen Buchstaben. *Einmal zwei Sekunden lang mit dem Zeigefinger auf dem Display verweilen, danach schreibt das Programm alle Lettern groß.*
„Habe verstanden", lautet die Antwort von Benjamin, die ich als starkes Vibrieren mit meiner Hand erspüre.
„Was meinst du mit gezwungen?", meldet sich Karl.
„Der Täter hätte Miriam Beck dazu gezwungen haben können."
„Wie lautet deine These?"
„Du hast doch eine Tochter? Und eine Enkelin, stimmt's, Karl?" Ich drehe mich um und sehe ihn ernst an.
Karl nickt unschlüssig.
„Wen würdest du eher töten?"
„Drehst du jetzt ganz am Rad, Doc?", empört er sich und macht einen Schritt zurück.
„Entscheide dich, Karl, sonst müssen beide sterben. Schnell. Hier ist das Messer, schneide einer der beiden die Kehle durch." Ich drücke ihm meinen Kugelschreiber in die Hand, den ich aus meiner Brusttasche ziehe. Karl weicht weiter vor mir weg. Er fürchtet sich vor dem Kugelschreiber wie der Antichrist vor einem geweihten Kreuz.

Meine linke Hand schnellt nach vorne. Ich erwische ihn am Handgelenk, drücke den schwarzen Kugelschreiber in seine rechte Pranke, die er instinktiv zu einer Faust schließt. Mit beiden Händen hole ich mit seiner Hand zu einem Schlag aus. Karl wehrt sich vehement dagegen und entreißt sich meinem Griff. Jeder Beweis besteht aus Vermutungen, den sogenannten Indizien, so lange, bis diese auf handfesten Beweisen basieren.
Das ist es. Frau Beck hat sich gewehrt.
„Karl, wo ist Frau Beck jetzt?"
„Im Krankenhaus, sie hat einen Zusammenbruch erlitten. Sie muss ärztlich versorgt werden. Lars ist jetzt bei ihr, um ihr ein paar Fragen zu stellen."
„Halt ihn zurück, sofort, er darf sie nicht befragen."
„Wie du meinst, Doc", entgegnet Karl und zückt das Telefon. Den Kugelschreiber steckt er grob in meine Brusttasche zurück. „Verrückter", brummt er noch, konzentriert sich dann aber auf das Gespräch.

Kapitel 29 (Der Seelenretter)

Ich habe den toten Körper komplett freigelegt. Der Leichnam liegt in der Grube, so, als wäre er da hineingegossen worden. Einer prähistorischen Statue gleich liegt der Tote einfach nur da.

Meine Fingerkuppen sind aufgeschürft und bluten. Am rechten Zeigefinger hat sich der Fingernagel aus dem Nagelbett gelöst. Ich presse ihn in der linken Hand fest zusammen. Blut rinnt zwischen meinen Fingern hindurch und landet als kleine runde Perlen auf der staubigen Erde. Ich spüre nichts. Als hätte mich ein Anästhesist in einen tiefen Schlaf versetzt. Wie unter einer misslungenen Vollnarkose kann ich die Umgebung um mich herum wahrnehmen, bin jedoch zu keiner Regung fähig. Ganz langsam kommen die Sinne wieder zurück in meinen Körper. Ich höre wieder den Wind in den Baumkronen, nehme den trockenen Erdgeruch wahr, ich stecke den verletzten Finger in den Mund und schmecke das Blut. Der Staub knirscht zwischen meinen Zähnen. Ich spucke den glibberigen, roten Schleim mit verzogenen Lippen aus. Ein hellroter Faden hängt an meinem Kinn und zieht sich in die Länge. Ich wische mir mit der Faust über den Mund. Oben im Baum höre ich ein schnelles Rascheln. Dann, wie aus dem Nichts, landet ein toter Vogel neben mir. Eine Wildtaube. Ihre Brust ist eine einzige Wunde, der Kopf ist zur Seite gedreht.

Wer hat sie getötet? Ich kann nirgends einen Greifvogel und auch keine Katze ausmachen. So als wäre ihr kleines Herz einfach explodiert oder jemand hätte ihr dieses so lebenswichtige Organ herausgerissen. Ich hebe den Kopf. Eine einzige Feder trudelt in einer immer kleiner werdenden Spirale und landet auf der Brust des Toten. Ich erkenne diese Person wieder.
Ich kenne ihn, weil ich seinen Wagen geschrammt habe. Aber niemand bringt einen Menschen wegen eines kleinen Kratzers um. Nicht einmal ich. Ich habe niemand Unschuldigen des Lebens beraubt. Nur meine Mutter, den Stiefvater und den zwölfjährigen Jungen, ach, und den widerlichen Vater von Tobias. Schamesröte steigt mir ins Gesicht. Der Junge war aber nicht ... Wollte ich tatsächlich eingeplant sagen?

Ich laufe hin und her. Versuche mich zu sammeln. Zwinge mich, mich an den gestrigen Abend zu erinnern. War dieser Mord auch nicht geplant, geschah die Tötung im Affekt oder habe ich ihm aufgelauert? Habe ich ihn gejagt? Der Alkohol hat alles aus meinem Verstand weggeätzt. Die Erinnerungen tauchen wie Fetzen auf und verschwinden sogleich wieder. Ich schließe meine Augen, konzentriere mich, mit aller Kraft drehe ich die Zeit zurück. Zuerst ist hinter meinen geschlossenen Lidern nichts als Schwärze. Dann allmählich tauchen zuerst die Gerüche auf, dicht gefolgt von Geräuschen - und endlich taucht eine Bar vor meinem inneren Auge auf. Ich sehe Flaschen, viele Flaschen, dahinter einen Spiegel.

Mein Gesicht, ein Spiegelbild von mir hinter dunklen, hellen und bunten Flaschen starrt mich an. Ein Typ, er steht hinter der Theke und poliert ein Sektglas, hält es in die schwache Beleuchtung und prüft seine Arbeit mit zusammengekniffenen Augen. Die Luft ist aufgebraucht und von fremden Ausdünstungen geschwängert.

„Ich kenne Sie, habe Ihren Wagen draußen stehen sehen. Kommen Sie auch oft hierher, habe Sie aber noch nie hier gesehen?", lallt eine Stimme neben mir. Ich ignoriere sie und nippe weiter an meinem Bier. Der Barkeeper nimmt eine Bestellung auf. Zwei junge Frauen kokettieren mit ihren jungen Körpern, in Aussicht auf einen Drink, der aufs Haus geht. Der Typ hinter der Theke geht auf dieses Spiel nicht ein. Die knallroten Lippen der beiden Flittchen werden zu einem krummen Strich. Sie lachen nicht mehr. Der Typ stellt zwei Martini-Gläser und einen Aschenbecher hin, ohne die beiden Frauen anzulächeln. Die Unterarme sind tätowiert. Die Ärmel hat er nach oben gekrempelt. „Für mich noch einen doppelten", höre ich mich selbst reden. Ich schmecke den Alkohol. Mein Blick senkt sich. Vor mir stehen zehn Schnapsgläser, wie kleine Soldaten, alle schön nebeneinander aufgereiht – Schulter an Schulter.

„Hast du für heute nicht schon genug, Kumpel?", entgegnet der Kerl mit den bunten Unterarmen mit gesenkter Stimme. Sein Blick ist fordernd. Er meint mich. Ich schüttle den Kopf. Mit der rechten Hand fahre ich mir übers Gesicht, so als wollte ich meine

Visage wegwischen. Die Bartstoppeln kratzen an der Handfläche. „Wie heißen Sie denn? Ich möchte Sie wegen Fahrerflucht anzeigen, habe aber nichts, was ich bei der Polizei ..." Nun drehe ich mich doch zu der lallenden Stimme um. Der Typ mit den neongelben Haaren bekommt Schluckauf und verstummt. Er leuchtet wie eine billige Reklame.

„Halt doch endlich deine Fresse, Mann", knurre ich ihn an und halte mich an meinem Bierglas fest, um nicht von dem Barhocker zu fallen. Das Glas rutscht über die verkratzte Theke. Meine kleinen Soldaten klirren stumpf, manche fallen um, als hätte sie jemand angeschossen. Der Kerl hinter der Theke schnappt sich die Gläser und packt mich am Arm, als ich mit der Hand zu einem Schlag aushole. Bier schäumt und spritzt heraus. Schaumige Flocken fliegen herum und besprenkeln die beiden Flittchen.
„Sorry, Ladys", sage ich nur und knalle mit meiner Rechten einen Fünfziger auf den Tisch. Der Glatzkopf lässt meine Hand los. „Die Rechnung geht auf mich", sage ich und reibe mir das Handgelenk. Der Typ brummt etwas. Sein Griff ist wie ein Schraubstock. „Aber die Tunte bezahle ich nicht", schreie ich noch, kurz bevor ich die Bar verlasse.
Draußen riecht die schwere Schwüle nach Ärger. Als ich meinen Pontiac erblicke, höre ich erneut die unangenehme Stimme. Diese Schwuchtel ist mir tatsächlich gefolgt.

„Hey, Mann, lass uns die Sache wie Männer klären", spricht er zu mir. Vielleicht wird die Stimme von zu vielem Schwanzlutschen so schräg, genauso wie bei

all den Nutten. Ich bekomme Hitzewallungen. Die Hände zu Fäusten geballt, laufe ich mit gesenktem Kopf in leichter Schräglage zu meinem Wagen.
„Hey, Mann, bleib stehen. Ich habe mir dein Nummernschild gemerkt. Ich rufe jetzt die Bullen an. Du kannst wegen Trunkenheit am Steuer belangt werden. Dann ist der Lappen bestimmt weg."
Das war zu viel. Als ich mich umdrehe, muss ich feststellen, dass er tatsächlich vorhat, mich bei den Bullen anzuschwärzen. Sein feminines Gesicht starrt auf ein Handy und wird dabei von grellem Weiß erleuchtet.

Ich bin in wenigen Schritten bei ihm. Meine Hand krallt sich fest um seinen dünnen Hals. Er hat mit dieser Wendung nicht gerechnet. Er starrt mich mit weit aufgerissenen Augen an. „Hey, Mann, lass mich los, ich bekomme keine Luft", krächzt er und ringt nach Luft.

„Wo ist dein Wagen? Ich will dir einen blasen. Aber vorher gehen wir noch einen trinken", höre ich mich selbst mit gedämpfter Stimme sprechen. Seine Augen werden noch größer. Entweder, weil er gleich erstickt oder er überrascht ist, dass ich ihm einen runterholen möchte. „Aber du zahlst", flüstere ich ihm ins Ohr und lasse von ihm ab.
Er schnappt nach Luft und reibt sich über den Hals. Ich sehe, wie sein Schritt anschwillt. Ich habe ihn heißgemacht.

Die Bilder verschwinden, mein Magen rebelliert, ich beuge mich nach vorne und übergebe mich. Eine

braunrote Brühe mit Klumpen ergießt sich über den toten Körper.
Oh, Gott. Ich habe ihn tatsächlich umgebracht. Ich habe ihn hierher gelockt. Die Erinnerung ist so real, als hätte ich das Ganze erneut mit all den dazugehörenden Gefühlen und Gerüchen erlebt. Wir sind also hierhergefahren. Er fummelte mit seinen Drecksgriffeln an meinem Schwanz. Ich ermahnte ihn, sich auf die Straße zu konzentrieren. Er ist gefahren, ich war zu betrunken.

Als wir endlich hier waren, schmiss er sich auf mich. Ich drückte ihn von mir weg. Ich stieg aus dem Auto und verschwand im Haus. Ich habe ihm aufgelauert. Diese Bar habe ich mehrere Tage lang besucht. Musste er ausgerechnet an diesem Abend dort auftauchen? Er torkelte auf mich zu. Er war auch besoffen, abgefüllt bis zur Schädeldecke. Ich stand genau hier. Ich wusste, wo die Schaufel lag. Ich wartete auf ihn. „Wo bist du, mein schüchterner Boy, ich werde dich finden", sang er mit einer sich überschlagenden Stimme. Der Schlag traf ihn am Hinterkopf. Ich schlug ihn mit der scharfen Kante. Als hielte ich eine Axt. Das Metall zerschmetterte den Knochen und grub sich tief hinein. Ich musste mich mit einem Fuß dagegenstemmen, um die Schaufel aus seinem Kopf herauszubekommen.

Danach habe ich ihn vergraben. Ich erinnere mich an das Licht. Weiß und kalt. Trotz Dunkelheit war die Stelle hell erleuchtet. Als der Kerl, dessen Namen ich hoffentlich nie erfahren werde, unter der Erde lag, bin ich mit seinem Opel an die Tankstelle

gefahren, habe zwei Flaschen Wodka gekauft und mich hier bis zur Besinnungslosigkeit vollaufen lassen. Ich wollte das Geschehene ertränken, für immer aus meinem Kopf ausradieren.
Mit der Hand fahre ich mir über den Mund. Die Lippen sind trocken und aufgeplatzt. Die Speiseröhre schmerzt bis hin zu dem rebellierenden Magen, der konvulsiv zusammenzuckt, sich schließlich verkrampft, bis ich mich erneut übergebe. Nichts als gelbe Galle trieft aus meinem Mund. Ich schreie den Schmerz aus mir heraus. Hart und heiß wie ein Feuerball liegt der leere Magen in meinem Bauch. Das Erbrochene hat mein ganzes Inneres verätzt. Alles in mir brennt, als hätte ich Feuer geschluckt. Mit beiden Armen halte ich meinen Bauch fest. Nach vorne gebeugt, wie jemand mit einer Bauchschusswunde, taumle ich von der Stelle zurück zum Haus. Ich möchte mich vergewissern, dass der Wagen von der Tunte noch da ist. Tatsächlich steht der Karren im Schuppen, den ich aus alten Brettern für meinen Pontiac zusammengezimmert habe. Der ramponierte Wagen von dem Typen ist auf der linken Seite aufgekratzt, der Spiegel fehlt ganz. Er liegt neben dem Vorderrad. Ich quetsche mich durch die Tür, lasse mich in den Sitz fallen und drehe am Zündschlüssel. Der Motor knirscht und springt an. Der Krampf in meiner Magengrube löst sich allmählich. Ich würge den Motor ab, schließe die Augen und drücke meinen Hinterkopf gegen die Kopfstütze. Der Sitz ist weich. Im Auto riecht es nach Vanille und Haschisch. Wir haben eine Tüte geteilt. Das weiß ich noch. Mein Atem wird gleichmäßiger, ich senke

die Lider und schlafe sofort ein, ich entgleite in einen unruhigen Schlaf.

Kapitel 30 (Johannes)

Das helle Krankenzimmer wirkt steril. Eine typische Krankenhausatmosphäre erfüllt den Raum. Frau Beck sitzt mit verklärtem Blick am Fenster und schaut zu den Bäumen hinüber. Sie nimmt unser Erscheinen mit keiner Regung wahr.
Sie bewegt sich auch dann nicht, als ich einen Stuhl neben sie stelle und Platz nehme. Karl lehnte sich hinter mich an die Wand, so hat er die Tür im Blick und kann die Reaktionen von Frau Beck beobachten. Frau Beck hat ein sauberes T-Shirt und eine Jeanshose an. Ihr rotes Haar ist jedoch zerzaust, die Augen geschwollen, der Geist zerwühlt.
„Guten Tag, Frau Beck."
Sie ignoriert meine Begrüßung.
„Ich weiß, Sie sind unschuldig, nur müssen Sie mir helfen, dies zu beweisen."
Sie braucht einen Augenblick, bis diese Worte sie erreichen. In ihrem linken Unterarm steckt eine Infusionsnadel. Frau Beck reibt darüber. Das Pflaster hält die Nadel fest an den Arm gedrückt.
„Sie müssen mir nur auf wenige Fragen eine Antwort geben", fahre ich fort.
Frau Beck hält inne, ihre Finger kratzen nicht mehr an der Einstichstelle. Die lästige Nadel stört sie nicht mehr. Sie dreht ihren Kopf zu mir.
„Das Wetter ist schön. Ungewöhnlich warm für den Frühling", mache ich Konversation, um ihre Gedanken zu lockern.

„Wo ist meine Tochter?" Die Worte sind nichts als ein leises Flüstern.
„Sie ist bei ihren Großeltern."
Miriam Beck nickt kaum merklich. „Und Marian?" Sie schaut mich flehend an. Ihr Blick ist vor Trauer verschleiert.
„Ihr Sohn?" Jetzt bin ich derjenige, der die Fragen stellt, ich möchte sie aus ihrem Versteck herauslocken.
„Wo ist mein Engel?" Ihre Lippen zittern, das kleine Kinn bebt. Ihre Lider flackern wie die Flügel einer Motte.
„Sie müssen sich jetzt um Ihre kleine Tochter kümmern, sie braucht Sie mehr denn je. Wollen Sie Ihre kleine Tochter wiedersehen?"
Sie nickt nur, faltet die Hände im Schoß wie zu einem Gebet zusammen.
„Ich stelle Ihnen einige Fragen. Sie müssen mir, ohne zu überlegen, darauf eine Antwort geben. Alles, was wir hier machen, wird unter uns bleiben. Niemand wird Sie später deswegen vor Gericht belasten. Haben Sie mich gehört? Ich möchte Ihnen helfen."

Ihre Augen glänzen wie zwei Murmeln. Ich bin mir nicht sicher, ob sie mich richtig verstanden hat. Ich wiederhole meine Frage. Sie nickt und schaut zu Karl. Das ist ein gutes Zeichen, sie beginnt die Umgebung wahrzunehmen. Wir sind auf dem richtigen Weg, mache ich mir Mut.
„Er schaut nur zu. Er ist nur für meine Sicherheit da. Kommissar Breuer hat Angst, dass Sie mir wehtun könnten."

Einer ihrer Mundwinkel zuckt leicht. Eine weitere Regung, die mich zuversichtlich stimmt.
„Sie können, wenn die Frage es zulässt, einfach nicken oder mit einem Ja oder Nein antworten."
Noch mehr Leben kehrt in sie zurück. Sie streckt ihren Rücken und macht ein wenig die Schultern breit.
„Sie sind geschieden?"
"Noch nicht", flüstert sie.
„Sie lieben Ihren Mann aber nicht mehr?"
Ein zaghaftes Kopfschütteln.
„Ihr Mann hat Sie betrogen, mehrmals?"
Jetzt ein Kopfnicken. Der Ärger spendet ihr Kraft. Ich wandle den Schmerz in Wut um. Ich lenke ihre Trauer von dem Verlust ihres Sohnes in eine ganz andere Richtung. Ihr Mann dient mir jetzt als eine Art Blitzableiter. Sie soll sich nur auf Bernd Beck, ihren Noch-Ehemann konzentrieren. Nur so kann ich erreichen, dass sie sich an die schreckliche Nacht erinnert.
„Er hat Sie immer belogen, hatte nie einen richtigen Job."
Mit der rechten Hand fährt sich Miriam Beck durchs Haar und richtet ihre Frisur mit geübter Handbewegung etwas zurecht. „Ja", flüstert sie. Ihr Blick klärt sich allmählich, sie taucht immer mehr an die Oberfläche. Sie wehrt sich, kämpft dagegen an. Ich helfe ihr dabei, ich bin der letzte Strohhalm, an dem sie sich festhält, ich werde sie nicht loslassen. Nicht heute. Ich warte noch einige Sekunden lang. Mein Blick ist nach draußen gerichtet. Sie folgt mir, auch sie schaut jetzt zu den Bäumen. Wir beide befinden uns nicht mehr in einem Zimmer, die

Krankenhausatmosphäre erdrückt uns nicht mehr. Ich stehe auf und kippe das Fenster. Wir hören Stimmen. Vogelgezwitscher und mechanisches Poltern von Baumaschinen erfüllen den Raum mit Leben.

„Wenn Sie gesund sind, dürfen Sie Ihre Tochter mit nach Hause nehmen."

Miriam kaut auf ihrer Unterlippe.

„Das verspreche ich Ihnen."

Ich höre, wie Karl laut aufatmet. Ich lasse mich von ihm nicht unterbrechen und rede einfach weiter. Jetzt zählt jedes Wort. Ich muss die Fragen präzise wählen und schnell sein. Miriam muss darauf antworten, ohne zu überlegen. Ich möchte, dass ihr Unterbewusstsein mit mir spricht, nicht sie, ich will nicht, dass das rationale Denken sich einmischt und meine Fragen abwägt, um sie später für richtig oder falsch zu erklären.

„Frau Beck, ich beginne jetzt mit dem Wesentlichen."

Sie wendet ihren Blick von dem Fenster ab.

„Schließen Sie bitte dazu Ihre Augen." Sie zögert. „Denken Sie an den Menschen, der Sie jetzt am allermeisten braucht, denken Sie an Liane, denken Sie nur an Ihre Tochter. Sie ist krank, darum durfte sie in der Nacht bei Ihnen schlafen, in Ihrem Bett. Sie hatte Fieber und Sie eine Migräneattacke." Langsam senken sich ihre Lider über ihre geröteten Augen. Ich drehe an der Zeit. „Sie lagen im Bett. Sie haben zwei Tabletten genommen. Als Ihre Tochter endlich einschlief, gingen Sie ins Badezimmer und nahmen eine Schlaftablette ein. Sie liegen oben im Schränkchen, dort kommt niemand an sie ran. Sie verstecken sie in einem Päckchen für Antibabypillen. Als Sie eine davon genommen haben, gingen Sie in das Zimmer Ihres Sohnes und schauten nach dem Rechten. Er schlief noch nicht, weil er sein Handy dabei hatte. Sie nahmen ihm das Ding weg und versteckten es in Ihrem Nachttisch, links neben Ihrem Bett. Dann haben Sie sich wieder hingelegt."

Tränen quellen unter ihren zuckenden Lidern hervor. Ich darf Marian nicht mehr erwähnen, sonst entgleitet sie mir noch. Ich lasse das Gesagte auf sie einwirken. Sie muss die Informationen verarbeiten. Ich erzähle nicht, dass ihr Sohn auf WhatsApp mit seinen Freunden bis tief in die Nacht gechattet hat. Es war nichts Wichtiges, nichts, worüber sie sich Sorgen machen musste. Die Kinder verbringen ihre kostbare Zeit mit unwichtigen Dingen, weil die Gesellschaft von reichen Typen, die all das Zeug erfinden, was sie später als Fortschritt deklarieren, keine Skrupel haben, uns unserer Lebenszeit zu berauben. Die Kinder haben das Leben noch nicht schätzen gelernt. Später, als Erwachsene, können wir dann tatsächlich ohne die digitale Welt, in der wir alle miteinander vernetzt sind, nicht mehr leben. Das sagen uns Männer und Frauen aus dem Fernseher und dem Internet. Wer nicht mobil ist, der hat keine Chance auf Zukunft.

Wäre Marian, Frau Becks Sohn, immer noch am Leben, wenn er kein Handy hätte? Das weiß ich nicht. Das Team aus der IT-Abteilung versucht jetzt, genau das herauszufinden. Vieles spricht dafür, dass

der Täter sie beobachtet haben muss. Die Computer-Forensiker haben einen Laptop, ein Tablet und zwei Handys sichergestellt und untersuchen die Geräte auf Trojaner und andere Programme.
Frau Beck scheint sich wieder gefangen zu haben, die Quelle ihrer Tränen versiegt langsam.
„Ich werde jetzt mit der Befragung beginnen. Danach lasse ich Sie in Ruhe. Ist das okay für Sie?"
Sie nickt.
„Ihre Augen bleiben zu, ich möchte auf jede Frage eine kurze Antwort. Jedes Zögern werde ich als eine Lüge quittieren. Sind Sie bereit?"
„Ja."
Ich habe vor, die Sätze als eine Feststellung zu formulieren und nicht wie eine gewöhnliche Frage. So wird sich Frau Beck gestärkt, und wenn meine Vermutung falsch ist, bedrängt fühlen. Beides ist von mir gewollt, nur so erziele ich ein brauchbares Ergebnis, das für uns von Relevanz sein wird.
„Sie haben geschlafen."
„Ja."
„Ein Mann hat Sie geweckt."
„Ja."
„Sie haben auf ihn gewartet."
„Nein."
„Sie kennen ihn."
„Nein."
„Sie haben ihn erkannt."
„Nein."
„Er war maskiert."
„Ja."
„Er wollte Geld."
„Nein."

„Er sprach einen Dialekt."
„Nein."
„Er wollte Sie vergewaltigen."
„Nein."
„Er führte Sie in das Zimmer zu Ihrem Sohn."
Kurzes Zögern. Miriams Brust hebt und senkt sich. Ich warte. Karl bewegt sich auch nicht. Ihre Lippen zucken. Vor ihrem geistigen Auge tauchen erneut hässliche Bilder auf, die ihre Seele in Stücke gerissen haben. Sie schluchzt.
„Er hielt mir ein Messer an den Hals. Erst später habe ich von der Polizei erfahren, dass es eines war, welches ich beim Kochen benutzt habe. Ich habe damit Gemüse und Obst geschnitten."
Sie wiederholt das Wort Messer mehrmals, weil sie sich daran klammert. „Er kam zu mir ins Zimmer. Er hat geflüstert. Er war ganz leise. Ich sollte mit ihm ein Spiel spielen, er wollte wissen, welches von meinen beiden Kindern ich mehr lieb habe. Natürlich habe ich zu meiner Tochter eine engere Bindung. Marian war in letzter Zeit ..." Frau Beck stolpert über das Wort „war" und verstummt. Sie kaut auf ihrer Unterlippe, bis sich ihre Zähne rot färben.
„Sie haben mit Ihrem Sohn oft gestritten. Der Haussegen lag im Argen, weil er zu seinem Vater wollte. Weil Ihr Mann nicht so streng wie Sie ist. Ihr Sohn durfte bei seinem Vater vieles, was er sich bei Ihnen nicht erlauben durfte. Sie wollten aber stets das Beste für Ihre beiden Kinder."
Sie nickt und flüstert: „Ja. Das habe ich zu dem Mann auch gesagt. Er drückte mir das Messer in die Hand und sagte, ich solle auf ihn ein ... ich sollte ...

drei Mal ... drei Mal, danach würde er verschwinden", schluchzt sie.
Karl räuspert sich. Mir kommt ein neuer Gedanke. Ich stehe auf und nehme erneut den Kugelschreiber in die Hand. „Frau Beck, stehen Sie bitte auf. Die Augen bleiben aber zu." Sie gehorcht. Ich bringe sie in die gewünschte Position und stelle mich direkt hinter ihr auf. Sie spürt meinen Atem auf ihrem Nacken. Karl steht rechts vor ihr. Die Vorhänge habe ich zugezogen.
Der Raum verdunkelt sich, Schatten huschen an den Wänden hin und her. Selbst ich fühle mich unbehaglich. Wir stehen vor dem Bett.
„Ich werde zuerst dich töten, und dann deine Kinder. Sie werden dabei zusehen müssen, wie ich ihre Mama schände, um ihr danach die Kehle durchzuschneiden." Ich spreche ganz leise und imitiere die rauchige, furchteinflößende Stimme eines Mörders, so wie ich sie mir vorstelle. Frau Beck zuckt zusammen, sie zittert am ganzen Körper. Meine Finger ergreifen ihren Unterarm und drücken ihr den Kugelschreiber in die Hand. „Du sollst einfach das tun, was ich sage, und öffne gefälligst deine Augen." Sie gehorcht. Ich kann uns beide in einem kleinen Spiegel sehen, der uns gegenüber an der Wand montiert ist. Frau Beck packt den Kugelschreiber, holt zu einem Schlag aus und verharrt in dieser Position. Sie wird ihren Sohn nicht verletzen wollen. Ich schnappe nach ihrem Arm. Sie ist stark, obwohl sie klein und zierlich ist. Ich muss den Hebelarm verlängern, also greife ich nach ihrem Handgelenk. Plötzlich wird mir bewusst, dass sie die Waffe niemals festhalten würde. Ich muss sie also an

der Hand packen. Meine Finger legen sich wie ein Boxerhandschuh um ihre Knöchel. Dann lasse ich von der Frau ab.

„Karl, mach das Licht an, sofort. Frau Beck, Sie sind unschuldig, alles, was Sie gesagt haben, ist wahr. Machen Sie sich nur keine Sorgen. Wir werden den Mann finden." Ich drücke auf den Rufknopf. Eine Schwester kommt herein.

„Frau Beck braucht etwas zur Beruhigung", sage ich knapp.

Miriam Beck möchte sich hinlegen, sie ist zu erschöpft. Ich helfe ihr ins Bett. Ihr Blick ist auf mich gerichtet. Die Schwester geht und kommt nach weniger als zwei Minuten wieder zurück. Sie hat eine kleine Flasche dabei.

„Sie waren tapfer. Jetzt müssen Sie nur gesund werden. Ich werde Ihnen dabei helfen, hier rauszukommen."

„Ich habe auf ihn eingestochen", brabbelt sie.

„Wie bitte?" Ich senke meinen Kopf.

„Ich habe ihn am Rücken getroffen. Er trug nur ein T-Shirt und lag unter der Decke. Ich habe diesen Mann töten wollen. Aber meine Hand tat höllisch weh." Wie zum Beweis steckt sie mir ihre Hand aus. Ihre rechte Handfläche hat einen langen Schnitt. Ich sehe die Einstiche und den dunklen Faden.

„Warum ist Ihre Hand nicht ..."

„Ich habe das Pflaster abgezogen, weil ich darunter schwitze", flüstert sie. Ihr Gesicht ist um Jahrzehnte gealtert. Nur die Augen haben ihren Glanz nicht verloren. „Ich möchte bei der Beerdigung dabei sein."

„Das werden Sie", sage ich. Sie nimmt meine linke Hand in die ihren. Sie sind heiß, die Fäden der rechten Hand kitzeln mich am Handrücken. Endlich schließt sie ihre Augen. Der Griff erschlafft.
„Er war viel kleiner als Sie. Er stand nicht hinter mir, sondern neben mir", ertönen die Worte kaum hörbar. Dann senkt sich der Vorhang. Sie taucht in die Welt der bösen Träume ein.
Wir gehen nach draußen.
„Warum hast du ihr gesagt, sie sei unschuldig?", protestiert Karl, als wir die Treppe nach unten laufen. Wir sind auf dem Weg zu Frau Gerolsheim und ihrem Mann. „Du suggerierst ihr damit eine falsche Tatsache. Sie wurde vor Gericht noch nicht freigesprochen."
„Dazu wird es nicht kommen, Karl."
Unsere Schritte hallen jetzt durch den langen Korridor.

Kapitel 31 (Der Seelenretter)

Der Rücken kreischt vor Schmerzen, die Beine sind eingeschlafen, die Zunge ist angeschwollen und klebt am Gaumen. Ich sitze immer noch in dem verdammten Wagen und kann den Schlaf nur mit Mühe aus mir vertreiben. Der Schädel brummt wie ein Bienenstock. Ich blicke in den Rückspiegel. Ich bin der Gefangene meines Schicksals. Sind wir das nicht alle? Ich starre ein mir völlig fremdes Spiegelbild an. Die Verzweiflung steht mir ins Gesicht geschrieben. Unzählige Krähenfüße umsäumen meine Augen.
Mit fahrigen Bewegungen ziehe ich an dem Türgriff und steige aus dem Wagen. Die Sonne hat den Zenit schon längst überschritten. Die Strahlen tanzen in gelben Punkten durch die Baumkronen und lachen mich aus. Ich wanke zurück zu der Stelle, die ich ausgegraben habe. Der Typ liegt immer noch da. Nur sind seine Augen nicht mehr dunkel vor Staub und Erde. Zwei rote Löcher leuchten feucht in der abendlichen Sonne. Die Krähen habe sich seine Seele geholt.

Die tote Taube ist auch nicht mehr da, nur das Federkleid ist geblieben.
Ein Waschbär oder ein anderes Tier haben dem Kerl die Fingerkuppen abgenagt. Der Mund hat keine Lippen. Ich kann nicht mehr hinschauen. Schnell greife ich nach der Schaufel und decke den Körper wieder mit Erde zu. Ich schwitze. Die Muskeln

brennen, die Schwielen an den Handflächen platzen auf. Das Schaben der Schaufel erstirbt, als ich auf die Wurzeln der Eiche stoße. Ich lege eine Pause ein und stelle fest: Der Paradiesvogel liegt jetzt unter der Erde begraben.

Ich laufe zur Scheune, die auch abgebrannt ist, und schleppe zwei von Fäulnis zerfurchte Bretter herbei. Ich lege sie über die zugeschüttete Leiche. Trockene Zweige und welkes Laub kaschieren die Stelle noch mehr. Keiner wird sie hier finden.

Das brennende Gefühl nach innerem Frieden beherrscht all meine Sinne. Während ich in den grauen Himmel starre, beginnt der Schmerz in meiner Brust zu schwinden. Neue Hoffnung keimt in mir auf. Ich darf nicht mehr töten. Eines kann ich mir jedoch nicht erklären: Woher kommt auf einmal das Verlangen in mir auf, jemanden umzubringen? War der Mord an Marian der sogenannte Trigger, der Auslöser, dieses leise Klicken, das einen tödlichen Schuss abfeuert und aus einem Menschen eine Bestie machen kann? Meine Brust schwillt an. Ich senke meinen Blick, schaue auf meine vom Staub bedeckten Schuhe. Daneben liegt eine blutige Feder. Mit spitzen Fingern, die zerkratzt und schmutzig von Blut und Erde sind, hebe ich sie auf. Die Federspule ist rot, als hätte sie jemand in rote Tinte getaucht. Ich drehe die Feder zwischen meinen Fingern. Will ich mit meinen Taten jemanden entpersonifizieren? Möchte ich meine Vergangenheit somit aus meinem Kopf löschen? Oder mich einfach an meinem Schicksal rächen, indem ich einige wenige Menschen töte? Ich sauge an dem Federkiel. Der eigenartige Geschmack kriecht hoch über meinen Gaumen und strömt durch die Atemwege bis zu meiner Nase empor. So roch es damals, in dieser Nacht. Ich kann das Gurren der Tauben auf dem Dach immer noch hören, klar und deutlich. Vaters wilde Tauben. Ihre Herzen schlugen wie wild, wenn ich eine von den scheuen Vöglein in die Finger bekam.

Mein Blick wandert zu den Überresten aus meiner Kindheit. Ich muss alles niederreißen, die Vergangenheit endlich ruhen lassen. Ich werde das Tier in mir bändigen. Ich liebe meinen Sohn, meine Frau und unsere Tochter. Eine Windböe kommt auf und reißt mir die Feder aus der Hand. Der Geruch in mir verflüchtigt sich. Die Feder wirbelt durch die Luft und bleibt in einem Ast hängen.
Ich werde nur diese eine Prüfung durchführen müssen. Ich weiß, Stefanie wird sie bestehen, danach werden wir zusammen alt werden können.
Wie ich feststelle, habe ich an der Tankstelle nicht nur zwei Flaschen Wodka gekauft, sondern auch einen Ersatzkanister mit Benzin vollgetankt. Diesen entleere ich zur Hälfte über dem Haufen aus Holzbrettern, Reisig und menschlichen Überresten. Die Eiche und der Schuppen, in dem der geschrammte Opel steht, werden auch mit dem Rest der gelblich schimmernden Flüssigkeit besprenkelt. Der beißende Geruch ist jetzt allgegenwärtig.
Mit der rechten Hand greife ich in die Hosentasche meiner verwaschenen Jeans und hole eine kleine Schachtel mit Streichhölzern heraus. Ich reiße eines

an und werfe das brennende Stäbchen auf die trockenen Zweige. Eine gelbe Rauchwolke steigt empor gen Himmel. Die Gaswolke aus dem verdampften Treibstoff explodiert beinahe. Funken und schwarze Flocken kreisen in einem wilden Tanz und steigen zum Himmel auf. Das knorrige Holz knistert. Das trockene Laub glimmt auf. Flammenzungen beginnen zu tänzeln. Ich setze mich in den alten Opel und fahre auf die Straße. Keuchend wie ein alter Mann steige ich wieder aus. Schweren Schrittes laufe ich zu dem Schuppen. Ein weiteres Streichholz landet im Gestrüpp. Die mannshohen, golden schimmernden Grashalme zischen und fangen sofort Feuer. Die Flammen lecken am trockenen, vom Benzin durchtränkten Holz und kriechen darüber wie ein lebendiges Wesen. Die Hitze schlägt mir ins Gesicht. Ich taumle nach hinten, laufe schließlich zurück zum Wagen und fahre davon.
Ich werfe einen kurzen Blick in den Rückspiegel. Die Feuersbrunst vollführt einen wilden Tanz. Das Baumkleid der Eiche leuchtet wie eine riesige Feuerkrone.
Ich schwelge in der Hoffnung, mein Leben in den Griff zu bekommen.

Kapitel 32 (Johannes)

Das Gespräch mit Frau Gerolsheim hat uns keine weiteren Erkenntnisse gebracht. Ihr Mann schwebt noch immer in Lebensgefahr, er liegt im künstlichen Koma. Die Ärzte sind keiner guten Hoffnung. Eine vollständige Genesung darf die Frau nicht erwarten. Ihr Mann wird wohl nie wieder derselbe sein wie früher. Auch die Durchsuchung ihrer Wohnung brachte keine handfesten Beweise, die uns zu dem Eindringling führen könnten. Die Spusi fand keine Spuren, die auf einen Einbruch hindeuteten.
Die Sache scheint im Sande zu verlaufen.
Seit einem Monat jage ich einem Phantom hinterher. Frau Beck wird sich wohl vor Gericht verantworten müssen. Sie wird des Mordes an ihrem Sohn angeklagt.
Benjamin und ich haben alle Möglichkeiten in Betracht gezogen. Das ist eine dieser Komplikationen, mit der keiner behelligt werden möchte. Wir beide wissen, dass Frau Beck unschuldig ist.
Jemand klingelt an der Tür. Ich sitze in meinem Büro.
Tim wird nicht aufmachen, er hört wieder Musik. Sonja ist nicht zu Hause. Also stehe ich auf und beeile mich, denn der ungebetene Gast hält seinen Finger mehrere Sekunden lang auf den Klingelknopf, und das nervt mich ungemein.

An der letzten Stufe fliege ich fast der Länge nach über Tims Fußballschuhe. Da fällt mir ein, dass er heute ein Spiel hat. Leicht außer Atem drücke ich die Türklinke nach unten. Die Tür schwingt nach innen auf. Ein schmächtiger Kerl mit einem flüchtigen Lächeln grüßt mich mit einem zaghaften Kopfnicken. Es ist derselbe Typ, der Cristina und mich beobachtet hat, als der kleine Wuschelkopf auf die Ameisen gepinkelt hat.

„Hallo." Er streckt mir die Rechte hin. Ich drücke seine Finger fest zusammen, damit er nie wieder unsere Klingel missbraucht. Er keucht auf und zieht seine Hand energisch aus meiner Umklammerung.
„Wer sind Sie?" Meine Stimme klingt auffordernd. Er hüstelt. Seine linke Hand streicht über den rechten Handrücken. „Was ist mit Ihren Händen passiert?" Erst jetzt fällt mir auf, dass seine Hände zerkratzt und voller Striemen sind.

„Eigentlich bin ich Gärtner, und Rosen sind undankbare Pflanzen, aber ich komme wegen eines anderen Anliegens. Ich soll Ihren Sohn abholen. Herr Wetz schickt mich, er ist der Trainer, er liegt im Krankenhaus. Ich bin der Co-Trainer und wir haben jetzt auch noch einen Ersatzcoach. Leider sind unsere beiden Torwarte verletzt, na ja, einer hatte aus Frust zu viel hinter die Binde gekippt. Die letzte Niederlage kam für uns alle überraschend. Ich habe Sie damals angerufen, als Tim verletzt war." Er schaut mir nicht in die Augen. „Nun fehlt uns ein Mann im Kasten. Tim ist genau der richtige dafür." Der Kerl, dessen Namen ich immer noch nicht

kenne, verzieht seinen Mund jetzt zu einem schiefen Grinsen. „Ist Tim zu Hause?"
„Ja, warten Sie hier, ich hole ihn."
„Ist recht", nuschelt er und tritt von einem Bein aufs andere. „Darf ich solange Ihre Toilette benutzen?"
„Von mir aus. Einfach die Treppe runter. Die linke Tür in der Ecke."
„Danke schön." Er drängelt sich an mir vorbei und verschwindet.

Gewiss, die Ansprüche an das Leben schwinden mit den Jahren, aber mein Sohn ist einerseits noch nicht so alt, dass er seine Termine vergessen darf und andererseits ist er erwachsen genug, sich selbst um seinen Kram zu kümmern. Mir ist vollkommen klar, die Vorstellungen über das Leben ändern sich von Generation zu Generation, aber jeder hat gewisse Verantwortungen und Pflichten, die er bitte schön zu pflegen hat.

„TIM!!!", brülle ich die Treppe hinauf. Doch sofort muss ich mich selbst einen Narren schimpfen. Ich werde mir die Seele aus dem Leib schreien, mein Sohn wird davon nichts mitbekommen. Ich stampfe nach oben. Er liegt auf dem Bett, mit Schuhen und in voller Montur, so wie er gerade von der Schule nach Hause gekommen ist. Nur seinen Schulranzen hat er abgelegt, dieser blockiert gerade die Tür.
Tim liegt, die Beine überkreuzt, mit einem Fuß zum Takt wippend, mit geschlossenen Augen da und raucht schon wieder. Er dachte sicher, ich wäre nicht zu Hause. Ich packe ihn am Fußgelenk und zerre ihn ein Stück zu mir. Tim reißt erschrocken die Augen

auf, verschluckt sich, hustend reißt er die Ohrhörer aus seinem Kopf heraus und brüllt mich keuchend an: „Bist du bescheuert?" Er ist genauso direkt wie ich.
„Weißt du eigentlich, wofür dieses Ding da oben an der Decke angebracht wurde?" Ich deute mit meinem rechten Zeigefinger auf den Rauchmelder.
„Aber das Fenster ist doch offen. Außerdem bin ich schon fast volljährig", stottert er, springt auf, drückt die Zigarette an der Fensterbank aus und schmeißt sich erneut aufs Bett. Sein Blick ist provozierend.
Es klingelt erneut an der Tür. Mein Sohn stopft sich die Ohren mit den Kopfhörern zu.
Ich muss hier weg, sonst schmeiße ich Tim dem Stummel hinterher. Wer weiß, vielleicht würde ich ihn auch vorher mit dem Gesicht zuerst gegen die verrußte Stelle am Fenster tunken und dann in hohem Bogen auf die Wiese katapultieren.
Als ich im Flur stehe, höre ich jemanden nach oben laufen. „Hey, Sie laufen in die falsche Richtung!", schreie ich dem Typen hinterher. Dieser Trainer mit den schiefen Zähnen ist entweder taub oder unheimlich dreist. Er ignoriert mich einfach.
Die Klingel ertönt noch drei Mal, bevor ich vor der Tür stehe. Ist bestimmt einer von Tims Kumpeln, denke ich und drücke die Klinke nach unten. Tatsächlich erscheint vor mir ein junger und dennoch völlig verbrauchter Typ, mit langem, pechschwarzem, an den Spitzen verfilztem Haar, dunkler Hose mit Löchern an den Knien und einem langärmligen T-Shirt, dessen Ärmel unterschiedlich lang sind, dazu ein dumm dreinschauendes Gesicht passend zu dem Rest. So viel zu dem unerwarteten

Besuch. Das alles steht jetzt vor mir und scharrt mit zerrissenen Sneakern über die Fliesen. Er hält ein Päckchen in den Händen.
„Ist Herr Hornoff zu Hause?"
„Leibhaftig und stets zu Ihren Diensten", sage ich schroff.
„Und Junior?" Der Junkie schnieft. Hat bestimmt erst vor wenigen Minuten eine Line gezogen. Ich sehe noch etwas Puder unter seiner Nase. Als er meinen Blick bemerkt, reibt er sich mit der schmuddeligen Hand über die Nasenspitze. Seine Arme und Beine sind viel zu dünn. Am liebsten würde ich ihn verprügeln.
„Heute bin ich dran", versuche ich ihm zu erklären, dass er sich verpuffen soll. Mit dem Sarkasmus hat er es nicht so, stelle ich sogleich fest.
Der Hungerknochen auf Koks wendet sich ab und will dann doch abhauen. Also hat er den Wink mit dem Zaunpfahl doch kapiert. Meine Rechte schnellt nach vorne und erwischt ihn an seinem Schopf. Er will sich losreißen. Ich bin stark und durchtrainiert, er ist einfach nur leicht. Seine Füße knicken unter ihm wie Streichhölzer um, einer der Schuhe fliegt in hohem Bogen die Stufen herunter. „Ich habe gesagt, ich werde das gerne in Empfang nehmen", presse ich die Worte durch die Zähne und umklammere mit der linken Armbeuge seinen Hals.
Der ungewöhnliche Postbote keucht und wimmert.
„Was ist da drin?"
„Nichts, nur Kräuter", stammelt er.
„Bist du nur ein Postbote oder ein Dealer?"
„Ihr Sohn bestellt es selbst übers Internet. Ich sollte es von der Post abholen."

Mir bleibt die Spucke weg. So einfach ist das also. Mein Sohn bestellt sich die Drogen per Express?

„Was sind das für Kräuter?" Aus Angst, dass Tim das Handgemenge bemerkt, ziehe ich die Tür leise hinter mir ins Schloss und schiebe den Kerl ein wenig vor mir her. Er läuft rückwärts, mit Bedacht, nicht von der Treppe zu fallen.

„Ich nehme das Zeug nicht", verteidigt er sich mit schriller Stimme.

„Du stehst mehr auf Bio oder was?" Ich drehe ihn um. Er riecht unangenehm säuerlich wie ranzige Butter. Schließlich packe ich ihn mit beiden Händen am Kragen. Der Stoff knarrt, als ich den stinkenden Kerl an die Wand neben der Tür klatsche und vom Boden anhebe. Ich bin einen ganzen Kopf größer als er. Doch jetzt können wir uns beide in die Augen sehen. Seine sind mit einem schmierigen Film bedeckt. Er ist high.

„Wenn du hier noch einmal aufkreuzt oder ich dich in der Freundesliste auf seiner Seite erwische, dann war das hier unsere letzte Begegnung, bei der du lebend davongekommen bist", zische ich. Die Drohung kommt einem Todesurteil gleich, das wissen wir beide.

Er versucht zu nicken, meine Fäuste hindern ihn daran.

Ich entreiße ihm das Päckchen und schleudere ihn Richtung Treppe. Auch der zweite Schuh fliegt auf die Einfahrt. Er schaut sich nicht mal um, nimmt die Beine in die Hände und stolpert die drei Stufen herunter. Die zerrissenen Treter schnappt er sich

schnell beim Vorbeilaufen und verschwindet hinter der Hecke.
Ich schüttle das Paket. Mit einem Fingernagel kratze ich vorsichtig am Klebeband. Als ich die Laschen auseinanderklappe, sehe ich eine wiederverschließbare Tüte. Tatsächlich sieht der Inhalt nach Heilkräutern aus.
Ich öffne sie und schnuppere daran. Der Duft ist angenehm. Schweißperlen kullern über meine Stirn und hängen als kleine Tropfen an meinen Augenbrauen. Ich wische mir mit der Hand darüber. Eine Idee bringt mich zum Grinsen.
Barfüßig, wie ich bin, laufe ich schnell zur Straße und werde sofort fündig. Ein frischer Hundehaufen wartet auf eine obskure Wiederverwendung. Das ist das erste Mal in meinem Leben, dass ich mich über die Hinterlassenschaft eines Haustieres so freue wie jetzt. Der Inhalt aus der Tüte ist im Restmüll gelandet. Stattdessen rupfe ich ein paar trockene Grashalme aus, hebe mehrere verwelkte Blätter auf, so viel, bis ich ungefähr dieselbe Menge habe wie im Päckchen drin war. Vorsichtig tupfe ich mit dem Büschel wie mit einem Pinsel liebevoll über den frischen Haufen Scheiße. Ich werde die Frau Nachbarin nie mehr darauf ansprechen und ihr nie wieder sagen, sie solle doch bitte für ihren reinrassigen Mischling einen anderen Platz zum Erleichtern aufsuchen. Angewidert stopfe ich alles zurück in die Tüte hinein, drücke den Inhalt in meiner Faust zusammen. Das leise Rascheln und Knacken der Blätter und Halme wird nach jedem Öffnen und Schließen meiner Faust leiser. Nach dreimaligem Wiederholen begutachte ich den Inhalt.

In der Tüte befinden sich jetzt stinkende Klümpchen. Mit dem Ergebnis zufrieden, klebe ich schnell alles wieder zu.
Die Wut ist von Schadenfreude überdeckt.
„Das ist für dich", sage ich dann nonchalant und drücke das Päckchen in die Hände meines Sohnes.
Der Kerl mit den schiefen Zähnen und der ungepflegten Mähne steht an den Tisch gelehnt am Fenster und grinst mich dümmlich an.
„Haben Sie das WC finden können? Ich hoffe, Sie verlaufen sich nicht noch mal, wenn Sie nach unten vor die Tür gehen." Meine Stimme klingt sarkastisch und schroff.
„Ich warte draußen auf euch", sagt er dann und verschwindet. Ich höre ihn nach unten rennen.
Tim wirft mir einen etwas irritierten Blick zu. Ich schöpfe keinen Verdacht dir gegenüber, mein Sohn, ich vertraue dir, möchte ich laut aussprechen, traue mich dann doch nicht. Habe Angst, mich dadurch verraten zu können.
„Ist das da dein Trainer?" Ich schaue durchs Fenster. Der Mann steht an seinem Wagen und schaut auf sein Handy.
„Wir haben jetzt drei, eigentlich zwei, weil der dritte im Krankenhaus liegt. Was willst du jetzt überhaupt von mir?"
„Ich haben heute feststellen können, dass du erwachsen geworden bist. Ab heute darfst du auch in meiner Anwesenheit rauchen. Du bist fast volljährig und das ist okay." Ihm fällt die Kinnlade herunter, und bei mir hüpft das Herz vor Aufregung. Ich will einfach sehen, wie es aussieht, wenn man

Hundescheiße raucht. Ich möchte ihm eine Lehre fürs Leben erteilen.

„Du verarschst mich." In seinen Augen spiegeln sich Argwohn und Vorfreude wider. Er ist verzweifelt. Er schwankt zwischen Skepsis und Glückseligkeit.

„Ich warte auf dem Balkon auf dich. Ich nehme das Päckchen mit, ich drehe uns schon mal welche." Ich nehme von seinem Tisch ein leeres Blatt, das gleich als Zigarettenpapier herhalten muss.

„Und Fußball, außerdem wolltest du doch noch was essen?", stammelt er und springt vom Bett.

Ich sehe, wie sein Adamsapfel hüpft.

„Ich habe eigentlich gar keinen Hunger." Ich winke mit der Zeitung über meinem Kopf. „Ich war damals sechzehn. Wir haben unseren Tabak in die Zeitung gewickelt und hinter einer Scheune geraucht. Bis wir erwischt wurden und von meinem Vater den Arsch so richtig versohlt bekommen haben." Ich zwinkere Tim zu. Sein Gesicht wird weiß. „Ich bin aber anders, du weißt doch, ich bin dein Kumpel. Wir rauchen zusammen, du und ich, wie zwei Erwachsene. Um die Wette." Ich gehe durch das Gästezimmer auf den Balkon. Schnell habe ich zwei Tüten gedreht und warte.

Tim lässt sich Zeit. Der penetrante Geruch nach Hundekot erweckt in mir einen Würgereiz, mein Magen rumort. Tim erscheint. Ich drücke ihm eine von den selbst gedrehten Zigaretten in die Hand. Vor Euphorie sind mehrere seiner Sinne wie abgeschaltet. Stolz und ein wenig unsicher stellt er sich links neben mich, stützt sich mit einer Hand am Geländer auf und knipst zweimal mit seinem billigen Feuerzeug. Ich spiele mit dem Zippo. Der Deckel

klackt metallisch. Ich schaue nach links, der seltsame Typ spielt immer noch mit seinem Telefon.
„Was ist das eigentlich, was du da rauchst?"
„Ist gut für meinen Fuß, das sind Kräuter, aber nicht illegal", lügt er und macht einen tiefen Zug. Ich sehe, wie seine Augen groß werden. Er sieht auf einmal wie ein aufgeblasener Frosch aus.
„Ach ja, ich habe vergessen zu erwähnen, wenn du diese Zigarette wegwirfst, bekommst du kein Taschengeld mehr und darfst nie wieder rauchen."
Seine Augen werden noch größer. Er schluckt den Rauch herunter, als hätte er einen Stein im Mund.
„Das Zeug aus dem Internet kann alles Mögliche sein, auch Hundescheiße", spreche ich mit monotoner Stimme. Mit Zeige- und Mittelfinger hebe ich seine Hand hoch, in der er die Zigarette hält, sodass die Kippe wieder seinen Mund berührt. Angewidert verzieht Tim die Lippen und macht einen weiteren Zug, dann kotzt er. Mit einem lauten Würgen beugt er sich über den Balkon. Ich habe Angst, er könnte dabei runterfallen. Mein Sohn nimmt jedoch diese Option in Kauf. Er wird lieber springen, als erneut daran zu ziehen, da bin ich mir mehr als sicher. In seinem Bauch brodelt es wie in einer Hexenküche. Er würgt erneut, keucht, schnappt nach Luft, würgt und blubbert unverständliche Worte. Seine Hand krallt sich in die meine.
Nach einer Ewigkeit schafft er es endlich, den Kopf zu heben. Das Weiß seiner Augen ist feuerrot, das sonst so schmale Gesicht ist aufgedunsen. Venen treten wie blaue Würmer hervor.
„Was war das?", keucht er.

„Eine Lektion fürs Leben. Jedes Mal, wenn du einen Zigarettenautomaten siehst oder einem beim Rauchen zuschaust, wirst du an Hundescheiße denken und dich an das erinnern, wie du dir deine Seele aus dem Leib gekotzt hast."
„Das warst du?!", flüstert er. Ein durchsichtiger Faden aus Rotz und Spucke baumelt an seinem spitzen Kinn.
„Geh dich duschen, dann fahren wir zum Fußballplatz", sage ich und klopfe auf seine schmächtige Schulter.
Tim torkelt zurück in sein Zimmer. „Vergiss nicht, das Fenster zuzumachen. Und beeil dich, sonst fährt der Typ ohne uns weg", sage ich, als ich nach unten gehe. Ich muss noch schnell etwas erledigen, mir ist etwas Wichtiges eingefallen. Der Monitor ist schwarz, als ich mein Bürozimmer betrete, ein blaues Blinken erregt meine Aufmerksamkeit. Das Faxgerät hat eine Nachricht für mich - in Papierform, versteht sich.
Wir müssen unsere Taktik ändern. Denk größer, Johannes, globaler. Der Gesuchte ist ein Serientäter, aber kein Serienkiller, noch nicht.
Hier sind meine Überlegungen:
- Rache an seiner Vergangenheit ist der Grund seines Tuns.
- Vielleicht wurde er von seinem Vater oder einer anderen männlichen Person als Kind enttäuscht (Bruder, Onkel etc.).
- Er greift immer nur dann an, wenn kein Mann zu Hause ist.
- Er stellt die Mutter vor eine Wahl.
- Seine Opfer sind immer alleinstehende Frauen.

- Er wird bald erneut zuschlagen.
Benjamin hat alle Gesichtspunkte zusammengefasst. Ein grobes Täterprofil erstellt. Ich setze mich an den PC.
Meine Hand wackelt an der Maus.
„Papa, wo bist du?!", schreit Tim. Ich zucke zusammen, sodass der Cursor in einer Zickzacklinie über die Bildfläche huscht.
„Hier!", rufe ich zurück.
„Kommst du jetzt mit?"
Verdammt. Ich muss mir das Spiel ansehen. „Ich komme gleich nach. Onkel Peter wollte mitkommen. Er hat mich gerade angerufen. Cristina und Michaela wollen auch zuschauen."
„Na klar", entgegnet er. Der Zorn in seiner Stimme ist nicht zu überhören.
Ich höre dumpfe Schritte. Tim geht nach unten. Jetzt tritt er gegen seine Schuhe. Er ist wütend. Ich habe ihn schon wieder enttäuscht.
Meine Finger tippen das Passwort bei Facebook ein. Ich bin unter vielen Pseudonymen registriert. Ich habe vier Accounts mit weiblichen Namen – einer hat sogar ein Profilfoto. *Hallo Margaret, lange nicht gesehen,* lautet eine PN, die prompt auf dem Bildschirm erscheint, nachdem ich mich eingeloggt habe. Ich klicke sie einfach weg. Der Cursor schwebt scheinbar schwerelos auf das Status-Kästchen.
Mein Text ist kurz und prägnant. Niemand liest überlange Kommentare, auch ich nicht, sie sind meist langweilig und schweifen zu sehr vom Wesentlichen ab.

So fasse ich alles auf ein Minimum reduziert zu einer Schlagzeilenmeldung zusammen.

Bei mir wurde eingebrochen! Er hat mich mit einem Messer bedroht. Ich sollte mein älteres Kind töten. Bitte, sagt mir, was ich tun soll!!! Die Polizei kann mir nicht weiterhelfen. Sie wollen mir das Sorgerecht entziehen. Sie glauben, ich wäre verrückt. Ich habe Angst, er kann wiederkommen. Ich bin geschieden und lebe allein.

Drei traurige Smileys und ein Herz folgen.
Vier meiner Freunde schreiben so etwas wie:
Oh Gott, lass dich von mir drücken.
Wie schlimm.
Das ist krass, warum tun die Bullen nix?
Auf Interpunktion und Großschreibung achtet hier niemand, genauso wenig auf die Gefühle und Verzweiflung der Betroffenen.
Dutzende Nachrichten sind einfach nur Bilder. Manche bewegen sich sogar. Nichts ist jedoch von einer Bedeutung, die mir weiterhilft.
Ich fahre den Rechner runter und melde mich mit demselben Account auf meinem Smartphone an.
Jetzt muss ich Peter anrufen. Ich hoffe, er fährt mich zum Fußballplatz.

Kapitel 33 (Der Seelenretter)

Das Spiel ist bald vorbei und dieser Doktor ist immer noch nicht da. Ich habe mich in ihm getäuscht, er liebt seinen Sohn nicht wirklich.
Ich habe einen seiner Kurse besucht. Wie die genaue Überschrift lautete, weiß ich nicht, aber er predigte, dass Kinder das Spiegelbild unserer selbst sind. Das Verhalten der Sprösslinge basiert auf den Erziehungsmethoden ihrer Eltern.
Tim verfolgt mehr die ankommenden Autos statt sich auf den Ball zu konzentrieren. Er wartet auf seinen Vater.
Der Schlusspfiff zerreißt die Luft. Die Hoffnung auf einen Sieg flackert in den Augen meiner Jungs. Es gibt Elfmeterschießen.
Jeder spricht dem anderen Mut zu, nur dem Torwart nicht, keiner klatscht ihn ab oder muntert ihn auf. Tim lehnt sich an einen der Pfosten und setzt sich in den Staub.
Wasser wird ausgeteilt.
Auf den Parkplätzen steigt eine Staubwolke in den blauen Himmel. Reifen quietschen und der Kies knirscht unter den Sporträdern eines getunten BMWs.
Ich kann einen langen Mann auf uns zulaufen sehen. Er hält ein kleines Mädchen an der Hand. Ein Pärchen folgt den beiden. Der Professor ist doch noch erschienen. Tim regt sich, steht auf und humpelt auf seinen Vater zu.

Das kleine Mädchen hüpft auf einem Bein. Tim schnappt sich seine Schwester und dreht sich mit ihr im Kreis, das Kind kreischt, alle lachen, auch der Doktor.

In meinem Inneren wacht wieder dieses Gefühl auf. Der Trigger wurde ausgelöst. Ich werde das Untier in mir nicht mehr bändigen können. Meine Lippen werden trocken, ich fahre schnell mit der Zunge darüber. Ich muss den Atem unter Kontrolle bringen. Zwischen meinen Lenden bekomme ich eine leichte Erektion. Meine Finger zittern. Ich stelle mir vor, wie ich diesen Mann, der scheinbar nur gut predigen kann, vor die Wahl stelle. Ich werde ihn mit den realen Gegebenheiten eines Problems, das einer lebenswichtigen Entscheidung bedarf, konfrontieren. Ich werde ihn vor die nackten Tatsachen stellen.
Er sieht mich und winkt mir zu. Ich erwidere die Geste und stelle mich zu den Schiedsrichtern. Unsere Mannschaft wird jetzt von Schorschi motiviert. Er kann das besser als ich, er ist auch der eigentliche Trainer, ich bin nur der Ersatz. Er redet laut auf die Jungs ein. Mit seinen schiefen Zähnen sieht er für mich wie ein Biber aus. Die Männer im gelben Trikot reden über banale Dinge, ich bekomme nicht viel mit, höre nur mit einem halben Ohr zu. Mein Augenmerk ist auf die Familie Hornoff gerichtet.
„Ich hole mir etwas zu trinken", sagt jemand. Wir alle gehen zu dem Stand mit Getränken und zu Familie Hornoff.

Kapitel 34 (Johannes)

„Wie viele Tore hast du geschießt?", will Cristina wissen und beißt herzhaft in eine Bratwurst. Ketchup tropft auf ihr Kleid. Sie wischt einfach mit der fettigen Hand darüber.
„Ich bin Torwart", sagt Tim und stupst sie auf die Nase.
Cristina kräuselt die kleine Stupsnase wie ein Kaninchen. Ihre Augenbrauen wandern nach oben.
Ein Trupp von Männern bewegt sich auf mich zu.
„Wer ist dieser Typ, Tim?"
„Meinst du den Trainer?"
„Nein, der andere, der dich heute abgeholt hat." Ich rede leise.
„Das ist unser Co-Trainer. Er ist ganz okay."
Als hätte er uns gehört, hebt er seine Rechte zum Gruß. Ich nicke.
Lars und Michaela tuscheln miteinander. Michaela mustert ihren Wieder-Freund mit finsterer Miene. Lars hingegen lächelt und strahlt sie jovial an. Mit beiden Händen umfasst der junge Kommissar ihr mürrisch dreinblickendes Gesicht und drückt Michi einen zarten Kuss auf die Wange.
„Ich muss aber", flüstert er.
„Über euch schwebt etwas Schwarzes", sage ich.
Die beiden heben den Kopf und lachen verlegen.
„Onkel, sag meinem Noch-Freund, dass er hierbleiben muss. Er hat es mir versprochen."
Ein kleiner Kloß in meinem Hals schwillt zu einem Tennisball an. Lars schüttelt sein Handy wie eine

Rassel. Er hält das Gerät zwischen Daumen und Zeigefinger.
„Die Polizei hat eine Leiche gefunden. Und heute früh einen Opel. Es könnte einen Zusammenhang geben." Lars schaut sich um. Er hat den Satz lauter ausgesprochen als beabsichtigt. Seine Ohrenspitzen und der Hals erröten, auch das Gesicht bekommt etwas davon ab. Er streift sich das von der Sonne ausgeblichene, fast weiße Haar hinter die Ohren. Zum Glück schenkt uns keiner seine Aufmerksamkeit, nur einer der Trainer schaut zu uns rüber. Doch er steht zu weit entfernt, um Lars' Worte verstanden zu haben.
„Ich muss los", flüstert Lars.
Michaela kreuzt trotzig die Arme vor der Brust.
„Hey, Michi!", schreit jemand. Wir alle drehen uns um.
„Jackie?" Meine Nichte schnappt nach Luft.
Die beiden Freundinnen fallen sich in die Arme. Sie kreischen und hüpfen im Kreis.
„Du bist hier?", stottert Michaela mit weit aufgerissenen Augen.
Jackie Braun war ein Jahr in psychiatrischer Behandlung. Nach ihrer Entführung ist sie doch noch auf die schiefe Bahn geraten und hat angefangen, Drogen zu nehmen. Jetzt ist sie scheinbar wieder clean.
„Ich werde nie wieder dorthin gehen", flüstert Jackie mit tränenden Augen. Die beiden Mädchen lächeln sich an. Dann drückt Jackie Michaela einen Kuss auf die Lippen. Kurz und trocken.
Cristina steht mit offenem Mund da und starrt die beiden an. Die Bratwurst rutscht aus dem Brötchen

und landet im Staub. Der Wuschelkopf stampft entrüstet mit dem rechten Bein auf und schleudert das vom Ketchup durchweichte Brötchen zu den Tauben. Die Vögel schlagen laut mit den Flügeln und stieben in alle Himmelsrichtungen davon.
„Ich gehe jetzt", sagt Lars entschieden.
„Und wie komme ich nach Hause?" Michaelas Zorn hat sich verflüchtigt.
„Mein Papa kann dich mitnehmen. Ich habe mich wieder mit ihm vertragen. Er ist bei den AAs und ich gehe auch in so eine Gruppe." Herr Braun steht wie ein Schatten hinter seiner Tochter und nickt mir zum Gruß zu. Ich strecke meine Rechte aus. Der Händedruck ist freundlich und fest. „Sehr angenehm", nuschelt er und macht dann einen Schritt nach hinten.
„Können Sie auch Tim und Cristina mitnehmen, dann seid ihr genau fünf?", frage ich.
„Kein Problem", entgegnet Herr Braun und bestellt sich eine Bratwurst. Als er sie in den Händen hält, bietet er die heiße Wurst Cristina an. Sie wackelt mit dem Kopf. „Ich will lieber ein Eis", plappert sie mit frechem Grinsen. Herr Braun lacht und geht zu dem Kühlwagen. Cristina folgt ihm, nachdem sie um Erlaubnis gefragt hat.
„Und das Spiel?", höre ich meinen Sohn hinter mir.
„Du wirst es schon schaffen" ist alles, was ich sage. Ich fühle mich schrecklich dabei. Ich habe meinen Sohn aufs Neue enttäuscht. Tim senkt den Blick und schaut zu, wie sein rechter Fuß einen Stein zur Seite kickt.
„Kommen Sie mit, Doktor Hornoff?", drängt Lars mich zur Eile. Er läuft rückwärts, prallt dabei gegen

Cristina. Die Schokokugel löst sich aus der Waffel und fliegt geräuschlos zu Boden. Nichts als ein brauner Klecks bleibt von dem Eis übrig. Cristina schreit. Lars schaut hilfesuchend zu mir.
Die ganze Aufmerksamkeit gilt jetzt dem plärrenden Kind. Der Mund braun von Schokolade ist weit aufgerissenen, so weit, dass alle ihre Zahnlücke sehen können. Sie ist jetzt fast sechs, den Zahn hat sie sich aber beim Fahrradfahren ausgeschlagen.
„Geh schon, Lars, ich werde dann nachkommen", sage ich nur und eile zu meiner Nichte. Ich knie mich wie ein Gentleman alter Schule auf das rechte Knie nieder und wische ihr mit einem frischen Taschentuch das Gesicht sauber. „Ich kaufe dir zwei Kugeln", versuche ich, sie zu beruhigen.
„Das war aber das letzte. Der Mann hat es aus einer Ecke ausgekratzt", schreit sie, sodass auch jeder der hier Anwesenden weiß – das Schokoladeneis ist alle. „Magst du Erdbeere?"
„Nein, ich mag zu meiner Mama", schreit sie noch lauter.

Ich riskiere einen Blick über die Schulter. Mein Sohn und seine Kameraden haben sich zu einem Kreis versammelt. Mitten drin stehen ihre beiden Trainer. Der Sieg hängt jetzt von den beiden Torhütern ab. Mein Sohn ist einer davon.
„Schrei nicht rum wie eine Hexe!", mischt sich Michaela ein. Sie grinst mich schelmisch an und zwinkert mir kumpelhaft zu. Nur mit dem linken Auge.
„Ich bin keine Hexe", mokiert sich Cristina. Die Unterlippe nach vorne gestülpt, schaut sie ihre

Adoptivschwester finster dreinblickend an. „Ich bin Prinzessin Crissy aus dem Land der Gnome."
„Und was wächst dort auf den Bäumen?"
„Erdbeeren und Lutscher", brummt Cristina bockig.
„Na also, jetzt komm, ich kaufe dir einen Lutscher mit Erdbeergeschmack."
Die beiden Mädchen gehen, Jacqueline begleitet sie. Auch sie kann sich ein Lächeln nicht verkneifen.
„So sind die Mädchen", sagt Herr Braun, der jetzt links von mir steht. Unsere Blicke sind auf das linke Tor gerichtet. Mein Sohn ist als Erster dran.

Kapitel 35 (Der Seelenretter)

Die haben also den Paradiesvogel gefunden. Auch haben sie meine Mutter und ihren Stecher gefunden. Wenn nicht, dann werden sie es bald tun, sie müssen nur ein wenig tiefer graben.

Dieser junge Kerl ist von der Kripo. Verdammt. Wie haben sie es entdeckt? Waren die Flammen zu hoch? Aber das Haus liegt mindestens sechs Kilometer abseits von der nächsten Siedlung. Was hat dieser Doktor mit der ganzen Sache zu tun?

Wer hat sie entdeckt? Ein Förster oder ein gottverdammter Köter? Meine Handflächen schwitzen. Dieser Doktor muss bestraft werden, zum einen, weil er nur wegen seiner Tochter hier geblieben ist, zum anderen, er könnte für mich gefährlich werden. Ich höre, wie die Zahnräder in meinem Kopf klackern. Wie das komplizierte Gebilde einer prähistorischen Maschine. Der Mechanismus gerät leicht aus dem Takt, eines der Räder hakt. Kopfschmerzen bemächtigen sich meiner, wie giftige Pfeile durchzucken sie mein Gehirn und bohren sich tief in den Schädel hinein. Ich brauche Geld. Unser Team muss gewinnen, koste es, was es wolle. Ich laufe zu den Jungs von der gegnerischen Mannschaft. Drei grüne Scheine wechseln den Besitzer. Ich hoffe nur, keiner hat

mich dabei beobachtet und die Jungs werden ihr Versprechen und auch später den Mund halten.
Das Spiel ist gleich vorbei. Wenn Tim das Tor hält, gewinnen wir heute. Ich schlage meine Augen nieder, das Pochen in meinem Kopf verstärkt sich. Bilder tauchen auf. Ich sehe den Doktor vor mir. Ich stehe dicht hinter ihm, ich drücke ihm ein Messer an den Hals. Ich kann seine Angst spüren. Verführerische Hitze steigt in mir auf. Mein Atem geht schneller, meine Finger ballen sich zu Fäusten und spreizen sich wieder auseinander. Schreie reißen mich aus diesem meditativen Zustand heraus. Ich hebe die Lider. Jugendliche rennen mit nach oben gestreckten Händen auf das Feld. Sie packen ihren Kameraden und lassen ihn hochleben. Der schlaksige Torwart wird von einem Dutzend Mitspieler nach oben geworfen und wieder aufgefangen.

Ich drehe mich um. Der Professor ist nicht da. Selbst ich fühle mich leicht benommen, volltrunken und überwältigt vom Siegesrausch, etwas schwerelos, so als hätte ich etwas von psychedelischen Pilzen gekostet, stehe ich da und genieße die Freude meiner Jungs. Ich feiere meinen eigenen Sieg, auch wenn der Krieg noch nicht gewonnen ist. Diese Schlacht habe ich für uns entschieden. Tim wird als Held des Tages gefeiert, alle gratulieren dem überglücklichen Torwart, nur sein Vater nicht, er hat nicht einmal so viel Zeit für seinen Sohn, dass er mit ihm diese Freude teilen kann.
Erst jetzt bemerke ich ihn. Doktor Hornoff steht unter einem der Bäume. Er telefoniert, ist scheinbar

in ein wichtiges Gespräch vertieft. Ich sehe nur eine verwaschene Silhouette. Tränen der Wut benetzen meine Augen. Die Welt um mich herum verliert ihre scharfen Konturen. Ich betrachte das Geschehene wie durch ein Fenster, wenn es draußen in Strömen regnet und Wasser über die Glasscheibe nach unten rinnt. Ich fühle mich an die Tage meiner Kindheit erinnert. Ich war immer allein, so wie jetzt. Die ganze Welt feiert, und ich stehe abseits - ganz allein.

Kapitel 36 (Johannes)

„Karl, ich kann jetzt nicht. Mein Sohn hat das Spiel gewonnen. Nein, ich habe niemanden, der mich fahren kann. Ich kann ein Taxi rufen."
„Du willst doch nicht in einem gottverdammten Taxi zu einem Tatort ankutschiert kommen?", flucht der aufgebrachte Kommissar.
„Gut, kein Taxi! Und ihr seid euch sicher, dass es sich bei dem Toten um Samuel Benninger handelt?","Ja, gottverdammt. Er hat seinen Ausweis dabei. Wir haben auch schon die erste Spur. Er hatte Streichhölzer einer Bar dabei. Ich habe Lars direkt dorthin geschickt. Der Barkeeper kann sich an Samantha, wie er genannt werden will, erinnern, ist ja schon ein Stammgast. Er, äh, sie hatte Stress mit so einem Typen, Samantha kannte ihn wohl, irgendwas mit einem Autounfall. Sie ist ihm dann auch noch hinterher gelaufen, als er abgehauen ist. Heute Mittag hat ein oder eine, verdammt das nervt! Also, Alexio Pelzer hat vorhin seinen, nein, seine Freundin Samuel alias Samantha als vermisst gemeldet. Sie war mit Alexios Auto unterwegs. Das wiederum haben wir heute früh gefunden. Der Opel ist abgefackelt worden. Alexio sagt, dass Samantha auch schon in der Nacht zum dreiundzwanzigsten Mai einen Unfall hatte. Ein Typ, den sie wegen greller Scheinwerfer nicht erkennen konnte, hat ihr gedroht, dass ihr was Schlimmes passiert, wenn sie damit zur Polizei geht. Und hier schließt sich wohl der Kreis."

„Du meinst, in der Kneipe hat sie ihn dann wieder erkannt, oder was willst du mir jetzt sagen, Karl?"
„Vielleicht haben zwei Weizen ihr auf die Sprünge geholfen. Vielleicht hat sich ihr Mörder auch durch irgendwas verraten."
„Seine Stimme. Vielleicht aber auch durch sein Parfüm. Oft prägen wir uns etwas lang anhaltender ein, wenn unser Gedächtnis eine Stütze hat, wie Duft oder Musik", sage ich. „Du hast zwei Stunden, Johannes, danach wird hier alles abgesperrt."
„Ist gut, Karl, ich werde mich beeilen." Er diktiert mir die genauen Koordinaten. Ich schreibe mir die Zahlen auf, gleichzeitig fühle ich mich von jemandem beobachtet. Mit nach unten gesenktem Kopf drehe ich mich um. Ich hebe den Blick nicht, schaue unter den Augenbrauen in die Richtung, aus der ich den Beobachter vermute. Tatsächlich steht der Kerl neben meinem Sohn und starrt mich an. Er hat seinen linken Arm um Tims Schultern gelegt. Jetzt hebt er den rechten und deutet auf mich. Langsam hebe ich meinen Kopf. Mein Sohn gleicht einem Indianer, er schirmt seine Augen vor den grellen Sonnenstrahlen mit flacher Hand ab, die er sich an die Stirn hebt.
Ich winke den beiden. Ich bekomme eine Gänsehaut, die sich wie tausend Spinnen über meine Haut breit macht. Scham und Wut vermischen sich zu einem bittern Geschmack in meinem Mund.
Ein wenig verloren stehe ich einfach nur da. Soll ich meinen Sohn aufs Neue enttäuschen? Ich weiß nicht, ob sie das Spiel gewonnen haben. Das letzte und alles entscheidende Tor habe ich leider verpasst. Um die Alternativen zu erwägen, bleibt mir keine

Sekunde Zeit. Ich bin heute ein Optimist und tippe auf Sieg. Ich zaubere ein halbechtes Lächeln auf mein Gesicht, versuche auch mit den Augen zu lachen und strecke meine rechte Hand in die Luft, die Finger zu einer Siegesfaust geballt.
Mit meiner Vermutung muss ich richtig liegen. Tim streckt auch seine rechte Faust in die Luft.
Ich habe die Möglichkeit, mich zwischen Familie und dem Fall zu entscheiden. Ich schwanke immer noch. Ich möchte dem Ganzen ein Ende setzen, ich möchte den feigen Typen das Handwerk legen, ich will die Handschellen zuschnappen hören. Doch ohne weitere Beweise auf der Hand, ohne konkrete Hinweise auf den Täter sind uns derweil die Hände gebunden. Angesichts dessen, dass wir die löchrigen Aussagen nicht untermauern können, um anhand der wenigen Beweise die Ermittlungen in eine bestimmte Richtung lenken zu können, schwimmen wir immer noch in trüben Gewässern – und das macht mich rasend.
Ich stehe jetzt vor meinem Sohn, werde aber von unschönen Gedanken übermannt. „Du warst großartig", stammele ich mit gekünstelter Heiterkeit.
„Hätte er den Ball nicht gehalten, sähe es heute für uns düster aus", mischt sich der unangenehme Typ mit den zerkratzten Händen und den schiefen Zähnen in das Gespräch ein.
„Die Spannung hier konnte man knistern hören", entgegne ich immer noch lächelnd.
Der Co-Trainer möchte dem Ganzen noch etwas zufügen. Ihm fällt jedoch nichts ein. Er kratzt sich über den Kopf. Sein dunkles Haar glänzt feucht in der Sonne.

„Gut gemacht, Tim", gesellt sich auch der Ersatztrainer zu uns und schüttelt meinem Sohn die Hand. „Wollen Sie mit uns feiern, Doktor Hornoff?", will er von mir wissen. Seine sonore Stimme klingt klar und deutlich. Sie vibriert ein wenig vom Siegesrausch. Er sieht sichtlich stolz aus. Heute feiert die Mannschaft den Klassenerhalt. „Wir haben Würstchen, aber auch Bier, nur für Erwachsene, versteht sich." Ich glaube, er heißt Schmitz, das hatte Tim eines Tages mal erwähnt. Da bin ich mir aber nicht ganz sicher.

„Herr Schmitz lässt uns nur Limonade trinken", sagt Tim. Ich weiß, mein Sohn will nicht, dass ich mich und ihn blamiere. Sein Blick sagt aber auch, ich soll ihm besser zuhören.

„Ich kann leider nicht mit euch feiern. Mein Bruder holt mich ab. Aber er bringt einen würdigen Ersatz mit." Tims Miene verändert sich. Hinter mir nehme ich Schritte wahr und das angenehme Parfüm meiner Frau.

„Na, habt ihr gewonnen?" Ohne die Antwort abzuwarten, drückt Sonja unseren Sohn, der einen Kopf größer ist als sie, fest an sich. Peter gratuliert seinem Neffen mit einem herzlichen Klopfen auf den Rücken. „Etwas anderes habe ich von dir auch nicht erwartet. Zum Glück bist du mehr nach mir geraten und nicht nach deinem Vater." Meine Familie lacht über mich. Mir macht das nichts aus.

Herr Schmitz starrt auf meinen zur Hälfte amputierten linken Zeigefinger, auch sieht er, wie meine rechte Hand gegen den Oberschenkel klopft. Er lacht nicht. Er hat Mitleid mit einem Krüppel, der gerade vor seinen Augen von der eigenen Familie

ausgelacht wird. Er spielt mit den Kiefern. Immer mehr Menschen kommen auf uns zu. Sie alle drücken Tim die Hand und klopfen ihm freundlich auf die Schulter. Sie bleiben lachend stehen. Mein Sohn lässt sich feiern. Das Stimmengewirr gewinnt an Lautstärke. Rufe und Laute werden zu einem monotonen Brummen, ab und zu lacht jemand schallend auf. Ich werfe einen flüchtigen Blick zu meinem Sohn, er steht da und grinst – er sieht einfach nur glücklich aus. Als er mich dabei ertappt, wie ich ihn ansehe, erstarrt sein Lächeln, die Mundwinkel rutschen nach unten, der Glanz in seinen Augen verschwindet.
„Wollen wir dann los?" Peter zupft mich am Ärmel. Ich nicke stumm. „Herr Braun bringt euch heim. Er hat einen Van, also passt ihr alle hinein", sage ich schnell zu Sonja.
„Vergesst Cristina nicht, sie ist jetzt bei Michaela." Ich winke meiner Familie zum Abschied und wir gehen. Der weiße Infiniti steht quer vor dem großen Schiebetor geparkt, das halb zur Seite geschoben und mit einem Ziegelstein blockiert wurde.
„Noch bescheuerter zu parken ging wohl nicht?", keift uns ein betrunkener Typ von der Seite an und torkelt durch das Tor. Er hat Schlagseite und einige Probleme mit seinem Gleichgewichtssinn.
„Beim nächsten Mal lasse ich für Sie mehr Platz", brummt Peter.
Der Typ macht eine fahrige Bewegung mit der Linken, dies bringt ihn vollends aus dem Ruder. Sein Gang beschleunigt sich, der Oberkörper ist jetzt nach vorne geneigt, die Beine haben Mühe, dem immer schneller werdenden Schritt nachzukommen.

Mit vor sich ausgebreiteten Armen landet er dann doch auf den Pflastersteinen. Allein beim Zusehen brennen meine Handflächen und die rechte Wange. Der Kerl rappelt sich hoch, bleibt auf dem Hosenboden sitzen, dreht sich umständlich zu uns um und schreit Peter an. Einer von den Zuschauern, ein Mann meines Alters, hilft dem schreienden und leicht lädierten Fan auf die Beine. Der Betrunkene, der nicht viel jünger, jedoch umso massiger ist als sein Retter in der Not, schubst ihn grob zur Seite. Wir steigen in den Wagen und fahren los. Aus dem Seitenfenster erhasche ich einen Blick auf die beiden Männer, die jetzt aufeinander losgehen. Wer später als Sieger gefeiert wird, weiß ich nicht, Peter drückt das Gaspedal durch, sodass eine Staubwolke mir die Sicht raubt.

Kapitel 37 (Der Seelenretter)

Nachdem sich die Staubwolke gelegt hat und die beiden Streithähne ihren Dampf rausgelassen haben, widmen sich die Anwesenden ihren für einen kurzen Moment vergessene Tätigkeiten. Die kleine Rauferei wurde sofort im Keim erstickt.

„Die Polizei ist schon unterwegs", schreit jemand, der sich bei der Schlägerei als Schlichter beweisen wollte. Ich kenne den Mann nicht. Er blutet an der Nase. Der fette Kerl, der das Ganze angezettelt hat, sitzt auf einer Bank. Er schläft. Auch wenn ich weiß, dass die Bullen nicht meinetwegen bald hier sein werden, bekomme ich eine Gänsehaut. Das unangenehme Kribbeln kriecht unter meine Haut bis in den Kopf, sodass ich mich überall kratzen muss.

„Geht es Ihnen nicht gut? Sie sehen blass aus", meldet sich eine Frauenstimme. Sie mustert mich mit bangem Blick. „Oh, tut mir leid, ich habe mich gar nicht vorgestellt. Ich bin die Mama von Tim. Er ist Torwart."

„Sehr angenehm."

„Und Sie sind der Trainer oder Schiedsrichter oder einer der stolzen Väter? Ich habe Timmi noch nie bei seinen Spielen besucht und kenne mich im Fußball überhaupt nicht aus. Ich kann Eckball von Abseits nicht unterscheiden. Haben wir uns nicht schon mal irgendwo gesehen?" Sie lächelt leicht verlegen.

„Da muss ich Sie leider enttäuschen. Trotzdem sehr angenehm", sage ich. Meine Stimme schwankt.

„Ganz meinerseits." Frau Hornoff streckt mir ihre Hand entgegen. Ihre Wangen sind ein wenig gerötet. Die Sonne spiegelt sich in ihrer Sonnenbrille.
„Ich heiße Friedrich und bin der Co-Trainer."
„Hornoff, Sonja Hornoff." Sie schenkt mir ein Lächeln.
Ihre Hand fühlt sich weich und kühl an. Sie ist zärtlich.
„Sie sollten was Süßes trinken. Cola?" Sie streckt mir eine beschlagene, noch geschlossene Flasche mit brauner Flüssigkeit hin.
„Das sollte ich." Meine Kehle ist wie zugeschnürt, genauso hört sich meine Stimme auch an.
Ihr schönes Gesicht bekommt Falten. Ihre Lippen kräuseln sich.
„Oh, tut mir leid", stottere ich und spreize meine Finger auseinander. Verdammt, ich habe ihr fast die Hand zerquetscht. Sie reibt sich mit der Linken darüber und wendet sich zum Gehen. Ich bin ein Trottel. Die Flasche fühlt sich angenehm kühl an. Der Deckel knackt leise, als ich daran drehe. Schäumend quillt der Inhalt heraus und ergießt sich über meine Hand. Ich drücke meine Lippen gegen den Flaschenhals und nehme einen großen Schluck. Die Kohlensäure steigt mir durch die Nase, mein Magen bläht sich auf. Ich unterdrücke einen Rülpser und suche nach der Frau. Sie ist nicht mehr da. Ich werde diesen Doktor noch heute Nacht besuchen. Nein, verbessere ich mich in Gedanken, ich möchte diese Frau, seine Frau, besser kennenlernen. Eine wohltuende Regung wacht in mir auf und wandert über meine Oberschenkel hinauf bis an die Brust.

Mein Herz schlägt schneller, Sonja Hornoff hat sich nicht getäuscht, wir sind uns schon einmal begegnet.

Kapitel 38 (Johannes)

„Na, da bist du ja", brummt Karl, als er mich durchs Unterholz kämpfen hört. Peter hat mich vor dem Absperrband abgesetzt. Die Männer von der Polizei haben nur mich durchgelassen, aber auch erst, nachdem Karl einen von ihnen über mein Handy zusammengestampft hat. „Hast du schon mal eine Leiche gesehen, die al dente ist?"
Ich runzle die Stirn.
„Der Verrückte, hinter dem wir her sind, er hat den Leichnam regelrecht weich gekocht, besser gesagt, geschmort. Ein echt kranker Typ, sage ich dir. Er hat den Toten mit Erde zugeschüttet und auf dem Grab ein Feuer entfacht, das noch Kilometer weit zu sehen war."
Karl dreht sich herum. Ich folge ihm. Das trockene Geäst knackt unter jedem unserer Schritte. Blätter rascheln, eine Eidechse huscht über meinen linken Schuh, als ich stehen bleibe, um einen der Äste zur Seite zu schieben.

Rechter Hand erblicke ich eine Ruine, die bis auf die Grundmauern niedergebrannt ist, jedoch von Tauben bewohnt wird. Links sehe ich einen verkohlten Baum, der von einem Dutzend Uniformierter umringt ist, daneben eine verbrannte und sehr desolat aussehende Garage oder ein Unterstand. Einige der Ermittler tragen weiße Schutzanzüge.

Der Geruch nach verbranntem Holz und der süßliche Gestank nach totem Fleisch schweben wie eine giftige Wolke in der Luft.
Ich greife nach einem Taschentuch und presse mir den Stoff gegen Nase und Mund.
„Was habt ihr gefunden?", presse ich die Worte durch das Baumwolltuch.

Karl zuckt die Achseln. „Eine Leiche, halbherzig begraben, sonst hätten wir ihn vielleicht auch nicht gefunden. Mit Laub und Ästen bedeckt, dann angezündet, samt Baum darüber. Wir bergen gerade die letzten Überreste. Ihm fällt das Fleisch von den Knochen. Der Torso war leichter zu bergen, dank seiner Jacke, da hatte er auch seine Papiere und die Streichhölzer drin", sagt er und verzieht sein Gesicht zu einer Grimasse, als wir näher treten.
„Warum geht die Polizei davon aus, dass es sich hier um ein- und denselben Täter handelt, der auch für den Mord an Marian Beck verantwortlich ist?", wende ich mich an Karl.

Er dreht sich zu mir um. „Sicher sind wir uns da nicht, weil wir ja nichts über den Täter in der Hand haben. Nur war dieser Alexio der Freund von Samantha Beng bei der Polizei, weil er ..."
„Das weiß ich bereits, weil er ihn als vermisst gemeldet hat", falle ich Karl ins Wort. „Und allein das bewegt euch dazu, anzunehmen, er wurde von demselben Mann aus dem Weg geräumt, weil der Unbekannte befürchtete ..."

„Halt, nicht so schnell", schreit jemand hinter uns und unterbricht mich. „Jetzt langsam!", ermahnt dieselbe Stimme die erstarrten Kollegen.
„Wir haben mehrere Gründe zu der Annahme, dass es sich um ein- und denselben Mann handeln muss." Eine Windböe erfasst eine Handvoll Blätter und eine graue Feder.
„Was hat eigentlich die chemische Analyse ergeben? Was habt ihr in der Fensterabdichtung gefunden? In Marians Zimmer am Fenster sind mir damals weiße Flecken von Taubenkot aufgefallen."
Karl schaut mich konsterniert an. Seine Kieferknochen treten durch seine von dichten Stoppeln übersäte Haut hervor, als er die Zähne zusammenbeißt.
„Worauf willst du hinaus, Professor?", fragt er, dann greift er nach seinem Notizbuch und blättert umständlich darin herum. Die Augen zu schmalen Schlitzen gekniffen, versucht er, das Geschriebene zu entziffern.
„Waren da nicht Stickstoff, Kalk, Magnesium, Phosphor ..."
„Kalium", vervollständigt Kommissar Breuer die Aufzählung und klappt das kleine Büchlein mit den ausgefransten Kanten wieder zu. „Deine Vermutung war richtig, es war Taubenscheiße", flucht er und schluckt eine weitere Bemerkung hinunter.
Meine Augen sind jetzt auf den Boden gerichtet. Die Feder steckt unter einem Ast. Karl folgt meinem Blick.
„Edgar", schnaubt er. Der junge Forensiker hebt seinen Kopf und schaut seinen Vorgesetzten fragend an. Der junge Mann ist mit den Ausgrabungen

beschäftigt. Er wirkt angeschlagen und übernächtigt, aber er zeigt keine Schwäche. Seine stoische Haltung bringt auch mich dazu, den Rücken zu strecken.

„Ja?", meldet sich Edgar und kommt zu uns.

„Was war dein anfänglicher Impuls, nachdem du mit den ersten Ergebnissen aus dem Labor bei mir warst?" Karls Stimme klingt rau.

„Dass der Mann etwas mit Tauben zu tun hat?" Edgars Antwort gleicht eher einer Frage. Er pustet sich übers Gesicht. Schweißtropfen bilden sich wie kleine Perlen auf seiner hohen Stirn. Die Haut unter seinem dunklen, kurz geschnittenen Haar glänzt im Abendlicht.

„Genau, bitte tüte alle Federn dort ein. Und lass diese Beweisstücke auf menschliche DNA-Spuren untersuchen. Vor allem die, die wir unter der Leiche gefunden haben. Man weiß ja nie, habe ich recht, Doc?"

Edgar folgt der Anweisung wortlos. Ich ignoriere den verbalen Seitenhieb einfach.

„Gehe ich recht in der Annahme, dass wir immer noch nichts Konkretes in der Hand haben?", frage ich stattdessen.

Wie ein Leichentuch umhüllt die warme Luft mich und all die Anwesenden hier. Karl reibt sich über die Stirn und bleibt mir die Antwort schuldig.

„Wem hat das Anwesen hier früher gehört?", versuche ich es mit der nächsten Frage.

„Das wissen wir nicht. Nach der Wiedervereinigung sind viele Dokumente verloren gegangen. Wir haben hierfür keine Papiere."

Ohne uns abgesprochen zu haben, laufen wir zum Haus.
„Hat schon jemand die Leiche identifiziert?"
Karl bleibt stehen. „Sein Freund Alexio. Wir haben ihm nur die Fotos gezeigt."
„Wo ist er jetzt?"
Karl zuckt die Achseln. „Lars führt die Befragung durch. Ich glaube, in einem der Einsatzwagen."
„Darf ich mich dazugesellen?"
„Tu, was du nicht lassen kannst, Doc."
Bei aller Abneigung gegenüber dem Ableben möchte ich den Menschen, der das alles zu verantworten hat, einen Meter unter der Erde wissen. Die Aversion verwandelt sich in Unmut, dieses grässliche Gefühl darf nicht die Oberhand über meine anderen Emotionen gewinnen. Ich muss sachlich bleiben, dieser Fall darf nicht zu persönlich werden.

Ich mache einen tiefen Atemzug. Hier, abseits am schmalen Weg, ist die Luft nicht verseucht und ist auch nicht von dem beißenden Gestank geschwängert. Das Absperrband flattert in dem aufkommenden Wind und surrt leise wie die Rotorblätter eines Hubschraubers, der weit oben am Himmel hängt.

Kurz bevor ich mich unter das Band beuge, fällt mir am Wegrand etwas auf. Eine Mulde, wie von einem Reifen. „Karl!", rufe ich und gehe in die Hocke, um mir das Muster darin genauer anzuschauen.
Kommissar Breuer kniet sich nieder, seine Knie knacken dabei laut. „Was ist, Doc?"

„Du hast gesagt, ihr habt einen Wagen gefunden?"
„Ja. Einen Opel Astra", sagt er und versteht, worauf ich mit meiner Frage hinauswill. „Das hier sieht eher nach einem Sportwagen mit ziemlich breiten Latschen aus", konstatiert er matt.
Ich neige den Kopf nach links, mein Blick fällt genau auf das abgebrannte Haus. „Könnte dort ein Schuppen gewesen sein oder eine Garage?" Ich habe den Gedanken laut ausgesprochen.
„Ein Unterstellplatz", höre ich die angenehme Stimme von Edgar.
„Ich brauche davon einen Abdruck", sagt Karl und deutet mit dem Bleistift auf die ausgetrocknete Mulde.

Der junge Forensiker nickt stumm. „Mache ich", fügt er schließlich hinzu, als Karl seinen Kopf hebt.
Dieser Fall stagniert schon seit mehreren Wochen. Das Team ist verzweifelt. Es gibt kein Vorankommen. Insgeheim warten alle auf den nächsten Übergriff. Jeder der hier Anwesenden hofft, dadurch an mehr Hinweise zu kommen. Vielleicht wird der Täter bei seiner nächsten Tat mehr Beweise hinterlassen, Fehler begehen, noch mehr Spuren hinterlassen.
Das Wellblechdach liegt schief auf den verkohlten krummen Balken und Brettern. Nägel schauen wie Würmer heraus und sind verbogen.

„Gehen Sie da bloß nicht hin", ermahnt mich jemand mit lautem Ton. Ich ignoriere die Warnung, ohne dabei mit der Schulter zu zucken oder überhaupt mit irgendeiner Regung darauf zu reagieren.

Stattdessen greife ich mit der rechten Hand in meine Hosentasche und schalte die Taschenlampe ein.
Hier drin ist es wie in einem Glühofen. Das verrußte Blech scheint die komplette Energie der Sonne zu absorbieren, um jeden, der sich hierher traut, bei lebendigem Leibe zu verbrennen.
Die klaustrophobischen Angstzustände versuche ich mit gleichmäßigen Atemzügen zu minimieren.
Mit eingeknickten Beinen suche ich den Boden nach weiteren Beweisen ab.

Eine Lichtspiegelung, durch meine Taschenlampe verursacht, zwingt mich zum Innehalten. Ich streife mit dem Licht der Taschenlampe über den Boden. Erneutes Funkeln. Mein linker Zeigefinger, dem ein Teil fehlt, beginnt zu brennen, die restlichen drei Finger streifen nun über etwas, das unter dem Griff meiner Hand zu Staub zerfällt. Ich mache noch zwei kleine Schritte nach hinten. Der kleine Lichtpunkt hüpft über den Boden. Endlich sehe ich das, wonach ich zu schnappen versucht habe.
Ein Männermagazin, vermute ich. Das Glück bleibt mir immer noch hold, denke ich und greife mit spitzen Fingern nach dem teilweise verrußten Heft, oder besser gesagt, nach dem, was davon übrig geblieben ist. Filigran wie ein Chirurg benutze ich den Daumen und den Mittelfinger meiner linken Hand als eine Art Pinzette.

„Bist du etwa dort stecken geblieben, Johannes?"
Ich kann eine gewisse Skepsis und Besorgnis aus Karls Stimme heraushören.

„Wer immer hier sein Unwesen getrieben hat, er hat ein Faible für amerikanische Autos. Hier ist eine Sonderausgabe. Er interessierte sich anscheinend für einen ganz bestimmten Wagen", sage ich ohne jegliche Farbe in der Stimme, als ich endlich draußen bin. Das Heft in meiner Hand gleicht einem toten Vogel, der bei einem Flammeninferno ums Leben gekommen ist. Unter den Gummihandschuhen sind meine Hände wie weich gekocht.
„Und das kannst du anhand dieses Dingsda einfach so feststellen?" Karl schaut mich mit einem leicht schiefen Grinsen an.
„Nicht nur an dem Heft. Kannst du das Zeichen erkennen, Karl?"
"Rote Pfeilspitze", grübelt er nach, "ein Pontiac?"
"Genau. Meine Vermutung beruht noch auf dem Abdruck und ..." Ich werde von Edgar unterbrochen. Er steht erneut neben mir und hält eine Tüte hoch. Ich manövriere das Heft hinein. „Wenn ich mich nicht täusche, hat Samantha erwähnt, sie wurde in der besagten Nacht von Scheinwerfern geblendet. Der Typ stand die ganze Zeit im Lichtschatten. Aber sie konnte die Front von dem Wagen erahnen. Sie meinte, der Grill sah einem BMW sehr ähnlich, aber doch anders."
Breuer runzelt die Stirn.

„Pontiac Solstice", murmelt Edgar neben mir. Er hält die Tüte vor sein Gesicht und versucht, das abgebildete Fahrzeug zu identifizieren.
„Ganz genau, Edgar", sage ich zufrieden. Erst jetzt wird mir bewusst, dass ich diesen Wagen schon mal

gesehen habe, und das war vor nicht allzu langer Zeit. Pontiac Solstice, rufe ich mir den Wagen ins Gedächtnis. Ich habe einen Aschegeschmack auf meiner Zunge, und der penetrante Geruch wie von einem verbranntem Transformator steigt mir in die Nase, so als habe jemand einen Haartrockner überhitzt. Ich schlucke mehrmals. Mir fällt partout nicht ein, wo ich den Wagen zu Gesicht bekommen habe.

„Pontiac Solstice", wiederhole ich die Worte.
„Könnt ihr mal beide etwas konkreter werden?" Karl wird ungehalten, er zündet sich eine Zigarette an, der Rauch qualmt durch seine Nasenlöcher. „Johannes, du bist hier nicht als Zuschauer zugegen, sprich Klartext, sonst kann ich ungeduldig werden, das weiß auch Edgar, nicht wahr?" Sein Blick huscht zwischen mir und dem jungen Mann von der Spurensicherung hin und her.
„Bei allem Respekt, Karl, aber du weißt, wie ich arbeite, wie soll ich mich da am besten ausdrücken, damit es juristisch korrekt rüberkommt, ich sage es mal so: Deine Kapriolen gehen mir so ziemlich an meinem Allerwertesten vorbei."
Karls Augen tränen. Der Rauch reizt seine Hornhaut, gleich wird er in die Tasche greifen, um sich die Augen mit Kochsalzlösung zu benetzen. Edgar erscheint zunehmend verunsichert, er wartet auf das Donnergrollen, das jedoch ausbleibt. Kommissar Breuer weiß, dass ich auch austeilen kann, darum verbeißt er sich eine weitere Bemerkung und tröpfelt in jedes seiner Augen etwas von der durchsichtigen

Flüssigkeit. Die Zigarette wird mit einem schweren Schuh zertreten.
„Okay, Doc. Ich möchte jetzt, dass du mich ein wenig aufklärst. Wie kommst du jetzt auf den Pontiac?" Karls Stimme klingt wieder ruhig.
Die Abenddämmerung verwischt die Konturen, hier und da kann ich nur Schattenumrisse und dunkle Silhouetten erkennen statt Menschen in Uniform und weißen Schutzanzügen. Wir gehen zum Fahrzeug, in dem ein gewisser Herr Alexander Pelzer alias Alexio, ein Freund von Samantha Beng vernommen wird.

Ich massiere mir die Schläfen und zermalme dabei zwei Kopfschmerztabletten, die bitter auf meiner Zunge schmecken. Ich versuche, die Gedanken zu einem festen Strang zusammenzuflechten, Karl lässt mir dabei Zeit. Edgar erklärt seinem Vorgesetzten, welche Ähnlichkeit der Pontiac mit einem BMW hat.

Der Gestank nach verbranntem Haartrockner scheint mich zu verfolgen, ich versuche, ihn durch eine Pfefferminzpastille zu übertünchen.
"Wir haben weitere Leichen gefunden", setzt uns ein älterer Mann in Kenntnis. Sein weißer Overall ist rußverschmiert.
"Wie viele?" Karls Stimme überschlägt sich.
"Schwer zu sagen, wir haben bisher nur Knochen gefunden ..."
„Nein, nein, nein!", ertönt ein Schrei. Eine Gestalt schlägt um sich, ich kann nur die Umrisse erkennen. Die Stimme wird lauter. Ich schaue mich kurz um.

Auch Karls Miene verwandelt sich zu einer Maske. Karl hört dem Forensiker nicht mehr zu. Wir rennen. Holz bricht unter unseren Tritten. Blut rauscht durch meinen Kopf wie ein tosender Wasserfall. Etwas ist hier gerade aus dem Ruder gelaufen, die Erkenntnis bringt mich zum Straucheln. Ich renne trotzdem weiter.

Kapitel 39 (Der Seelenretter)

Das Haus von diesem Professor ist gut eingerichtet. Seine Frau hat Geschmack und ein gutes Auge für kleine Details, die wunderbar miteinander harmonieren. Dabei wird einem das Gefühl von Geborgenheit und Behaglichkeit vermittelt.
Ich fühle mich hier wohl in seinem Haus. Wir sitzen in der Küche und trinken Vanille-Tee. Sonja ist eine glückliche, dennoch ein wenig einsame Frau. Ihr Mann arbeitet zu viel und vernachlässigt dadurch seine Familie. Sonjas Mundwinkel bewegen sich nach oben, ich muss schon wieder etwas gesagt haben, das sie dazu bewegt hat, mir ein wunderbares Lächeln zu schenken.

Tim ist nicht mit uns gefahren, er feiert immer noch seinen Sieg, obwohl morgen erst Freitag ist. Die beiden gehen zu lasch mit ihren Kindern um, denn die kleine Tochter wollte mit Michaela noch draußen sein.

Ich schaue kurz zum Fenster, draußen hat sich die Sonne hinter den Bäumen versteckt. Die Straßenbeleuchtung flackert auf. Gelbe Lichter erleuchten die Straßen. Ein hastiger Blick auf die Uhr bestätigt mir, dass ich hier schon seit einer halben Stunde sitze und Tee trinke. Die golden schimmernde Flüssigkeit in meiner Tasse ist kalt geworden. Vielleicht bilde ich mir die vor sexueller

Energie knisternde Atmosphäre auch nur ein. Was habe ich mir bloß dabei gedacht, hierherzukommen? Wenn der Doktor mich hier erwischt. Diese Begegnung könnte für mich schwerwiegende Folgen haben. Dieser Psychologe packt manchmal auch wie ein richtiger Mann zu. Davon habe ich schon mal gehört.

Mein Blick für das Wesentliche klärt sich allmählich, wie Schuppen von den Augen fällt die wunderbare Welt in Schutt und Asche in sich zusammen, in der ich mir Sonja und mich als ein verliebtes Paar vorgestellt habe. Zorn breitet sich in mir aus wie eine Explosion. Meine linke Hand zuckt, dabei kippt die Tasse um und der Tee ergießt sich über die Holzplatte.
Sie hat mir nur etwas vorgespielt, oder war sie nur nett? Verdammt. Ein dicker Kloß drückt mir gegen die Luftröhre.

Sonja springt auf, zupft mehrere Küchentücher von der Rolle und tupft die kleine Pfütze trocken.
Ich schnappe nach ihrer Hand. Ein gedämpfter Aufschrei entspringt ihrer Kehle. Ihre kastanienbraunen Augen fixieren mich, Angst, Furcht und Entschlossenheit spiegeln sich in ihrem Blick wider. Ihr blondes, leicht gewelltes Haar hat sie zu einem Zopf geflochten, eine ungebändigte Strähne baumelt an ihrer linken Wange.
„Ich mach das, tut mir wirklich leid, meine Tollpatschigkeit bringt mich oft in solche Situationen, in denen ich mir wie ein Idiot vorkomme", versuche ich es mit einem zaghaften

Lächeln. Nichts als ein Mundwinkelzucken bringe ich zustande. Meine Finger flattern.
Ich lasse von ihr ab, als hätte ich mich an ihrer zarten Haut verbrannt.
„Ich glaube, es wird Zeit, dass Sie gehen. Mein Mann kommt gleich und er kann sehr direkt werden. Er ist kein typischer Psychologe, seine Methoden sind aber sehr wirkungsvoll."
Ihre Augen weiten sich. Von ihr geht eine latente Bedrohung aus. Tatsächlich wird mein Atem schneller, die warme Luft ist erdrückend und die behagliche Atmosphäre verwandelt sich in eine Schlinge, die sich um meinen Hals legt und sich mit jedem Atemzug enger zusammenzieht. Mit dem rechten Zeigefinger weite ich den Kragen. Das dunkle T-Shirt ist am Rücken feucht - ich schwitze.
„Ja, ich denke, ich gehe lieber. Bitte entschuldige meine Aufdringlichkeit", presse ich aus mir heraus, spiele dabei den Überlegenen.
„Wir sollten besser beim Sie bleiben. Ich weiß immer noch nicht, wie Sie mit Nachnamen heißen", sagt Sonja. Ihre rechte Hand ruht neben einem Messerblock. Ich bin mir sicher, sie wird nicht zögern, eins der Dinger mit den Holzgriffen zu benutzen und mir eine der scharfen Klingen ins Fleisch zu rammen. Mein Rücken zuckt an der Stelle, wo ich von Miriam getroffen wurde. „Wie heißen Sie eigentlich mit vollem Namen?", setzt Sonja nach.
„Der ist unwichtig." Ich muss hüsteln. „Johannes kommt heute wohl etwas später?", spreche ich weiter mit geklärter Stimme.

„Er ist jeden Moment hier", blufft sie. Oder doch nicht.
Ein Lichtstrahl dringt durch eines der Fenster und zeichnet Schatten auf die Wand mir gegenüber. Ich höre das leise Knirschen von Rädern auf Kies. Türen werden zugeschlagen, Stimmen verscheuchen die Stille und übertönen das leise Ticken der Uhr.

Kapitel 40 (Johannes)

Vor meinem Haus steht ein Wagen. In der Küche brennt Licht, ich sehe zwei Menschen. An der Körperhaltung erkenne ich in einer der Personen meine Frau, die zweite ist männlich und mir unbekannt. Sie scheinen sich zu unterhalten. Das Fenster ist gekippt. Ich höre Stimmen.
„Sehen wir uns morgen, Doktor Hornoff?" Lars schaut mich durch eine nach unten gelassene Scheibe fragend an.

„Ich melde mich gegen neun", sage ich nur und eile zum Eingang. Die Schatten im Küchenfenster verschwinden. Künstliches Licht taucht in den milchig-trüben Scheiben an der Tür auf. Der Schlüsselbart lässt sich nicht herumdrehen wie gewöhnlich, er steckt fest. Ich bin aufgeregt. Meine Hände zittern, erst beim zweiten Mal schnappt der Riegel auf.
„Hallo, Doktor Hornoff, wir haben auf Sie gewartet!"
„Guten Abend, was machen Sie schon wieder in meinem Haus, Herr Schmitz?" Mein Adamsapfel hüpft. "Ist was mit Tim passiert?" Der Kerl bemerkt meine Aufregung, seine Augen taxieren mich.
„Nein, um Gottes Willen. Ich habe mich einfach bereit erklärt, Ihre Frau nach Hause zu fahren. Wir haben festgestellt, dass wir uns aus der Schule kennen ..."

„Nun denn", sage ich. Sonja steht in der Tür zur Küche. „Wo ist Tim?"
„Er feiert mit seinen Freunden", ergreift meine Frau das Wort. Ihre Stimme ist ein wenig verändert. Meine bessere Hälfte klingt erleichtert. Was ist hier eigentlich vorgefallen? Habe ich sie bei einem Techtelmechtel gestört? Sonja deutet meinen Blick richtig und schüttelt leicht ihren hübschen Kopf.
„In welche Schule seid ihr denn beide gegangen?", will ich dann wissen. Die Frage kommt für beide unverhofft.

„In keine, Friedrich lügt, er hat mich nur nach Hause gefahren. Ich weiß nicht, vielleicht lag es an der Euphorie des Sieges oder aber auch an dem Wetter, irgendetwas hat ihn dazu bewegt zu glauben, ich würde ihm schöne Augen machen. Aber jetzt ist alles geklärt", spricht sie in ruhigem Ton. Meine Hand ballt sich zu einer Faust zusammen.
Der Kerl wird kreideweiß. Seine Kinnlade steht offen.

„Wenn das so ist, dann wünsche ich Ihnen eine angenehme Heimfahrt, und lassen Sie sich hier nie mehr blicken. Sonst mache ich Ihnen schöne Augen." Meine Stimme klingt rau.
„Ist recht", stottert der Typ.
„Sind Sie jetzt der Trainer von Tim?"
„Nein, nur seine Vertretung." Er zieht schnell die Schuhe an und macht, dass er Land gewinnt.
„Einen Moment noch. Wissen Sie, wem der schwarze Pontiac gehört? Ich habe ihn mal am Fußballplatz stehen sehen."

Ich sehe, wie er die Stirn kraus zieht. Er überlegt, seine Augen zucken kurz nach oben in die linke Ecke. Er legt sich gerade eine Lüge zurecht.
„Nein", sagt er dann und eilt zu seinem Nissan.
Ich werde Tim fragen, wer sie nun trainiert. Dieser Herr Schmitz ist ein ganz linker Typ. Den werde ich mir ein wenig genauer anschauen müssen. Ich verfolge, wie die roten Lichter sich langsam entfernen. Ich zucke leicht zusammen, als ich eine sanfte Berührung von warmen Lippen im Nacken spüre.

„Pfui, Johannes, wo warst du denn?", höre ich Sonja hinter mir. Ich drehe mich herum. Sie reibt sich mit der zarten Hand über die Lippen und verzieht sie angeekelt zu einer Schnute.
„Das erzähle ich dir später. Jetzt gehe ich duschen und du überlegst dir so lange eine Entschuldigung, die plausibel klingt, warum dieser Typ in unserem Haus war und aus meiner Tasse getrunken hat." Mit diesen Worten lasse ich meine Frau allein und laufe nach oben.
Ich möchte den Leichengeruch und die Rußschicht von mir abwaschen, mir die Haut bürsten, bis sie rot schimmert.
Die Schreie von Alexio hallen immer noch in meinem Kopf nach. Die Klagerufe kann ich nicht auslöschen, ich muss sie ausklingen lassen. Ich sehe immer noch vor mir, wie er sich aus Lars' Umklammerung löst und den Männern, die eine Trage mit dem Leichnam in einen Wagen hineinschieben, hinterherrennt, wie er sich auf den mit einem Tuch bedeckten Toten wirft, ihn an sich

presst und strauchelt, als er begreift, dass sein Freund tot ist und eher in Einzelteilen vor ihm liegt. Er übergibt sich vor die Füße der Beamten.
Ich blinzle die Bilder weg, strauchele dabei auf der obersten Stufe und kann mich erst in letzter Sekunde am Geländer festhalten. Ich werde mir demnächst eine Auszeit gönnen müssen, beschließe ich.
„Ich bin mir keiner Schuld bewusst, aber du solltest es sein!", ertönt die mahnende Stimme meiner Frau von unten. „Du hast uns versprochen, weniger zu arbeiten und stattdessen mehr Zeit mit uns zu verbringen. Beim nächsten Mal werde ich es vielleicht nicht nur bei schönen Augen belassen, mein Lieber." Das saß. Sonja wusste ihren Charme einzusetzen.

Ich knurre leise vor mich hin. „Ja, ich habe es nicht vergessen, aber ..." Das war das Falscheste, was ich sagen konnte, meine Fähigkeiten als Psychologe taugen bei ihr nicht viel.
Eine Tür fällt laut ins Schloss, sie ist im Keller und wird so schnell nicht herauskommen. Sonja wird ihre alten Negative durchschauen, um daraus einige schöne Abzüge zu machen.

Die Sachen landen im Schacht, der sie in den Keller in einen Korb transportiert. Als ich mich aus den Klamotten geschält habe, lasse ich das Wasser über mich perlen, ohne darauf zu warten, dass die Tropfen die richtige Temperatur erreichen. Die angenehme Kühle prickelt auf meiner Haut.

Kapitel 41 (Der Seelenretter)

Dieser Doktor muss ein übernatürliches Gespür haben. Er ist genau in dem Moment aufgetaucht, als ich völlig unvorbereitet war. So, als habe er mir nachgestellt.
Meine Hände trommeln gegen das Lenkrad. Einer unerklärlichen Eingebung folgend bin ich den Wagen zum richtigen Zeitpunkt losgeworden. Dank der offenen Grenze habe ich den Pontiac nach Polen überführen lassen und die Tat als Diebstahl gemeldet. Natürlich war Friedrich angepisst, weil ich ihn verarscht habe. Die Leasingfirma gehört ihm, sein Geschäft läuft zwar gut, aber wenn ein teurer Wagen verschwindet, wird selbst so einer wie er sauer. Er ist zwar mein Kumpel, trotzdem kann ich ihm nicht die Wahrheit erzählen. Von dem Deal und dem Geld, das ich für den Wagen kassiert habe, habe ich ihm natürlich auch nichts verraten.
Friedrich, jetzt denkt diese Sonja, das wäre mein richtiger Name. Zum Glück haben die Hornoffs ihren Sohn noch nie zu einem Spiel begleitet, bis auf dieses letzte. Verdammt. Der Rückspiegel blendet mich. Ich muss mehrmals blinzeln, danach ertönt eine Serenade aus einem mehrmaligen Hupen und Flüchen. Ein Cabriofahrer steht dicht hinter mir. Er schreit mich an und wedelt mit den Armen. Er ist verärgert, weil ich bei Grün nicht weiterfahre. Er ist jung und dumm, will vor seiner Freundin angeben und ist mit Testosteron vollgepumpt, möglicher-

weise auch mit anderen chemischen Aufputschmitteln.
Vielleicht will er einfach das Mädchen, das es sich in dem Beifahrersitz bequem gemacht hat, so schnell wie nur möglich flachlegen.
Eigentlich bin ich nicht der Typ, der sich gerne schlägt, aber ich habe zu viel Wut in mir. Die Aggressivität hat sich in mir bis zum Bersten aufgestaut und lässt meine Brust anschwellen. Ich drücke den Schalthebel aus dem ersten Gang heraus, ziehe die Handbremse an und steige aus. Mit nichtssagender Miene bewege ich mich zum Cabriolet.

„Sag mal, bist du bescheuert oder nur farbenblind?", greift mich der Kerl mit gefletschten Zähnen an. Auch er steigt aus seinem Mercedes aus, lässt die Tür jedoch offen. Seine Baseballkappe sitzt schief auf seinem kurz geschorenen Schädel. Eine Panzerkette baumelt an seinem dünnen Hals. Ich kann die Schlagader sehen, wie sie immer dicker wird.

Wir stehen uns sehr dicht gegenüber. Ich kann die hellen Punkte auf seiner Regenbogenhaut erkennen. Seine Pupillen werden kleiner. Er hat in Parfüm gebadet, so kommt es mir jedenfalls vor. Laute Musik trommelt gegen meine Ohren. Sein Gekreische bringt mein Blut in Wallung. Die billige Tussi kaut laut schmatzend und lässt eine durchsichtige Blase auf ihren knallroten Lippen platzen.

Wie eine Viper packt meine rechte Hand den Kerl an der Gurgel. Er verschluckt sich. Das letzte Wort klingt wie ein *Aahlochhhh*. Seine Hände sind kühl, drahtig, jedoch ohne Kraft. Verzweifelt krallen sich seine Finger um meinen Unterarm. Mit einem einzigen Schwung knalle ich seinen Oberkörper gegen die Motorhaube. Sein Käppi fliegt davon, genauso wie alles, was ihn zum Tier gemacht hat. Urplötzlich halte ich ein verängstigtes Kind am Kragen gepackt, das wimmert und spuckt. Er keucht. „Ich kann dich nicht verstehen", fauche ich, meinen Mund dicht an sein Ohr gepresst.

„Ich werde dich anzeigen, du Schwanzlutscher", brabbelt er. Speichel schäumt aus seinem Mund. Kleine Bläschen platzen auf seinen bläulich schimmernden Lippen. Die Tussi im Wagen wird zur Furie und fummelt hastig in ihrer Tasche herum. Sie greift nach dem Pfefferspray. So dumm, wie sie ist, sprüht sie in Hast und Panik fast den ganzen Inhalt durch die Scheibe und kreischt jetzt, weil das Reizgas ihre Augen auszukratzen droht.
Ich dresche den Kopf des Typen noch mehrere Male gegen das heiße, auf Hochglanz polierte Blech. Der schwarze Lack bekommt Dellen. Blut tropft auf die Haube. Der Junge hält sich am Hinterkopf und kämpft gegen die Ohnmacht. Die Tussi kreischt und fuchtelt wild mit dem Pfefferspray rum, ohne es zu benutzen.

„Wenn du zur Polizei gehst, bringe ich euch beide um." Um meiner Drohung eine gewisse Würze zu verleihen, verkrampfen sich meine Finger um seine

Kette, die fast so dick ist wie mein Daumen. Ich wickle die Glieder einmal um meine Faust. Der Kerl röchelt. „Hast du mich verstanden?"
Er gibt sich Mühe zu nicken. Ein letztes Mal kracht sein Kopf gegen das Auto, dann lasse ich die beiden allein. Ich setzte mich in den Wagen und fahre weiter. Zu Hause warten meine Frau und meine beiden Kinder auf mich.

Kapitel 42 (Johannes)

„SO SEH'N SIEGER AUS, TRALALALA, SO SEH'N SIEGER AUS, TRAAALALALA", höre ich die laute Stimme von meinem Sohn.
Ich laufe aus der Dusche nach unten.
Tims Lächeln hängt jetzt schief auf seinem fröhlichen Gesicht, er wollte uns nicht erschrecken, er freut sich einfach riesig und will seine Freude mit jedem teilen. „So seh'n Sieger aus, trallala", singt er mit gesenkter Stimme und umarmt mich.
„Du gehst jetzt duschen", unterbreche ich das schiefe Gesinge meines Sohnes. „Mit wem ist deine Mutter heute weggefahren?", will ich wissen.
Tim schaut mich verdutzt an. „Herr Schmitz, genau, er wollte sowieso noch mit dir reden oder so."
„Ist er euer Trainer?"
„Nö. Unser Trainer, also unser richtiger Trainer liegt seit zwei Monaten im Krankenhaus. Er hat irgendetwas mit der Lunge", entgegnet Tim und will sich an mir vorbeizwängen. Sonja steht jetzt dicht hinter mir, berührt mich jedoch nicht. Sie wartet nur ab. Ich höre sie atmen.
„Gehört der Sportwagen diesem Mann, ich meine, fährt Herr Schmitz einen Pontiac?"
„Keine Ahnung, ich war ja die ganzen letzten Wochen verletzt, selbst bei diesem Spiel durfte ich eigentlich nicht mitmachen. Er macht auch erst seit Kurzem die Vertretung. Ich mag ihn nicht sonderlich. Basti meint, er ist anders. Vielleicht ein

Homo, weil er die Jungs immer so komisch anstarrt." Tim kratzt sich am Kopf.
„Wer ist Basti?", entfährt es mir.
„Unser Stürmer." Ich lösche die unnötige Information aus meinem Kopf.
„Sonja?"
„Ja?", flüstert sie.

Ich wechsle die Perspektive und schaue meine Frau mit müdem Blick an. „Du hast gesagt, er hat sich als Friedrich vorgestellt, nicht wahr?"
Sie nickt und macht einen winzigen Schritt auf mich zu. „Er sagte, du hast ihn darum gebeten, mich nach Hause zu fahren. Ich habe dich angerufen, du bist aber nicht drangegangen. Die Mädchen wurden von Peter abgeholt. Herr Braun fuhr mit Jackie auch ziemlich früh weg. Timmi wollte noch ein bisschen feiern." Tränen kullern über ihre Wangen, ich fühle mich auf einmal elend. Meine rechte Hand greift nach ihrem Arm. Ich erwische sie am Ellenbogen, diese winzige Bewegung reicht aus, um unseren Streit zu begraben und uns zu versöhnen. Sie presst ihren Kopf an meine Brust. Sie duftet leicht nach Flieder – ich nach Duschgel und Schuldgefühl.
„Was hat er noch gesagt?"
Sonja schaut zu mir auf. „Wir haben über belanglose Dinge geredet. Er wollte hier auf dich warten. Ich weiß nicht warum, aber ich habe geglaubt, dass du ihn kennst."
„Tim, wer ist dieser Herr Schmitz, wenn er nicht dein Trainer ist?"
„Er kommt ab und zu mal vorbei, schaut immer nach dem Rechten. Ich glaube, er ist dort Hausmeister

oder so. Aber er hat früher auch Fußball gespielt und gibt uns Tipps. Selbst unsere Trainer hören ihm manchmal zu. Er hat sich als Jugendlicher am Knie verletzt oder so. Den heutigen Sieg haben wir aber nur ihm zu verdanken."

Mein Handy vibriert. Benjamin leuchtet auf dem Display auf.

„Ja?"

„Der Taubenkot. Frau Beck hatte doch erwähnt, dass ihr Sohn oft die Tauben gefüttert hat?"

„Das stimmt."

„Also muss der Gesuchte kein Taubenzüchter sein. Es kann sich einfach nur um eine unglückliche Fügung der Abläufe handeln", spricht Benjamin mit ruhiger Stimme.

„Verdammt, da hast du recht, Ben." Ich weiß nicht, warum, aber ich habe mich an den Kosenamen aus der Kindheit erinnert. Ben, so habe ich ihn seit Langem nicht mehr genannt.

„Aber die Federn könnten dennoch ein wichtiger Hinweis für uns sein. Vielleicht ist der Gesuchte ein Tierquäler."

„Wir müssen herausfinden, wo er seinen amerikanischen Sportwagen versteckt hat. Ich habe recherchiert und herausgefunden, dass sich ein Kerl namens Friedrich Wunsch darauf spezialisiert hat, diese Benzinschleudern zu leasen. Einer seiner Wagen ist als gestohlen gemeldet worden."

„Jetzt im Ernst?", frage ich.

„Ja, ein Pontiac, wurde aber schon vor einigen Tagen als gestohlen gemeldet. Alles andere unterliegt der Schweigepflicht, seine Kunden und ihr Privatleben sind ihm heilig. Aber es war ein

Leichtes, herauszufinden, dass der Wagen auf seinen Namen lief. Ich glaube, er und der Versicherungsvertreter wollen so an Steuern sparen. Das ist jedoch noch lange kein Grund, diesen Herrn wegen so etwas Schlimmem wie Mord zu verdächtigen. Schick doch deinen Busenfreund Breuer zu diesem Autohändler, ich denke, ihm wird dieser Herr Wunsch keinen Wunsch abschlagen können."
Jetzt muss ich doch grinsen. Ja, Karl kann manchmal sehr überzeugend sein.
„Was hast du noch für mich, Benjamin?"
„Warte ..."
Erst jetzt wird mir bewusst, dass Sonja sich die ganze Zeit an mich gelehnt hat, jetzt befreit sie sich aus meiner Umklammerung.
„Ich mache uns was zu essen", flüstert sie und drückt mir einen Kuss auf die rechte Wange. Die linke Seite wurde nur von meiner Mama geküsst. „Sonst ist dieses Bäckchen beleidigt", sagte sie dann immer mit einem wehleidigen Lächeln. Ich fahre mit der Hand über meine linke Gesichtshälfte, die von Geburt an taub ist. Ein Andenken an einen Unfall, den ich nur knapp überlebt habe, mein Zwillingsbruder noch knapper.
„Wir gingen immer davon aus ...", meldet sich Benjamin wieder, er macht eine kurze Pause, lässt mir Zeit, mich aus den Gedankensträngen zu entwirren, „... ich kenne mich in der Wohnung von Frau Beck mittlerweile besser aus als sie selbst. Stell dir folgendes Szenario vor: Du planst die Tat akribisch, Tage, vielleicht Monate im Voraus. Doch dann kommt etwas, womit du nicht gerechnet hast,

plötzlich bist du gezwungen zu improvisieren. Schnelle Handlungen, die aus dem Affekt und nicht aus dem Logischen heraus passieren, hinterlassen mehr Spuren."
„Worauf willst du hinaus, Professor?"
Benjamin lacht auf. „Die Leiter kippt um, weil eine Nacht zuvor ein Maulwurf die Erde umgegraben hat, ein Junge ist gegen das Betäubungsmittel resistent, die Frau wehrt sich vehement gegen ihren Aggressor."
„Ja? Das ist mir alles bekannt, Benjamin. Was noch?"
„Warum fährt dieser Mann solch einen auffälligen Wagen, wenn er im Verborgenen bleiben möchte?"
„Weil er sich sicher fühlt?"
„Nein, er wollte den Jungen nicht töten. Der Mord war nicht beabsichtigt. Es war seine erste Tat, bei der ein Kind ums Leben gekommen ist. Wir müssen die Zeit anhalten und die Zeiger linksherum drehen."
„Der Pontiacfahrer ist auch der Mörder von Marian Beck. Davon gehen wir zum gegebenen Zeitpunkt aus."
„Ich kenne da ein altes Sprichwort, wenn man zwei Hasen jagt, kann es möglich sein, dass man keinen der beiden erwischen wird. Konzentriere dich darum lieber auf ein Tier. Der Pontiacfahrer ist möglicherweise nicht unser Mann."
Benjamin hat mir wieder einen Impuls gegeben, mir einen Gedanken injiziert, der vielleicht alles entscheiden könnte. Mir fällt wieder mein Post auf Facebook ein.
„Gern geschehen, Bruder", höre ich seine Stimme, die wie meine klingt. Ohne mich zu verabschieden,

drücke ich auf den Aus-Knopf und eile ins Schlafzimmer, um mich anzuziehen.

Kapitel 43 (Der Seelenretter)

Meine Frau steht in der Küche. Es duftet herrlich nach Schmorbraten. Mir läuft das Wasser im Mund zusammen. Unser neugeborenes Baby schläft. Mein Sohn ist in seinem Zimmer und zockt. Das erfahre ich alles von Stefanie, während ich mir die Hände im Spülbecken abwasche.

„Du weißt, dass ich das nicht gut finde. Auch Sebastian wäscht seit Neuestem hier seine Hände. Das hier ist eine Küche und das da", sie deutet mit einer scharfen Messerklinge auf die Spüle, „ist ein Spülbecken." Das letzte Wort spricht sie sehr langsam aus und zieht jeden der Buchstaben unnötig in die Länge. Der angenehme Duft nach Essen ist verflogen, der Speichel in meinem Mund schmeckt wie Galle. Mein Blick ruht auf der Messerspitze.
Ich fahre mit der Zunge mehrmals über jeden meiner oberen Zähne. Mit der rechten Hand umschließe ich die ihre, in der sie das Messer hält. Ihre Knöchel knacken leise unter dem Druck.

Kleine Falten der Furcht umsäumen ihre Augen und Mundwinkel. Ich grinse zufrieden. „Welches der beiden Kinder ist dir das liebste?", frage ich sie mit monotoner Stimme. Mit der freien Hand nehme ich eine kleine Karottenscheibe, die Stefanie gerade zurechtgeschnitten hat. Die Karotte wird zwischen meinen Zähnen zermatscht, als ich sie zerkaue. Mit angewiderter Miene lasse ich die Hand los. Stefanie reibt sich das Handgelenk.

„Du machst mir Angst, Stefan", wispert sie. Sie zittert so heftig, als ob sie fröre.

„Respekt ist der große Bruder von Demut, Furcht ist ihre große Schwester", zitiere ich die Worte meines Vaters. Ich weiß immer noch nicht, wo er ist. Viele behaupten, er sei bei dem großen Feuer ums Leben gekommen, die anderen meinen, er habe das Feuer gelegt, das Geld abkassiert und sei in den Westen abgehauen.

„Warum fragst du mich das? Ich habe sie beide gleich gern", stottert sie und tauscht das große Messer gegen ein kleines. Sie dreht sich um und schnippelt hektisch das andere Gemüse klein. Eine dünne Gurkenscheibe bleibt an der Klinge kleben, löst sich und klatscht auf den Boden.

Meine Augen folgen ihr. Eine Hand schnappt danach. Ich hebe den Blick. Sebastian steht in der Tür, grinst und steckt sich die kleine Scheibe zwischen die Zähne.

„Ham", macht er und die Gurke verschwindet in seinem Mund.

„Das riecht aber lecker."

„Wasch dir die Hände, wir essen gleich." Stefanie spricht schnell, ohne dabei unseren Sohn anzuschauen.

Sebastian drückt sich etwas Spülmittel auf die Hand und lässt das Wasser laufen.

„Hier ist nicht ...", dann erstickt ihre Stimme. Meine Frau schaut mich bissig an. Die schmale Klinge in ihrer Hand zittert.

Sebastian nimmt das Küchentuch und tupft sich damit die Hände ab. Erst jetzt sehe ich einen roten Fleck auf seiner linken Wange.
„Was ist das?"
Ich berühre ihn mit Daumen und Zeigefinger am Unterkiefer, lege meine Hand auf seine Schulter und stelle ihn unters Licht, das grell weiß leuchtet. Diese neue LED-Lampe nervt mich außerordentlich.
„Nichts", blafft er mich an und entreißt sich aus meinem Griff.
Mein Blick wandert zu Stefanie, sie dreht sich hastig um. Die Schublade geht auf, das kleine Messer verschwindet dort.
Ich schnüffle wie ein Jagdhund. Eine leichte Fahne erweckt meine Aufmerksamkeit. Sebastian presst seine Lippen zu einem dünnen Strich fest zusammen.
„Warst du das?", presse ich die Worte wie eine Drohung durch meine Zähne und schaue Stefanie finster an. Sie drückt sich mit dem Rücken gegen den Kühlschrank.
Erschrocken stelle ich fest, dass ich mehr und mehr Gefallen daran finde, jemanden zu töten. Meine Fantasien werden ausführlicher. Hat der Tod des Jungen etwas in mir ausgelöst, das schon immer da gewesen war, tief in mir drin? Hat der Unfall ein Unwesen in mir geweckt, das ich mit Liebe und Fürsorge für meine Familie zugeschüttet habe?
Ich fühle nichts. Wie benommen stehe ich da. Meine Frau schreit und schlägt um sich. Erst jetzt höre ich ihren erstickten Schrei. Wie durch eine Wand dringen die Worte zu mir durch.

„Bitte, lass mich los, nicht vor unserem Sohn", keucht sie mit erstickter Stimme.
Ich lasse von ihr ab. Die Fingerknöchel an meiner rechten Hand sind immer noch weiß. Ich habe sie gewürgt. Ich habe meine Frau fast erdrosselt.
Tränen benebeln meine Sicht. Alles vor mir erscheint verschwommen - wie ein Aquarell.
Sebastian ist nicht da.
„Sebastian? SEBASTIAN!" Meine Stimme verliert sich in den Räumen. Ich laufe durchs Haus auf der Suche nach meinem älteren Kind.
Er steht in einer dunklen Ecke im Wohnzimmer. Die linke Seite seines Gesichts schimmert grünlich. Er hält sich das Telefon ans Ohr, das Display taucht die Ecke in ein phosphoreszierendes Leuchten.
„Nein, bitte nicht", stottere ich mit angsterfüllter Stimme.
Sebastian drückt sich weiter in die Ecke, macht sich klein. Ich höre eine weibliche Stimme, ganz fern und trotzdem ganz nah.
„Hallo?", ertönt erneut das mechanisch klingende Knistern.
Meine Hand entreißt grob den Hörer aus den kalten Händen meines Sohnes.
„Tut mir leid, unser kleiner Sohn hat auf die Notruftaste gedrückt. Hey, jetzt läuft er weg. Er ist erst drei. Tut mir leid wegen der Störung", spreche ich mit einer fast schon heiteren Stimme. Meine Kiefer schmerzen, weil ich das Zittern nicht ganz in den Griff bekomme.
„Ist bei Ihnen wirklich alles in Ordnung?" Die Frau lässt sich nicht so schnell abschütteln. „Ist Ihre Frau auch da?" Die Stimme klingt auffordernd.

„Ja, wieso?", frage ich schnell.
„Kann sie vielleicht ans Telefon kommen und mir dies bestätigen?"
Ich laufe zurück in die Küche. Stefanie ist nicht da. Ein lauter Schrei durchzuckt die Stille. Sarah ist aufgewacht.
„Hallo?", meldet sich die Frau am anderen Ende.
„Das ist nur meine Tochter, ich habe sie geweckt, weil ich meine Frau gesucht habe. Die beiden Mädels haben schon geschlafen."
„Tut mir leid", entschuldigt sich die Frau, ohne es ernst zu meinen.
Stefanie schaut mich mit tellergroßen Augen an. Ich drücke mir den linken Zeigefinger auf die Lippen. Sarah hat sich wie ein kleiner Blutegel an die nackte Brust meiner Frau festgesaugt. Im Zimmer riecht es nach Baby und vollen Windeln.
Ich beuge mich über die beiden. „Du hast ganz genau gehört, was ich der Polizistin erzählt habe", hauche ich meiner Frau ins Ohr. Sie blinzelt nur, als ich mich aufrichte und ihr das Telefon in die Hand drücke.
„Hallo?", flüstert Stefanie mit aufgesetzt müde klingender Stimme. Oder ist es nur die Angst, die ihr die Kehle zuschnürt? „Unser Sohn hat auf die Notruftaste gedrückt, das stimmt", lausche ich dem einseitigen Gespräch. Meine Nebennieren pumpen immer mehr Adrenalin in die Blutbahnen meines Körpers. „Ja, werde ich, auf Wiederhören, ja, danke schön, mache ich." Plötzlich hält Stefanie inne, sie kämpf gegen etwas an. Spielt sie mit dem Gedanken, doch die Polizei um Hilfe zu bitten? Mein Kopf bewegt sich langsam von links nach rechts.

Das Besetztzeichen ertönt, die Frau auf der anderen Seite der Leitung hat aufgelegt. Stefanie sackt in sich zusammen, so als wäre in ihr etwas gebrochen, eine Feder oder ein Gerüst, das ihren Körper aufrecht gehalten hat, jetzt sitzt sie leicht nach vorne gebeugt, gekrümmt, schützend über unserer Tochter und weint lautlos.

„Stefan, was ist in dich gefahren, ich erkenne dich nicht mehr wieder?", will sie wissen, nach Atem ringend. Ihr Kinn bebt.

Die Worte schneiden wie Rasierklingen tief in mein Fleisch und noch tiefer. Meine Seele beginnt zu schreien.

„Diesen Mann habe ich nicht geheiratet, nicht gewollt und nicht geliebt. Wo bist du, Stefan, was ist passiert?" Sie hebt ihren Kopf. Ihr blondes Haar ist zerzaust und hängt seitlich über ihre linke Schulter. Der Blick ist anklagend, die Augen feucht, rot gerändert.

„Warum hast du ihn geschlagen?"

„Er hat schon wieder getrunken." Ihr Kopf bewegt sich nach links. Ich folge ihrem Blick. Sebastian steht in der Tür.

Meine Seele liegt wie eine umgeworfene Vase in Scherben und niemand auf dieser gottverdammten Welt wird sie jemals wieder zusammenkitten können. Sebastian sucht nach einem Punkt, auf den er starren kann. Das macht er oft, diese dumme Eigenschaft, die stets Ärger nach sich zieht, hat er von mir. Auch ich bezog früher viele Ohrfeigen, weil ich beim Zuhören stets auf einen kleinen Fleck an der Decke oder auf eine winzige Ritze zwischen den Bodendielen gestarrt habe. Meine Eltern

dachten, ich würde ihnen dabei nicht zuhören, wenn sie mich zurechtwiesen, dem war aber nicht so.
„Stimmt das?", frage ich mit rauer Stimme.
Mein Sohn nickt. Sein Blick ist gehetzt. Er sucht immer noch nach einem passenden Ankerplatz für sich. Schließlich gibt er auf und schaut zu mir auf.
„Das ist aber noch lange kein Grund, ihn deswegen zu schlagen!" Der unbändige Hass in mir richtet sich erneut gegen meine Frau.
„Er hat unsere Tochter aus dem Bettchen ..." Tränen kullern ihr über die Wangen.
Sarah reißt sich von der Brust los und brüllt. Ihr kleiner, zahnloser Mund ist weit aufgerissenen und nass von der Milch. Eine kleine Fontäne spritzt aus der geröteten Brustwarze und versiegt. Das pausbackige Babygesicht ist mit weißen Milchperlen gesprenkelt. Sarah greint und windet sich.
„Er hat sie fallen lassen", beendet Stefanie den Satz. „Zufrieden? Ihr seid doch beide gleich, schaut euch doch an. Du rauchst Gras, du brauchst es, um die Geister, die in deinem Kopf herumschwirren, zu besänftigen, und dein Sprössling hängt mit fünfzehn an der Flasche. Und soll ich dir noch was sagen?" Meine sonst so liebe Frau gleicht jetzt einer Furie, sie ist wie ein Fuchs, der in die Enge getrieben wurde. Etwas unbeholfen pellt sie sich aus der Bettdecke, Sarah dicht an die Brust gepresst, und marschiert in die Küche. Wie vor den Kopf gestoßen folge ich ihr. Der plötzliche Sinneswandel macht mich rasend, trotzdem unternehme ich nichts. Mit einer Hand reißt sie eine Schublade auf. Das Besteck klappert darin. Dann blitzt ein Küchenmesser in ihrer Hand auf.

„Wenn du mir noch einmal zu nahe kommst oder Sarah nur ein Haar krümmst, dann werde ich dir deine Eier abschneiden. Und du, du rührst sie nie wieder an." Ihr Blick huscht zwischen mir und Sebastian hin und her.
Ich atme schwer. Eigentlich hätte der Hass in mir aufwallen müssen, doch ich spüre nichts als kalte Leere.
„Die Ergebnisse sind da! Aber die nützen dir nichts mehr. Du hast deine Chance verspielt, Stefan. Ich liebe dich nicht mehr. Du hast alle Gefühle in mir, die ich noch bis vor Kurzem für dich hegte, ausgelöscht. Ich werde dir niemals mehr vertrauen können. Jedes Mal, wenn ich dich anschaue, sehe ich einen Fremden, der mich am Hals würgt." Ihre Augen sind kalt. Die Angst ist der Verzweiflung gewichen, die in unbändige Wut übergegangen ist. Stefanie ist zu allem entschlossen. Ich werde sie töten, schwöre ich im Stillen. Jeden Tag mich davor fürchten zu müssen, dass sie mir im Schlaf die Gurgel durchschneidet – nein, nicht mit mir, so werde ich nicht leben können. Die eisige Leere in mir füllt sich mit heißer Lava. Hitze durchströmt meine Glieder. Die Schläfen pulsieren. Erneut tauchen Bilder auf, hässliche, abartige Bilder eines Mörders. Ja, ich bin kein Seelenretter mehr, ich bin ein Mann, den es nach Blut dürstet.

Kapitel 44 (Johannes)

Frisch geduscht und ein wenig abgekühlt sitze ich in meinem Büro. Die Tür ist nur angelehnt. Zwei Kopfschmerztabletten später meldet sich der Messenger. Ich habe eine neue Nachricht.
Hallo Margaret. Ich habe dein Posting gelesen. Auch ich wurde nachts von einem Mann aufgesucht. Er ist durch ein Fenster eingestiegen. Seitdem schlafe ich nicht mehr. Selbst dann nicht, wenn alle Fenster verriegelt sind. Auch darf mein Mann nie nachts wegbleiben.
Ein trauriges Smiley folgt.

Pause.

Wie lange ist das her?

Meine Finger flattern, als ich die Tasten berühre. Endlich bin ich dem Typen etwas näher gekommen. Ich bin mir sicher, die Frau wird sich nicht mit mir treffen wollen. Zu sehr läuft man Gefahr, dabei enttäuscht zu werden oder gar in eine Falle zu geraten. Ich kann ja der Kerl sein, der sie bedroht hat. Ich spüre ihre Unsicherheit, auch wenn ich sie nicht sehen kann. Ihr Name lautet Gloria Unbekannt. Gloria lässt sich Zeit. Ich schaue auf ihre Seite, ihr Profil sagt nicht viel über sie aus.

Vor einem Jahr ...
Kannst du dich an das Datum erinnern?

Es war im Mai.
Wann genau?
Es war am 12.
Und du hast zwei Kinder?
Woher weißt du das?
Mein Mund wird trocken. Ich bin jetzt wie ein Angler, der einen Fisch am Haken hat. Eine winzig falsche Bewegung und die Beute ist weg. Ich muss die Worte mit Bedacht wählen. Alles, was ich brauche, sind die richtigen Worte und etwas Zeit zum Überlegen, die habe ich aber nicht. Die Sanduhr läuft.
Weil ich zwei Kinder habe. Einen Sohn und eine kleine Tochter, schieße ich aufs Geratewohl.
Die Worte tauchen wie von selbst auf. Mein Unterbewusstsein greift mir unter die Arme. Frau Beck und Frau Gerolsheim haben auch zwei Kinder. Dasselbe Beuteschema, die gleiche Jahreszeit.
Wir beide warten.
Hat er auch so komisch gerochen? Und dich aus dem Schlaf gerissen?
Sie schweigt, wartet. Das grüne Lämpchen leuchtet. Sie ist online.
Musstest du dich zwischen den beiden Kindern entscheiden?, will ich wissen.
Sie schreibt wieder. Ich warte. Ich massiere mir die Schläfen. Der linke Stummel brennt. Die Phantomschmerzen sind wieder da. Ich drücke den Kugelschreiber gegen die vernarbte Stelle.
Ich habe mich nicht entscheiden können, lautet ihre Antwort.
Was hast du gemacht?

Ich habe mich selbst verletzt. Ich habe mir das Messer in den Bauch gerammt.
Meine Finger schweben über der Tastatur. Die Hände zittern. Ein kalter Schauer kriecht über meinen Rücken. Das Licht wird auf einmal dunkler. Irgendetwas ist hier falsch.
Danach war er weg. Mein Sohn hatte den Rettungswagen gerufen. Ich bin erst im Krankenhaus aufgewacht. Mehr schreibt sie nicht.
Das grüne Lämpchen erlischt. Sie ist off.
Ein heftiges Grollen erschüttert die Welt. Ein heller Blitz durchzuckt das Zimmer und taucht alles in grelles Weiß. Der Vorhang bauscht sich auf, ich höre das laute Prasseln von Regentropfen auf Glas. Das Fenster ist gekippt. Der angenehme Geruch nach Regen und Frische wirkt beruhigend auf mich ein. Ich stehe auf und reiße das Fenster auf. Draußen glänzt die Straße. Ein Pärchen läuft an unserem Haus vorbei. Das Klackern von Absätzen hallt lustig durch die Nacht. Der Mann hält sein Jackett über sich und seine Begleitung. Sie eilen zum Auto. Die Dame springt nicht sehr elegant über eine Pfütze. Ihr rechtes Bein knickt ein. Ich höre sie lachen.
Jemand klopft an der Tür. Ich drehe mich um. Sonja streckt ihren Kopf hinein.
„Willst du nicht ins Bett? Es ist spät? Ich möchte, dass wir uns versöhnen, sonst kann ich nicht einschlafen." Ein zaghaftes Lächeln huscht über ihre Lippen.
Ich schließe das Fenster, lasse den Regen draußen und folge ihr wortlos. Unsere Versöhnung dauert erstaunlich lange, völlig außer Atem liegen wir eine Zeit lang einfach nur da, jeder seinen Gedanken

überlassen. Trotzdem bin ich mir sicher, dass wir an ein und denselben Mann denken, der sich in unser Leben geschlichen hat. Irgendwann bin ich dann doch eingeschlafen. Das Fenster in unserem Schlafzimmer bleibt diese Nacht offen.

Kapitel 45 (Der Seelenretter)

Ich schlafe heute auf der Couch. Meine Augen starren auf das helle Display. Das Handy ist warm geworden, weil ich es seit einer Stunde anstarre. Dieser Professor hält sich wohl für ziemlich schlau und durchtrieben. Aber ich bin nicht psychisch krank, so wie die meisten von seinen Patienten. Nein, ich bin ein Genie. Er hätte sich nicht einmischen sollen. Glaubt er etwa, sein Sohn ist ein guter Torhüter? Hat er tatsächlich gedacht, sein Sprössling ist besser als die anderen? Das ganze Spektakel gehörte zu meinem Spiel. Ich habe alles Geld, das ich zusammengespart habe, ausgegeben. Kein Teenager kann einem grünen Schein widerstehen, um dafür einmal daneben zu schießen. Alles sah ziemlich glaubhaft und authentisch aus. So kann man alles manipulieren. Wer würde hinterfragen, dass so ein unwichtiges Spiel getürkt wurde? Alles diente nur einem einzigen Zweck, die Bindung zwischen Vater und Sohn sollte sich festigen, damit die Trennung umso schmerzvoller ausfallen soll. Leider hat dieser schlaksige und für sein Alter ziemlich gut aussehende Doktor kein zweites Kind. Die Kleine ist doch nicht seine Tochter, wie ich vor Kurzem herausgefunden habe. Aber der Besuch hat sich doch noch gelohnt. Er liebt seine Frau tatsächlich mehr als sich selbst. Die Eifersucht wird ihn dorthin bringen, wo ich diesen Psychologen haben möchte. Auch der Trojaner in seinem Computer ist mir eine große Hilfe. Alles, was ich gebraucht habe, war die Schlüsselnummer von seinem Router. Dieser Doktor nennt sich Margaret. Wie einfallsreich. Das kurze Gespräch wird ihm zum Verhängnis werden. Ich sehe vor mir, wie er sich ein rostiges Messer in seinen Bauch rammt. Blut quillt durch seine Finger. Ich schließe die Augen, genieße die Vorstellung, ihm dabei zuschauen zu dürfen, wie er auf die Knie fällt. Ich sehe mich vor ihm stehen. In meiner Umklammerung winselt seine Frau. Sie ist nackt.

Kapitel 46 (Johannes)

Mitten in der Nacht werde ich von einem mich plagenden Gedanken aufgeweckt. Mir kam es die ganze Zeit so vor, als würde ich von jemandem im Schlaf beobachtet. Der Vorhang an unserem Fenster schlägt sanfte Wellen im lauen Wind. Die Luft riecht immer noch frisch und leicht nach Erde. Mit trockenem Hals und starrem Nacken schlage ich die dünne Decke zur Seite und stehe auf. Im Bad sieht mich ein erschöpfter Mann mit müdem Blick an. Seine grauen Augen sind matt. Ich zwinkere meinem Spiegelbild zu. Das Gesicht hinter dem Spiegel grinst mich höhnisch an. Das Wasser sprudelt über meine Hände. Ich halte jetzt den Kopf unter den dünnen Strahl. Allmählich weicht die Müdigkeit und das Leben hält Einkehr in meinen Körper.

Zurück im Schlafzimmer ziehe ich mich an und schaue dabei zum Fenster hinaus. Ich weiß, dass ich heute keinen Schlaf mehr finden werde. Die dünne Leinenhose und ein Hemd schmiegen sich sanft an meinen müden Körper. Mit der linken Hand schiebe ich die durchsichtige Gaze zur Seite und spähe hinaus in den Garten. Der Rasen hat sich endlich erholt. Der grüne Teppich hat keine Löcher mehr. Der Baum raschelt mir etwas zu. Die Blätter glänzen im hellen Schein des Mondes. Wie eine große Taschenlampe erleuchtet er die Welt und lässt uns nicht ganz im Dunkel der Nacht durch die Welt wandern. Eine meiner Synapsen sendet einen elektrischen Impuls und in meinem Kopf macht es Klick. Ein Riegel im Unterbewusstsein ist aufgeschnappt. Die Reizübertragung von einer Nervenzelle zur anderen dauert nur den Bruchteil eines Augenblicks, trotzdem reicht es für mich aus, nach diesem Gedanken zu greifen. Ich halte diese Idee ganz fest in mir gefangen. Ich eile in mein Zimmer, in dem der Computer auf Hochtouren läuft, der Rechner sucht nach einem Hinweis. Ich wähle mich in ein Programm ein, das mir dabei helfen soll, meine Vermutungen zu erhärten und aus einer Annahme einen handfesten Beweis hervorzubringen. Gleichzeitig melde ich mich auf Facebook an, unter Margaret. Die Nachricht ist schnell geschrieben. Ich möchte ihn verunsichern, ihm das maliziöse Grinsen aus dem Gesicht schlagen, ihm den Wind aus den Segeln nehmen, den Unbekannten zum Straucheln bringen, er soll auf die Knie fallen und den Kopf senken.

Die Nachricht wurde gelesen. Ich bekomme keine Antwort. Er ist sprachlos, das ist gut so. Ich wähle die Nummer von Benjamin. Um diese Zeit schläft er nie. Auch Edgar werde ich anrufen. Er ist ein junger Mann mit Ambitionen. So, wie ich es früher war und immer noch bin. Das Fenster steht sperrangelweit offen. *Ich warte auf dich,* huscht der Gedanke durch meinen Kopf, als der dünne Stoff sich aufbäumt. Ich höre den leisen Ruf eines Nachtjägers. Der unverkennbare Ruf einer Eule. Ich stehe auf und schaue zur weißen Scheibe am Himmel, die tief über der Erde hängt. Der schwarze Schatten des

Mäusefängers gleitet im fahlen Mondlicht nach unten. Plötzlich, wie ein Stein, fällt der Vogel über seine Beute her. Eine einzelne Feder trudelt zu Boden. Feder, das Schlüsselwort betätigt einen zweiten Schalter in meinem Kopf. Die Uhr zeigt jetzt 00:01

Kapitel 47 (Der Seelenretter)

„Papa, Papa, wach auf."
Jemand rüttelt an meiner Schulter. Ich höre eine Stimme. Sie flüstert. Nur mit Mühe kann ich meine Lider heben. Der Schlaf zieht mich immer wieder zurück in die Welt der Träume. Ich möchte nicht aufwachen. Ich möchte den Doktor leiden sehen, will zuschauen, wie er stirbt.
„Wach endlich auf, Mama ist nicht da!" Diese Worte sind wie Feuer. Ich schnelle hoch. Schaue mich um. In der Wohnung brennt nur im Flur das Licht. Mein Sohn kniet neben mir. Er ist bis auf die Unterhose nackt.

„Wo ist sie?", fahre ich ihn an, immer noch schlaftrunken blinzle ich die restliche Müdigkeit aus meinem Kopf. Die Gedanken kreisen, aus einem mir unerklärlichen Grund fallen mir erneut der Brief mit den Ergebnissen ein und die Worte von Stefanie. Die Wahrscheinlichkeit liegt bei 98,78 %, dass ich der leibliche Erzeuger von Sarah bin. Aber das wird mir nichts nützen, hat meine Frau gesagt.
Jetzt ist mir der Unterschied zwischen Erzeuger und Vater mehr als bewusst. Den Pimmel in die feuchte Muschi zu stecken ist doch etwas ganz anderes, als ein Kind aufzuziehen und aus ihm einen guten Menschen zu machen. Habe ich beim ersten Versuch alles falsch gemacht? Ist mir diese von Gott aufgetragene Aufgabe misslungen? Habe ich als Vater versagt?

Der Atem meines Sohnes riecht immer noch nach Alkohol. Seine Fahne stört mich beim Denken. Meine Finger umklammern seinen nackten Nacken. Ich ziehe ihn dicht an mich heran. Meine Lippen berühren fast sein rechtes Ohr. Mein Atem geht stoßweise. Ich kämpfe gegen die aufkeimende Wut, Verzweiflung, Machtlosigkeit und Tränen der Enttäuschung an. Ich habe in ihn so viel Liebe gesteckt, und was ist aus ihm geworden? Ein Ebenbild von meinem Vater?

„Du darfst nie wieder Alkohol anrühren, darfst keine Drogen nehmen - sonst bringe ich dich eigenhändig um." Sebastian zuckt zusammen. Mein Griff wird fester. Einer seiner Halswirbel knackst unter meiner Hand. „Hast du mich verstanden?", raune ich ihm ins Ohr. Er riecht nicht mehr wie früher, als er noch ein kleines, unschuldiges Kind war. *Willst du wissen, wie ein Mensch riecht, dann schnuppere einfach an seinem Ohr, wenn sein Körpergeruch dir zusagt, dann wird sein Fleisch dir gut bekommen*, erklingen die Worte eines Serienkillers in meinem Kopf. Diese Vorstellung lässt mich frieren. Mein Kind riecht gut, aber ich werde ihn mir nie einverleiben wie ein Stück von einem saftigen Steak. Galle steigt in mir auf und brennt bitter in meinem Mund. „Hast du mich verstanden? Sonst bringe ich dich um, das ist mein Ernst!", wiederhole ich die Drohung mit Nachdruck.
Er ist wie erstarrt. Seine Hände umfassen meinen Unterarm. Er glüht. Die Finger fühlen sich wie Lötkolben auf meiner Haut an. Schließlich nickt er.

„Und jetzt lass uns schlafen. Deine Mutter ist bestimmt zu ihrer Schwester gefahren. Ich habe zu laut geschnarcht, und Sarah konnte die ganze Zeit nicht einschlafen. Du weißt ja, wie empfindlich sie auf jedes Geräusch reagiert." Ich versuche es mit einem Lächeln. Ich drücke meine Stirn gegen die meines Sohnes.
Seine ist glatt, nass vom Schweiß und heiß. Ich höre ihn schluchzen.

„Was ist aus dir geworden, Papa?" Zum ersten Mal in meinem Leben höre ich, wie er stottert. Bisher ist mir dieses Handicap an ihm noch nie aufgefallen. Ich streiche mit der rechten Hand über seine Wange – zärtlich und behutsam.

„Alles wird gut, mein Sohn. Du brauchst dich deswegen nicht zu fürchten, Papa liebt dich mehr als alles andere auf der Welt. Nur darfst du nicht so werden wie dein Opa", tröste ich ihn mit versöhnlicher Stimme. Tränen laufen über mein Gesicht und verdunsten auf der stoppeligen Haut.
„Wir sollten uns jetzt aufs Ohr hauen." Ich lasse ihn los. Sebastian steht vorsichtig auf, dreht sich wortlos um und läuft zurück in sein Zimmer. Seine Füße schmatzen auf dem nackten Linoleum. Die schmale Silhouette auf hellem Hintergrund verschwimmt zu einer wässrigen Erscheinung. Schließlich erlischt das Licht im Flur, mit ihm auch das Abbild von meinem Sohn. Ich schließe die Augen. Wenn Sebastian eingeschlafen ist, werde ich einen nächtlichen Ausflug machen. Ich muss noch jemandem einen Besuch abstatten.

Ich drücke auf die Powertaste meines Smartphones. 00:03. Hell leuchten die weißen Zahlen und Buchstaben auf dem kleinen Display auf. Ich sehe drei glücklichen Gesichtern entgegen. Mama, Papa, Kind. Das Bild wird wieder schwarz.

Das Handy vibriert und leuchtet auf. Ich habe eine Mitteilung von Margaret erhalten. Mein Finger schwebt über dem Bildschirm.

Die Nachricht löst in mir einen kleinen Lachanfall aus. An Selbstbewusstsein mangelt es diesem Doc allem Anschein nach nicht. Trotzdem bringt mich seine Art, sich auszudrücken und mir kundzutun, wie überlegen er doch ist, zum Schmunzeln. Nichts als Bullshit mit einem Klecks Kaviar, denke ich mir und schlafe ein.

Fünf Stunden später

Kapitel 48 (Der Seelenretter)

Ich bin irgendwie überhaupt nicht mehr müde. Ich liege nur da und hänge meinen Gedanken nach. Nach einer Ewigkeit entscheide ich mich, aufzustehen und eine Tasse Kaffee mit einem Joint auf dem Balkon zu genießen.

Draußen scheint ein roter Streifen über den Häusern. Die Morgenröte verkündet einen neuen Tag. Die Nacht weicht vor den heißen Strahlen und versteckt sich hinter dem Horizont. Sie ist feige, dennoch kommt sie jeden Tag aufs Neue und bietet denjenigen Schutz, die unbeobachtet sein möchten, wenn sie ihre Gräueltaten verüben. Auch für mich wird sie kommen, wie schon einige Male zuvor. Der Kaffee schmeckt bitter. Dafür genieße ich den süßlichen Geschmack von Marihuana umso mehr. Der schwere Qualm umgibt mich wie eine Wolke, ich fühle mich schwerelos. Das Ziehen an der rechten Schulter stört mich nicht mehr. Ich höre Schritte. Mein Sohn ist wach und sucht nach mir. Er muss den roten Punkt meiner selbstgedrehten Zigarette entdeckt haben. Ich mache einen weiteren Zug und halte den Atem an. Die Glut spritzt kleine Funken. Erst als sich der Rauch auf meine Zunge legt und zu einem dünnen Film wird, lasse ich die

Luft aus mir entweichen. Alles um mich herum dreht sich ein wenig.

„Du rauchst wieder", sagt Sebastian und setzt sich auf einen kleinen Plastikstuhl. Er kratzt sich unter der Achsel und gähnt laut. Sein Haar ist zerzaust, auf der linken Wange sind die Falten von seinem Kissen noch gut zu sehen. Er kneift die Augen mehrmals zusammen und schaut mich durchdringend an. „Kann ich auch mal?", fragt er und deutet mit dem Kinn auf den Joint. Ich zucke mit den Achseln und strecke ihm meine rechte Hand entgegen. Unsere Finger berühren sich, als er mit Daumen und Zeigefinger danach greift.

„Du musst langsam und nicht zu viel einatmen - und halte dann ..."

„Ich weiß", unterbricht er mich. Seine Lippen umschließen die Zigarette. Mit zusammengekniffenen Augen zieht er daran. Der rote Punkt brennt sich wie ein Hologramm in meine Netzhaut und glimmt jedes Mal auf, wenn ich blinzle.

„Ist nicht dein Erster?", murmele ich.

Ein schiefes Grinsen taucht auf seinem jungen Gesicht auf. Er wackelt mit dem Kopf und zieht erneut daran. Dieses Mal bläst er mir den Rauch direkt ins Gesicht. „Nein, aber dein Gras ist viel besser", sagt er. „Weißt du, dass du der beste Vater überhaupt bist?", sagt er dann. Seine Stimme klingt gepresst. So als hätte er sich zuerst bekiffen müssen, um mir das sagen zu können. „Alle anderen sind Spießer. Bei uns in der Klasse reden alle nur von dir. Wie cool du bist und so. Und danke für den Kasten,

den du uns spendiert hast. Das war echt eine super Aktion von dir."
Ich platze fast vor Stolz. „Was macht dein Praktikum? Macht Spaß?", frage ich ihn und reiche ihm den Joint. Mein Sohn will Werkzeugmechaniker werden.

„Ganz gut. Warte, ich habe etwas für dich, wollte es eigentlich bis zu deinem Geburtstag aufheben, aber ich kann dir das heute schon geben." Sebastian zieht nochmal an der Kippe, streckt den dünnen Arm aus und läuft zurück in die Wohnung, als ich den Stängel zwischen die Lippen klemme. Mein Körper glüht vor Stolz und Liebe. Und plötzlich begreife ich, dass ich meine Frau niemals töten werde. Ich muss sie zurückbringen. Ich muss ihr das nur irgendwie beweisen. Mir fällt nur eine einzige Möglichkeit ein. Das Platschen von nackten Füßen wird wieder deutlicher. Der Vorhang bewegt sich zur Seite. Sebastian steht wieder vor mir. Seine Augen glänzen. Er atmet schwer. Ein schiefes Grinsen huscht über sein schmales Gesicht. Er ist so dünn, dass ich seinen Brustkorb durch die weiße Haut sehen kann.
Seine rechte Hand hält er hinter dem Rücken versteckt.

„Mach die Augen zu und dreh dich mit dem Rücken zu mir", stammelt er vor Ungeduld. Die Zigarette knistert zum letzten Mal. Der Rauch ist heiß, die Glut brennt mir ein wenig die Finger an. Ich schnippe die Kippe über die Brüstung, schließe die Augen und drehe mich um.

Kalte Finger nesteln an meinem Nacken. Etwas Kleines baumelt auf meiner Brust.
„So, jetzt kannst du die Augen wieder öffnen."
Ich muss mehrmals blinzeln, damit das Umfeld um mich herum wieder klar wird. Zaghaft berühre ich das Geschenk nur mit den Fingerspitzen.
„Was ist das?", flüstere ich. Der Stolz raubt mir die Luft, die ich zum Atmen benötige.
„Ein Talisman. Das ist mein Abschlussprojekt gewesen", entgegnet Sebastian und wippt auf den Fußballen vor und zurück.

Das, was ich jetzt in der Hand halte, ist ein kleiner, metallisch glänzender Zylinder mit Verschluss.
„Was ist das? Da ist was drin, nicht wahr?" Nichts als ein Flüstern bringe ich aus mir heraus, so überwältigt bin ich. Der Rausch wird von Emotionen verdrängt. Immer wieder muss ich die Tränen herunterschlucken. Ich schniefe sogar, wie ein Weichei.
„Das erfährst du an deinem Geburtstag. Du darfst es erst dann aufmachen, wenn ich dir gratuliert habe, sonst ist es keine Überraschung. Der Ausbildungsmeister war zufrieden. ‚Du hast das Zeug zu einem guten Zerspanungsmechaniker', hat er gesagt. ‚Aus dir kann noch was werden'."
Meine Finger zittern immer noch. Ich packe meinen Sohn an den Schultern und presse ihn fest an mich. Haut auf Haut, die Körper aneinander gepresst, stehen wir da. Ich spüre seine Wärme. Das Wummern in meiner Brust gleicht einer Kriegstrommel.

„Wir holen deine Mama zurück", verspreche ich ihm. Mein Handy meldet sich mit einem leisen Ploppen. Eine Nachricht. Wir lassen plötzlich voneinander los. Beide irgendwie beschämt, schauen wir zuerst auf unsere Füße, dann über die flachen Dächer der Häuser.

„Der Tag wird heute sonnig", sinniere ich, um das peinliche Erlebnis zu überspielen. Vielleicht sind es doch Nachwirkungen von dem guten Stoff, den wir inhaliert haben. Auch Sebastian mag nicht mehr auf das Thema angesprochen werden, so glaube ich zumindest.

„Sie wird nicht von alleine zurückkommen. Sie ist bei Tante Anette. Ich werde dort für ein paar Tage einziehen müssen, bis sie die Scheidung eingereicht hat."

Diese Worte schlagen den restlichen Rausch mit einer Heftigkeit aus mir heraus, dass ich unter der Wucht zusammenzucke. Ich bin nüchtern, meine Sinne sind geschärft.

„Was sagst du da?"

„Sie hat mich vorhin angerufen. Eigentlich wollte sie mir eine WhatsApp-Nachricht schreiben, hat aber auf den Anrufknopf gedrückt." Sebastian lächelt schief. „Ich glaube, sie will dich ein wenig auf die Folter spannen, oder wie man das auch sagt. Auf jeden Fall möchte sie dir Angst einjagen. Sie sagt, wenn ich mich weigere und dir das erzähle, wird sie mit der Polizei kommen und dir auch die Fuzzis vom Jugendamt schicken."

Ich kratze mir über die Wange. Die Stoppeln sind hart und dicht. Mein Handy ploppt erneut, wie das Öffnen einer Flasche.

Ich greife danach, es liegt auf einem runden Tisch. Der weiße Kunststoff ist grau und rissig geworden, Asche liegt um den Aschenbecher verstreut. Weiße Kleckse von Taubenscheiße, Brandlöcher von Zigarren und ein vergilbter Bierdeckel, dieser Tisch kann ein Synonym für meinen geistigen Zustand sein: instabil und vollgeschissen. Fuck.
Mit dem Daumen streiche ich über das Display. Ich habe eine Bildnachricht. Ich öffne sie.
Irgendjemand hat eine Feder fotografiert.
„Hi, es wäre schön, wenn du mir meine Freundschaftsanfrage bestätigen würdest. Ganz liebe Grüße. Samantha."

Ich lösche das Bild und verneine die Anfrage.
„Ich muss jetzt wohin", sage ich. Im Wohnzimmer schaue ich auf die Uhr. „Es ist gleich sechs. In zwanzig Minuten fährt der Bus, du musst zur Schule."
Mein Blick fällt auf den Tisch im Wohnzimmer. Fast hätte ich etwas vergessen.
Das Notebook ist auf Stand-by. Ich drücke auf die Entertaste, warte einige Augenblicke lang und fluche vor mich hin, weil die Kiste so langsam ist. Endlich kann ich das Passwort eingeben. Nach einigen Klicks und weiteren Sekunden habe ich es auf dem Bildschirm – in der rechten Ecke das genaue Abbild von Doktor Hornoffs Rechner. Der Chinese oder Japaner, auf jeden Fall ein Hacker aus dem Osten,

hat für zweihundert Dollar nicht zu viel versprochen. Ich musste lediglich die Seriennummer von Doktor Hornoffs Router aufschreiben. Ich habe Sonja gefragt, ob ich kurz das Telefon benutzen könnte, währenddessen habe ich mir die Nummer notieren können. Die FRITZ!Box befand sich nämlich genau neben der Ladestation. Den Rest hat der IT-Spezialist für mich erledigt. Leider hat dieser Doktor Hornoff keine Kamera installiert.

Ich gehe auf Fullscreen-Modus. Das, was ich sehe, erstaunt mich wirklich. Der Doc zieht sich einen Hardcore-Porno rein. Ich traue meinen Augen nicht. Ich komme aus dem Staunen nicht wieder raus.
Ohne es bemerkt zu haben, so verblüfft war ich, habe ich die Lautstärke nicht auf stumm geschaltet.
„Was ist das für ein kranker Scheiß?", ertönt die Stimme meines pubertierenden Sohnes. Ich folge einem Reflex und knalle das Notebook etwas zu heftig zusammen. Hoffentlich hat der Bildschirm von dem Aufprall keinen Sprung bekommen. Ich schon, zumindest meine Meinung über den doch sehr solide wirkenden und respekteinflößenden Psychologen ist jetzt eine andere geworden.
„Das geht dich nichts an", sage ich schnell. Merke jedoch, wie ich auf einmal rot geworden bin.
Sebastian grinst. Sein Blick flackert, die versteinerte Miene zerfließt langsam wie eine Maske aus Wachs zu einer Fratze. Er lacht laut auf und schüttelt den Kopf. „Kaum ist Mutter aus dem Haus ..." Sebastian vollendet den Satz nicht. Er lacht, schaut mich an und geht endlich auf sein Zimmer. Ich halte ihn nicht auf. Soll er doch denken, was er möchte.

Als mein Sohn sich endlich auf den Weg zur Schule gemacht hat und ich zwei Zigaretten geraucht habe, wage ich einen weiteren Versuch. Der Bildschirm ist zum Glück ganz geblieben, stelle ich mit Erleichterung fest und rufe die Seite erneut auf. Die Protagonisten sind nicht mehr dieselben, sie haben auch nicht dieselben Utensilien, dennoch handelt es sich um dasselbe Genre. Nämlich Sex, aber sowas von brutal. Der gefesselte Typ kreischt wie ein Mädchen, eine große Gestalt in Lack und Schuhen, die wie ein Pferdefuß aussehen, boxt dem Mann in die Eier – mit voller Wucht.

Ich drücke den virtuellen Bildschirm aus. Eigentlich wollte ich dem Doktor nachspionieren. Hat mich der Chinese doch verarscht oder ist dieser Psychologe womöglich selbst ein Fall für die Klapse?
Ein Computerfreak war ich nie. Dann werde ich es auf meine Art versuchen. Ich wollte diesen Doktor sowieso nochmal besuchen. Auf dem Weg zur Arbeit werde ich bei ihm zu Hause vorbeischauen.
Ich werfe einen flüchtigen Blick auf mein Handy. Schon wieder eine Nachricht von Samantha, habe ich etwa etwas mit ihr gehabt? Wer ist sie überhaupt? Ich blockiere sie jetzt einfach.

Nachdem ich mich rasiert und eine kalte Dusche genommen habe, fahre ich nach Neustadt.
Der Verkehr auf den Straßen ist dicht, jeder eilt zu seinem Arbeitsplatz. Wir sind Sklaven unserer Verpflichtungen. Jeder Zweite leidet an irgendeiner chronischen Erkrankung. Burn-out ist kein Fremdwort mehr, und keinen Stress zu haben

bedeutet, dass man seine Chance auf Karriere verwirkt hat. Jeder setzt seine Ziele viel zu hoch, sodass ein Absturz vorprogrammiert ist. Das Scheitern gehört zum Leben dazu, nur kann so ein Absturz einem das Genick brechen und dann? Ich verstehe die Welt nicht mehr, was ist falsch daran, einer ganz einfachen Arbeit nachzugehen, um abends Zeit mit seiner Familie zu verbringen und nicht am Computer?

Das kleine Städtchen gleicht einer Geisterstadt im Vergleich zu Berlin. In Neustadt rennen die Menschen nicht gegeneinander. Nur hier und da sehe ich Kinder mit Schulranzen oder eine ältere Dame, die einen Hund Gassi führt.
Das weiße Haus, das von akkurat gestutzten Lorbeersträuchern umsäumt ist, wirkt leer und verlassen. Nirgendwo brennt Licht. Ich fahre daran vorbei und stelle den Wagen drei Straßen weiter auf dem Parkplatz einer Bank ab.

Ich schlendere unauffällig zurück zum Haus der Hornoffs, in einiger Entfernung bleibe ich im Schatten eines Baumes stehen. Die Rollläden sind alle nach oben gezogen, auf dem Balkon steht ein Fenster auf Kipp. Die Haustür ist von zwei Blumentöpfen geschmückt, die im Wind ein wenig schaukeln. Kleine rote Blumen scheinen darin zu leuchten.
Als ich meinen Blick auf den zweiten Stock werfe, kann ich zuerst nicht fassen, was ich da sehe. In einem dunklen Viereck flattert ein Vorhang. An einer Seite des Hauses kräuselt sich eine

Rankpflanze an einem verzinkten Rohr empor. Efeu, vermute ich. Die fingerdicken Äste schlängeln sich wie Krallen darum. Ich wäge ab, ob mich das Fallrohr halten wird. Die Pflanze ist alt und knorrig. Früher bin ich des Öfteren an Rohren hinaufgekraxelt, ich war schon immer ein guter Kletterer.

In Gedanken versunken hätte ich fast etwas übersehen, das mir beinahe zum Verhängnis geworden wäre, hätte ich nicht das Klackern von Schuhen und eine weibliche Stimme vernommen. Frau Hornoff verlässt das Haus. Sie ist in ein Telefongespräch vertieft und bemerkt mich zum Glück nicht. Ich stehe jetzt auch im Gestrüpp. Äste und Blätter kratzen mich im Gesicht und im Nacken. Der Strauch wehrt sich, drückt unaufhaltsam gegen meinen Rücken. Hoffentlich geht sie etwas schneller. Noch länger werde ich mich hier nicht verstecken können, denke ich, dabei kann ich kaum an mich halten, weil irgendein Insekt über mein Gesicht krabbelt.

Als die Gefahr endlich gebannt ist, traue ich mich, einen flüchtigen Blick auf die Straße zu werfen. Das Trottoir ist zu beiden Seiten menschenleer. Ich klopfe mir den Staub von den Klamotten und streife eine klebrige Spinnwebe aus dem Haar.

Ich fahre mir mit der Zunge unter die Oberlippe. Das Fenster im oberen Stockwerk steht immer noch offen. Diese Nachlässigkeit könnte der Familie Hornoff zum Verhängnis werden. Wer weiß, vielleicht wird ihnen jemand einen nächtlichen Besuch abstatten? Ein dunkler Schatten kriecht über die weiße Fassade und taucht die Gegend in einen grauen Ton, als eine weiße Wolke die gelben Sonnenstrahlen verdeckt. Dumpfe Bedrohlichkeit macht sich breit und legt sich über das Haus.

Ich laufe schnell einen kleinen Pfad hoch, der links am Haus vorbeiführt. Eine große Terrasse, die in eine grüne Wiese übergeht, vervollkommnet die Idylle und Harmonie dieses Hauses, in dem sich die Familie sicher und geschützt fühlt, doch dieses Gefühl kann sehr trügerisch sein, wenn man nachlässig wird. Wer weiß, nicht dass jemand eines Nachts diese kleine Insel des himmlischen Daseins, die Euphorie des Glücks, zerstören wird - für immer und ewig.

Die subtile Veränderung in mir, die ich mit jedem Tag mehr verspüre, die wie ein Tumor in mir zu einem schwarzen Klumpen heranwächst, macht mir einerseits Sorgen, doch irgendwie ist dieses Gefühl auch befreiend. So als hätte ich etwas gefunden, wonach ich mein Leben lang gesucht habe. Nur was war der Auslöser? Der tragische Tod des Jungen oder die Tatsache, dass ich die Erinnerungen an meine Kindheit häppchenweise wiedererlange? Ich bekomme eine Ahnung von dem, was ich als Junge durchleben musste. Immer diese Albträume, das Aufwachen mitten in der Nacht. Immer mit einem Gefühl, einschlafen zu müssen, in meinen Träumen von der Feuersbrunst verschlungen zu werden. Jede Nacht musste ich aufs Neue die Panik und die

Schmerzen durchleben, als wäre alles real, bis mich meine Mutter zu einem Psychologen geschleppt hat. Wir waren bei vielen Ärzten. Die Tabletten, die ich verabreicht bekommen habe, haben mich dumm gemacht. Ich glich einem Tier, das vor sich hin vegetiert, ohne dabei etwas von der Umwelt mitzubekommen. Mit wachsendem Unbehagen muss ich erneut an meinen Vater denken. Wo war er bloß in dieser Nacht? Warum hat er sich danach nie wieder bei uns gemeldet? Und dieser Doktor Hornoff, er hat mein Leben schon einmal durcheinander gebracht, in einer der Anstalten, in der ich eingesperrt war. Er war damals sehr jung, trotzdem werde ich seinen Namen nie vergessen, niemals. Er sagte, es würde alles gut werden und die bösen Geister in meinem Kopf würden bald verschwinden, ich müsste es nur wollen und den Ärzten vertrauen.

Tränen verschleiern mir die Sicht, die Terrasse mit den Säulen und roten Blumen darauf wird trüb wie ein dunkles Gewässer. Ich blinzle mehrmals und stapfe davon. Ich muss mich sputen. Sonst werde ich mich erneut mit der Brillenschlange auseinandersetzen und die Androhung einer Kündigung anhören müssen.

Zwei Stunden später

Kapitel 49 (Der Seelenretter)

Ich habe meinen Arbeitsplatz rechtzeitig erreicht. Seit zwei Stunden räume ich die Tüten und die Dosen ein, dabei komme ich mir wie dieses Aschenputtel vor. Nur ist meine Stiefmutter ein penetranter Typ, der sein Studium wegen des Mangels an Verstand an den Nagel hängen und stattdessen ein kariertes Hemd mit Krawatte anziehen musste. Plötzlich nehme ich eine Bewegung wahr. Nur im Augenwinkel. Was mich jedoch stutzig macht und zum Innehalten zwingt, ist der Duft nach Flieder.

Eine blonde Frau erregt meine Aufmerksamkeit. Mein Blick schweift durch die Gänge. Keiner da. Nur ich und sie. Ich bin hin- und hergerissen. Soll ich die Flucht ergreifen oder sie ansprechen?
Dann dreht sie ihren Kopf in meine Richtung. Fuck. Mir bleibt die Spucke weg. Sie ist sehr sexy, trotz ihrer lässigen Bekleidung sieht sie sehr anziehend aus. Eine schlichte, kurzärmlige, weiße Bluse und ein grauer Rock aus grober Baumwolle, dazu dunkle Schuhe, mehr braucht sie nicht, um die Blicke der Männer auf sich zu ziehen. Auch sie sieht mich mehr ängstlich als erstaunt an - oder ist es Verachtung, die sich in ihren Augen widerspiegelt?

„Hallo", sage ich schnell und bewege mich vorsichtig in ihre Richtung. Ich reibe unschlüssig die Hände aneinander. So als wären sie kalt.
„Hallo" ist alles, was sie sagt. Ihre Stimme ist farblos und ein wenig von oben herab. Ihre Augen werden schmaler. Sie wartet auf das, was ich als Nächstes sage.

„Tut mir leid wegen neulich. Normalerweise ist es sonst nicht meine Art. Aber der Sieg, ein wenig Alkohol und Ihre Anwesenheit ..." Ich lasse den Satz unbeendet in der Luft schweben, senke die Schultern und mache zwei weitere Schritte.
Sie bleibt wie angewurzelt stehen, weicht nicht vor mir zurück. Ein hastiges Huschen ihrer Pupillen verrät mir, dass sie zu einer Kamera aufgeschaut hat, die leider nichts als eine Attrappe ist. Nur die LED-Lampe blinkt ab und zu in der schwarzen Kuppel, die an der Decke hängt und einmal im Jahr abgebaut wird, um eine AA-Batterie auszutauschen. „Kann ich Ihnen irgendwie helfen? Suchen Sie etwas Bestimmtes? Ich arbeite hier!"
Sie steht immer noch unschlüssig da und kaut auf ihrer vollen Unterlippe. Sonja ist ungeschminkt und trotzdem sieht diese Frau auf natürliche Weise gut aus.

Sie war schon oft hier. Erst jetzt wird ihr bewusst, dass sie mich all die Jahre ignoriert hat, bis heute, jetzt kennt sie mich ja. Ich war für sie immer der Fremde, einer von vielen. Erst ab diesem Zeitpunkt habe ich ein Gesicht bekommen. Eine Identität, etwas, das mich von anderen unterscheidet.

Als sie immer noch nichts sagt, schließe ich für einen Augenblick meine Augen und sage: „Es tut mir wirklich sehr leid." Ich klinge reumütig und geknickt.

Ihr Gesicht bekommt einen rötlichen Teint. Der Blick bleibt skeptisch. Den Kopf leicht zur Seite geneigt, kneift sie ihre Augen ein wenig zusammen. „Mein Mann ist sehr eifersüchtig, wissen Sie, er kann sehr schnell unangenehm werden. Er schlägt auch zu, wenn es sein muss."

Meine Augenbrauen rutschen nach oben.

Jetzt lacht sie auf, die Augen bleiben trotzdem kalt und abweisend. „Um Gottes willen, nein, gegen mich wird er nie die Hand heben. Aber an Ihrer Stelle würde ich jede Begegnung mit meinem Mann vermeiden."

Ich räuspere mich und sage dann mit belegter Stimme: „Kann ich Ihnen dennoch behilflich sein?"

„Nein danke, ich finde mich schon allein zurecht", erwidert sie und geht den Hauptgang entlang, ohne sich noch einmal umzudrehen.

Ich spiele mit dem Gedanken, Sonja Hornoff zu ... Nein, das kann ich nicht machen. Ich bin froh, dass der Kerl, den ich mit Katzenstreu überschüttet habe, seinen Verletzungen erlag, nachdem er mehrere Tage im Koma gelegen hat. Ein zweiter Unfall könnte die Polizei dazu veranlassen, nach weiteren Beweisen zu suchen. Außerdem möchte ich sie gar nicht töten.

Ich habe die Witwe, ein sehr schönes Wort, wie ich finde, diese Frau Gerolsheim des Öfteren nach diesem Unfall hier wiedergesehen. Ich habe sie danach nicht mehr mit ihrem Sohn schimpfen hören.

Tobias heißt er, ich hoffe, er wird den Tod seines Vaters überstehen. Zumal er nie wieder von ihm verprügelt wird, und seine Mutter hat ihn jetzt mehr als lieb, so wie es sich für eine Mutter eben gehört.
Mein Blick ist trüb, als ich der eleganten Frau Hornoff hinterherschaue. Sie biegt nach links ab und verschwindet. Heute Nacht werde ich sie wieder besuchen, dieses Mal in ihrem Schlafzimmer.

Kapitel 50 (Johannes)

Mein Telefon klingelt: Sonja.
„Ja?", melde ich mich und halte mir dabei mit der linken Hand das Ohr zu. Das laute Motorengeräusch übertönt ihre Stimme. Die Erde erzittert, als sich der Bagger in Bewegung setzt. Die Ketten werfen große Klumpen durch die Luft und hinterlassen zwei tiefe Spuren aufgewühlter Erde.
„Was ist bei euch los?!", höre ich sie schreien. Dabei platzt mir fast das Trommelfell.
„Nein. Ihr macht alles kaputt. Nicht! Ihr sollt verdammt noch mal aufpassen", brüllt jetzt auch noch der aufgebrachte Kommissar Breuer, der heute schon wieder gut gelaunt zu sein scheint.
„Warte kurz", schreie ich in den Hörer.
Ich gehe zu einem der Wagen und verstecke mich dort. Nur das tiefe Brummen, welches ich mehr spüre als höre, ist hier zu vernehmen. Zum Glück schreit Sonja auch nicht mehr.
„Warum rufst du mich an?", will ich wissen, als sie sich nicht meldet.
„Ich weiß, woher mich dieser Schmitz kennt." Ihre Stimme klingt ein wenig besorgt. Ich warte, unterbreche sie nicht.
„Er arbeitet in einem Lebensmittelgeschäft. Ich bin hier fast täglich."
Sie nennt mir die Adresse und den Laden. Beides sagt mir nichts. „Ich habe früher nicht darauf

geachtet, bis ich ihn eben getroffen habe. Schmitz ist einer von vielen Beschäftigten hier."
„Was, ich höre dich nur undeutlich?"
„Ich kann dich auch schlecht verstehen, Johannes. Ich melde mich später oder wir reden zu Hause darüber." Sonjas Stimme vermischt sich mit einem mechanischen Rauschen zu einem unverständlichen Wirrwarr von Wörtern, die ich nicht entziffern kann. Dann wird die Leitung unterbrochen.
Ich fühle mich beobachtet und werfe einen flüchtigen Blick nach links. Ich sehe Karl. Er starrt mich vorwurfsvoll an. In einem seiner Mundwinkel glimmt eine Zigarette.
Ich steige aus. „Soweit ich mich entsinne, war das hier deine Idee, Professor", murrt er. Sein Gesicht ist von kleinen Erdklumpen gesprenkelt, die Hände schwarz vom Ruß.
Der Bagger hat die Hälfte der Ruine abgetragen. Die Baggerschaufel ist wie der Arm eines Riesen. Mit pedantischer Präzision drückt der Mann an den Hebeln und schiebt den Schutt wie auch die abgebrannten Balken zur Seite.
„Willst du dich vielleicht vergewissern, ob wir an der richtigen Stelle den Dreck für dich wegräumen und unsere Hände schmutzig machen?"
Ich kann mir ein Grinsen nicht verkneifen. Karl zieht an seiner Zigarette und läuft mir nach, als ich zu einem Einsatzwagen laufe, auf dessen Motorhaube mehrere Zeichnungen liegen, die mit kleinen Magneten am Blech festgehalten werden.
Mein Handy klingelt. Mein Zwillingsbruder meldet sich. Seitdem er seinen Zeigefinger kreisen lassen

kann, ruft er mich jetzt an und schickt mir seltener eine codierte Nachricht.
„Hast du was herausgefunden?", will ich wissen.
„Ich schicke dir etwas zu", sagt er. „Ich melde mich gleich wieder", fügt Benjamin hinzu und legt auf.
Für eine Begrüßung haben wir beide keine Zeit. Warum auch. Wir haben erst heute sechs Stunden lang miteinander einen Plan ausgearbeitet. Die Idee mit dem Porno war auch seine. Meine Intuition hat mich auch dieses Mal nicht im Stich gelassen. Der Rechner ist infiziert, das spezielle Antivirus-Programm wurde von Lars weiterentwickelt. Ist nicht ganz legal, aber sehr wirkungsvoll. Er meint, der Angreifer werde selbst angegriffen und infiziert. Das Allerbeste an dem Ganzen sei jedoch eine saftige Rechnung. „Welche Rechnung?", wollte ich von ihm wissen. Er erwiderte mit einem frechen Lächeln, dass der Porno 50 zu eins abgerechnet werde. Was so viel bedeute, dass pro Minute Filmmaterial 50 Euro abkassiert würden.
Mein Smartphone klingelt kurz. Eine Nachricht. Ich stehe vor dem Wagen mit den Skizzen, Karl dicht hinter mir. Wir beide schauen auf alte Umrisse, die ich aus einem Archiv kopiert habe.
„Wie kommst du eigentlich zu dieser Zeichnung? Das Haus ist doch abgebrannt."
„Zu DDR-Zeiten war dieser Unfall etwas Besonderes. Man munkelte, ob nicht ein Volksverräter für diesen Brand verantwortlich war. Den Hausherrn hatte man nie gefunden. Er hieß Block und arbeitete für den Staat als freiwilliger Spitzel. Davon gab es früher mehr als genug. Dieser

Block war Nachtwächter in einer Radarstation. In seiner Freizeit züchtete er Tauben."

„Was hat dich jetzt aber dazu veranlasst …"

Ich weiß, was er mich fragen möchte und unterbreche ihn, auch wenn es sonst nicht meine Art ist.

„Asche."

Karl runzelt die Stirn.

„Der zweite Brand war nicht so verheerend. Ich fand an manchen Stellen Moos und Taubenkot", reflektiere ich meine Beobachtung.

Die Falten auf Karls Stirn werden tiefer, die gezackten Konturen ausgeprägter. Als hätte er etwas Bitteres im Mund, verzieht er sein Gesicht. Mit einer fahrigen Bewegung streicht er mit den Fingern in seinem Gesicht über die vernarbte Stelle, die von einer Explosion stammt.

„Die Balken am Dach und das Mauerwerk auf der gegenüberliegenden Seite zum Schuppen haben eine andere Beschaffenheit und sind vom Wetter geschliffen worden", fahre ich in ruhigem Ton fort.

„Das haben meine Männer auch schon festgestellt", murrt Karl, reibt sich das Kinn und zieht sein Gesicht in die Länge. „Wir haben auch Spuren von Brandbeschleuniger gefunden", vervollständigt er seinen Satz.

„Beim ersten Brand war jedoch ein Kurzschluss die Ursache."

Karl hustet einen Lacher. „Und das hast du wo gefunden?" Er scheint wirklich amüsiert, trotzdem ist sein Blick ernst.

„Im Zeitungsarchiv", lautet meine Antwort.

„Herr Breuer", hören wir eine angenehme Stimme und drehen uns um. Vor uns steht Edgar – ein junger Forensiker mit einem fast schon krankhaften Tick für präzise Vorgehensweisen, und das bei allem, was er sich vornimmt. Sein emsiger und nervenzerreibender Ehrgeiz bringt diesen jungen Mann nicht selten an seine Grenzen und strengt ihn über Gebühr an. Nach außen wirkt er immer gefasst und nie überfordert. Seine Augen sind forsch, das dunkle Haar ordentlich frisiert, auch sonst sieht er immer gepflegt und akkurat gekleidet aus.

„Was ist?", herrscht ihn Karl mit rauer Stimme an.
„Wir haben die ersten Ergebnisse aus dem Labor. Die chemische Analyse ergab, dass auf einer der Federn menschliche DNA gefunden wurde. So, wie Sie es vermutet haben. Bis die endgültigen Ergebnisse vorliegen, wird es noch etwas dauern. Das Exzerpieren ist zeitaufwendig. Wenn das Labor so weit ist, werden die Ergebnisse durch die internationale DNA-Bank gejagt und die Allele miteinander verglichen. Die digitale Spurensicherung ist guter Hoffnung ..."
„Hast du noch etwas?", unterbricht ihn Karl.
„Die Feder stammt nicht von einer Wildtaube."
„Sondern?" Karl schaut Edgar mit einer für ihn so typischen Skepsis an.

Edgar wirkt dabei nicht eingeschüchtert. „Wir gehen davon aus, dass es sich hier um eine Kreuzung zwischen einer Wildtaube und einer Zuchttaube handeln muss", breitet er souverän vor uns aus. Seine Körperhaltung ist stoisch und grazil zugleich.

Wie die eines britischen Gentlemans zu den Kolonialzeiten, die ich aus den Schwarz-Weiß-Filmen kenne.
„Was bedeutet, unser Doc liegt mit seiner Vermutung sehr nah an der Wahrheit", sinniert Karl. „Unser Doktor ist ein wertvolles und kostspieliges Mitglied. Aber mit seinen verrückten Ideen ..."
„Wir sind soweit", unterbricht Lars seinen Chef. Karls junger Partner und mein Fast-Verwandter grinst uns zufrieden an. Er steckt in einem Schutzanzug, der nicht mehr weiß, sondern dunkelgrau mit schwarzen Streifen ist. Sein Gesicht ist von einer Schutzmaske verdeckt. Nur die forschen Augen huschen hin und her.
„Dann wollen wir mit den Ausgrabungen beginnen. Komm, Johannes, lass uns nach dem verschollenen Spitzel suchen." Karl reibt sich die Hände. „Wo wollen wir anfangen, Doc?"
Ich deute mit dem Finger auf eine bestimmte Stelle auf der Skizze. Eine Ecke löst sich und flattert im Wind wie der Flügel eines Schmetterlings.
Karl setzt sich eine randlose Brille auf seine klobige Nase und beugt sich etwas tiefer nach vorne. „Was ist das für eine Stelle, sieht danach aus, als ob jemand eine Radierung vorgenommen hat", murmelt er.

„So ähnlich. Benjamin hat mir gerade eben dieses bestätigt. Er hat recherchiert und herausgefunden, dass dieser Unfall kurz vor der Wende geschah, darum wurden die polizeilichen Ermittlungen mehr als dürftig durchgeführt."

Ohne ein weiteres Wort zu verlieren, laufen wir an den hinteren Teil des Hauses, an die besagte Stelle, die von einem Unbekannten vor einem Vierteljahrhundert mit einer scharfen Rasierklinge aus dem Bauplanausgekratzt wurde.
Ein helles Aufblitzen – ein forensischer Fotograf verewigt jeden unserer Schritte. Ich sehe Kratzspuren von der Baggerschaufel – vier tiefe Rillen.

„Kann da jemand mit einem Besen drüber gehen?" Karl deutet in eine Ecke. Ein junger Uniformierter wirbelt Staub und Asche auf. Ich bedecke Mund und Nase mit einem Taschentuch. Zwischen meinen Zähnen knirscht es unangenehm.
„Da ist nichts", protestiert ein älterer Polizist, der scheinbar genervt ist, weil er wegen uns Überstunden machen muss, für die er nicht bezahlt wird.

Ich bewege mich langsam, suche nicht nach einer Falltür, nein, nach Umrissen und ... genau. Die Grundplatte aus Beton ist porös und von unzähligen Rissen durchzogen An einer einzigen Stelle kann ich jedoch einen feinen Strich erkennen, er ist zu gerade, irgendwie geometrisch und nicht von der Hand der vergangenen Zeit gezeichnet. Er ist tief und geht durch die Betonplatte durch. Ich gehe in die Hocke. Das kleine Schweizer Messer klappt mit einem leisen Klicken in meiner Hand auf. Ich kratze mit der Spitze den feinen Dreck aus Staub und Ruß heraus. Das leise Schaben übertönt alle Geräusche um mich herum. Ich folge der Linie. Alle stehen da

und beobachten mich. Die somit freigelegte Platte hat eine Größe von 1,50 mal 1,50 Meter.
„Wir müssen die Platte heben. Ich gehe stark davon aus, dass das hier der Deckel ist", wende ich mich an Karl.

Ein schweres Werkzeug wird geordert. Der Schlagbohrer knattert wie ein Maschinengewehr, ich stehe ein wenig abseits, spüle den Schmutz aus meinem Mund und erlaube mir einen Schluck Wasser. Nachdem ich den Film von meiner Zunge einigermaßen los bin, leite ich alles bisher an Informationen Gesammelte an meinen Zwillingsbruder weiter. Der linke Stummel juckt ein wenig, doch die Schmerzen bleiben dieses Mal aus. Karl steht neben mir und raucht. Wir schweigen. Lars telefoniert und läuft dabei wie ein Tiger im Käfig hin und her. „War das jetzt ein Unfall oder nicht? Was? Wo sind die Videoaufnahmen jetzt? Verstehe. Ja, ich werde vorbeischauen. Bekommt Frau Gerolsheim psychologische Unterstützung? Gut, auf Wiederhören!"

Bei den letzten Sätzen des Gesprächs, von dem ich nur eine Hälfte mitbekommen habe, überkommt mich ein flaues Gefühl. Der fahle Geschmack in meinem Mund wird wieder intensiver. Der Zeigefinger meiner rechten Hand verharrt in der Luft. Das Display bleibt unberührt, der Satz unvollendet, die Nachricht nicht gesendet.

Kapitel 51 (Der Seelenretter)

Ich sitze allein zu Hause. Ohne meine Familie ist die Stille ohrenbetäubend. Ich starre auf den Bildschirm meines Laptops. Das, was ich sehe, jagt mir eine kalte Schockwelle durch den Körper. Aus Langeweile wollte ich meinen Kontostand prüfen, weil meine EC-Karte heute beim Einkauf nicht funktioniert hat. Eine fette rote Zahl springt mir ins Auge. „Von Ihrem Konto wurden 3214,53 Euro abgebucht", lautet eine E-Mail, die ich zuerst für ein Spam oder wie man diese Nachrichten sonst nennt, gehalten habe.

Mir schnürt sich dabei die Kehle zu. Irgendwo im Hintergrund vernehme ich ein Stöhnen. Die Geräusche kommen aus meinem Notebook. Tatsächlich ... Ich ziehe den Balken für die Lautstärke nach oben. Unten auf der Taskleiste blinkt ein Kästchen. Der Cursor gleitet nach unten. Ich tippe mit dem Finger zweimal schnell hintereinander, die Maustaste klickt dabei laut. Der verdammte Porno läuft immer noch? Was soll der Scheiß?! Ich drücke oben rechts auf das Kästchen, möchte das Video wegklicken. Statt zu verschwinden, taucht ein weiteres Video auf. Jetzt habe ich zwei Filme parallel laufen, einer brutaler und perverser als der andere. Nach dem zweiten Versuch und nachdem drei Frauen von einer Armee von Männern umringt werden, drehe ich hastig das

Notebook um und ziehe mit zittrigen Fingern an der Klappe. Verdammt, ich brauche einen Schraubendreher. Meine Hand schnappt nach einem Küchenmesser. Ich drehe an der Schraube, das Metall knirscht und schabt aufeinander, die kleine Schraube fällt lautlos auf den Teppich. Endlich ist auch der Akku raus. Ich bin schweißgebadet und friere.

Wie konnte das nur passieren? Wurde mein Konto geknackt, mein Computer gehackt? „Verdammte Scheiße", zische ich. Siedend heiß fällt mir ein, dass ich gestern eine Überweisung getätigt habe, und zwar online, aber ich habe doch diese Funktion mit SMS genutzt. „Wenn ich diesen Chinesen in die Hände bekomme", fluche ich erneut und dresche meine Faust gegen den Tisch. Unter der Wucht bricht ein Stück von dem billigen Holzimitat ab.
Ich werde diesen Doktor bestrafen – komme, was da wolle. Eine erneute Nachricht lässt mein Handy vibrieren.

‚Tanja Bermudas hat einen Beitrag kommentiert, dem auch du folgst', informiert mich mein Telefon.
Ich entsperre das Display und schaue nach.
Tatsächlich. Zwei Kommentare, die ich übersehen habe.
Bei jedem Wort bekomme ich immer weniger Luft.
Die letzte Nachricht setzt allem die Krone auf.
Sie lautet:
Hallo. Ich weiß nicht, ob es klug ist. Ich habe mitbekommen, dass alles hier gespeichert und veröffentlicht werden kann, darum habe ich meinen

Namen geändert. Aber ich möchte allen helfen, die ich hier erreichen kann. Zur Polizei zu gehen, habe ich mich nicht getraut. Aber ich stimme euch zu. Auch bei mir kam der Unbekannte in der Nacht. Er war nicht groß. Eher durchschnittlich. Ich glaube, er ist ein Junkie. Ich weiß es nur deswegen, weil auch mein Mann früher Marihuana geraucht hat. Dieser Geruch erinnerte mich nach dieser Nacht ständig an den Mann mit der Maske, sodass ich die Scheidung eingereicht habe.
Jetzt lebe ich in einer anderen Stadt. Dieser Mann sprach mit Berliner Schnauze. Ich glaube, er hatte dunkle Augen. Und dunkles Haar, weil seine Maske verrutscht war. Aber auch die Haare an seinen Unterarmen waren schwarz.
Daran hätte ich im Leben nie gedacht. Ich schlucke, doch der Mund ist zu trocken, es bleibt bei einem Versuch. Die Zunge klebt mir am Gaumen, der Kehlkopf kratzt, so als hätte ich Sand geschluckt.
Und jetzt melden sich immer mehr Frauen. Ich muss diesen Wahnsinn stoppen. Ich werde diesen Doktor bald aufsuchen. Gleich nachdem ich meine Familie davon überzeugt habe, wie wichtig sie mir alle sind.

Kapitel 52 (Johannes)

Das metallische, helle Klingen von einem Hammer verstummt, nachdem die letzte der vier Befestigungen an den Ecken des schweren Betondeckels angebracht ist.

In meinen Ohren piept es noch einige Sekunden nach. Der Bohrhammer wird von einem mit Staub bedeckten Mann weggeräumt.
Die Atmosphäre knistert vor Spannung, jeder will wissen, was sich hier, mitten im Wald, all die Jahre verborgen hat. Die Ketten klirren dumpf, als zwei Männer in neongelben Westen und schmutzigen Helmen sie an die Baggerschaufel montieren. Vier Karabiner schnappen zu. Der Dieselmotor heult auf, eine schwarze Wolke steigt aus dem verrußten Rohr über der Dachkabine des Baggers. Das Motorengeräusch wird lauter, eine gewaltige Wolke aus Ruß wirbelt durch die Luft, als der Arm der starken Maschine nach oben bewegt wird. Die Ketten rasseln und spannen sich wie Sehnen bis zum Zerreißen an. Jaulend bewegt sich der Deckel nur für einen winzigen Augenblick, dann werden die Ketten entspannt. Staub stiebt vom Boden auf. Im Licht der Scheinwerfer hat die Staubwolke etwas Magisches an sich. Meine rechte Hand klopft gegen die Brust. Der linke Stummel brennt, so als hätte mir jemand einen Glühdraht um den Finger gewickelt.

„Das Scheißding sitzt fest!", schreit der Mann aus der Kabine. Er schaut zu Karl. Die finstere Miene des Kommissars ist steinern. Der Unmut, den sein Gesicht ausstrahlt, nimmt scharfe Konturen an, so als hätte ihn jemand eingemeißelt.

„Versuchen Sie es mit Schwung, und dieses Mal nicht nach oben", ertönt eine Stimme aus der Dunkelheit. Ich erkenne sie jedoch sofort. Lars Böhm. Dieser junge Kommissar traut sich tatsächlich, seinen Boss zu unterbrechen. Ich mag ihn wirklich. Karl weiß auch, wem die Stimme gehört. Der Baggerführer späht zu den Bäumen.
Lars tritt in das Flutlicht der beiden Scheinwerfer, die den Platz erleuchten.

„Sie müssen mit Vollgas nach hinten fahren", schreit Lars dem Baggerführer zu, das laute Motorengeräusch übertönend. Der schnauzbärtige Mann mit Brille zuckt mit den Schultern. „Macht mal Platz. Für die Folgen trage ich keine Verantwortung. Ich hoffe, ihr seid alle gut versichert." Seine großen Hände ziehen an mehreren Hebeln.

Ein ohrenbetäubender Knall durchdringt den Abend. Aufgescheuchte Vögel steigen kreischend und laut mit den Flügeln schlagend in den Himmel auf. Der Deckel fliegt gegen die Schaufel, als er aus dem Boden herausgerissen wird. Eine riesige Staubwolke umhüllt den Bagger.

Für einen winzigen Augenblick herrscht eine unbeschreibliche Stille in mir. So, als hätte ich einen Gehörsturz erlitten. Allmählich drängeln sich die Geräusche von außen wieder in meinen Kopf. Das Jubeln aus Dutzenden Kehlen, das laute Brummen des Motors, Schreie von Vögeln und Karls Stimme holen mich zurück in die Wirklichkeit.

Lars hatte recht, an dem Deckel baumeln vier Stangen, die von Hydraulikzylindern stammen könnten. Ich schaue mich im fahlen Licht der Dämmerung, die vom grellen Weiß der Scheinwerfer verdrängt wird, nach dem jungen Polizisten um. Er ist nirgends auszumachen, bis ich seinen Schatten neben der Luke entdecke. Karls Pranke legt sich auf meine Schulter.

„Na, traust du dich, in die Grube von Tutanchamun hinunterzusteigen?" Eine gewisse Skepsis und Genugtuung spiegeln sich in seinen müden Augen. Er weiß von meinen klaustrophobischen Anfällen, die ich nur bedingt unter Kontrolle habe. Kalter Schweiß bedeckt mich und lässt mich erschaudern.
Der Himmel über uns ist mittlerweile fast dunkel geworden, die ersten Sterne funkeln, hier draußen sieht man viel mehr als in einer Stadt. Die Vögel haben sich beruhigt, mit ihnen auch mein aufgebrachtes Gemüt.

„Klar", sage ich mit falscher Gelassenheit.
„Dann mal los. Ich werde euch nicht aufhalten", sagt er und streckt ausladend seinen rechten Arm aus,

dabei deutet er zu Lars, der auf mich zu warten scheint.

Als ich mich auf den jungen Mann zubewege, steigt ein unangenehmer Geruch in meine Nase und wird mit jedem Schritt dichter und intensiver.
Lars Böhm steht an der Kante und leuchtet in das schwarze Viereck aus Luft und undefinierbaren Gasen hinein. Der Lichtkegel verliert sich in der Tiefe.

„Stinkt nach Alkohol", ertönt seine gedämpfte Stimme. „Wir müssen vorsichtig sein. Hier ist alles mit Öl beschmiert, und die abgebrochenen Zylinder sind an den Kanten scharf", stellt er fest und leuchtet mit seiner Taschenlampe nacheinander auf jedes der vier Rohre. „Was glauben Sie, was sich da unten verbirgt?"
„Eine Schnapsbrennerei", scherze ich. Lars lächelt unsicher.

Nicht ahnend, dass ich mit meiner Vermutung sehr nahe liege, setze ich meinen rechten Fuß auf die steinerne Stufe, die nun sichtbar geworden und mit dem Öl der hydraulischen Zylinder beschmiert ist. Das Geländer ist rostig und von Löchern zerfressen. Unter meiner Berührung zerfällt das Metall.
Der helle Kreis der Taschenlampe, die mir Karl in die Hand gedrückt hat, tanzt vor meinen Schuhen. Ich bleibe stehen, als ich bis zu den Schultern in dem Verlies stehe. Ich blicke mich mit Hilfe der Taschenlampe um, kann jedoch nicht viel ausmachen. Es geht nur geradeaus die Treppe

hinunter. Mehr ahnend als wissend setze ich einen Fuß vor den anderen. Der Lichtkreis meiner Taschenlampe tanzt erneut vor meinen Füßen. Das helle Wildleder meiner Schuhe ist jetzt pechschwarz an den Rädern. Jeder meiner Schritte wird von einem lauten Schmatzen begleitet. Ich höre Lars hinter mir. Er atmet schwer.
Endlich spüre ich den Boden unter mir. Etwas huscht an uns vorbei.
Lars wirbelt herum und fällt fast hin.

„Das sind nur Ratten", beruhige ich ihn und wische mir den Angstschweiß von der Stirn. Eine Panikattacke nach der anderen jagt durch meinen Körper. Nicht die Ratten und die Verstorbenen bereiten mir Sorgen, sondern die Angst, der Raum würde sich mit jeder Sekunde verkleinern und sich um uns schließen. Nur das helle Quadrat über uns hält mich davon ab, die Grube zu verlassen.
„Wo sind wir hier?", flüstert Lars. Ein leises Ploppen, wie Wassertropfen auf Blech, lässt uns aufhorchen. Plopp. Plopp. Plopp.
„In einem Schutzbunker vermutlich", entgegne ich und leuchte in die gleiche Richtung wie mein mutiger Begleiter.

Boiler, Schläuche, Gasflaschen und Kanister stehen zu einer komplexen Konstruktion miteinander verbunden in einer Ecke.
„Das ist eine Destillationsanlage", sinniert er. „Sie hatten recht", sagt er dann noch schnell.
Plötzlich trifft der helle Schein meiner Taschenlampe auf etwas, das uns die Luft aus den

Lungen treibt. Lars strauchelt nach hinten. Ich halte ihn am Oberarm fest. „Verfluchte Scheiße", zischt er.
„Und? Habt ihr da unten was gefunden, ihr beiden?", schreit Karl von oben.
„Ja, haben wir", flüstere ich leise.

Kapitel 53 (Der Seelenretter)

Ich stehe vor dem Haus, in dem meine Frau und meine Kinder sich vor mir verstecken. Eine alte Bruchbude ihres Vaters, die ihre Schwester geerbt hat.

Nirgendwo brennt mehr Licht. Das Benzin in den beiden Kanistern schwappt blechern.
Das Mauerwerk des Fachwerkhauses ist porös. An manchen Stellen ist der Putz abgebröckelt, ich kann das Stroh darin sehen. Ich schraube den Verschluss auf und kippe etwas vom Benzin in eins der Löcher. Ich laufe um das Haus herum und schütte immer etwas von dem Treibstoff an die alte Hausmauer, der beißende Geruch scheint mich zu verfolgen. Als endlich beide Kanister leer sind, wähle ich die Nummer der Feuerwehr.
Die Stimme am Telefon will nur meine Adresse wissen. Schon fliegt das Streichholz und verschwindet im Mauerwerk. Eine Stichflamme spuckt mir ins Gesicht und leckt über den grauen Putz.

Meine Hände zittern – wie auch meine Stimme. Der Mann auf der anderen Seite verlangt nach der scheiß Adresse. Ein weiteres Streichholz verliert sich im nassen Stroh. Erneut entfacht es eine Feuerzunge und leckt gierig am Haus.

Zuerst bin ich sprachlos. Die Angst drängt mich zur Eile. Der Hörer klemmt zwischen meinem Ohr und der rechten Schulter. Ich diktiere schnell die Adresse.

Das Haus brennt jetzt von allen Seiten. Ich warte. Doch worauf? Ich muss sie retten. Meine Frau, mein Sohn und das neugeborene Kind schlafen immer noch nichtsahnend. Sie gingen ins Bett mit dem Gedanken, morgen wieder aufzuwachen und das Leben wie gewohnt fortzuführen. Außer Sarah, sie ist noch zu klein. Die Flammen fressen sich gierig durch das Mauerwerk und steigen in schwarzen Schwaden gen Himmel, der mit hellen Sternen gespickt ist.

Ich schließe die Augen. Die Haustür ist verschlossen. Natürlich. Ich drücke gegen die Türklinke. Da tut sich nichts. Mit der Faust haue ich auf die Klingel. Nichts. Die scheiß Klingel ist kaputt oder abgeschaltet. Unten sind die Fenster von schweren Jalousien geschützt.
Ich dresche mit beiden Händen dagegen. Oben geht ein Licht an.

Sirenen heulen in der Ferne. Mein Herz rast und stolpert bei jedem Schlag.
Endlich geht die Tür auf.

„Euer Haus brennt!", schreie ich meine Schwägerin an, die wie ein Gespenst in einem einfachen Schlafkleid aus Baumwolle vor mir steht.

Sie starrt mich ungläubig an, noch trunken vom Schlaf und nicht ganz anwesend torkelt sie zurück ins Innere.
„Wo ist mein Sohn?", brülle ich, zwänge mich an ihr vorbei und laufe die steile Treppe nach oben, als sie mir den Weg zeigt.
Stefanie hält Sarah auf dem Arm. Das arme Kind brüllt, ihr winziger Mund ist weit aufgerissen, das kleine Gesicht rot, die Augen fest verschlossen.
„Wo ist Sebastian?", schreie ich meine Frau mit heiserer Stimme an.
„In Keller", stottert sie. Ihre Hand krallt sich in mein Hemd. Einer der Knöpfe reißt ab und fliegt zu Boden. „Er ist im Keller, du musst ihn retten", stammelt sie flehentlich. Fensterscheiben bersten. Stefanie winselt. Der Rauch frisst sich durch meine Lunge und beißt mir in den Augen. Blind vor Wut und Verzweiflung stolpere ich nach unten.
Ich sehe nichts mehr. Nur schwarze Wolken umgeben mich, schiere Angst treibt mich an, die Liebe zu meinem Sohn gibt mir Hoffnung, dass ich es schaffen werde.
Mein Sohn liegt in einem klapprigen Bett und schläft seinen Rausch aus. Ich packe ihn grob an den Armen und werfe seinen schlaffen Körper über meine Schulter. Er ist betrunken. Ich kann die Fahne riechen. Er brabbelt unverständliche Worte.
Ich huste, spucke Galle und Rotz. Jeder Schritt wird zur Qual, aus Sauerstoffmangel und Überanstrengung sind meine Muskeln übersäuert und brennen unter der Haut. Ich beiße mich durch, quäle mich langsam die Treppe empor. Laute, dumpfe Schreie, das Bersten von Holz und das

Heulen von Sirenen vermischen sich zu einem einzigen Chaos aus unzähligen Tönen in meinem Kopf. Die Erde beginnt sich zu drehen. Ich verliere das Gleichgewicht und stürze zu Boden. Ich falle, unter mir breitet sich ein Loch aus, ein tiefer Schlund der Hölle.

Kapitel 54 (Johannes)

Die Dunkelheit und die stickige Luft drücken gegen meine Brust. Mein Atem geht schwer. Der Sauerstoffmangel bringt mein Herz zum Rasen.
„Das ist eine Leiche!", flüstert Lars. Seine Worte prallen wie ein Echo an den für uns unsichtbaren Wänden ab und hallen nach. Das Plätschern unserer Schritte verleiht dem Ganzen eine unheimliche Note.
„Davon müssen wir ausgehen", sage ich matt.
„Was ist da unten los?", ertönt eine Stimme und lässt uns zusammenfahren. Lars' Lichtkegel zuckt ein Stück nach oben über die Beine und den knochigen Oberkörper. Eine Fratze taucht in dem hellen Lichtkreis auf und grinst uns höhnisch an.
„Fuck", flucht der junge Polizist. Wie gebannt starren wir auf das Gesicht eines Skeletts.
„Wir haben hier eine Leiche", schreit Lars Böhm dann und versucht seine Nervosität zu überspielen, indem er einen Schritt nach vorne wagt. Doch dann huscht erneut ein Schatten über seine Füße. Jetzt lässt er die Taschenlampe doch noch fallen.
Ich vergesse für eine Sekunde die Leiche und die erdrückende Enge, weil ich damit beschäftigt bin, nicht aufzulachen.

Mit einer Hand tastet Lars nach seiner Lampe. Das Licht ist von dem schmutzigen Wasser getrübt. Gleichzeitig schaut er nach weiteren Viechern.
„Karl, wir brauchen mehr Licht. Ich glaube, wir haben den verschollenen Herrn Block gefunden",

rufe ich nach oben. Etwas krabbelt über meine linke Schulter. Vorsichtig taste ich über die Stelle. Mir bleibt die Spucke weg, als ich etwas Weiches erwische. Nein, keine Ratte. Ein Klumpen aus klebrigen Fäden – ein riesiges Spinnennetz, das von der Decke herunterhängt. Ich mache einen weiteren Schritt nach vorne. Lars hat endlich seine Taschenlampe wieder. Lichter tauchen hinter unseren Rücken auf. Emsiges Treiben bringt Leben in den Raum und macht es heller. Weiße Schatten von Stirnlampen huschen an uns vorbei. Ich sehe nur einzelne Fragmente, Schränke mit diversen Schaltern, Kabelstränge, Bildschirme und ein umgeworfener Stuhl tauchen vor meinen Augen auf und verschwinden wieder in der Schwärze. Der Raum ist größer, als ich gedacht habe, dass hier früher eine Art Schutzbunker mit einer militärischen Funktion war, steht jetzt außer Frage. Hatte dieser tote Mann etwas mit unserem Fall zu tun?

Zwei Tage später

Kapitel 55 (Der Seelenretter)

Ich höre, wie jemand zu mir spricht – leise und unverständlich. Die Modulation in der Stimme kommt mir bekannt vor, auch die andere, die etwas leiser ist, eigentlich nur ein Krächzen, ist mir mehr als vertraut.
Langsam hebe ich die Lider. So, als habe mir jemand Sekundenkleber darauf geträufelt, bekomme ich sie nicht auf.

„Schau mal, Mama, er ist wach", sagt die Flüsterstimme. Mein Sohn Sebastian. Ja, er ist es – mein Junge lebt. Hat er zu viel von dem giftigen Rauch oder von der heißen Luft eingeatmet und sich damit die Stimmbänder verletzt? Ich schlucke die Angst wie einen harten Klumpen herunter. Mehr aus Verzweiflung als aus Überzeugung hoffe ich, dass dem nicht so ist und mein Sohn unverletzt geblieben ist.

Etwas Kaltes und Nasses berührt mein Gesicht. Ich rieche den angenehmen Duft meiner Frau. Sie benutzt immer noch dieselbe Handcreme. Meine Brust hebt sich. Benebelt von Glück und töricht von der angenehmen Überraschung wage ich einen

weiteren Versuch, mit wenig Hoffnung auf Erfolg. Tatsächlich kriecht ein kleiner Lichtstrahl zwischen meine Lider. Ich sehe Schatten. Zwei Köpfe tauchen von beiden Seiten vor meinen Augen auf.
„Mama, ich glaube, er möchte seine Augen öffnen", flackert die Stimme.

Flatternde Berührung tupft über meine Lider. Endlich kann ich meine Augen öffnen. Alles um mich herum ist verschwommen. So, als schaue ich durch ein Milchglas, erkenne ich nur Silhouetten.
„Hallo, Stefan, schön, dich wiederzusehen", flüstert Stefanie und drückt mir ihre heißen Lippen auf meine Stirn. Ich kann sie riechen.
„Hallo", versuche ich, dieses einfache Wort durch meinen Hals zu zwängen. Alles, was ich zustande bringe, ist ein ersticktes *Haooh*.
Ich weiß nicht, was mir mehr Schmerzen zufügt, die verätzten Atemwege oder die schiere Angst, etwas falsch gemacht zu haben. Aber wenn ich in einem Krankenhaus bin, kann ich immer noch auf ein Happy End hoffen, beruhige ich mich im Stillen.
Eine kalte Hand umschließt meine Rechte. Stefanies Fingern zittern, meine auch.

„Sie haben den Typen gefasst. Er sitzt in Untersuchungshaft." Ihre Stimme bricht. Sie schluckt, schweigt, blinzelt. Ihre Augen sind rot. Die dunklen Ringe darunter lassen sie älter und verletzlicher erscheinen. Ich liebe sie mehr denn je, stelle ich mit einem Stich in der Brust fest.
„Dieser Fritz Streiter war das. Auch die Nachbarn haben ausgesagt, dass er meiner Schwester schon

des Öfteren angedroht hat, die Bude abzubrennen." Erneut wird Stefanie von einem Weinkrampf unterbrochen.

Die Hitze in meiner Brust flacht nach jedem ihrer Worte stetig ab. Ich wusste von diesen Wutausbrüchen. Auch war es kein Zufall, dass ich seine Kanister genommen habe, die in der Garage von diesem Verrückten gestanden haben. Er war schon immer nicht ganz knusper, dieser Typ.
Das Haus meiner Schwiegereltern war ein Leben lang ein Streitthema und sorgte oft für Aufsehen. Auch vor Gericht waren die zwei Parteien mehr als nur einmal gewesen. Immer, wenn der dicke Mann getrunken hatte, machte er seiner Wut Luft und posaunte mitten in der Nacht Hassparolen lauthals heraus und schwenkte dabei eine Fackel über seinem kahlen Kopf.

„Er bestreitet zwar alles, kann sich aber an nichts mehr erinnern. Er hat Alzheimer, sagt er immer wieder und beteuert seine Unschuld." Stefanie legt ihren Kopf auf meine Brust. Die angenehme Schwere ist so vertraut, dass unter meinem Herzen die Seele zu schmerzen beginnt. „Wenn du nicht da gewesen wärst, ich mag mir gar nicht vorstellen ..." Der Satz erstickt in ihren Tränen.
„Hätte Sebastian mich nicht angerufen, wäre ich womöglich gar nicht gekommen", lüge ich. Bei jedem Wort fühlt sich meine Kehle so an, als drückte mir jemand eine Rasierklinge tief in meinen Hals, so, als hätte ich Scherben verschluckt.

Sebastian senkt den Blick. Er war zu betrunken, um sich an den Anruf erinnern zu können. Auch das wird ihm eine Lehre sein.

„War noch jemand hier bei mir?" Ich verziehe mein Gesicht. Die Schmerzen sind kaum zu ertragen. Aber ich muss es einfach wissen.

„Ja, ein Kommissar Breuer und ein Professor. Seinen Namen habe ich aber vergessen", entgegnet Stefanie, ohne ihren Kopf zu heben. „Sie wollten dich sprechen, aber ich habe gesagt, sie können mich fragen, wir haben keine Geheimnisse voreinander. Ich habe ihnen gesagt, du warst immer bei mir, jede Nacht, auch als ich im Krankenhaus war. Als sie mich gefragt haben, ob du ein teures Auto gefahren hast, habe ich Nein gesagt. Stimmt doch, oder? Es hat Friedrich gehört, du hattest es nur, weil unser Wagen in Reparatur war. Aber das habe ich verschwiegen."

„Du bist ein Schatz", flüstere ich. Das Brennen in meiner Brust wird zu einem Inferno. Ich huste. Meine Augen tränen. Ich werde diesen Doktor aus dem Weg räumen, meine Familie schützen, ein neues Leben beginnen, aber in dieser Welt darf es keinen Johannes Hornoff mehr geben.

Kapitel 56 (Johannes)

Oberhauptkommissar Kraut ist rot im Gesicht. „Nein, verdammt noch mal, Karl. Unser Budget ist ausgeschöpft", presst er jedes Wort durch seine makellos weißen Zähne. Sein graumeliertes Haar ist nach hinten gekämmt. Sein hellblaues Hemd hat Bügelfalten, die Ärmel sind bis zu den Ellenbogen hochgekrempelt. Mit beiden Fäusten gegen die Tischplatte gedrückt, steht er leicht nach vorne gebeugt uns gegenüber und taxiert mich, dann Karl mit finsterer Miene. Lars ist gleich draußen geblieben. Nur Edgar hat sich in die Höhle des Löwen getraut, steht aber neben der Tür.

„Sie, Professor Doktor Hornoff ..." Seine Lippen sind weiß und aufeinandergepresst, er würgt eine Beleidigung herunter, bevor er weiterspricht, „... was in Dreiteufelsnamen hat Sie dazu veranlasst, sämtliche Federn auf menschliche DNA-Spuren zu untersuchen?" Jedes Wort gleicht einem Hammerschlag. „Anstatt den Fall zu lösen, haben wir jetzt noch eine Leiche. Die wirft Fragen auf, anstatt uns etwas Licht ins Dunkel zu bringen. Haben Sie vielleicht zur Abwechslung etwas zu dem toten Herrn Gerolsheim herausfinden können?" Jetzt gilt seine Aufmerksamkeit Karl. Er scheint gegen die Wutanfälle seines Chefs immun zu sein. Seelenruhig greift Karl in die Hosentasche, fummelt ein wenig darin herum, holt schließlich ein kleines Fläschchen heraus und lässt in jedes seiner Augen

mehrere Tropfen von der durchsichtigen Flüssigkeit hineintröpfeln. Genauso gelassen dreht er den Verschluss zu und lässt sich viel Zeit, bevor er zu einer Antwort ansetzt. Im Polizeipräsidium ist die persönliche Fehde, die die beiden Herren gegeneinander führen, kein Geheimnis.
„Wir haben einen Verdächtigen", entgegnet Karl und kaut dabei auf einem Streichholz.
„Und dieser liegt im Krankenhaus. Aber was haben Sie gegen ihn in der Hand?"
„Die DNA deutet darauf hin ..."
„Ich will Beweise, keine Vermutungen, versteht ihr mich? Beweise!" Das letzte Wort trennt er nach Silben, so, als wären wir begriffsstutzig. „Außerdem war er zu diesem Zeitpunkt nicht mehr da. Seine Schicht war beendet, als es zu diesem Unfall gekommen ist. Und die DNA könnt ihr euch sonst wohin stecken, dieser Schmitz arbeitet dort. Das ist alles Scheiße!"
„Nicht wirklich", entgegne ich. Irgendwo in der Ferne knallt eine Tür zu.
Krauts Augenbrauen, die ordentlich gestutzt sind, fahren nach oben.
„Wir haben Indizien ..."
„Schon wieder, schon wieder irgendwelche Indizien?", unterbricht er mich.
„Wir haben einen Videobeweis", mischt sich Karl ein und winkt Lars durch die gläserne Tür herein.
Kraut sieht jetzt überrascht drein. Seine Augen huschen hin und her. Lars Böhm zögert, schließt jedoch die Tür auf. Er und Edgar manövrieren einen Schrank in das große Büro ihres Chefs und positionieren ihn so, dass wir alle auf einen

Flachbildschirm mit Videorecorder schauen können. Das Kabel ist etwas zu kurz, sodass die beiden jungen Kollegen eine gefühlte Ewigkeit brauchen, bis sie eine passende Steckdose gefunden haben. Krauts Finger klopfen gegen die Tischplatte, meine gegen die Brust.

In dem schwarzen Bildschirm spiegeln sich das große Fenster und Krauts Ungeduld. Hastig zieht er die schweren Vorhänge zu. Der Raum wirkt auf einmal kleiner. Ich muss einen tiefen Atemzug holen, damit die aufkeimende Angst sich ein wenig legt.

„Herr Schmitz hat das Gebäude um 16:15 Uhr verlassen", ertönt eine angenehme Stimme. Lars Böhm übernimmt die Rolle des Sprechers. Sein Flüstern ist dem Ablauf der Bilder angepasst.
„Wie wir hier sehen können, taucht er nacheinander in den Überwachungskameras auf. Er geht zum Parkplatz. Auch hier sehen wir ihn gut und deutlich." Lars drückt ab und zu mal auf Pause, sodass wir Herrn Schmitz deutlich vor uns haben.
„Aber dann geschieht etwas Merkwürdiges. Hier."
Der Film wird angehalten. „Schauen Sie bitte in die untere Ecke. Ich habe das Video zusammengestellt. Den Zeitabschnitt von genau 35 Minuten habe ich ausgeschnitten." Noch bevor Kraut auffahren kann, fährt Lars mit seiner Präsentation schnell fort. „Erst jetzt taucht das Nummernschild in einer der Kameras auf ..."
Eine leise Melodie ertönt. Edgar entschuldigt sich flüsternd. Sein Gesicht wird von dem fahlen Weiß

erleuchtet. Er verlässt das Büro und schließt die Tür leise hinter sich zu.
Wir alle starren wie gebannt auf das Standbild. Die Puzzleteile in meinem Kopf ergeben noch kein vollständiges Bild. Eher ein Gefüge aus einzelnen Fragmenten. Kraut räusperte sich vernehmlich. Ich spüre einen leichten Stoß in die Seite. Ich bin mit meinen Gedanken abgedriftet, stelle ich leicht irritiert fest. Die Vorhänge fahren wieder auseinander. Das Bild auf dem Bildschirm verblasst zu einem glänzenden, schwarzen Rechteck.
„Haben Sie ein Täterprofil?" Kraut schaut mich prüfend und durchdringend an. Er ist erpicht darauf, mich aus dem Konzept zu bringen. Der Grund, warum er mich jedes Mal zur Polizei einlädt, ist der, dass er mich und Kommissar Breuer stolpern sehen will.

Seit Jahren bin ich ihm ein Dorn im Auge. Auch Karl ist derjenige, den Kraut nicht besonders ausstehen kann.
„Und?" Der grauhaarige Mann zieht die Stirn kraus und wartet.
„Kommissar Breuer hat alles, was ich bisher über den Täter habe herausfinden können."
„Ich war nicht sehr erfreut darüber, dass Sie sich der Sache annehmen, Karl hat darauf bestanden. Wie immer, nicht?" Sein falsches Lächeln straft ihn Lügen. Aber ich gehe auf seine Provokation nicht ein.
„Lesen Sie einfach die Akte. Aber ich würde gerne nochmal mit Herrn Schmitz sprechen. Seine Frau

verschweigt uns etwas, ich denke, sie möchte ihn vor uns schützen."
„Er liegt im Krankenhaus und braucht Bettruhe", sagt Kraut leise. „Also sind Sie immer noch der Meinung, dass Herr Schmitz mit all dem zu tun hat? Was hat ihn dazu bewegt, in fremde Häuser einzusteigen und ..."
„Ein Kindheitstrauma. Er wäre fast bei lebendigem Leibe verbrannt, wäre nicht ein mutiger Feuerwehrmann im richtigen Augenblick da gewesen. Der Vater blieb jedoch weg. Stefan Schmitz wurde als Kind gehänselt. In der Schule und auch auf der Straße. Sein Vater wurde wegen Verrats des Vaterlands beschuldigt. Eine schlimmere Kindheit kann ich mir nicht vorstellen, wenn der Vater, der eigentlich eine gewichtige Rolle für jedes Kind hat und für die Söhne noch vor Spiderman und Batman ganz oben auf der Liste der Helden steht, urplötzlich zu einem Schurken wird. Da bricht für jedes Kind das Leben wie ein Kartenhaus in sich zusammen und geht in Flammen der Enttäuschung auf. Alles, was bleibt, ist Asche, die von der kaum wahrnehmbaren Woge der Zeit für immer davongetragen wird."
„Sie und Ihre Psychofloskeln", entfährt es Kraut. „Und du, Karl? Was haben deine Leute herausgefunden?"
„Doktor Hornoff gehört zu meinem Team, Chef." Die Verbitterung in Karls Stimme ist nicht zu überhören. „Wir alle arbeiten zusammen", fügt er genauso giftig hinzu.
Lars packt derweil das Kabel zusammen und rollt den Schrank aus dem Büro.

„Ich will Ergebnisse, das, was ihr da habt, reicht nicht für einen Urteilsspruch", dröhnt Krauts Stimme uns hinterher, als wir im Begriff sind, das Büro zu verlassen. Dann merke ich, wie eine Hand mich hinten an der Schulter packt. Krauts Handgriff ist eisern. „Und von Ihnen möchte ich nicht veralbert werden, Doktor", spricht Kraut mit gepresster Stimme.

Mein linker Arm macht eine schnelle Drehbewegung, mit der Rechten umschließe ich sein Handgelenk und drehe seinen Unterarm nach außen. Damit hat der Aggressor wohl nicht gerechnet, denn seine Augen werden groß. Der Schmerz ist respekteinflößend, das weiß ich aus eigener Erfahrung. Der Vorsitzende der Mordkommission beißt die Zähne zusammen und möchte sich mit der freien Hand aus dem Griff befreien. Ich lasse die Situation nicht in einer Schlägerei eskalieren und lasse von ihm ab. In diesem Moment erscheint Edgar in der Tür, den Hörer immer noch ans Ohr gepresst.
„Wir haben erste Ergebnisse aus dem Labor", setzt er uns mit belegter Stimme in Kenntnis. Weil er nicht weiß, was er von der ihm dargebotenen Szene halten soll, macht er einen Schritt nach hinten.
Kraut klopft sich über die Brust und streift die Falten an seinem linken Ärmel glatt, so als wäre nichts gewesen. „Was für Ergebnisse? Sprich und schau mich nicht wie ein verliebtes Mädchen an", brummt er mit eiserner Stimme, die ihm die fehlenden Zentimeter, die er für eine stattliche Statur benötigt, locker wettmacht. „Was hast du für uns?"
„Die DNA-Spuren."

„Jetzt red endlich! In ganzen Sätzen, verdammt noch mal!"
„Wir haben die DNA abgeglichen. Die Leiche, ich meine das, was von dem Herrn Block übrig geblieben ist und die Spuren an einer der Federn haben eine Übereinstimmung von etwa 52 Prozent. Aber das sind nur vorläufige Erkenntnisse", stammelt der junge Forensiker schnell und steht jetzt stramm wie ein Soldat.
„Morgen, morgen will ich mehr wissen, verstanden?" Kraut schaut mich etwas länger an als die anderen.

Ich bleibe davon unbeeindruckt. Kommissar Breuer scheinbar auch, nur die beiden jungen Polizisten Lars und Edgar wackeln brav mit den Köpfen.
Erneut starrt mich der Oberhauptkommissar mit finsterer Miene an. Ich verziehe meinen Mund zu einem Lächeln und senke einmal die Lider. Diese kaum merkliche Bewegung, die angesichts der Umstände reinem Hohn gleicht, bringt ihn zur Weißglut. Karls Brust bebt. Auch er kann sich ein Grinsen nicht verkneifen, wir gehen.

Karl fährt mich nach Hause. Wir fahren durch Berlin, ohne dabei ein Wort zu wechseln. Bunte und graue Häuser, Passanten, Fahrzeuge, Bäume, Laternen und Ampeln huschen an mir vorbei, ohne dass ich all dem meine Aufmerksamkeit schenke. Nichts ist für mich in diesem meditativen Moment von Bedeutung bis auf meine Gedanken. Mein rechter Zeigefinger tippt auf das Display. Ich notiere alles und schicke diese Informationen an meinen Bruder.

Die neueste Erkenntnis, dass der tote Block und unser vermeintlicher Mörder direkte Verwandte sind, vervollständigt das Puzzle, verzerrt es jedoch gleichzeitig.

Keiner der Verdächtigen trägt den Nachnamen Block. Was wiederum bedeutet, der Gesuchte hat seinen Namen geändert, vielleicht hat er den Namen seiner Frau angenommen.

Kapitel 57 (Der Seelenretter)

Ich muss wohl eingeschlafen sein. Draußen ist es schon dunkel. Ich kann meine Augen wieder öffnen. Ich weiß nicht, wie lange ich geschlafen habe, aber ich fühle mich um einige Jahrzehnte besser als noch vor meiner letzten Wachphase oder wie man den Zustand der Benommenheit nennt, in der ein Mensch die Umwelt nur vage wahrnimmt. Bilder wie ein schlechter Traum huschen an meinem inneren Auge vorbei. War meine Familie wirklich hier? Ich betaste meine Brust, so als wollte ich mich vergewissern, dass Stefanie wirklich ihren Kopf gegen meine Rippen gepresst hat. Und ja, ich kann ihren Duft riechen.

Sie war wirklich da, alles wird gut. Ich drehe mich auf die Seite. Da stehen frische Blumen in einer Vase. Mein Herz macht Luftsprünge. Ich bekomme mein Leben wieder in den Griff. Die Bestie in mir werde ich auch noch bändigen können, zur Not mit Medikamenten. Ich werde das Böse in mir hinter dicken Gitterstäben verschließen wie all die Jahre zuvor. Mit zittrigen Fingern ziehe ich an dem Beistelltisch. In der Schublade liegen mein Handy und ein Zettel.

Ich greife nach dem zusammengefalteten Blatt Papier und klappe es auf.
In geschwungener Handschrift steht geschrieben: „Mein allerliebster Schatz", bei diesem Satz kribbelt

es unter meiner Haut, so als würde ein ganzes Ameisenvolk über meinen Rücken krabbeln. „Ich möchte dir danken, dass du uns gerettet hast. Du kannst mich jederzeit anrufen, das Handy ist aufgeladen." Statt eines Punktes hat Stefanie ein Herz gemalt. „PS: Wir wohnen wieder zu Hause."
Als ich das Handy eingeschaltet und die PIN eingegeben habe, beginnt das Telefon in meiner Hand mehrere Male zu vibrieren.

Die meisten E-Mails und Nachrichten sind unwichtig. Bis auf zwei. Ich öffne sie.

Das Posting wurde um mehrere Dutzend Kommentare erweitert. Noch mehr Beschreibungen, die auf mich wie zugeschnitten wirken, erstrecken sich in kurzen Texten und rauben mir die Luft.
Die Freude ist aus mir gewichen, hat alles Gute in mir verdrängt. Das Untier, das nach Blut dürstet, ist wieder in mir erwacht, ich muss seinen Durst und Hunger stillen. Dieser verdammte Professor muss aus der Welt geschafft werden. Noch heute Nacht.

Kapitel 58 (Johannes)

Er ist wieder online. Benjamin und ich haben darauf gehofft, dass er sich meldet. Unter mehreren Pseudoaccounts haben wir jeden Tag gepostet. Immer mehr Details preisgegeben. Manche waren relevant, die anderen erschienen uns unwichtig, dennoch hielten wir das Feuer am Brennen. Er antwortet nicht, mischt sich in die Diskussion nicht ein, dennoch beobachtet er uns. Und tatsächlich muss er beim Scrollen auf den Likebutton gekommen sein, denn der Daumen leuchtet blau auf und erlischt wieder.
Hast du es auch gesehen?, lautet die Nachricht von Benjamin.
Ja, habe ich, tippe ich zurück.
Wie kann ich dich aus deiner Reserve locken?
Dann starte ich etwas, das mich später den Kopf kosten kann, wenn jemand dahinterkommt.
Hallo, Stefan Block. Wir haben deinen Vater gefunden. Alles, was von ihm ...
WAS MACHST DU?, unterbricht mich Benjamin.
Ich ignoriere ihn und tippe weiter.
... übrig geblieben ist, sind Knochen und alte Schuhe. Er war ein Trinker. Wir haben ihn in seinem Bunker gefunden. Du und deine Mutter wusstet nichts davon. Ihr habt gedacht, er arbeitet nachts und tagsüber züchtet er Tauben. Er hat Schnaps für die Russen gebrannt, schwarz natürlich. Eines Nachts hat er zu viel davon eingeatmet oder auch

probiert, das wissen wir nicht. Alles, was wir wissen, ist, er hat euer Haus abgefackelt. Unwissentlich. Die Sicherungen sprangen des Öfteren raus, also hat dein Vater diese einfach überbrückt.
Ich warte einen Moment lang. Meine Finger zittern. Das Handy tanzt auf der Tischplatte. Benjamin schreibt nur einen Satz, immer und immer wieder: *Du sollst damit aufhören!* Ich bereue fast schon meine Entscheidung, dennoch habe ich so ein Gefühl, dass ich den Fuchs nur so aus seinem Bau locken kann.

Dein Vater war kein Held, er war ein Trinker. Du bist genauso wie er. Das, was du machst, ist feige. Du hast ein unschuldiges Kind getötet, du bist ein Mörder, du bist nichts als ein feiges Stück Dreck, das unter den Fingernagel einer dreckigen Hure passt.

Nichts. Er reagiert nicht.
Du bist ein Idiot, lautet die letzte Nachricht von Benjamin. Ich schaue auf die Uhr. 01:23. Ich muss schlafen. Morgen habe ich ein Gespräch mit Frau Beck. Die Gerichtsverhandlung findet in zwei Tagen statt. Sie ist die einzige Verdächtige. Der Vorfall im Kaufhaus wurde als ein Unfall deklariert. Gegen Herrn Schmitz haben wir nichts in der Hand. Ich werde die nächsten Tage auch ihn aufsuchen. Jetzt muss ich aber ins Bett.

Kapitel 59 (Der Seelenretter)

Mein ganzer Körper bebt. Hat dieser verdammte Doktor tatsächlich meinen Vater gefunden? Mein Vater war ein Spion, er war ein Radartechniker. Er will mich nur aus der Reserve locken, dieses Arschloch. Ich beiße aus Wut und Verzweiflung meine Zähne zusammen. Ich weiß, er steckt dahinter. Dieser Doktor Hornoff. Eine der Frauen, die sich an der Unterhaltung beteiligen, trägt einen Namen, der seinem sehr ähnelt. Johanna Hornowitz. Warum hat er das nur getan?

Das Adrenalin weitet meine Blutgefäße. Benommen wie nach einem guten Joint scheine ich zu schweben.
Mein Finger huscht über das Display. Ich werde den komischen Kauz mit den schiefen Zähnen anrufen. Den Co-Trainer. So habe ich ihn auch in meinem Telefon abgespeichert. Alle nennen ihn Schorschi. Er ist ein Sozialarbeiter, weil er sonst nichts zu tun hat, trainiert er die Jungs und jobbt für die Stadt als Gärtner. Als Trainer taugt er sogar was, aber als Person ist er einfach eine Niete mit abartigen Neigungen.

„Hey, Schorschi, tut mir leid, du schläfst bestimmt schon", flüstere ich in den Hörer, als sich jemand mit einem kaum hörbaren Ja meldet.
„Nö, ich zocke", entgegnet er nur. Er ist arbeitslos und Fußball ist seine Leidenschaft, hat er mir mal

erzählt. Kinder zu trainieren auch. Ich denke aber, ihnen beim Duschen nachzustellen macht ihn mehr an, als den Jungs beim Spielen zuzuschauen. Ich habe sogar Beweisvideos. Das weiß dieser Kerl auch. Ich habe ihm die kurzen Filme schon mehrmals gezeigt.

„Kannst du mich vom Krankenhaus abholen? Ich habe Hunger und muss an die frische Luft", flüstere ich weiter.
„Ich weiß nicht so recht. Ist es nicht illegal, außerdem haben jetzt nicht alle Läden zu?", versucht er, sich aus der Affäre herauszureden.
„Bring einfach ein Brotmesser, Wurst und Brot mit. Ich muss nur kurz nach Hause, etwas abholen. Ich habe eine neue PSP, hier ist es langweilig, dann kann ich auch zocken."
Er grübelt, ich kann sein Gehirn klackern hören, eigentlich sind es die Tasten seiner Tastatur. Er zockt tatsächlich.
„Ich lösche auch die Videos", sage ich dann. Das Klackern hört abrupt auf. Ich höre ein leises Rattern von Maschinengewehren und Schreie von Männern.
„Alle?" Das klingt nicht nach einer Forderung. Trotzdem beantworte ich seine Frage mit Ja.
„Okay, wo soll ich auf dich warten?"
„Unten am Eingang. Weißt du, wo das Universitätskrankenhaus liegt?"
„Hmm."
„Warte an der Schranke."
„Okay, in zwanzig Minuten bin ich da."
Ich lege einfach auf.

Im Nebenzimmer sehe ich durch ein Fenster die Krankenschwester, die heute Nachtschicht hat. Sie ist hier allein. Die Zwischentür ist abgeschlossen. Ich werde sie ein wenig ärgern müssen, so leid sie mir auch tut. Mit der rechten Hand ertaste ich das Stativ, an dem ein Beutel mit durchsichtiger Flüssigkeit hängt, und werfe es um. Doch dann geschieht etwas, womit ich nicht gerechnet habe. Die Tür zu meinem Zimmer geht auf. Nur im Augenwinkel kann ich einen Polizisten erkennen. Ich liege flach auf meinem Bett wie ein Toter, bewege mich nicht.

Die Tür, die unsere beiden Räume trennt, wird jetzt auch aufgeschlossen.
„Bleiben Sie bitte draußen", herrscht die Frau den Mann in Uniform barsch an, obwohl sie flüstert, klingt ihre Stimme hart und zornig. „Sie müssen draußen bleiben, das hier ist mein Patient", fügt sie hinzu. Der Typ verzieht sich wortlos.
Der Ständer wird aufgerichtet. Ihr Telefon blinkt rot. Irgendwo wartet ein weiterer Patient auf sie. Sie geht raus. Die Tür zum Nachbarzimmer bleibt offen.
Das Personal ist überfordert. Eine Krankenschwester auf zwanzig, vielleicht auch mehr Kranke, ist einfach zu wenig. Ich habe mal zwei Damen beim Lästern belauscht, als sie ein Bett neu bezogen haben und sich über die Zustände beschwert haben.
Jetzt muss ich handeln, solange ich hier allein bin.
Ich warte noch einen Moment. Der Bulle schaut nicht mehr nach mir.
Ich drehe an dem Venenkatheter. Der Schlauch des Infusionsbeutels baumelt in der Luft. Auf

Zehenspitzen laufe ich zum Schrank. Darin liegen meine Klamotten. Frisch gewaschen. Auf dem dunklen T-Shirt glänzt etwas. Das Amulett, ein Geschenk zu meinem Geburtstag. Ich binde das Lederriemchen um meinen Hals. Das Metall fühlt sich ein wenig kalt auf meiner Haut an. Trotzdem verspüre ich eine wohlige Wärme. Das T-Shirt und die Hose sind schnell angezogen. Die Sportschuhe stehen neben meinem Bett. Ich nehme sie in die Hand und schleiche mich in das Nebenzimmer.
Ein Mann liegt im Sterben. Er ist an so viele Geräte angeschlossen, dass einem allein beim Anblick kalt ums Herz wird.

Vor der Tür zerre ich an einem blauen Schutzanzug und schlüpfe hinein. Denselben trägt heute auch die Schwester.
Ich drücke leise die Türklinke nach unten. Unter der Schutzmaske riecht die Luft nach verbranntem Gummi. Ich werfe einen hastigen Blick nach rechts. Der Polizist sitzt auf einer Bank und tippt auf seinem Handy.

Ich mache einen tiefen Atemzug und laufe in die entgegengesetzte Richtung. Bei jedem Schritt rechne ich mit einem: „Hey, Sie da! Stehen bleiben, Polizei!" Nach zehn Schritten biege ich nach links ab. Erst jetzt kann ich richtig Luft holen. In dem gedimmten Licht erscheint alles grau. Ich verschmelze mit der Wand. Schritte, die zum Glück immer leiser werden, jagen mir für einen Augenblick einen Schrecken ein. Dann renne ich die

Treppe hinunter, zum Notausgang. Den Schutzanzug stopfe ich im Vorbeilaufen in einen Mülleimer.
An der Notaufnahme winke ich einer Dame zum Gruß und laufe hinaus.

Kapitel 60 (Johannes)

Heute ist die Nacht ungewöhnlich heiß. Ich kann dem Drang, das Fenster aufzureißen, nicht widerstehen. Auch wenn die innere Stimme in mir das Gegenteil behauptet und mich davon abhalten will, pelle ich mich müde aus dem Bett und lasse dann die abendliche Luft in unser Haus hineinströmen. Mit einem flauen Gefühl im Magen lege ich mich erneut ins Bett. Sonja dreht sich zu mir um, wacht jedoch nicht auf. Im kalten Licht des Mondes wirkt ihre Haut weiß. Ich schließe meine Augen. Ich finde keine Ruhe. Etwas nagt an mir. Eine Vorahnung, etwas, das mich davon abhält, in die Welt der Träume abzutauchen. Mein Geist schwebt zwischen diesen beiden Ebenen.

Morgen werde ich ins Krankenhaus fahren. Karl und ich werden diesen Herrn Schmitz in die Mangel nehmen. Sein Zustand ist soweit stabil. Soviel ich weiß, hat Karl dafür gesorgt, dass sein Zimmer Tag und Nacht überwacht wird. Immer mehr Details konnten Kommissar Breuer und sein Team an den Tag bringen. Alle ziehen jetzt an einem Strang. Sie haben Fingerabdrücke an dem Gabelstapler gefunden. Was nicht zu einer Festnahme führen wird. Aber auch der Junge, der Sohn von Frau Gerolsheim, Tobias, konnte sich an den Mann erinnern. Er hatte ihn gesehen, wie er seinem Vater nachgelaufen war.

Auch glaubt er, sich ein wenig an die Nacht erinnern zu können. Als jemand sich in ihre Wohnung geschlichen hatte. Der Fremde flüsterte einen Namen, Tobias sagte: „Ich habe von einem Jungen geträumt, er redete mit mir. Stefan, das, was du machst, ist richtig", hatte jemand in seinem Traum zu ihm gesprochen. Bis dahin hat niemand dieser Aussage die Aufmerksamkeit geschenkt, die ihr gebührte. Tobias behauptete, die Stimme in seinem Traum flüsterte immer und immer wieder den gleichen Satz. *Rette den Jungen, rette seine Seele, du bist der Seelenretter. Rette den Jungen, du bist sein Heil, Stefan.*

Das herauszufinden, gelang uns nur unter Einwirkung von Hypnose. Tobias Gerolsheim konnte sich an viele Details erinnern. Aber all das waren keine Beweise. Kein Richter würde anhand dessen einen vielleicht unschuldigen Mann hinter Gitter bringen. Die Gedanken ziehen mich tiefer in die Welt der Träume hinein. Ohne es zu merken, lasse ich mich treiben und sinke ab.

Kapitel 61 (Der Seelenretter)

„Hast du alles, worum ich dich gebeten habe, Schorschi?", frage ich den Mann am Steuer, als ich mich in seinen alten Opel hinein quetsche.
„Ich habe dir eine Stulle geschmiert, mit Leberwurst und Gurken drauf", grinst er mich an, greift um den Sitz und drückt mir ein in Alufolie eingepacktes Brot in den Schoß.
Vollidiot, denke ich mir, steige aus dem Wagen, werfe das Bündel auf die Straße und öffne den Kofferraum. Messer, alles, was ich gebraucht habe, war ein Messer, und was schleppt der Arsch an, ein Butterbrot! Ich könnte kotzen.

Zum Glück hat er Werkzeug dabei. Zuerst nehme ich einen Schraubendreher, der ist lang und an der Spitze verkratzt, der zylindrische Teil des Metalls ist verbogen. Dieses Ding wurde nicht zum Lösen von Schrauben benutzt. Dann fällt mein Blick auf ein Teppichmesser. Unbenutzt, die Klinge ist scharf, stelle ich zufrieden fest. Ich fahre prüfend mit dem Daumen über das dünne Metall der Schneide und ziehe sie dann zufrieden zurück in den Schaft.

Ich nenne dem Typen die Adresse. Er rast wie ein Verrückter, was mir nur recht ist. Der Corsa grölt, ich glaube, dieser Schorschi hat in den Endtopf ein Loch gebohrt, damit sein Karren wie ein Sportwagen klingt, aber auch das kümmert mich nicht.

Endlich erreichen wir die Siedlung. Alles schläft, nur die Straßenbeleuchtung hält Wache. Wie traurige Soldaten stehen sie mit gesenkten Köpfen in gleichmäßigen Abständen am Straßenrand.
„Halt hier an. Ich brauche nicht lange", sage ich schnell.
Der Kerl schaut durch die Tür und meint: „Welches Haus?" Sein Haar steht wirr ab, genauso wie seine Zähne. Die Stirn glänzt, die Augen sind geweitet.
„Hast du was eingeschmissen?" Sofort wirkt er auf einmal kleiner. Ich strecke meinen Arm aus. Er druckst herum, legt mir dann doch zwei Tabletten auf die Handfläche, ich beuge meine Finger mehrmals auf und zu.

Eins der Dinger bleibt mir am Gaumen kleben, als ich mir die Tabletten in den Mund werfe. Nur mit Mühe kann ich sie hinunterwürgen. Diese kleinen Biester, diese Upper, ich nenne sie gerne Wach-Schocker, verpassen den Gamern einen Energiekick und saugen jede noch so kleine Kraftreserve aus ihren Körpern heraus, nur damit sie die Nacht durchspielen können.
„Hast du was zum Trinken und Feuer?", krächze ich mit zerknitterter Miene.
Er versteht sofort, was ich meine. Er steigt aus dem Wagen und beugt sich über die nach vorne geklappte Lehne zur Rückbank. Es dauert einen Moment. Seine Hose rutscht nach unten, der stark behaarte weiße Hintern starrt mich an. Ich wende mich von dem grässlichen Anblick ab. Ein leichtes Tippen auf meine Schulter, ich drehe mich wieder zu Schorschi

um. Er hält eine kleine Flasche Energiedrink und einen Joint samt Feuerzeug in seinen Händen.
„Jetzt musst du die Filme löschen", stottert er.
Die Drogen fangen an zu wirken. Mein Herz wummert wie die Bassbox in dem getuneten Wagen eines Proleten. Bumm, bumm, bumm, höre ich den Herzschlag in meiner Brust.

Die Umrisse werden schärfer, die Konturen ausgeprägter, die Energie kommt aus der Erde durch meine Füße bis hin zu meinem Hirn. Ich fühle mich wie neugeboren und schnappe nach der Flasche, kippe den warmen, klebrigen Inhalt in mich hinein, stecke die Kippe zwischen die Lippen und knipse mit dem Feuerzeug.
Eine kleine Flamme tänzelt vor meiner Nase. Ich ziehe an dem Joint, eine weiße, schwere Wolke wabert über mir. Der beißende Rauch lässt meine Augen tränen, ich muss blinzeln. Das Gras knistert, als ich erneut einen tiefen Zug mache.
„Du musst sie löschen", setzt er wenig überzeugt nach.
„Später, wenn du mich im Krankenhaus abgesetzt hast", entgegne ich und tätschele ihn an der stoppeligen Wange, als wäre er ein dummes, verhätscheltes Kind.
Er schaut auf meine Hände und wundert sich, warum ich Gummihandschuhe trage. Ich kann mir ein hämisches Grinsen nicht verkneifen.
„Hast du den Schraubendreher schon mal benutzt?", will ich von ihm wissen, wiege das schwere Werkzeug demonstrativ in meiner Hand und blase

Schorschi die süßlich riechende Luft ins Gesicht. Er nickt.
Brav, denke ich und laufe zum Haus.
Eines der Fenster steht offen. Ich werde jedoch eines der unteren aufstemmen. Der Schraubendreher eignet sich ganz gut dafür.
Ich klettere zwischen einer Hecke und einem kleinen Zaun hindurch, mit Bedacht darauf, den Bewegungsmelder nicht auszulösen.
Die Sturmhaube habe ich heute leider nicht dabei. Darum habe ich einen der Ärmel von meinem T-Shirt abgerissen. Zwei Schlitze, die ich mit dem Teppichmesser eingeritzt habe, klaffen wie zwei ausgefranste Wunden vor meinen Augen. Ich hätte mir auch einen für den Mund machen sollen, hatte jedoch Angst, dass der Stoff reißen könnte.

Den Kopf hineingezwängt, laufe ich über die Wiese. Die Öffnung am linken Auge ist ein wenig zu klein geraten und nimmt mir die Sicht. Zum Glück habe ich einen kleinen Kopf und die Ärmel sind weit. An einigen Stellen sind die Nähte doch noch geplatzt. Ich muss mich beeilen. Leicht nach vorne gebeugt schleiche ich an ein kleines Fenster. Dahinter muss sich das Bad oder eine Toilette befinden. Die Scheibe ist milchig. Hoffentlich hat Sonja keine Blumentöpfe oder sonst irgendwas auf der Fensterbank stehen.
Ich ramme den Schraubendreher in den Spalt. Das Holz knarrt. Mit aller Kraft packe ich den Griff und zwänge das Metallstück weiter hinein. Der glänzende Schaft steckt gute fünf Zentimeter im Rahmen. Meine Hände ziehen an dem Werkzeug,

drücken es nach oben und gleichzeitig nach innen. Nach einem weiteren Versuch gibt das Fenster nach. Etwas bricht und löst sich aus der Verankerung.
Ich stupse leicht gegen die Scheibe. Nichts fällt zu Boden. Ein schwacher Duft nach frischer Wäsche strömt mir entgegen. Ich habe den Waschraum erwischt, mutmaße ich und steige durch die Öffnung. Tatsächlich sehe ich eine Waschmaschine, einen Trockner und einen Berg von ungewaschenen Klamotten in einem Korb.

Weil ich in diesem Haus schon einmal gewesen bin, weiß ich, wo sich das Schlafzimmer befindet. Der Schraubendreher landet unweit vom Fenster in einem Blumenbeet. Soll ja nicht ganz auffällig wirken. Der Schorschi tut mir jetzt schon leid. Aber mein Plan ist genial.

Familie Hornoff schläft den Schlaf der Unschuldigen. Nirgendwo brennt ein Licht. Ich überlege fieberhaft, ob ich zuerst die Frau … nein, den Gedanken verwerfe ich sofort. Ich werde mich nur einer Person entledigen.
Zum Glück sind die Stufen aus Marmor. Nichts knarzt unter meinen Füßen, kein Geräusch verrät meine Anwesenheit. Nur der Atem und das Blut in meinen Kopf sind ohrenbetäubend.
Ich schlucke schwer. Der Stoff um meinen Mund und die Nase ist nass. Ich bekomme sehr wenig Luft. Meine Hände schwitzen, die Gummihandschuhe werfen Falten.
Ich schwanke, als ich endlich vor dem Mann stehe, der nichtsahnend seine Frau im Arm liegen hat. Er

schläft, Sonja auch. Sie ist nackt. Ich kann ihre Brüste sehen. Nur das dünne Laken bedeckt ihre Scham. Mein rechter Daumen schiebt die Klinge vom Teppichmesser hin und her. Ich weiß nicht, ob ich mich dazu überwinden kann, ihn zu töten. Er liebt seine Frau und seinen Sohn. Eine unbekannte Vorahnung nimmt mich in ihren Besitz. Ein einziger Schnitt durch die Arterie an seinem Hals und er gehört für immer der Vergangenheit an, dieser Doktor.

Ich muss die Sache schnell hinter mich bringen. Ich taste mich näher an das Ehepaar heran. Der Arm von Sonja verdeckt die Stelle an seinem Hals. Plötzlich regt sie sich. Ich vernehme ein leises Vibrieren. Dann überrascht mich ein schnelles, nacheinander folgendes Aufblitzen. Mein Daumen drückt auf den Schieber, die Klinge schnellt heraus.

Kapitel 62 (Johannes)

Ich werde grob aus dem Schlaf gerissen. Alarm, Alarm schrillt das Wort in meinem Kopf. Mein Bruder ist in Lebensgefahr. Ich springe aus dem Bett, taste nach dem Handy. ‚Jemand ist in deinem Haus' lautet die Nachricht, die ich mehr erahne, als dass ich sie lesen kann. Noch müde vom Schlaf, gelähmt von Angst und mit Adrenalin vollgepumpt, möchte ich aus dem Zimmer stürmen und renne gegen einen Schatten. Überrascht trete ich einen Schritt zurück, der Schatten ist real. Ich begreife nicht sofort, dass ich einem maskierten Einbrecher gegenüberstehe.

Aus der Nacht materialisiert sich eine männliche Gestalt. Zuerst ein wenig unentschlossen und allem Anschein nach genauso überrumpelt wie ich, stößt er seinen Arm gegen meine Brust. Geistesabwesend blocke ich den Angriff ab. Und packe ihn am Hals, ich bekomme etwas zu fassen, eine Halskette oder einen Anhänger. Er ist bewaffnet, zuckt der Gedanke durch meinen Kopf. Wie zur Bestätigung durchfährt ein sengender Schmerz meine Brust und den rechten Unterarm. Ich lasse von ihm ab, stoße den Schatten von mir weg. Er startet erneut einen Versuch zum Angriff. Ich halte den Halsschmuck mehr aus Reflex in meiner Faust.

Wie aus dem Nichts zerfetzt ein entsetzlicher Schrei die Luft. Sonja ist aufgewacht und schreit sich die

Seele aus dem Leib. Im Flur hat jemand das Licht angemacht. Tim, schrillt der Name meines Sohnes in mir.

„Tim, bleib in deinem Zimmer!", schreie ich und schlage dem Maskierten mit der rechten Faust ins Gesicht.

Wie war das möglich? Dieser Schmitz lag doch im Krankenhaus. Oder haben wir uns geirrt? Ab morgen sollte mein Haus von der Polizei überwacht werden. Das hat mir Kraut zugesichert. Verdammt, jetzt ist alles zu spät. Ich hätte auf Benjamin hören sollen.

Mein Atem geht schwer. Unter meinen Füßen ist der Boden nass. Alles um mich herum dreht sich. Sonja muss auf den Lichtschalter gedrückt haben, denn ich sehe den Angreifer klar und deutlich vor mir stehen. Ein hastiger Blick nach unten raubt mir den Atem. Die Pfütze unter mir ist dunkelrot. Nein, ich darf nicht nach unten schauen, sonst wird mir schwindlig. Mein Augenmerk richtet sich erneut auf den Eindringling. Ich sehe, wie er hinausrennt. Ich möchte ihm hinterherlaufen, doch dann rutsche ich aus. Alles unter mir ist rot. Ich blicke wieder nach unten. Ein dünner Strich läuft quer über meine Brust. Blut tropft aus der Wunde über Bauch und Beine. Sonja kreischt nicht mehr, als ich mich zu ihr umdrehe, starrt sie mich mit weit aufgerissenem Mund stumm an. Ich stürze zu Boden, mit dem Gesicht voraus. Noch im Fallen gelingt es mir, einen Schritt nach vorne zu tun. „Sonja, du musst das hier für mich aufbewahren", flüstere ich und strecke ihr die Hand mit dem Medaillon entgegen. Dann verschwindet alles in einer schwarzen Leere im Nichts.

Kapitel 63 (Der Seelenretter)

Ich laufe, nein, ich stürze die Treppe nach unten. Von Panik ergriffen, weil ich mit so einer Wendung nicht gerechnet habe, bin ich fast an der Tür zum Waschraum vorbeigerannt. Erst in letzter Sekunde kann ich mich bremsen. Schnell steige ich durch das offene Fenster. Aus der Ferne heulen Sirenen und werden immer lauter. Ich zerre mir die Maske vom Kopf, als ich mich durchs Gestrüpp gezwängt habe. Mein Blick hastet hin und her. Wo ist dieser Idiot Schorschi? Erst als ich erneut nach links schaue, bemerke ich die Rostlaube. Er steht tatsächlich vor der Einfahrt zum Haus. Ich könnte kreischen vor Wut.

Ich ducke und schleiche mich so weit wie ich nur kann näher zu dem weißen Corsa. Schorschi starrt zum Haus. Sein Gesichtsausdruck könnte dämlicher nicht sein als in diesem Moment. Er wirkt unentschlossen, erschrocken und vor Neugierde wie paralysiert.

Ich kann jetzt das Aufflackern von blauen Lichtern erkennen. Jemand hat die Bullen gerufen. Ich schaue zu Boden. Tatsächlich liegt da eine kleine Flasche neben dem überfüllten Mülleimer. Gelobt sei die Müllabfuhr. Ich greife danach und werfe das Fläschchen. Ein leises Bersten und ein Riss in der

Windschutzscheibe wie auch das erschrockene Gesicht von Schorschi bestätigen den Treffer. Der Wagen kommt langsam ins Rollen. Die gelben Lichtkegel kriechen über den Asphalt und verdrängen die Dunkelheit. Ich höre das Knirschen von Rädern.

„Bist du bescheuert?", schreit er mich durch die offene Beifahrertür an.
Ich schlage ihm mit der Faust ins Gesicht. Er schnappt erschrocken nach Luft.
„Fahr endlich, du Arschloch, sonst siehst du deine Videos morgen auf YouTube."
Er prüft zuerst seine Nase. „Was ist in dich gefahren?", fragt er winselnd, gibt jedoch Gas.
„Wenn die Bullen uns erwischen, wirst du als Komplize mit mir zusammen eingebuchtet."
Schorschi zuckt zusammen und schaltet in den vierten Gang. Er fährt mehr als hundert. Der kleine Wagen droht dabei auseinanderzufliegen.
„Wo fahren wir hin, was war das für eine Aktion?"
„Ein Überfall. Dieser Typ war mir etwas schuldig", sage ich so ruhig, wie ich nur kann.
Schorschi biegt immer wieder in die kleinen Gassen ab. Er ist ein gewiefter Kerl. Das hier war nicht das erste Mal, dass er vor jemandem fliehen musste.
Nach einer gefühlten Ewigkeit haben wir die Hauptstadt erreicht.
Wir rasen immer noch mit mehr als achtzig Sachen.
„Hier, bieg hier ab, ins Alexanderufer!", befehle ich ihm.
Als er die Kurve nimmt, spritzt der Schotter unter den Rädern, wir sind ein wenig von der Fahrbahn

abgekommen. Der Geruch nach Gummi und Staub steigt in meine Nase. „Fahr zum Fluss", herrsche ich Schorschi an.

„Wie denn?" Seine Unterlippe zuckt. „Da ist nur ein Gehweg."

„Eben, dein Auto passt da schon durch."

„Und jetzt?", will er wissen. Erst jetzt traut er sich, mich mit seinen dunklen Augen anzustarren. Seine Zähne sind wie schiefe Grabsteine aus weiß-gelbem Granit. An manchen Stellen abgebrochen und rissig.

„Hol dein Handy raus, ich schicke dir deine scheiß Videos. Hast du eine Beam-Funktion?" Ich kann seinen Atem riechen. Cheese and Onions.

Er fummelt an seinem Smartphone. „Hier, natürlich habe ich eine", entgegnet er und reicht mir sein Handy. Seine Finger sind kalt und nass.

„Wir machen es anders, ich schenke dir die Speicherkarte", knurre ich. Meine Hände sind immer noch rot vom Blut. Dieser Doktor hat geblutet wie ein Schwein. Ich glaube, ich habe ihn schwer erwischt. Ich wische mir das Blut an Schorschis weißem T-Shirt ab. Angeekelt starrt er an sich herab. Ich ziehe die Gummihandschuhe etwas zurecht.

„Hast du noch mehr von den Tabletten?"

„Ja, aber", stottert er, „du hattest schon zwei", fährt er zaghaft fort und kämpft gegen eine Panikattacke an.

„Die sind ja auch für dich." Ein höhnisches Grinsen huscht über meine Lippen. Ich schalte das kleine Lämpchen über uns an. Unsere Gesichter bekommen dunkle Schatten.

„Ich mach das nicht. Man kann an einer Überdosis krepieren."

„Das wirst du so oder so." Mein Daumen drückt auf den Schieber. Die verschmierte Klinge fährt aus dem Plastikgriff. Das Metall ist schwarz vom Blut.
Schorschi tastet nach dem Türgriff. Er möchte fliehen. Ich packe ihn am Haar und dresche seinen Kopf gegen das Lenkrad. Ein gedämpftes Hupen verschwindet in der Nacht.

„Lass mich in Ruhe", fleht er mich an. Ein glibberiger roter Faden zieht sich an seinem Kinn herunter und reißt ab. Blut strömt aus beiden Nasenlöchern. Jetzt ist sein T-Shirt komplett versaut.
„Mach, was ich sage, dann darfst du vielleicht leben." Das ist eine fette Lüge, von der er aber nichts wissen muss. Das Tier in mir reckt sich wieder. Es riecht Blut, Angst und den Tod. Das Unwesen ist erwacht. Mein Herz nimmt Anlauf, wie ein Schmiedehammer schlägt es gegen meine Brust. Bumm, bumm, bumm.
Schorschi schüttet sich den ganzen Inhalt auf die Handfläche, einige Tabletten fallen heraus und verschwinden irgendwo unter dem Sitz. Ich nicke ihm zu. Er wartet. Seine Unterlippe senkt sich wie in Zeitlupe. Ich halte das Teppichmesser dicht vor sein rechtes Auge. Seine Pupille zuckt.
„Mach es", knirsche ich mit zusammengebissenen Zähnen.

Er tut wie geheißen und sperrt seinen Rachen weit auf. Die flache Hand schlägt gegen den weit geöffneten Mund. Er schluckt. Schorschi winselt.

„Gut gemacht." Ich tätschele erneut seine borstige Wange. „Hast du etwas zum Schreiben da?" Ich zwinkere ihm mit einem Auge zu.
„Im Handschuhfach sind ein Notizblock und ein Kugelschreiber", stammelt er, beugt sich über mich und wuselt darin herum. Er wird schnell fündig. Ich halte ihm solange das Messer an den Hals gepresst. Er richtet sich langsam auf.

„Okay, ich diktiere dir etwas und du schreibst die Namen und die Adressen untereinander auf. Währenddessen kann ich auch die Fotos sortieren. Multitasking ist mein zweiter Vorname. Du kannst dir gern einen Joint reinziehen, ich bestehe darauf."
Schorschi holt sein silbern glänzendes Zigarettenetui heraus, klappt den Deckel auf – das gelingt ihm erst nach mehreren Versuchen, denn seine Finger flattern wie die Flügel eines sterbenden Falters –, mit genauso großer Anstrengung kratzt er eine selbst gedrehte Zigarette heraus und steckt sie sich schließlich zwischen die Lippen. Seine Nase blutet nicht mehr. Ein mehrmaliges Klacken ertönt, dicht gefolgt von einer kleinen Flamme und einem leisen Knistern. Der Qualm schwängert den Innenraum.

Mein Finger huscht derweil über den kleinen Bildschirm, die Namen sind in mein Gedächtnis eingemeißelt. Meine Stimme klingt erstaunlich ruhig und gefasst, wie bei einem Lehrer in der ersten Klasse. Gleichzeitig konzentriere ich mich auf die Bilder. Zum Glück habe ich ein neues Handy. Auch habe ich mir angewöhnt, keine privaten Bilder damit zu schießen. Dafür habe ich eine

Spiegelreflexkamera. Einige Fotos vom Fußball, dann vom Krankenhaus, als wir den Trainer am Tag seiner Entlassung besucht haben, sind mehr oder weniger gut geworden. Hier stehe ich mit Schorschi und einigen Jungs am Tor. Da ist sogar Timmi, der Sohn von Johannes Hornoff. Er grinst, er weiß nicht, dass sein Sieg gekauft wurde. Ich lösche ein Dutzend Fotos. Dann schaue ich nach, ob ich hier auch Videos abgespeichert habe. Nein, oder doch? Tatsächlich. Ein einziges Video.

Mein Herz setzt einen Schlag aus, der Rauch des Joints kratzt plötzlich in meinem Hals. Ich sehe diese Gestalt. Dieser Typ aus der Bar. Ich habe dort auf ihn gewartet. Erst in der Nacht, als meine Tochter zur Welt gekommen ist und ich hackevoll war, ist er dort erschienen. Auch er war völlig dicht und abgefüllt bis an die Kalotte. Hier schwafelt er etwas in die Kamera. Jetzt fällt es mir wieder ein.
„Du willst mich, du findest mich attak... attraktiv?"
Ein breites Grinsen wie von der Katze aus dem Zeichentrickfilm von Alice im Wunderland erscheint auf seinem bunten Gesicht. Die Fortuna streckt mir ihren geilen Arsch entgegen, ich freue mich über diese Zusammenfügung von Zufällen. Dann reißt der Film ab. Das ist doch ein weiterer Beweis dafür, dass Schorschi der Böse ist. Ich kann mein Glück nicht fassen. Mit dieser Karte, auf der die Fotos und der kurze Film abgespeichert sind, kann ich all meine Vergehen ihm, dem völlig zugedröhnten Schorschi in die Schuhe schieben. Er starrt jetzt apathisch durch die Windschutzscheibe. Der Kugelschreiber steckt immer noch in seiner Hand.

Ich nehme den Notizblock und stopfe ihn zurück in das Handschuhfach. Weggetreten wie unter einer Narkose merkt Schorschi von alldem nichts mehr. Er ist in einer anderen Welt. Der Zigarettenstummel klebt an seiner Oberlippe, der Mund ist aufgeklappt. Ich steige aus dem Wagen. Der Sicherheitsgurt klemmt ein wenig, auch der rechte Schuh vom Schorschi. Aber das macht nichts, er ist leicht, wiegt kaum mehr als siebzig Kilo. Unter den Achseln gepackt schleife ich ihn bis an den Fluss. Kopfüber und mit einem leisen Platschen verschwindet er im strömenden Wasser.

Sein Smartphone liegt auf dem Armaturenbrett. Umständlich tausche ich die kleinen Speicherkarten aus. Die Handschuhe sind wie Kondome. Ich habe überhaupt kein Gefühl, dennoch gelingt es mir, den Akt zu Ende zu bringen.
Dann werfe ich das flache Teil unter den Sitz.
Zufrieden stampfe ich zurück ins Krankenhaus.
Vor der Eingangstür der Notaufnahme warte ich auf einen passenden Augenblick. Tatsächlich kommt nach wenigen Minuten ein Rettungswagen angerast. Eine Trage auf Rädern wird hinausgeschoben. Zwei Sanitäter in grellen Jacken schieben den Schwerverletzten durch die Doppeltür. Ich folge ihnen.

„Ist er schwer verletzt?", stottere ich und spiele den besorgten Verwandten.
„Wer sind Sie? Waren Sie bei der Schießerei dabei?", fragt mich einer der Männer über die Schulter.

„Ja", entgegne ich.
„Dann warten Sie bitte dort, bis die Polizei ankommt", deutet er auf einen abgetrennten Bereich.
„Gut", sage ich und laufe einfach den Gang entlang. Der Schutzanzug steckt immer noch in dem Mülleimer.

Ich schlüpfe hinein und laufe zurück auf mein Zimmer. Der Polizist schläft mit offenen Augen. Ich schleiche mich in das Zimmer von meinem Nachbarn. Die Zwischentür ist immer noch offen. Morgen werde ich verlegt, hat der Doktor gesagt. Ich brauche jetzt nur noch ein Alibi, dass ich die ganze Nacht hier gewesen bin. Der blaue Überzug samt meiner Hose und dem T-Shirt landet im Müll, ich stopfe noch zwei weitere Schutzüberzüge hinterher. Dann schließe ich die Kanüle wieder an, zähle bis drei, werfe den Ständer zu Boden und lege mich daneben hin. Ich muss irgendwie meine kaputte Nase erklären. Der Polizist stürmt erneut in mein Zimmer. Mit der Hand klopft er gegen den Rufknopf. Er kniet neben mir. „Haben Sie sich verletzt?", fragt er, ohne mich zu berühren. Ich keuche und stöhne leise.

Sechs Tage später

Kapitel 64 (Johannes)

Ich liege im Bett und starre zur Decke. Heute werde ich entlassen. Sonja kommt in einer halben Stunde. Der Chefarzt wird seine Runden etwas später drehen. Meine Frau möchte mir heute Gesellschaft leisten. Ein leises Geräusch erweckt meine Aufmerksamkeit. Das ist nicht mein Zimmernachbar. Er schläft nämlich. Nein, ich sehe einen Schrank und einen blonden jungen Mann mit abstehenden Ohren, die in mein Zimmer kommen. Karl und sein Partner Lars schleichen sich wie Diebe an mich heran. Beide grinsen schelmisch.
Auch ich muss lächeln, ohne zu wissen, aus welchem Grund. Vielleicht, weil ich noch lebe. Karl hat sich rasiert, war auch beim Friseur. Seine Augen sind nicht mehr rot umrandet. Er wirkt frisch und erholt.

„Wir sollen uns bei dir im Namen unseres Vorgesetzten bedanken. Kraut wünscht dir gute Besserung. Er entschuldigt sich auch dafür, dass er deine Überwachung nicht rechtzeitig organisieren konnte. Uns fehlt das Geld dafür", brummt Karl flüsternd. Ich begreife nicht, was mir Karl zu sagen

versucht. „Aber wir haben jetzt den Fall gelöst und du kannst ab heute ruhig schlafen."
Noch mehr Unfug, denke ich. Die Worte ergeben für mich immer noch keinen Sinn. „Was sagst du da, Karl?"
„Wir haben den Täter. Eigentlich ist er ertrunken, aber tot oder lebendig, auf jeden Fall ist der Fall ad acta gelegt worden. Finita la Comedia, mit anderen Worten: Ende, Schluss und aus." Karls gute Laune lässt den Raum heller erscheinen. Ich bin jedoch immer noch skeptisch. Mit verzerrtem Gesicht stemme ich mich aus dem Bett. Breuer hebt die Augenbrauen und kräuselt die Stirn: „Freust du dich etwa nicht?"
„Wer, wer ist dieser Mann?" Mir schnürt sich die Kehle zu, der Hals ist trocken, ich nippe an einem Glas Wasser. Lars hält eine dünne Mappe unter dem rechten Arm eingeklemmt. „Was ist da drin?", will ich wissen. Der junge Kommissar klappt den blauen Hefter auf und zerrt an einem Blatt Papier. Ein stark vergrößertes Foto. Ich sehe zwei Männer.
Herr Schmitz und ... „Wie lautet sein Name?" Ich tippe mit dem linken Stummel auf den Mann mit dem schiefen Grinsen und den krummen Zähnen.
„Georg Pflüger, auch Schorschi genannt", entgegnet Karl trocken. An der Modulation seiner Stimme kann ich die Enttäuschung nicht überhören, er ist sauer, weil ich mich nicht darüber freue.

„Habt ihr noch mehr von den Fotos? Was ist mit Herrn Block? Der Tote aus dem Bunker und der Typ, wie hieß er noch mal?" Ich schließe die Augen und denke nach.

„Samuel Benninger", hilft mir Lars auf die Sprünge. Ein leises Klopfen lässt ihn verstummen. Wir alle drehen unsere Köpfe. Sonja steht mit verkniffenem Gesicht und einem Blumenstrauß in der Tür, ohne einen weiteren Schritt zu wagen. „Kommen Sie ruhig rein", flüstert Karl. „Vielleicht wird Ihre Anwesenheit diesen Eisklumpen zum Schmelzen bringen."

Sonja kraust ein wenig verlegen die Stirn und kommt auf mich zu. Ich bekomme einen sanften Kuss auf die rechte Wange. Die Blumen stellt sie in eine Vase, setzt sich dann auf einen Stuhl neben dem Fenster. Lars reicht mir ein weiteres Foto. Auf dem sind viele Gesichter abgebildet.

„Wir haben diverse Videos auf dem Handy und Fotos gefunden. Scheinbar hatte er dazu ein anderes Gerät benutzt, nichtsdestotrotz sind wir einen großen Schritt weiter. Die Kriminaltechniker von der digitalen Abteilung haben weiteres Videomaterial sicherstellen können, welches zwar nichts mit dem Fall zu tun hat, dennoch die sexuelle Neigung dieser Person noch mehr in ein kriminelles Licht rückt. Dieser Schorschi und Alexio, die beiden schienen sich zu kennen. Außerdem haben wir Fingerabdrücke auf dem Schraubendreher, mit dem er das Fenster ausgehebelt hat, und auf einem Teppichmesser, an dem auch dein Blut klebte, identifiziert. Auch sie stammen von Pflüger. Die Tatwaffe lag in seinem Wagen. Benjamin hat durch eine der Kameras, die an deinem Haus montiert sind, ein flüchtiges Fahrzeug erkannt. Die Beschreibung

passt auf den alten Corsa. Dieser Schorschi war zu der Tatzeit zugedröhnt", brummt Breuer flüsternd. Seine gute Laune hat sich wieder verflüchtigt.
„Und der tote Block und die anderen Leichen, die DNA?" Vor Zorn presse ich die Lippen aufeinander, ohne laut zu werden.

„Wir haben Herrn Schmitz vernommen. Er gibt zu, dort gewesen zu sein. Wir haben auch den Wagen gefunden. Wurde an der polnischen Grenze beschlagnahmt. Aber er weiß von den Leichen nichts. Eine ist seine Mutter, die andere sein Stiefvater, der Tote im Bunker ist sein richtiger Vater. Aber wir haben keine Beweise, dass er es war. Damals, bei dem verheerenden Brand, muss dieser Stefan Schmitz zwölf gewesen sein. Als seine Mutter verschwand, war er gerade mal achtzehn. Er kehrte immer wieder zu dem Haus zurück. Er verbrachte dort oft einige Stunden im Sommer. Das ist kein Verbrechen. Nachdem er eines Tages erneut dort ankam, hat jemand Feuer gelegt. Zum zweiten Mal. Auch die Eiche, die sein Vater an dem Tag seiner Geburt gepflanzt hat, wurde angezündet", berichtet mir Karl. Er flüstert nicht mehr.
Mein Nachbar ist aufgewacht. „Könnten Sie eventuell versuchen, nicht so laut zu reden", protestiert er und schlendert mit schlurfenden Schritten nach draußen.

Ich schaue auf das Foto. Die Gesichter sind zu klein, um sie alle zu erkennen. Ich taste mit der linken Hand nach der Brille. Eine vage Bewegung und ein Schatten huschen über mein Bett. Sonja steht hinter

mir. „Johannes, ich habe es fast vergessen. Hier ist etwas, das du mir nach dem Überfall in die Hand gedrückt hast." Sie streckt den rechten Arm aus, in ihrer zierlichen Hand liegt etwas. Sie öffnet die Finger. Eine eisige Schockwelle jagt durch meinen Körper. Die Härchen auf meinen Unterarmen bäumen sich auf. Die Haut an meinem Kopf zieht sich zusammen. Ich sehe ein Medaillon.
„Wo hast du das her?" Die Frage ist überflüssig, aber ich brauche Zeit, um zu überlegen. Jetzt fällt es mir wieder ein. Ich habe es dem Typen vom Hals gerissen. Alle Puzzleteile in meinem Kopf fliegen auf einen Haufen.

„Du hast es in deiner Hand gehalten. Du sagtest, ich soll diesen Anhänger für dich aufbewahren und niemandem davon erzählen, bis du wieder gesund bist." Sonja schaut schuldbewusst in die Runde.
Die Szenen tauchen vor meinem inneren Auge auf. Der Geruch nach Marihuana und der Körpergeruch eines Fremden steigen erneut in meine Nase. Wie das schnelle Wechseln von Diafilmen huscht die Erinnerung in kurzen Fragmenten durch meinen Kopf.
Ich taste nach meiner Brille und starre erneut auf das Foto. Ich weiß, ich habe etwas gesehen. Meine Augen scannen das Bild. Gesichter von Jungen, dann zwei Erwachsene, Tim, mein Sohn.
Stopp.
Ich konzentriere mich auf die beiden Trainer.
„Was haben die Ermittlungen im Lebensmittelladen ergeben?"

Lars schaut zuerst mich, dann Karl an. Als niemand etwas sagt, blättert er in seiner Mappe und liest dann vor. „Wurde als ein schrecklicher Unfall deklariert. Die Familie des Verunglückten wurde entschädigt. Die Versicherung hat die Kosten übernommen", lautet seine kurze Antwort.

„Frau Beck?"

„Wurde aus der U-Haft entlassen. Sie ist freigesprochen worden", entgegnet Lars schnell und schlägt die Mappe zu.

„Wie habt ihr diesen Überfall, der gegen mich gerichtet war, mit den anderen kombiniert? Warum seid ihr euch da so sicher, dass es sich um ein und denselben Täter handelt?"

„Wir haben in dem Handschuhfach eine Liste gefunden mit den Namen der Opfer. Insgesamt zwanzig. Wir prüfen die Adressen und vergleichen die Aussagen. Bisher deckt sich alles, er ging nach dem gleichen Muster vor."

„Kann ich die Liste sehen?"

Lars fummelt erneut in den Unterlagen und händigt mir schließlich einen Abzug aus.

Meine Augen fliegen über die Seite. „Er war es nicht", flüstere ich.

„Was meinst du?", entgegnet Karl bitter.

„Dieser Kerl war nur ein Komplize. Die letzten Buchstaben sind unleserlich. Alles scheint gestellt. Sieht nach einer Ente aus", sage ich und hebe den Blick.

„Ich glaube, du irrst dich, Doc. Der Typ war ein Junkie. Kraut hat den Fall abgesegnet."

Wir schweigen. Jeder hängt seinen Gedanken nach. Ich muss die Information verdauen.

Karl räuspert sich nach einer Weile. „Willst du zur Beerdigung fahren? Wir wollten dich eigentlich mitnehmen. Die Ärzte wissen Bescheid." Er mustert mich fragend und hebt die Brauen.
„Beerdigung?" Ich kann mich kaum zurückhalten.
„Ja, heute wird dieser Kerl zu Grabe getragen. Willst du dich von ihm verabschieden? Das hätte dir auch passieren können, hätte dein Zwillingsbruder nicht so schnell reagiert. Hat dein Bruder nichts anderes zu tun, als dein Haus zu überwachen?"
„Er kann nachts nicht schlafen, die Überwachungskameras sind mit seinem Computer verbunden."
„Na denn, willst du jetzt mit? Draußen scheint die Sonne. Danach bringen wir dich nach Hause."
Ich stimme zu. Warum, weiß ich auch nicht.

Kapitel 65 (Der Seelenretter)

Ich stehe zwischen all den jungen Männern, die sich von Schorschi verabschieden wollen. Vier Gestalten laufen durch den Mittelgang. Ihre Schritte hallen durch die Stille. Die Absätze der Frau klackern fröhlich und zerstören die melancholische Trauerstimmung.

Ich hebe den Blick und schaue nach links. Familie Hornoff und zwei Bullen, die mich befragt haben, marschieren bis ganz nach vorne, weil dort noch freie Plätze sind.

Der Doktor humpelt. Sein linker Arm wird von einer Schlaufe fixiert. Er bleibt vor dem Foto stehen, welches die Jungs haben einrahmen lassen und vor dem Sarg platziert haben. Wir haben uns für das Bild extra auf dem Fußballfeld versammeln und aufstellen müssen. Es ist noch nicht lange her gewesen. Schorschi stand damals im Mittelpunkt, weil er ja der Trainer war. Seine Gräueltaten werden nicht an die große Glocke gehängt. Er soll in Würde beerdigt werden. Die Behörden haben Angst vor Grabschändung, lautet ihre Aussage.
Das Bild will die Mannschaft später als gute Erinnerung im Sportvereinsheim aufhängen. Alle liebten Schorschi, er war immer nett, und jetzt ist er tot.

Dieser Doktor bleibt vor dem Bild stehen. Der Priester liest einen der Psalme. Ich beobachte jedoch diesen Johannes Hornoff. Er fummelt in seiner Hosentasche. Dann winkt er einem der Polizisten. Ich zwänge mich zwischen den Leuten durch, die mürrisch werden und mich beschimpfen. Eine Frau schreit auf, weil ich ihr auf den Fuß getreten habe. Ich muss aber hier weg. Schnell. Dieser verdammte Dreckskerl ist wie ein Krebsgeschwür, das immer größer wird und mich von innen heraus zu töten versucht.

Kapitel 66 (Johannes)

Meine linke Hand zuckt. Die Rechte liegt in der Schlaufe und klopft im schnellen Takt gegen die Brust. „Schau her, Karl." Ich deute mit dem linken Zeigefinger auf das Bild. Dieses ist gestochen scharf. Der Stummel brennt wie Hölle. Ich ignoriere den Schmerz. Karl drückt seine Brille zurecht und geht näher ran an das Bild. Auch Lars steht daneben. Fast synchron starren sie jetzt auf mein linkes Handgelenk und auf den Anhänger, der an einem Lederriemen baumelt.

Wir fahren herum, als jemand aufschreit. Eine Frau. Die Stimmen der Empörung werden lauter. Der Tumult lässt auch den Priester verstummen.
„Karl, das ist er. Er war in der Nacht bei mir. Er – Stefan Schmitz."
Karl gibt eine Salve von Flüchen von sich, welche ich noch nie gehört habe.
Karl stürmt nach vorne – dem Flüchtigen hinterher. Ich drehe mich erneut zu dem Gruppenbild um, um mich zu vergewissern, dass ich mich nicht getäuscht habe. Ich sehe lauter fröhliche Gesichter. Auch Stefan Schmitz, der Ersatztrainer, lacht in die Kamera, das Medaillon um seinen Hals reflektiert einen einzelnen Sonnenstrahl.
Ich taste mit Daumen und Mittelfinger über die glatte Oberfläche. Das Metall in meiner Hand glänzt wie Messing, doch plötzlich löst sich etwas zwischen meinen Fingern.

Schmitz wird an den Armen gepackt und zu Boden gedrückt. Die Menge hat den Toten vergessen. Das Schauspiel der Festnahme ist interessanter. Mein Blick schweift über die Köpfe der versammelten Trauergäste. Ich sehe nur ihre Nacken, alle stehen sie mit dem Rücken zu mir, bis auf eine Person. Tim. Mein Sohn – er schaut mich vorwurfsvoll an.
Sonja steht dicht an meiner Seite, so als wollte sie mich vor dem bösen Blick unseres Sohnes beschützen. „Schatz, kannst du bitte schauen, ob sich der Anhänger aufschrauben lässt?", flüstere ich.

Kurze Zeit später

Kapitel 67 (Der Seelenretter)

Ich sitze in einem Raum, der von kahler Trostlosigkeit dominiert wird. Nur der durchsichtige Spiegel auf der rechten Seite unterbricht die Monotonie. Dahinter stehen die Typen in Uniform und beobachten, wie ich hier mit Handschellen an einen Tisch fixiert sitze und auf die bevorstehende Befragung warte. Sie lassen mich schmoren. Der Tisch, dessen glänzende Metallplatte verbeult ist, fühlt sich kalt an. Die Tischbeine sind fest an den Boden geschraubt. Auch der Stuhl lässt sich nicht bewegen.

Ein metallisches Schaben an der Tür bringt mein Herz zum Rasen. Ich möchte mich nicht einschüchtern lassen, doch das Zittern meiner Finger straft mein nach außen sicher wirkendes Auftreten Lügen.

Am meisten fürchte ich mich vor diesem Professor. Seine Fragen sind präzise und bohren sich tief ins Fleisch wie heiße Nadeln. Er selbst scheint ein ausgeglichener Mensch zu sein, ein Wesen, welches durchs Leben gleitet, ohne zu stolpern oder anzuecken.

Erneut dreht sich ein Schlüssel im Schloss herum. Die Tür geht auf. Schweiß rinnt mir unangenehm zwischen meinen Schulterblättern herunter.
Meine Befürchtungen bewahrheiten sich.
Der eher schlaksige Doktor und der bullige Kommissar unterhalten sich im Plauderton, als sie den Vernehmungsraum betreten.
„Für einen unbefleckten Geist mögen diese Anschuldigungen erschreckend sein und jede positive Nachricht ist essenziell wichtig, aber nicht für einen kaltblütigen Mörder." Die sonore Stimme von Doktor Hornoff klingt unbefangen, so als spräche er über banale Dinge des Alltags.
„Er wiegt sich nicht mehr länger in Sicherheit, wenn wir ihm die Sachlage erläutern", fügt der riesige Bulle hinzu.

Sie kommen näher und bleiben vor mir stehen, sie schweigen jetzt, mustern mich fragend, warten, sie setzen sich nicht hin, sodass ich zu den beiden aufschauen muss. Den Kopf in den Nacken gelegt, blicke ich zuerst dem Doktor, dann dem Kommissar in die Augen. Der Bulle reibt sich mit der Hand über die glänzende Haut, die an einer Stelle vernarbt ist. Auch er ist ein gebranntes Kind, stelle ich mit einem harten Klumpen im Hals fest.

„Erzählen Sie uns doch etwas über Ihren Vater", ergreift Doktor Hornoff als Erster die Initiative. „Kannten Sie ihn? Was war er von Beruf?"
Ich lasse mir Zeit. Ist das jetzt eine Fangfrage? Ich weiß es nicht, mir ist speiübel.

„Er war Radartechniker und Taubenzüchter", höre ich mich sagen und erkenne meine Stimme nicht mehr.
„Haben Sie von dem Bunker gewusst?"
„Mein Vater hat dort Schnaps gebrannt, schwarz."
„Und die ganzen Geräte ..."
„Hat er sich zusammengeklaut", unterbreche ich den Doktor. Ich starre auf die graue Tür.
„Wusste noch jemand von diesem unterirdischen Versteck?"
„Meine Mutter."
„Warum hat sie damals nichts davon erwähnt, als die Polizei nach Ihrem Vater gesucht hat?"
„Sie wollte keinen Ärger."
„Wegen des Alkohols?"
„Das auch und wegen der gestohlenen Technik. Sie wäre sofort in den Knast gewandert."
„Und Sie? Sie hätten doch was sagen können."
„Ich war ein Kind und Mutter hat mir Schläge angedroht, falls ich mich verplappern sollte."
„Warum haben Sie nie nach Ihrem Vater gesucht?"
„Ich dachte, er ist abgehauen. Er hat immer damit geprahlt, dass er in die BRD fliehen wird. Weil er für sie wichtige Informationen gesammelt hatte."
„Warum ist Ihre Mutter gestorben?" Doktor Hornoff spricht bedächtig und mit sehr ruhiger Stimme.
Daher weht also der Wind. „Keine Ahnung", lüge ich.

Die beiden wirken nicht sonderlich überrascht. Sie interessieren sich nur für den toten Jungen.
„Sie haben Ihre Übergriffe sehr akribisch durchdacht, bis ins kleinste Detail, nicht wahr? Sie

haben ihre Opfer wochen-, manchmal auch monatelang observiert." Doktor Hornoff stützt sich mit beiden Händen an der Tischkante auf und nimmt Platz. Sein rechter Arm liegt jetzt flach auf der Tischplatte. Ich kann den langen Schnitt von meiner Attacke gut sehen, auch die Nadelstiche, er hat den Verband abgelegt.
Niemand sagt etwas.

Ich quittiere das anhaltende Schweigen, das schon ohrenbetäubend ist, mit einem tiefen Atemzug. Die andauernde Sorge mündet in starker Verzweiflung und beschert mir seit Tagen schlaflose Nächte und Albträume, seit Kurzem auch tagsüber. Die Gewissensbisse zermürben meinen Verstand.
„Sie waren lange Zeit in psychiatrischer Behandlung. Verbrachten viele Jahre in geschlossenen Anstalten. Sie sind ein Opfer Ihres Schicksals. Das, was Sie tun, ist nicht richtig. Ihre Sicht auf die Dinge ist ein wenig verdreht. Wenn Sie jemanden töten, fügen Sie Ihren Mitmenschen einen unwiderruflichen Schaden zu."

„Ich war das nicht", trotze ich wie ein Teenager.
„Wir haben Hautpartikel gefunden mit Ihrer DNA. Die Gummidichtung am Fenster ist eines der vielen Beweise dafür, dass Sie in dieser Nacht bei Familie Beck eingebrochen sind."
Meine Augen brennen.
„Ist der Anhänger ein Geschenk gewesen?"
„Von meinem Sohn, ja."
„Wussten Sie, was sich darin befunden hat?"
Ich schüttle nur den Kopf.

„Die Blutreste werden auf DNA-Spuren untersucht. Das ist aber reine Formsache. Wir haben genug Beweise, die Sie der Täterschaft überführen werden. Sagt Ihnen der Name Franka Binder etwas? Ihre Liste war sehr hilfreich bei unseren Ermittlungen." Die Stimme von Kommissar Breuer hallt von den nackten Wänden wider und jagt mir noch mehr Respekt ein. Sie haben die Namen überprüft.

„Wenn Sie mit uns kooperieren, werden Sie besser schlafen können", spricht der Doktor mit einer Sanftheit, die mich zum Wanken bringt. Sein Blick sagt mir, dass ich aufgeben soll. Ich werde das Gefühl nicht los, er kann in meinen Kopf hineinschauen. Ich kann nicht mehr, ich habe das Spiel verloren. Ich begreife, dass ich die Seelen der Kinder nicht gerettet habe. Ich habe die Frauen erschreckt, ihnen Angst eingejagt. Nicht sie sollte ich bestrafen, sondern das, was in mir lebt. Ich muss von der Welt abgeschottet, hinter dicke Mauern gesperrt werden, ich bin ein Monster. Nur ein einziger Gedanke beschäftigt mich in diesem Augenblick: Sebastian, mein Heil, mein Kind, mein zweites Ich.

Ich schaue den Psychologen ernst an. Unsere Blicke treffen sich. „Aber Sie erzählen davon nichts meinem Sohn. Okay? Das ist meine einzige Bedingung. Sebastian darf nichts davon erfahren!"
Die beiden Männer nicken.
Meine Hände zittern, schließlich bröckelt die Fassade und zerfällt zu Staub. Die Worte sprudeln aus mir heraus. Nach jedem Satz fühle ich mich ein

wenig besser. Das Böse in mir schläft wieder ein, ich darf es nie wieder wecken. Ich darf auch nicht mehr raus aus dem Gefängnis, ich muss hinter Gittern bleiben wie ein gefährliches Raubtier, weil ich ein Mörder bin. Ja, ich werde erneut töten, sobald ich die Gelegenheit dazu bekommen sollte, das Untier in mir hat Blut geleckt. Das Böse in mir kann nicht geheilt, nicht wie ein Tumor herausgeschnitten oder wie ein abgestorbenes Körperteil amputiert werden, weil das ein Teil meines Ichs ist, ein Teil meiner kranken Seele!

Ich bin ein Seelentöter!

Epilog

Vier Tage danach (Johannes)

Kommissar Breuer, Kommissar Böhm und ich sitzen im Korridor und warten auf Edgar. Endlich sehe ich, wie ein schmaler Schatten über die graue Wand kriecht. Die Schritte werden vom Teppichboden gedämpft.

Edgar kommt auf uns zu. Aus seinem Gesichtsausdruck kann man nicht wirklich viel interpretieren, aber ich weiß, er hat eine gute Botschaft für uns. Er sieht einfach glücklich und zufrieden aus. Der Verdacht hat sich also bestätigt, mutmaße ich mit einer aufkeimenden Vorfreude.
„Jetzt sag schon", drängelt Karl und schaut auf die Uhr.
„Die Blutgruppe stimmt mit der von Herrn Schmitz überein, auch das kleine Metallstück passt mikroskopisch genau zu der Messerspitze. Zum Glück war das Beweisstück hermetisch verschlossen, sodass wir auch DNA-Proben entnehmen und mit den anderen abgleichen konnten."

Karls Telefon klingelt. Er geht ran. Wir warten.
„Also ist der Fall abgeschlossen?", lautet der letzte Satz des kurzen Gesprächs.

„Die Gerichtsverhandlung findet in drei Tagen statt. Um 11:45 Uhr. Den kompletten Bericht bekommen wir in den nächsten Stunden. Herr Schmitz wird noch von Psychologen befragt. Im Moment befindet er sich in einer geschlossenen Anstalt. Komm, Doc, du als Ehrengast darfst als Erster rein. Kraut wartet auf uns."

Ich muss erneut an den Jungen denken. Wir haben einen Mörder gefasst und freuen uns über den Erfolg. Aber dieser Mann ist auch ein Vater. Das Medaillon war ein Geschenk, das kleine Metallstück hat Sebastian aus dem Rücken von Herrn Schmitz herausgezogen, mit einer Pinzette oder Zange, das wusste der schüchterne Junge dann doch nicht mehr so genau. Er dachte, es wäre ein Stück von einem Stacheldraht. Er hat bei seiner Aussage geweint. Sebastian hat den Anhänger selbst an einer Drehbank gedreht. Dies sollte ein Schutztalisman für seinen Vater werden, ein Geburtstagsgeschenk. *Ich habe zwei Wochen Praktikum zum Werkzeugmacher gemacht,* berichtete er mit von Tränen verquollenen Augen. Er wurde bitter enttäuscht, von dem Menschen, den er am meisten geliebt hat. Der kleine Splitter von der abgebrochenen Messerspitze war ein weiteres Puzzleteil, das das Bild vervollständigt, denke ich und gehe hinein.

Karl grinst breit und hält mir die Tür zum Büro seines Vorgesetzten auf.
Kraut steht am Fenster. Er erwartet uns. Jetzt sind wir jedoch für das Gespräch gut vorbereitet und für alles gewappnet. Wir haben den Täter überführt, der Fall ist abgeschlossen, Georg Pflüger ist zwar tot, aber er wurde nicht mit fremden Sünden besudelt.

-Ende-

Weitere Werke:

„Nicht ihre Schuld" Hornoff #1

Link zum Buch: http://amzn.to/25IUshE

„Mördrische Pläne" Hornoff #2

Link zum Buch: http://amzn.to/1Oayr3v

Dieses Buch ist reine Fiktion. Die Personen und Orte sind nicht real, jedoch realitätsnah. Jede Übereinstimmung ist purer Zufall und nicht beabsichtigt.

Made in the USA
Columbia, SC
03 November 2023